Susanne Mischke
Liebeslänglich

Zu diesem Buch

Zuerst ist es für Mathilde nicht mehr als ein Spiel. Im Wartezimmer einer Arztpraxis lernt sie einen Mann kennen, der eine unheimliche Faszination auf sie ausübt: Er trägt Handschellen und wird von zwei Beamten bewacht. Neugierig läßt sich die unabhängige und eigenwillige Frau auf die gefährliche Liebe zu einem inhaftierten Mann ein, und trotz aller Warnungen heiratet sie den zu lebenslanger Haft verurteilten Mörder Lukas Feller. Doch kurz darauf steht dieser vor ihrer Tür – neue Beweise belegen angeblich seine Unschuld. Ungefragt zieht er bei ihr ein, und für Mathilde beginnt ein Höllentrip: In ihrem Umfeld ereignet sich ein mysteriöser Todesfall, ein großer Teil ihres Erbes verschwindet, und immer beunruhigendere Details aus Lukas' Vergangenheit treten zutage. Viel zu spät fragt sich Mathilde, wer jener Fremde eigentlich ist, den sie so überstürzt in ihr Leben gelassen hat ... In bewährter Gänsehaut-Manier widmet sich Susanne Mischke einem außergewöhnlichen und ungemein fesselnden Thema.

Susanne Mischke wurde 1960 in Kempten geboren und lebt heute bei Hannover. Sie war mehrere Jahre Präsidentin der »Sisters in Crime« und erschrieb sich mit ihren fesselnden Kriminalromanen eine große Fangemeinde. Für das Buch »Wer nicht hören will, muß fühlen« erhielt sie die »Agathe«, den Frauen-Krimi-Preis der Stadt Wiesbaden. Zuletzt erschienen von ihr die vier Hannover-Krimis »Der Tote vom Maschsee«, »Tod an der Leine«, »Totenfeuer« und »Todesspur«.

www.susannemischke.de

Susanne Mischke

Liebeslänglich

Kriminalroman

Piper München Zürich

Mehr über unsere Autoren und Bücher:
www.piper.de

Von Susanne Mischke liegen bei Piper vor:
Mordskind
Die Eisheilige
Wer nicht hören will, muss fühlen
Wölfe und Lämmer
Liebeslänglich
Der Tote vom Maschsee
Tod an der Leine
Totenfeuer
Todesspur
Tödliche Weihnacht überall (Hg.)

MIX
Papier aus verantwortungsvollen Quellen
FSC® C083411

Ungekürzte Taschenbuchausgabe
1. Auflage Januar 2008
5. Auflage März 2014
© 2006 Piper Verlag GmbH, München
Umschlaggestaltung: semper smile, München
Umschlagabbildung: Joachim Lapotre / plainpicture / Readymade-Images
Satz: Filmsatz Schröter, München
Papier: Munken Print von Arctic Paper Munkedals AB, Schweden
Druck und Bindung: CPI books GmbH, Leck
Printed in Germany   ISBN 978-3-492-25059-7

Immer muß es anfangen zu regnen, wenn man gerade aus der Tür tritt. Anfangs kann sie die Tropfen noch zählen, sieht einen nach dem anderen auf dem Pflaster zerplatzen, dann geht der Aufprall des einzelnen in einem Rauschen unter. Sie fängt an zu laufen. Der Körper wehrt sich gegen die Strapaze, die Muskeln machen sich schwer, es dauert, bis sie den Rhythmus gefunden hat. Eins, zwei, drei, vier, einatmen – eins, zwei, drei, vier, ausatmen. Allmählich verflüssigt sich die Schwere des Körpers, sie spürt die Kraft, die sie voranträgt, das Herz pumpt, sie funktioniert. Eine gut geölte Maschine. Selbstbewußt, die Arme angewinkelt, setzt sie einen Fuß vor den anderen, bereit für die tägliche Dosis Endorphin, die der Körper zur Belohnung für die Schinderei ausschüttet. Nicht immer, nur manchmal, wie ein launischer Liebhaber.

Dunkle Wolken hängen tief über der Stadt. Fast ohne zu dämmern, ist es Nacht geworden. Es riecht nach Herbst, die Pflanzenwelt verströmt den Duft des nahenden Verfalls. Schwarz hocken die Krähen in den Bäumen. Die letzten Hundebesitzer fliehen mit eingezogenen Köpfen. Kein Mensch sitzt mehr auf den vom Regen beträufelten Bänken. Regen klatscht ihr ins Gesicht. Sie vernimmt Schritte hinter sich und fährt im Laufen herum. Niemand zu sehen. Es muß das Echo ihrer eigenen Schritte gewesen sein. Runter mit der Kapuze! Lieber naß werden, als nicht richtig zu hören. Jetzt wird aus dem Prasseln des Regens und dem Rauschen der Blätter eine Kakophonie des Schreckens, unzählige Härchen richten sich auf, werden zu kleinen Antennen.

Sie hört das Aufklatschen von Sohlen, ganz deutlich. Da sind fremde Schritte. Nicht so panisch umdrehen! Die Angst nicht zeigen, sonst ist man ein potentielles Opfer. Also Kopf hoch, Schultern zurück. Angst ist nur eine Einbildung, ein chemischer Vorgang im Gehirn, reduzierbar auf einen Urinstinkt.

Na also. Es ist ein Jogger, ein Mitglied der Körperkult-*Community*, kein Vergewaltiger, kein Menschenfresser. Entwarnung. Sein Gesicht ist naß, er sieht gut aus, hebt lässig die Hand zum Gruß. Dann ist er im Dunkeln verschwunden. Nur sein Schweiß hängt noch in der Luft.

Wieder den Rhythmus finden. Eins, zwei, drei, vier, einatmen – eins, zwei, drei, vier, ausatmen. Ist das hier duster, die Landeshauptstadt könnte ruhig ein paar Laternen mehr aufstellen. Ein Zweig knackt. Etwas raschelt. Ihr Herzschlag gerät ins Stolpern. Ein Vogel flattert aus dem Gebüsch auf.

Bist du heute hysterisch. Adrenalin statt Endorphin. Das ist nur Quälerei, nichts wie nach Hause. Nur noch ein paar hundert Meter bis zur Brücke. In den Schatten der Haustür schlüpfen, den Schalter drücken und eintauchen in das sichere Licht. *Happy-End*.

Eins, zwei, drei vier, einatmen – eins ...

Ein stummer Schrei reißt das Gesicht auseinander. Eine kalte Stahlschlinge schneidet in ihr Fleisch und schnürt ihr die Luft ab. Heißer Atem streift ihr Genick, während sie vergeblich nach Luft ringt. Gerade als die Todesangst zur Gewißheit wird, läßt der Druck nach, und für einen köstlichen Moment spürt sie, wie der Sauerstoff durch ihre Zellen strömt. Dann sieht sie in diese Augen und weiß, daß das erst der Anfang war.

Erster Teil

I

Mathilde zog die Karte stets bei geschlossenen Jalousien, als beginge sie ein Verbrechen. Dabei war es nur eine alte Gewohnheit. Aber Mathilde änderte ihre Gewohnheiten nicht gerne, auch nicht die schlechten.

An diesem Morgen war es der Tod. Nicht gerade das, was einen vor einem Arztbesuch aufmuntern konnte, dachte Mathilde und schlug im Tarothandbuch nach. Dort stand etwas von *Transformation* und *Veränderungen*. Sie klappte das Buch zu. Unfug.

Mathilde wollte nichts verändern. Sie mochte ihr Leben, so wie es war. Sie lebte allein. Die Männer waren ihr immer wieder aus den Händen geglitten, nie hatte es ganz gepaßt.

Sie ging zum Fenster und öffnete die Jalousie. Klares Sonnenlicht strömte in die saubere, aufgeräumte Küche, in der jeglicher Okkultismus ab sofort nichts mehr verloren hatte.

Zehn nach sieben. Noch Zeit, ein Buch auszusuchen. Ärzte waren grundsätzlich unorganisiert, man mußte sich auf Wartezeiten einstellen. Klatschblätter rührte sie nicht an, schon gar nicht die abgegriffenen Hefte in Arztpraxen. Sie entschied sich für einen Kriminalroman, auf dessen Umschlag Spannung versprochen wurde. Was denn sonst, fragte sich Mathilde und packte das Buch in ihre Tasche.

Ehe sie ging, warf sie einen Blick auf ihre Wetterstation. Vierundzwanzig Grad, dreißig Prozent Luftfeuchtigkeit, Druck steigend. Also keine Jacke und den Florentiner.

Pünktlich um 7.58 Uhr traf Mathilde in der Praxis ihres Kardiologen ein. Sie wurde von einer Angestellten in ein Zimmer geleitet, das es im vergangenen Jahr so noch nicht gegeben hatte: sechs kognakbraune Ledersessel, ein Wasserspender, ein Kaffeeautomat. Auf einem niedrigen Tisch in der Mitte des Raumes lagen *Geo, National Geographic* und *Cicero*, die knochenfarbenen Glasfaserwände kleideten psychedelisch anmutende Bilder. Vorzeigeobjekte aus der Maltherapie in einer psychiatrischen Klinik, vermutete Mathilde. Sie war die einzige Patientin im Raum und hatte gerade ihr Buch aus der Tasche geholt, als die Tür geöffnet wurde. Drei Männer kamen herein. Zwei von ihnen trugen dunkelblauen Jacken, deren Ärmel das Niedersachsenpferd zierte.

Mathilde schaute diskret in ihr Buch. Die Männer setzten sich in die drei Sessel ihr gegenüber.

»Guten Morgen.« Es war eine tiefe, leise Stimme.

Sie sah auf. Seine Augen hatten die Farbe von angelaufenem Silber.

»Guten Morgen«, gab sie zurück und richtete ihren Blick wieder auf die Zeilen ihres Buchs. Aber an Lesen war gar nicht zu denken. Sie konnte spüren, wie er sie ansah.

Mathilde straffte ihre Schultern, als könnte sie damit seine Blicke abstreifen, und musterte nun ihrerseits den Mann: Er saß aufrecht da, zwei scharfe Falten zogen sich von den Flügeln einer griechischen Nase zu den spöttischen Mundwinkeln. Ein aristokratisches, intelligentes Gesicht, dessen Mund auf jeden herabzulächeln schien. Er war gründlich rasiert. Das braune Haar war kurz und an den Schläfen ergraut. Das Leder seiner Schuhe glänzte. Er trug eine schwarze Hose, ein sandfarbenes Hemd, unter dem sich kräftige Schultern abzeichneten, und Handschellen.

»Sind Sie herzkrank?« fragte er.

»Wohl kaum.«

»Was macht Sie da so sicher?«

»Steine werden nicht krank. – Und Sie?«

»Ich auch nicht. Ich habe kein Herz. Ich bin ein Mörder.«

»Ah, ja. – Ich bin Lehrerin.«

Ein kurzes Schweigen trat ein.

»Ich bin zu einer Kontrolluntersuchung hier«, erklärte Mathilde. »Einmal im Jahr, am Ende der Ferien.«

»Ein letzter Check vor der Feindberührung.«

»Das haben Sie präzise auf den Punkt gebracht«, sagte Mathilde.

»Das war einmal mein Beruf. Motivationstraining und Kommunikation. Mein Name ist Lukas Feller. Vielleicht haben Sie seinerzeit von mir und meinen Seminaren gehört.«

»Nein, bedaure.«

»Ist auch schon einige Jahre her. Sie brauchen mir Ihren Namen nicht zu nennen, wenn Sie nicht mögen.«

Tatsächlich überlegte Mathilde. War es klug, einem Mörder seine Identität preiszugeben? Lieber nicht. – Aber wenn er einem gefiel, der Mann, nicht der Mörder? Konnte man das überhaupt trennen?

»Welche Fächer unterrichten Sie?« fragte er. »Halt, lassen Sie mich raten, einverstanden?«

Mathilde nickte.

Er betrachtete sie erneut, nun, mit ihrer Erlaubnis, geradezu unverschämt. Die Augen eines Alligators, dachte Mathilde. Kaum ein Wimpernschlag, ein kühles Taxieren. Dann setzte er seine Worte, langsam und überlegt. Er schien gewohnt, daß man ihm zuhörte und ihn nicht unterbrach.

»Ihre Kleidung ist von lässiger Eleganz mit einem Hauch Extravaganz. Sie haben eine drahtige, muskulöse Figur und kräftige Hände. Deutsch und Französisch. Vielleicht auch Sport.«

»Mathematik, Physik und Spanisch.«

Er nickte bedächtig. »Verzeihen Sie. Das habe ich übersehen.«

»Was?«

»Ihren Hang zur Grandezza.«

»Vielleicht sind Sie ein wenig aus der Übung«, vermutete Mathilde.

»Welche fünf Worte würden Sie in Ihren Grabstein meißeln lassen?« fragte er.

»Wie bitte?«

»Fünf Worte. Die üblichen Konventionen außer acht gelassen.«

Mathilde lehnte sich zurück, überlegte kurz und sagte dann: »Sie war eine verdammt gute Lehrerin.«

»Das sind sechs.«

»Es ist *mein* Grabstein.«

Er lächelte.

Der König der Schwerter. Dieser Mann hier war definitiv der König der Schwerter: die Verkörperung vom Geist beherrschter Leidenschaft. Einer, der Haltung bewahrte, obwohl er offensichtlich verloren hatte. Eine Aura der Souveränität und Dominanz umgab ihn, und natürlich, wie jeden Herrscher, etwas Einsames.

Mathilde gehörte nicht zu den Frauen, die ihr Leben damit zubrachten, auf den Richtigen zu warten. Bis jetzt war sie sich nicht einmal eines Mangels bewußt gewesen. Daß sie einen Mann wie diesen schon lange gesucht hatte, wurde ihr erst klar, als sie ihn jetzt vor sich sah.

Die Dame vom Empfang kam herein, lächelte dem Patienten mit den Handschellen zu und ignorierte den Rest der Anwesenden. Mit bedächtigen Bewegungen füllte sie Milch in den Behälter des Kaffeeautomaten, überprüfte den Vorrat an Bohnen, kontrollierte die Sauberkeit der Tassen. Ihr Stringtanga zeichnete sich deutlich unter ihrer weißen Hose ab. Den beiden uniformierten Herren gefror der Blick. Der Mörder registrierte den Anblick mit amüsierter Gelassenheit.

Mathilde hatte die Gegenwart der beiden Bewacher zwischenzeitlich kaum mehr wahrgenommen. Sie waren Statisten, ein äußerer Rahmen, einzig dazu da, die Präsenz des Mannes in Handschellen hervorzuheben. Der Stringtanga dagegen war ein Störfaktor erster Güte. Doch schließlich gab es an der Kaffeemaschine beim besten Willen nichts mehr zu tun, und die Angestellte mußte wieder gehen.

»Dieses Zimmer erinnert ein wenig an die Business-Lounge einer Fluggesellschaft, finden Sie nicht?« bemerkte Feller, offenbar in der Absicht, den Abgrund zu überbrücken, den die Empfangsdame hinterlassen hatte.

»Der Sekt und die Erdnüsse fehlen«, entgegnete Mathilde.

»Es ist nur für Privatpatienten.«

»Tatsächlich?« staunte sie. »Wie sich die Zeiten ändern. Früher wurde man heimlich durchgewinkt.«

Sie sollten ein Schild an der Tür anbringen, dachte sie: *Private und Mörder*. Sie schielte auf die Uhr: acht Uhr zwölf. Schon lange hegte sie den Verdacht, daß Ärzte ihre Patienten absichtlich warten ließen, um sie gefügig zu machen.

»Darf ich fragen, was Sie da lesen?«

Sie hätte das Buch längst verschwinden lassen sollen. Zu spät! Nun hob sie es hoch, damit er den Titel lesen konnte.

»*Patricia Highsmith, Die gläserne Zelle*«, las er vor.

»Ich habe es geerbt.«

Es hörte sich an wie eine tölpelhafte Lüge, dabei war es die Wahrheit. Unter den zweitausend Romanen ihrer Großmutter hatten sich – neben den üblichen Klassikern und der Buchklublektüre – überraschend viele Kriminalromane befunden. Aber geradezu sensationell war eine andere Entdeckung gewesen: drei Kisten süßlicher Liebesromane. Dabei war an Merle Degen weiß Gott nichts Süßliches gewesen.

»Darf ich es mir ansehen?« drängte sich seine Stimme in ihre Gedanken.

Sie wollte aufstehen und ihm das Buch reichen.

»Augenblick.« Der linke Bewacher streckte die Hand nach dem Buch aus. Fellers Mimik bat um Vergebung für den Mann, der den Roman durchblätterte und schüttelte, bevor er ihn dem Häftling aushändigte. Feller studierte den Text auf der Rückseite und schien die ersten Sätze zu lesen. Mathilde betrachtete seine Hände. Sie waren sehnig, mit langen Fingern und hervorstehenden Knöcheln.

»Gefällt es Ihnen?« fragte er dann.

Mathilde merkte, wie ihr die Röte ins Gesicht stieg. »Ich habe gerade erst angefangen, darin zu lesen.«

Er gab dem Beamten das Buch zurück, der es Mathilde weiterreichte. Rasch steckte sie es weg.

»Wie lange sind Sie schon im Gefängnis?«

»Acht Jahre.«

»Und wie lange noch?«

»Schwer zu sagen. Ich habe eine lebenslange Freiheitsstrafe bekommen.«

Es klang nüchtern und ermutigte Mathilde zu der Frage: »Wen haben Sie ermordet?«

Er lächelte. Selbstzufrieden wie Mephisto, fand Mathilde.

Die Tür des Wartezimmers wurde erneut geöffnet.

»Frau Degen, bitte.«

Mathilde griff nach Strohhut und Tasche und heftete sich einem Mädchen im weißen Kittel an die Fersen.

»Auf Wiedersehen«, sagte sie im Hinausgehen.
»Wohl kaum, Frau Degen«, antwortete er.

Die Siedlung döste in der Mittagshitze. Das kleine Haus mit dem steilen Dach, vor dem Mathilde ihren Golf parkte, hatte als einziges noch die alten Fensterläden, von denen nun die grüne Farbe abblätterte. Die Dachrinne hing an einer Seite rostig herunter. Der Garten besaß, wie alle anderen hier, die Form eines langen Korridors. Doch während in den meisten Gärten in dieser Straße eine gewisse Akuratesse herrschte, waren die Sträucher hinter dem maroden Jägerzaun ins Kraut geschossen, und die vier Obstbäume hatten wilde Triebe gebildet. Im hüfthohen Gras verteilt standen bunte Skulpturen, die ein wenig an die Nanas vom Leineufer erinnerten. Ganz hinten, am Ende des Gartens, befand sich ihr Entstehungsort, ein hellblauer Holzschuppen mit einem großen Fenster. Das Atelier. Mathilde argwöhnte allerdings schon längere Zeit, daß es inzwischen hauptsächlich der Aufbewahrung von Gerümpel sowie der Aufzucht von Hanfpflanzen diente.

Das Gartentor quietschte. Ein Trampelpfad führte zur Haustür, die in griechischem Kneipenblau angemalt war.

Mathilde betätigte den Türklopfer dreimal, ehe sie den Schlüssel herausnahm und die Tür aufsperrte. Im Flur war es dunkel. Seit ihre Mutter das Haus bewohnte, roch es dort wie in einem alten Schrank. Etwas Schwarzes flitzte an ihr vorbei nach draußen.

»Ich bin im Wohnzimmer.«

Mathilde folgte der Stimme, die einer süßen Rauchwolke entstieg. Sie brauchte kein Licht. Sie kannte dieses Haus, wie man nur Räume kennt, in denen man seine Kindheit verbracht hat. Meine blitzschnelle Kindheit, dachte Mathilde gerade, als ihr ein muffiges Gemisch aus Katzenurin, Rauch und etwas Orientalischem den Atem raubte. Sie eilte ans Fenster, zog die Vorhänge beiseite und stieß die Flügel auf.

»Mach zu, die Sonne knallt rein.«

Mathilde zog den schweren roten Vorhang wieder zu. Den Marillenlikör auf dem Tisch sah sie trotzdem. Das Zimmer war vollgestopft mit Möbeln und Krimskrams. Zeitschriften stapelten sich in den Ecken. Nichts erinnerte mehr an die Ordnung und Sauberkeit, die unter Merles Regiment hier geherrscht hatten. Auf der Anrichte, wo früher die Familienfotos gestanden hatten, befanden sich nun Eso-Kitsch und eine Vase mit welken Sonnenblumen. Ihr gelber Blütenstaub bedeckte das Holz.

Mathildes Mutter saß auf einem Sofa, über das eine Decke mit indischem Muster gebreitet war, und rauchte einen Zigarillo. Neben ihr hatte sich eine schmutzfarbene Katze zusammengerollt.

»Guten Tag, Franziska.«

»Warum bist du schon hier? Es ist zwölf. Du kommst doch mittwochs immer erst um zwei. Man kann die Uhr nach dir stellen.«

»Ich war beim Arzt.«

»Bist du etwa krank?« Franziska sah ihre Tochter prüfend an. Ihre Augen waren von einem luziden Blau, wie wenn man einen Tropfen Tinte in ein Glas Wasser fallen ließ.

»Nein, alles bestens.« Der Kardiologe hatte eine »leichte Plaquebildung im Bereich der Karotis« diagnostiziert. Nichts Gefährliches. »Nur eine kleine Alterserscheinung«, hatte er bemerkt, charmant wie er war. Mathilde wurde in diesem Monat zweiundvierzig.

»Wann wird endlich die Dachrinne repariert?« Das Geld dafür hatte Mathilde ihrer Mutter schon vor Wochen gegeben. Was offenbar ein Fehler gewesen war.

Franziska rang theatralisch die Hände, ihre Armreifen klirrten. Sie trug eines ihrer indischen Kleider, grasgrün mit einem bestickten Ausschnitt, der recht gewagt war, nicht nur für eine Sechzigjährige. Aber Franziska besaß eine robuste Schönheit, die ihrem wüsten Leben widerstanden hatte.

»Dieser Handwerker! Er läßt mich wieder und wieder sitzen.«

Das war eine Lüge, und das wußten beide. Das Geräusch schlurfender Schritte lenkte Mathilde vom Thema ab. Im Türrahmen erschien ein fleckiger, rotgrün gestreifter Kaftan, der sich über einen Buddhabauch spannte.

»Ah, die Frau Oberlehrer! Welch Glanz in unserer Hütte«, sagte eine Stimme, die knarzig war wie altes Brot.

»Das ist *meine Hütte*, nicht eure«, stellte Mathilde richtig. »Und von Glanz kann keine Rede sein, wenn ich mich so umsehe.«

Konsterniert schaute der Zeck von Mathilde zu Franziska. Die saß schweigend da, die Augen halb geschlossen, geschützt hinter ihrer Rauchwolke. Dann hatte er sich wieder gefangen und grinste. »Du kommst zu früh zur Generalinspektion. Ich war gerade dabei, den Mülleimer auszulecken.«

»Ach, daher der Mundgeruch.«

»Bitte, Mathilde! Wo bleibt deine Kinderstube?« mahnte ihre Mutter in einer gestelzten Art, die nicht zu ihr paßte.

Kinderstube. Erinnerungen schlichen sich heran: polierte Möbel, Suppenlöffel, die so groß waren, daß sie kaum in den Mund paßten, Sonntagskleider, die nach Hoffmanns Reisstärke dufteten, Lackschuhe und Hüte. Viele Hüte.

Der Zeck hustete. Es klang, als ob man Holz spaltete. Mathilde riß die Vorhänge wieder auf. Das Licht und der hereinströmende Sauerstoff schlugen ihn in die Flucht, er schob seinen Bauch noch weiter heraus und plazierte seine Schrittchen so achtsam, als ob Glatteis auf dem Parkett herrschte.

Die Tür fiel ins Schloß. Mathilde nahm den Florentiner ab und fächelte sich damit Luft zu. Die Staubpartikel in den Sonnenstrahlen gerieten in einen wilden Tanz.

»Wohnt der Zeck jetzt etwa hier?«

»Nur vorübergehend. Sie haben ihm die Miete erhöht, und ...«

»Erspar mir den Rest«, wehrte Mathilde ab.

»Stimmt, was rede ich, du hast ja kein Herz.«

Normalerweise setzten Bemerkungen dieser Art das übliche Scharmützel in Gang. Heute jedoch mußte Mathilde bei dem Wort Herz an den Mann mit den Handschellen denken. Lukas Feller. Sein Name hatte sich in ihr Hirn gebrannt. Sie lächelte.

»Warst du eigentlich jemals in jemanden verliebt, Mathilde? So richtig romantisch, mit Herzrasen und all dem?«

Mathildes Lächeln zerrann. Moritz. Das war tausend Jahre her. Und doch zitterte der Schmerz manchmal noch leise nach.

»Wie soll ich ohne Herz Herzrasen haben?« fragte sie, während sie das Bild über dem Sofa betrachtete. Ein Gebilde in Violett und Magenta, das an kopulierende Schnecken erinnerte. Es hieß »Yin und Yang« und war mit »Mara« signiert. Mara sei ihr Seelenname, den sie in einer Vollmondnacht geträumt habe. Der Nachname ihrer

Mutter war Degen, denn sie hatte keinen ihrer zahlreichen Männer geheiratet.

Sie hörten, wie die Haustür zufiel. Mathilde ging in die Küche, ignorierte den hygienischen Zustand – sie war sich sicher, daß dort Kriechtiere und gefährliche Bakterienstämme lebten –, holte ein Geschirrtuch aus dem Schrank und breitete es auf der Sitzfläche des Wohnzimmersessels aus. Trotz dieser Maßnahme würden wieder unzählige Katzenhaare an ihr klebenbleiben. Die Perserkatze ihrer Mutter war die häßlichste Katze, die Mathilde kannte. Den schwarzen Kater mochte sie lieber, aber der nahm stets Reißaus vor ihr.

»Du wolltest mir irgendwas erzählen«, erinnerte Franziska.

Die Likörflasche und das Glas hatten zwischenzeitlich ihre Positionen verändert.

»Heute morgen habe ich meine Tarotkarte des Tages gezogen, und es war der Tod.«

»Das ist ja wunderbar!« Franziska warf die Arme in die Luft. Ihre Armreifen rasselten. »Der Tod bedeutet immer etwas Neues. Sofern man bereit ist, das Alte loszulassen.«

»Schön. Morgen bekomme ich eine neue Klasse. Das bedeutet wieder ein Stück Arbeit, bis ich denen Mores beigebracht habe.«

Lukas Feller lag auf dem Bett und las die Zeitung vom Vortag. Sie kam mit der Post, weshalb es mindestens einen Tag dauerte, bis sie bei ihm eintraf. Meistens zwei. Der einstündige Hofgang und das Abendessen waren vorüber, sie hatten noch eine knappe Stunde zur freien Verfügung, ehe der Einschluß erfolgte. Die Tür seiner Zelle stand offen. Obwohl er las, registrierte er jeden, der vorbeiging. Von den beiden Schließerinnen der Spätschicht war nichts zu sehen. Während ihrer letzten Dienststunde blieben sie fast immer in ihrem Büro neben dem Eingang zur Station.

Lukas hörte ein Geräusch an seiner Zellentür und blickte auf. Es war Karim, sein Zellengenosse – vier Jahre für Raubüberfall. Der Mangel an Haftplätzen im niedersächsischen Strafvollzug machte eine Doppelbelegung der Haftträume notwendig. Zu zweit war man allerdings noch gut dran, es gab auch Viererzellen. Karim hatte einen Putzeimer und einen Lappen in der Hand.

»Vergiß die Kaffeemaschine nicht«, sagte Lukas.

»Soll ich welchen machen?« Die Frage beinhaltete auch die Bitte, eine Tasse mittrinken zu dürfen. Kaffee mußte von den Häftlingen selbst gekauft werden und war somit eine wichtige Knastwährung, neben Zigaretten und Drogen.

»Von mir aus.«

Karim wischte sich die Hände an seinem T-Shirt trocken, das ein *Eminem*-Schriftzug zierte. Nur wenige Häftlinge trugen die dunkelblauen Jogginganzüge der Anstalt. Markenkleidung war gefragt, besonders bei den Jüngeren.

»Die Klosa sagt, du sollst ins Stationszimmer kommen, du hast Post.«

Lukas faltete die Zeitung zusammen, nahm den Katalog von Elektro-Conrad, den er sich von einem anderen Gefangenen ausgeliehen hatte, und ging damit den Flur entlang. Ein Häftling kam ihm entgegen und fixierte ihn. Er hatte einen breiten, kahlrasierten Schädel und Nackenmuskeln wie ein Opferstier. Lukas parierte den Blick. Der andere war Anfang Vierzig und erst seit einem Monat hier. Von seiner Gesinnung zeugten mehrere NPD-Aufkleber an der Innenseite seiner Zellentür, sichtbar für jedermann, wenn die Tür offenstand. Obwohl die Gänge vor den Zellen nicht breit waren, kam man dennoch ungehindert aneinander vorbei – wenn man wollte. Aber Kusak legte es drauf an. Er rempelte Lukas an. Der Katalog fiel auf den Boden, rutschte unter dem Geländer durch und schwebte nun über dem zweiten Stock in einem der Netze, die zwischen den Geländern eines jeden der vier Stockwerke gespannt waren.

»Hoppla«, sagte Kusak.

»Der Katalog ist runtergefallen«, sagte Lukas ruhig.

»Dein Problem, Feller.«

Offensichtlich erhob Kusak Anspruch auf die Stelle des Alphatiers in diesem Rudel von Raubtieren. Die Rußlanddeutschen hatte er schon auf seiner Seite, denn plötzlich lungerten drei von ihnen auf dem Gang herum und schirmten scheinbar zufällig die Wand ab, an der der Draht entlanglief, mit dem man den Alarm auslösen konnte. Was Lukas selbstverständlich nicht einfallen würde. Aber es waren hier nicht der Ort und nicht die Zeit für einen Übergriff. Soeben kam die

Bedienstete mit der Aufschrift *M. Klosa* auf ihrem Namensschild aus dem Stationsbüro und witterte sofort, daß Stunk in der Luft lag.

»Was gibt es denn da?« fragte sie.

»Mir ist der Katalog runtergefallen«, antwortete Lukas.

»Ich werde mich darum kümmern. Sie haben Post, Herr Feller, kommen Sie bitte mit.«

Lukas ließ Kusak und seine Trabanten stehen und folgte Klosa. Seit die Station überwiegend von Frauen betreut wurde, hatten sich Umgangston und Sauberkeit gebessert.

Lukas setzte sich auf einen der vier Stühle vor dem Doppelschreibtisch. Klosas Kollegin schaute konzentriert auf den Bildschirm und nickte ihm nur kurz zu, ohne den Blick zu heben. M. Klosa nahm ihm gegenüber Platz. Das M stand für Marion, und das war so ziemlich alles, was man über die junge Beamtin wußte. Ob sie mit dem gleichnamigen Polizeipräsidenten verwandt war? Das Vollzugspersonal war angewiesen, den Inhaftierten nichts Persönliches zu erzählen, und besonders die Frauen achteten sehr auf die notwendige Distanz. Tief drinnen saß die Angst, das wußte Lukas, auch wenn sie alle sehr selbstbewußt auftraten. Klosa war nur einssechzig groß, und neulich hatte Lukas zu ihr gesagt: »Ihre Schlüsselkette ist zu lang. Jemand könnte sie Ihnen um den Hals wickeln.« Seitdem trug sie eine kürzere Kette.

Klosa schlitzte den Brief vor seinen Augen auf und schüttelte den Inhalt aus dem Umschlag: eine Seite hellblaues Briefpapier, beschrieben mit einer naiven, runden Frauenschrift, dazu ein Foto. Klosas Blick streifte es kurz, aber sie sagte nichts, sondern prüfte, ob sich in dem Umschlag noch etwas Verbotenes befand.

»In Ordnung«, sagte sie und reichte ihm seine Post. Aber dann konnte sie sich nicht verkneifen zu fragen: »Was finden diese Frauen nur an euch?«

Lukas zuckte die Achseln und drehte die Handflächen nach oben. »Sagen Sie es mir.«

»Ich weiß es nicht. Ich bin ja kein Mörder-Groupie.«

»Sicher?«

Sie warf ihm einen warnenden Blick zu und stand auf, Lukas ebenfalls. Der Gang draußen war leer, von Kusak war nichts zu sehen. Der Katalog lag nicht mehr im Netz.

Er brachte den Brief in seine Zelle. Die acht Quadratmeter Boden glänzten feucht, die Kaffeemaschine blubberte. Karim streckte den Kopf hinter dem Vorhang der Toilette hervor.

»Was schaust du so?«

Es war ein ungeschriebenes Gesetz, niemals ohne Erlaubnis einen fremden Haftraum zu betreten, und nur ein Dummkopf würde sich ausgerechnet den von Lukas Feller für so einen Fehltritt aussuchen.

»Man ist vorsichtig«, sagte Karim.

Lukas legte den Brief auf den winzigen Schreibtisch. Karim würde ihn nicht anrühren. Er nahm sich Kaffee, ging auf den Flur und unterhielt sich mit seinem Zellennachbarn Snick.

»Werden sie dich verlegen, wenn in Sehnde der neue Knast aufmacht?«

»Weiß nicht. Warum sollten sie?« fragte Lukas.

»Alle Lebenslangen kommen in den neuen Knast. Sicherheitsstufe eins, überall Kameras und Panzertüren.«

»Und welche Sicherheitsstufe haben wir hier?«

»Drei. Von vier.«

»Klingt, als ob hier jeder rein- und rausspazieren könnte.« Lukas grinste Snick zu. Snick war der Älteste der Station. Er saß wegen Betrugs und Urkundenfälschung und sollte in einem halben Jahr entlassen werden. Deshalb hatte er inzwischen regelmäßig Ausgang. Er tat Lukas hin und wieder einen Gefallen. Ohne Verbündete kam man hier nur schwer zurecht, das hatte der Einzelgänger Lukas rasch begriffen.

»Is ja irgendwie ungerecht«, befand Snick. »Die übelsten Kerle – dich natürlich ausgenommen – kommen in den schönen neuen Knast. Einzelzellen mit separatem Klo. Und wir können nach wie vor zu viert auf sechzehn Quadratmetern hausen und hinterm Vorhang scheißen.«

Kurz nach halb sechs trat die Schließerin der Nachtschicht schlüsselklappernd durch die Gittertür.

»Einschluß, meine Herren.« C. Meyer war Ende Vierzig und mollig. Etwas Mütterliches ging von ihr aus, die Häftlinge nannten sie Nachtschwester Conny. Sie nahm es mit dem Einschluß oft nicht so genau.

»Schönes Wetter hatten wir heute«, sagte Lukas. »Was sagt der Wetterbericht?«

»Soll so bleiben. Nur am Wochenende könnte es Hunde und Katzen regnen.«

Lukas nickte ihr zu. Er haßte sie für ihre Gutmütigkeit hinter der er deutlich den Gestank der Gönnerhaftigkeit roch. Doch sie war zuweilen nützlich.

»Gute Nacht, Herr Feller.«

»Nacht, Conny. Passen Sie gut auf uns auf.«

Sie kicherte. Dann fiel die Eisentür zu, und der Schlüssel schabte im Schloß.

Mathilde sah den Umschlag schon durch das Fenster des Briefkastens. Sie öffnete den Brief auf dem Weg nach oben. Er enthielt eine Konzertkarte für den übernächsten Freitag. Flamenco.

Sie lächelte, als sie beim Betrachten der Karte die Erinnerung einholte an jenen Herbstabend vor knapp zwei Jahren. Damals spielte die Abschlußklasse der Staatlichen Hochschule für Musik und Theater, die sich nicht weit von Mathildes Wohnung befand, im Kammermusiksaal Beethoven-Sonaten. Mathilde hatte einen guten Platz, doch der Kunstgenuß litt durch das permanente leise Schniefen ihres Sitznachbarn. Sie hatte nur ein weißes, besticktes Tuch aus zarter Baumwolle dabei. Einen Moment zögerte sie. Doch jemand mußte diesem nervtötenden Geschniefe ein Ende bereiten, also reichte sie es dem Fremden.

»Das kann ich nicht annehmen«, flüsterte er. »Das ist sicher ein Erbstück.«

»Nehmen Sie es trotzdem.«

Pschschscht!

Nach dem Konzert bestand er darauf, sie nach Hause zu begleiten. Stumm gingen sie nebeneinander her durch die feuchte, tropfende Nacht. Ihre Schatten huschten über das glänzende Kopfsteinpflaster. Galant hielt er seinen Schirm, der immer wieder gegen die Krempe ihres Manhattans stieß, über sie. Mathilde war es nicht gewohnt, begleitet und beschirmt zu werden. Auch war es unnötig. Die Straßen, die sie passierten, gehörten zu den am besten bewachten der Republik. Eher war mit einer Personenkontrolle zu rechnen als mit Ganoven.

»Danke«, sagte sie erleichtert, als sie endlich vor ihrer Haustür angekommen waren. Sie suchte in ihrer Handtasche nach dem Schlüssel. Er klappte den Schirm zusammen und stand nun sehr dicht vor ihr unter dem kleinen Vordach. Das schwache Licht der Außenbeleuchtung wurde vom Nieselregen geschluckt, seine Augen lagen im Dunkeln. Er knetete seine Hände wie jemand, der vor einer schweren Aufgabe steht. Schöne Hände mit einem schmalen, goldenen Ehering.

Mathilde hatte endlich ihre Schlüssel gefunden und öffnete die Haustür.

»Ich beobachte sie schon seit einigen Wochen. Bei den Konzerten«, brach es aus ihm heraus.

»Und weiter?« fragte Mathilde.

Er zuckte mit den Schultern.

Ohne ein weiteres Wort an ihn zu richten, betrat Mathilde den Hausflur und ging die Stufen hinauf. Sie lauschte auf das Zufallen der schweren Tür, aber es blieb aus. Mit einem Klacken schaltete sich die Beleuchtung aus. Stufen knarrten. Im dritten Stock schloß sie die Tür auf. Sie ließ sie offen, machte kein Licht, nahm den Hut ab und schlüpfte aus dem Mantel.

Dann blieb sie stehen, horchte, fühlte ihren Herzschlag. Durch das hohe Fenster des Treppenhauses fiel silbriges Licht auf die Holzdielen des Flurs. Regentropfen glitzerten kalt an der Scheibe. Sie hörte langsame Schritte auf den alten Dielen. Sie kamen näher. Ein Schatten schob sich vor das Fenster. Dann Stille. Er war in ihrer Wohnung, ihre Nase witterte sofort den fremden Männergeruch. Die Tür glitt ins Schloß, eine Hand strich federleicht über ihren Rücken, Wirbel für Wirbel.

Als Studentin hatte Mathilde eine Zeitlang selbstgedrehte Zigaretten geraucht, und stets war die allererste Zigarette einer frisch geöffneten Packung die köstlichste gewesen. In diesem Bewußtsein machte sie nun die Augen zu und legte den Kopf in den Nacken, denn sie wußte, daß es mit diesem Mann nie wieder so sein würde wie jetzt. Noch war er eine unbekannte Größe, eine leere Leinwand für ihre Phantasien. Später würde er ihr seinen Namen nennen, würde über seinen Beruf, seine Familie, sein Leben reden, doch in diesem Moment war er nichts als ein heißer Atem an ihrem Hals, eine Hand, die ihre Brust umschloß und ein anschwellendes Stück Fleisch, das sich zwischen ihre Pobacken drängte. Sie wandte den Kopf und preßte ihre Lippen auf seinen Mund. Er verstand. Es fiel kein Wort, auch nicht, als sie ihn längst in ihr Schlafzimmer geschleust hatte.

Etwa zweimal im Monat fand Mathilde seither eine Konzert- oder Theaterkarte in ihrem Briefkasten. Nach den Veranstaltungen tranken sie stets eine Flasche Wein und verbrachten den Abend miteinander. Immer verschwand er im Lauf der Nacht. Es gab weder Forderungen noch Zukunftspläne. Er war ihr Ritter der Kelche, ein Träumer, der ab und zu in ihren Armen strandete – wie Treibgut.

Lukas, mein Liebster,
ich lese gerade Deinen letzten Brief. Vielleicht denkst Du ja auch gerade an mich. Ich hoffe es so sehr. Ich stelle mir vor, wie ich in Deinen starken Armen liege und Du mich streichelst. Ich weiß, daß dieser Tag kommen wird, ich werde auf Dich warten. Ich kann warten, Du bist jede Sekunde wert, auch wenn es wahnsinnig schwer ist. Ich weiß, daß Du mir nichts antun könntest, und selbst wenn, es wäre besser, durch Dich den Tod zu finden, als ohne Dich zu leben. Dann würde ich für immer Dir gehören. Du bist der Mittelpunkt meines Lebens. Jetzt ist schon ein ganzer Monat vergangen, seit wir uns gesehen haben. Ich flehe Dich an, beantrage bitte einen Besuchstermin für mich, egal wann, ich werde kommen. Und wenn es nur ein paar Minuten sind. Ich muß Dich sehen. Ich muß wissen, was los ist. Habe ich etwas falsch gemacht oder etwas Falsches gesagt, geschrieben? Wenn ja, dann tut es mir unsäglich leid. Liebster. Bitte. Ruf mich an. Ich möchte so gerne Deine sexy Stimme hören. Oder schreib mir wenigstens. Wenn ich etwas für Dich tun kann, dann laß es mich wissen. Ich warte.
In Liebe und Sehnsucht, Deine Claudine.
(P.S. Anbei ein Foto, wie Du es gerne hast.)

Lukas verzog den Mund angesichts der trostlosen Dummheit, die aus diesen Zeilen troff. Eine verachtenswerte Spezies. Frauen. Je schlechter man sie behandelte, desto anhänglicher wurden sie. Früher oder später verwandelten sie sich alle in winselnde Bittstellerinnen. Was sie Liebe nannten, war ihr Kampf um ein kleines bißchen Sicherheit. Dafür erniedrigten sie sich. Keine hatte je begriffen, daß sein Begehren durch nichts mit dem begehrten Objekt verbunden war.

Dennoch waren Besuche von Frauen eine Abwechslung. Besonders in den ersten Jahren, als er manchmal nicht mehr gewußt hatte, wie er den Gedanken ertragen sollte, daß da draußen das Leben tobte, während seines hier drinnen verrann. Sie hatten ihn für kurze Zeit vom Grübeln abgelenkt und ihn auch materiell versorgt: Geld, Tabak, Kaffee. Sie waren ahnungslose Zielscheiben für den Haß, der ihn hier drin am Leben hielt. Er hatte seine Spielchen mit ihnen getrieben, sie angelockt, warten lassen, ihre Glut neu entflammt, wenn sie schon fast resigniert hatten, nur um sie von neuem an seiner Kälte verzweifeln zu sehen. In letzter Zeit jedoch langweilten ihn die Frauen und erst recht ihre Lebensgeschichten, die er sich notgedrungen anhören mußte, und die sich auf fatale Weise ähnelten: Gewalt und Mißbrauch in der Kindheit und später prügelnde, saufende Ehemänner. Als ob er das nicht kennen würde. Und schließlich konnte er die zwei Stunden Besuchszeit, die man ihm pro Monat gewährte, nicht unbegrenzt aufteilen. Zumindest einen Vorteil hatte der Knast: Niemand von draußen konnte einem auf die Pelle rücken, wenn man es nicht wollte. Er würde ihr in zwei, drei Wochen schreiben. Das Warten machte sie mürbe. Alle. Deshalb verschwieg er ihnen auch, daß man zu bestimmten Zeiten auf der Station angerufen werden konnte.

Lukas betrachtete das Foto. Claudine. Magere Schenkel im Minirock. Blondes Haar, weich, fließend. Kaum noch vorstellbar, der Geruch von Frauenhaar, hier, im erdrückenden Mief der Anstalt. Die Perspektive des Fotos war frontal, das Fleisch lag bereitwillig da, gut ausgeleuchtet, kein Beiwerk, keine Posen. Wenigstens das hatte sie hinbekommen. Lukas nahm den Kugelschreiber, und langsam, Millimeter für Millimeter, durchlöcherte er mit der Mine das Papier. Als er fertig war, zog sich ein ausgefranster Riß vom Unterleib über den Bauchnabel bis hoch zum Brustbein. Lukas legte den Kugelschreiber hin, besah sich kurz sein Werk, knüllte dann Brief und Foto zusammen und warf beides vom Bett aus in den Abfalleimer.

Plötzlich kam ihm ein Gedanke. Er setzte er sich mit seinem Briefblock an den Schreibtisch.

»Stört es dich, wenn ich weiter fernsehe?« fragte Karim.

»Nein, nein«, antwortete Lukas großzügig.

In dem großen Raum neben dem Schlafzimmer machte Mathilde jeden Morgen um sechs Uhr ihre Yogaübungen, und jeden Donnerstag erteilte darin Herr Suong eine private Unterrichtsstunde in Karate und Jiu-Jitsu. Das war nicht ganz billig, aber Mathilde hielt nichts von schlecht geputzten Turnhallen und Matten, über die schwitzende Wildfremde mit nackten Füssen liefen. Von Sammelumkleiden und Gemeinschaftsduschen erst gar nicht zu reden. Nur Leona Kittelmann, Kunst und Sport, nahm manchmal an der privaten Unterrichtsstunde teil. Sie war amüsant, gepflegt und roch nach Pudding.

Auf die morgendlichen Yogaübungen folgte die immer gleiche Routine; Mathilde funktionierte wie ein Uhrwerk: duschen, Haare fönen, Auswahl der Kleidung in Abstimmung mit den Wetterdaten, Tee aufbrühen, Zeitung holen, Tarotkarte ziehen, frühstücken.

Die Tarotkarte des ersten Schultages war die *Neun der Schwerter*: Grausamkeit.

»Na also«, murmelte Mathilde. Sie nahm das Teesieb aus der Kanne und ging nach unten, die Zeitung holen. Ihre Schritte klackerten durch die Totenstille des Treppenhauses. Man wohnte ruhig hier, im Zooviertel.

Zum japanischen Grüntee las sie die Zeitung. Nach dem Frühstück, das sie stets um sieben Uhr fünf beendete, ging Mathilde noch einmal ins Bad. Es war ganz in Weiß gehalten. In Mathildes Wohnung gab es viel Weiß, dagegen war das Gros ihrer Kleidung schwarz. Sie putzte sich die Zähne und schminkte ihre Lippen in einem strengen Burgunderrot. Ohne dieses Rot fühlte sie sich nackt im Gesicht.

»Ein Gesicht, als hätte Picasso die Callas gemalt«, hatte ihr irgendein Mann einmal gesagt. Eigenwillig, wollte dieser Euphemismus wohl sagen. Irgendwie schroff und unregelmäßig, fand Mathilde. Sie trug einen Hauch Make-up auf und blieb vor dem Spiegel stehen. Warnend zog sie die Brauen hinauf, dann erbost zusammen, glättete ihre Stirn und deutete ein ironisches Lächeln an. Es folgten das Raubtierlächeln, der vernichtende Seitenblick, das Fletschen des linken Eckzahns. Am Ende ihrer Exerzitien zwinkerte sie sich zufrieden zu. Sie erprobte ihr Mienenspiel jeden Morgen. Ihr Beruf erforderte perfekte Schauspielerei.

Ehe sie ging, widmete sie sich der Hutauswahl. An der längsten Wand des Schlafzimmers bewahrte sie fünfundneunzig Hüte auf. Die meisten stammten aus Merle Degens eigener Manufaktur, die sie nach dem Krieg gegründet hatte, nur die Strohhüte waren aus Italien. Die Hüte ruhten in runden Schachteln aus massiver Pappe oder sogar aus Leder. Es gab gestreifte Schachteln, einfarbige und solche mit floralen Mustern. *Borsalino, Auseer, Barett, Florentiner, Kanotier, Casseur, Melone* ... Mathilde wußte genau, in welcher Schachtel welcher Hut lag. Einige kannte sie schon ihr Leben lang, denn die Lindener Hutfabrik hatte ihr den Kindergarten ersetzt. Seit Merle gestorben war und die Hüte bei ihr Einzug gehalten hatten, trug Mathilde täglich einen von ihnen. Sogar den Lodenhut mit der geringelten Auerhahnfeder hatte sie schon ausgeführt, aber nur einmal, zum Schützenfest.

Um halb sieben erfolgte die »Lebendkontrolle«. Der Haftraum wurde aufgesperrt. Lukas erwachte stets kurz vorher vom Rasseln der Schlüssel und Schlüsselketten, vom Knallen der Türen, die ins Schloß fielen. Der Ausdruck *hinter Schloß und Riegel* hatte auch im Zeitalter der Videoüberwachung nichts von seiner ursprünglichen Bedeutung eingebüßt.

Das Bett bestand aus einer dünnen Matratze aus schwer entflammbarem Material, die auf einem Holzbrett lag. Die gestreifte Bettwäsche und das Laken waren gebügelt und imprägniert, wodurch sie sich kalt und gummiartig anfühlten. Lukas hatte schon härter geschlafen. Dennoch träumte er manchmal von einem weichen Bett mit weicher, duftender Bettwäsche, und einer weichen, duftenden Frau darin. Oder einer Nacht unter freiem Himmel. Und von einem ausgedehnten Schaumbad in einer Badewanne. Ob man den Gefängnisgeruch je wieder loswürde?

Karim hatte Kaffee aufgesetzt und ging nun sein Frühstück holen, damit Lukas seine Morgentoilette in Ruhe verrichten konnte. Lukas machte das Fenster weit auf. Es wies nach Westen. Noch wehte morgenkühle Luft durch die Betongitter herein. Aber es würde ein warmer Tag werden, und nach der Arbeit würde die Zelle stickig und aufgeheizt sein. Manchmal verglich Lukas das Gefängnis mit einer Bienenwabe. Wo sonst lebten so viele Wesen zusammen auf so engem Raum? Selbst ein Hundezwinger hatte dem Gesetz nach größer zu sein als diese Zelle für zwei Mann.

Er machte ein paar Liegestütze und Situps, dann schaute er hinaus auf die ebenfalls vergitterten Fenster des U-Haft-Blocks gegenüber, auf den verdorrten Rasen des Freigeländes und hinauf in einen hellgrauen Sommerhimmel über Stacheldrahtrollen.

Karim kam mit einem Tablett herein, und Lukas ging ebenfalls sein Frühstück holen.

Vor der Tür des Haftraums lag der Katalog von Elektro-Conrad. Na also. Lukas hob ihn auf und nickte zufrieden.

Mathilde schritt zum Pult, stellte ihre Aktentasche darauf, nahm den Panamahut ab und legte ihn daneben. Dann wandte sie sich ihrer neuen Klasse zu. Die Jugendlichen fläzten auf ihren Stühlen und unterhielten sich. Zwölf Mädchen, zehn Jungen. Alle vierzehn oder fünfzehn Jahre alt. Doch nach und nach verstummten die Gespräche unter Mathildes kaltem Blick und der gemeißelten Strenge ihrer Mundwinkel.

»Guten Morgen. Ihr werdet künftig aufstehen und eure Gespräche einstellen, wenn ich das Klassenzimmer betrete. Ein Guten Morgen wäre zudem wünschenswert. Das üben wir gleich einmal.«

Mit viel Stühlerücken und Gestöhn begaben sich die Jugendlichen in eine annähernd aufreche Haltung. Dann ertönte ein Gebrumm, das sich wie kollektives Magenknurren anhörte.

»Soll'n das?« tönte es von einer der hinteren Bänke. »Wir sind Schüler, keine Marines.«

Kichern.

»Tobias Landwehr, nicht wahr?«

Nach dem Motto *Erkenne deinen Feind* hatte Mathilde jeden Schülerbogen studiert.

Der Schüler, ein kleiner Rothaariger mit Brille, nickte.

»Du tauschst bitte den Platz mit Uta Liesegang in der ersten Bank.« Ein dünnes Mädchen blickte erstaunt auf, entfaltete sich dann zu beachtlicher Länge und bewegte sich widerstrebend nach hinten. Tobias schlurfte nach vorn.

»Das Aufstehen dient euch als Zeichen, euch zu sammeln und auf meinen Unterricht zu konzentrieren«, erklärte Mathilde. »Setzt euch, bitte.«

Die Schüler plumpsten auf die Stühle, als hätten sie einen Marathon hinter sich, aber niemand redete mehr. Wieder musterte Mathilde einen nach dem anderen.

»Mein Name ist Degen. Einige von euch kennen mich. Ich mache keine Kuschelpädagogik. Lernen ist immer ein schmerzlicher Prozeß, egal was euch bisher darüber erzählt wurde. Wenn ihr Spaß haben wollt, dann seid ihr hier falsch. Hier geht es um Leistung.«

Sie ließ ihren Worten Zeit, in die Köpfe einzudringen, ehe sie fortfuhr: »Nun die Regeln: Ich dulde keinerlei Gespräche während des Unterrichts. Ich lege Wert auf Pünktlichkeit und Ordnung. Ich kontrolliere eure Mappen unangekündigt und unregelmäßig, Mappenführung wird benotet. Erfolg ist lediglich eine Frage der Disziplin. Was die Kleidung betrifft ...«, sie sah in die Runde, registrierte ein paar nackte Bäuche und umgedrehte Baseballkappen, »... wir sind hier nicht im Dschungelcamp und ihr seid auch nicht die Loser aus den *MTV*-Clips, die vor brennenden Ölfässern herumzappeln. Ah, und eines noch: Ich bin der modernen Kommunikationstechnik sehr zugetan, wir werden daher im nächsten Schuljahr zusammen die *Cebit* besuchen. Dennoch möchte ich der Sicherheit halber erwähnen, daß MP3-Player, Discmen und Mobiltelefone im Unterricht nichts zu suchen haben.«

Jetzt grinste die Klasse. Jeder kannte die Geschichte, wie Mathilde letztes Jahr ein musizierendes Handy aus dem Fenster des zweiten Stockwerks geworfen hatte. Der Apparat war auf dem Kopfsteinpflaster des Schulhofs zerschellt. Er hatte dem Biologielehrer gehört, der es auf dem Fensterbrett vergessen hatte. Seine Frau war zu der Zeit hochschwanger gewesen.

Mathilde war fürs erste zufrieden. Sie waren wie junge, ungezogene Hunde. Begegnete man ihnen mit natürlicher Autorität, dann war es ... Mathilde stutzte, als sich ihr Blick in einer weit aufgerissenen Mundhöhle verfing. Sie ging auf den Schüler zu.

»Lennart Schuster.«

»Äh, ja?«

»Du hast mich gerade angegähnt.«

»Ich habe nicht Sie angegähnt, Frau Degen, ich habe einfach so gegähnt. Für alle.«

Mathildes Augenbrauen schnellten nach oben. Die Sekunden dehnten sich, es war sehr still geworden. Dann sagte sie mit sanfter Stimme: »Ich weiß, es ist früh, und euer überbordender Hormonspiegel läßt euch Teenager nicht vor zwölf Uhr in der Nacht müde werden, weswegen ihr um acht Uhr morgens noch völlig unausgeschlafen seid. Ist es nicht so?« Sie sah den Gähner katzenfreundlich an.

»Ja, schon möglich.«

»Steh bitte mal auf, Lennart.«

Als mache ihm die Erdanziehung übermäßig zu schaffen, mühte sich der Schüler in die Senkrechte.

»Du weißt sicher, wo sich der Sanitätsraum befindet, nicht wahr? Da gehst du jetzt hin und hältst ein Nickerchen auf der Liege, sagen wir bis viertel vor neun. Für die Englischstunde bei meiner Kollegin solltest du ausgeschlafen sein.«

Schuster ging, nicht ohne seinen Kumpels zuzugrinsen. Aber es war kein Siegerlächeln, eher das Mundwinkelverziehen eines trotzigen Kleinkindes.

Mathilde wandte sich der Klasse zu. »Noch jemand, der seine Körperfunktionen nicht unter Kontrolle hat? – Gut. Dann wenden wir uns jetzt den Winkelfunktionen zu.«

Lukas stand vor dem Küchenwagen an. Zwei Häftlinge teilten labberige Brote, Marmelade und Diätmargarine aus. Das Fatale war: Weil es so wenig davon gab, mochte man das Zeug sogar irgendwann. Lukas war einer der letzten in der Schlange. Die vor ihm hatten es heute nicht besonders eilig, sie nervten den austeilenden Häftling mit Marmeladentauschwünschen und Beschwerden über angebliche Bevorzugung des Vordermannes. Lukas wartete geduldig, bis sie mit ihrem Palaver und den Kindereien fertig waren. Auf der anderen Seite des Treppenhauses lehnte Kusak in der Tür, trank aus einem Becher und grinste. Eine Vorahnung beschlich Lukas, als er mit dem Tablett in den Händen seine Zelle betrat.

Karim lag zusammengekrümmt neben der Kloschüssel und japste nach Luft.

»Was ist passiert?«

»Nichts«, keuchte Karim.

Lukas richtete ihn auf. Wie immer waren keine Verletzungen an Gesicht und Händen zu erkennen. Lukas zog Karims Sweatshirt hoch. Der ganze Oberkörper zeigte eindeutige Spuren von Schlägen und Tritten. Dazu kamen Schnitte wie von einer Rasierklinge.

»So kannst du nicht arbeiten. Sag, du hättest dir den Magen verdorben«, riet Lukas.

»Muß heute nicht arbeiten. Anwaltsbesuch.« Karims Stimme war ein heiseres Flüstern.

»Um so besser.«

Lukas half Karim auf das Bett und brachte ihm ein nasses Handtuch, um das Blut abzuwischen. Nicht, daß ihm allzuviel an Karim gelegen hätte, aber der junge Aserbeidschaner war ruhig, fügsam und sauber. Einen besseren Mitbewohner konnte man sich an diesem Ort nicht wünschen. Keiner von beiden kam auf die Idee, den Vorfall zu melden. Solche Dinge regelte man ohne die Obrigkeit. Doch selbstverständlich würde der Übergriff Konsequenzen haben, denn wenn er Kusak das durchgehen ließ, würde Lukas hier bald kein Bein mehr auf den Boden bekommen.

Mathilde hatte *Die gläserne Zelle* inzwischen gelesen. Es war mühsam gewesen, denn eigentlich las Mathilde lieber Sachbücher. Geschichten zu lesen, die sich jemand ausgedacht hatte, empfand sie als Zeitverschwendung. Dieses Buch war noch dazu deprimierend. Sicherlich ließen sich die Verhältnisse in amerikanischen Gefängnissen während der Sechziger nicht mit dem modernen deutschen Strafvollzug vergleichen. Und doch hatte sie, während sie Kapitel um Kapitel in sich hineinwürgte, ständig Lukas Feller vor Augen: seinen Cäsarenkopf mit den markanten Kerben, den klassisch-schönen Mund und seine Augen, diese wasserklaren Eisblöcke, deren unbewegter Blick dennoch jede Regung verfolgte.

Seit Tagen überlegte sie, ob sie es tun sollte. Am Sonntag hatte sie sich mit ihrer Großmutter darüber beraten.

– ›Wo ist das Risiko?‹ hatte sie gefragt. ›Ich erfahre es nicht, wenn er das Buch einfach wegwirft. Aber vielleicht mache ich ihm damit ja eine Freude.‹

– ›Sieh an, Mathilde. Es geht also darum, einem bedauernswerten Häftling eine Freude zu machen? Das glaubst du doch selbst nicht, Mathilde Degen, die du bisher noch nie sonderlich sozial veranlagt warst!‹ - hörte Mathilde ihre Großmutter antworten, natürlich nur in Gedanken. Schließlich war Mathilde nicht verrückt, auch wenn sie sich mit einem Grabstein unterhielt. *Merle Degen, geborene Steinberg, geboren am 14. 3. 1916 – verstorben am 28. 4. 2000* verkündete die goldfarbene Inschrift auf dem grauen Granit.

– ›Zeit, damit anzufangen‹, hielt Mathilde dagegen.

– ›Dir sind doch die Konsequenzen bewußt, die eine solche Geste nach sich ziehen kann? Bestimmt wird er dir einen Dankesbrief schreiben, dann mußt du antworten, und es wird kein Ende nehmen.‹

– ›Was ist dabei, wenn mir ein Häftling schreibt?‹

– ›Ein Mörder, Mathilde! Er hat getötet, er gehört nicht mehr zur zivilisierten Welt.‹

– ›Unsinn! Um das zu beurteilen, müßte ich Details über seine Tat erfahren. Außerdem kann ich den Kontakt jederzeit abbrechen. Schließlich ist *er* eingesperrt, und ich bin draußen‹, hatte sie konstatiert und danach eilig die Grabstätte verlassen, denn es näherte sich eine ältere Dame, die sie mißtrauisch ansah.

Entschlossen ging sie nun mit dem Buch ins Arbeitszimmer und suchte nach einem passenden Umschlag. Die Adresse der JVA Hannover fand sie im Telefonbuch.

Sollte sie etwas in das Buch hineinschreiben?

Auf keinen Fall. Worte, die man in ein Buch schrieb, bekamen einen feierlich-endgültigen Charakter, fast wie Worte auf einem Grabstein. Genau, das war es! Es wäre interessant zu erfahren, was sich ein Mörder auf den Grabstein schreiben würde. Sie würde ganz nonchalant an ihr Gespräch anknüpfen. Nur keine große Sache daraus machen.

Sie nahm eines ihrer Kärtchen mit dem Aufdruck *Mathilde Degen* in Stahlstich. Von ihren fünf Füllern wählte sie den ebenholzfarbenen *Faber*, der seidenweich schrieb. Ihre Hand war ruhig, als sie in ihrer klaren, steilen Handschrift schrieb:

Welche fünf Worte würden Sie auf Ihren Grabstein schreiben? Grüße, M. Degen

Aber ihr Herz klopfte wild.

Mathilde verbrachte die große Pause am liebsten draußen an der Luft. Da sich jedoch gerade ein Sommergewitter über der Stadt entlud, blieb nur das Lehrerzimmer. Jemand hatte die Tür nicht sorgfältig geschlossen, und als sich Mathilde näherte, war ihr, als hätte sie ihren Namen gehört. Sie blieb stehen.

»... wird langsam ein wenig eigenbrötlerisch.«

Die Stimme von Johann Isenklee, Englisch und Sozialkunde.

»So ist das eben, wenn man keine Familie hat. Keine Ahnung vom Leben.«

Hatte der Familienmensch Isenklee nicht letztes Jahr seine Frau wegen einer achtundzwanzigjährigen Referendarin verlassen?

»Und dann diese Hüte, wie eine alte Jungfer«, bestätigte die Stimme von Corinna Roth, Latein und Geschichte. Ausgerechnet diese schlampige Fregatte mußte ihr Schandmaul an Mathilde wetzen! Corinna Roths Sohn war ein stadtbekannter Junkie und sie selbst schien nur auf ihre Frühpensionierung zu warten, um sich vollends dem Suff zu ergeben.

»Hat sie schon eine Katze?« lachte eine junge Männerstimme.

Auch du, mein Brutus, erkannte Mathilde betrübt die Stimme von Rolf Böhnert, dem Musiklehrer.

»Von einem Mann ist jedenfalls nichts bekannt«, sagte die Roth. »Würde mich auch wundern bei dem Besen.«

»Vielleicht ist sie eine von diesen Kampflesben«, lästerte Isenklee nicht eben taktvoll, wo doch eigentlich jeder wußte, daß Rolf Böhnert homosexuell war. Der lenkte prompt ab, indem er fragte: »Wie vielen Handys hat sie wohl in dieser Woche schon das Fliegen beigebracht?«

Über Mathildes Nase grub sich eine steile, tiefe Falte ein. Im Grunde war sie unantastbar. Seit Jahren erzielten ihre Schüler mit Abstand die besten Noten. Ihre letzte Abiturklasse hatte als beste der Schule abgeschlossen und war die drittbeste Abiturklasse von Niedersachsen gewesen. Die Elternschaft schätzte Mathilde und legte Wert darauf, daß man ihren Kindern etwas abverlangte. Natürlich kam es hin und wieder vor, daß eine allzuzart besaitete Berufsmutter Mathildes Methoden rügte. Zu einer hatte Mathilde vor den Ferien gesagt: »Wenn Sie etwas gegen Leistung haben, sollten Sie Ihren Sohn in die Waldorfschule schicken. Dann kann er am Ende der Zehnten vielleicht schon seinen Namen tanzen.«

Direktor Ingolf Keusemann hatte sie danach unter vier Augen um etwas Mäßigung im Umgang mit den Eltern gebeten. »Wir sind eine Privatschule, Mathilde. Wir leben vom Geld dieser Leute!«

Mathilde war egal, ob man sie im Kollegium mochte oder nicht. Sie selbst konnte die meisten ihrer Kollegen ebenfalls nicht leiden. An der Spitze war man nun einmal einsam. Aber offensichtlich hatte Mathilde es mit der Diskretion übertrieben. Einem Ruf als verschrobene alte Jungfer oder gar als Lesbe galt es entgegenzuwirken. Allzurasch konnte sich daraus ein Autoritätsproblem ergeben.

»Ihr seid wirklich armselig! Als ob es über euch nichts zu sagen gäbe«, mischte sich da eine zornige Stimme in die Unterhaltung ein.

Die tapfere Leona Kittelmann. Immerhin.

Ein Geräusch ließ Lukas aufhorchen. Zuerst hatte er nur das gewohnte Kettenrasseln, Schlüsselklirren, Türenknallen vernommen. Dazu die tranigen Stimmen der Männer, ihre schlurfenden Schritte, das Quietschen des Küchenwagens, Geschirrklappern, das Piepsen der Metallsonde vor der Station, das alles bildete einen Geräuschteppich mit vertrautem Muster. Es waren die Klänge, die einen den ganzen Tag über verfolgten. Dann aber: schwere Schritte, Winseln, das Geräusch von wetzenden Krallen. Er lächelte zufrieden. Auf Connys Wetterbericht war doch stets Verlaß.

Türen wurden aufgerissen.

»Raustreten, sofort raustreten! Haftraumkontrolle.«

Lukas verließ seine Zelle und stellte sich zusammen mit den anderen Häftlingen im Flur auf. Der Hundeführer war mit dem Diensthund der Anstalt und einem ganzen Trupp Wachpersonal aufmarschiert. Der Hund passierte die Reihe der Männer anscheinend ohne Interesse, doch er würde es sofort merken, wenn jemand etwas am Körper versteckte. Drogen schienen für diese Tiere so intensiv zu riechen wie Thüringer Bratwurst. Lukas empfand jedesmal Bewunderung für die Arbeit des Hundes.

Jetzt war seine Zelle an der Reihe. Der schwarze Schäferhundrüde beschnüffelte sein Schuhputzzeug. Lukas war bekannt für seinen Schuhputztick. Der Schließer öffnete alle fünf Dosen. Wenig später kamen Herr und Hund heraus, gefolgt vom Schließer.

»Zu viele Bücher, Herr Feller. Sie wissen doch, daß nur fünf erlaubt sind. Sie haben acht.«

»Drei davon gehören Karim.«

»Der kann doch gar nicht lesen«, wandte der Schließer ein.

»Deswegen darf er doch Bücher haben, oder etwa nicht?«

»Treiben Sie es nicht zu weit, Herr Feller!«

Lukas schug sich mit einer theatralischen Geste gegen die Brust und versprach, die drei überzähligen Bücher am Montag in die Bücherei zurückzubringen.

Korinthenkacker! Mit den weiblichen Bediensteten kam Lukas Feller entschieden besser zurecht.

Sie zogen weiter. Lukas wartete mit der Geduld und der Gespanntheit einer Raubkatze. Kusaks Haftraum war nun an der Reihe. Gestern, beim Hofgang, hatte Kusak Lukas zugeflüstert: »Wie geht es deinem kleinen Schwanzlutscher? Ist sein Arsch schon wieder zu gebrauchen?«

»Er kommt seinen Pflichten nach«, hatte Lukas nur geantwortet.

Kusak hatte seit kurzem eine Zelle für sich allein. Vermutlich wollte niemand für die Sicherheit eines Mitbewohners garantieren. Es dauerte keine zwei Minuten, bis Hund und Herr aus der Zelle zurückkamen. Aus tiefer Kehle knurrend hatte sich das Tier in eine Rolle aus Bast verbissen, die sein Herr mit beiden Händen festhielt. Die umstehenden Häftlinge drückten sich eingeschüchtert an die Wand. Lukas blieb gelassen, er kannte die Prozedur. Das Zerrspiel war die Belohnung für den Hund. Durch die martialischen Laute der Bestie hörte man den lauten Befehl: »Kusak! Umdrehen! Beine auseinander, Hände an die Wand!« Der Vollzugsbeamte trat aus Kusaks Zelle. Er trug Latexhandschuhe und hielt ein kleines Tütchen in die Höhe.

»Im Fuß des Wasserkochers. Nicht gerade das originellste Versteck, Kusak.«

»Scheiße! Was ist das?«

»Umdrehen und Hände an die Wand, hab ich gesagt!« bellte sein Kollege.

»Das ist getürkt! Damit habe ich nichts zu tun! Ich bin unschuldig!« brüllte Kusak und begann sich zu wehren, als ihm der Schließer Handschellen anlegen wollte. Sofort stürzten sich drei kräftige Bedienstete auf ihn, der Hund raste, die Häftlinge johlten und pfiffen, für einen Samstagmorgen war reichlich viel los. Als man Kusak an ihm vorbeiführte, blieb Lukas' Gesicht ausdruckslos. Hinter Kusak hörte er einen Bediensteten murmeln: »Immer dieselbe Leier, alle sind sie unschuldig wie die Lämmer.«

Schon immer war für Mathilde klar gewesen, daß sie niemals etwas mit einem Kollegen anfangen würde. Auch dann nicht, wenn er jung, blond und wie ein griechischer Gott gebaut war, sie das ganze Jahr über anlächelte und versuchte, sie in Diskussionen über Didaktik zu verwickeln.

»Nehmen Sie es mir nicht übel, Mathilde, aber Ihr Unterricht erinnert mich ein klein wenig an das vorvorige Jahrhundert.«

»Es gab schon schlechtere Jahrhunderte.«

»Zugegeben.«

»Ich halte es mit den preußischen Tugenden. Wo wir gerade dabei sind: Können Sie die aufzählen, Herr Kollege?«

»Pflichtbewußtsein, Unbestechlichkeit, Sparsamkeit, Ehrlichkeit … ähm …«

»Haltung, Ehre, Ordnungssinn, Bildung, religiöse Toleranz, gerechte Justiz.«

»Und was geschah zu guter Letzt mit dem preußischen Staat, Frau Kollegin?«

»Er ging unter.«

»–«

Insgeheim schätzte Mathilde die Scharmützel mit dem aufsässigen Referendar.

Doch Mathilde hielt sich an ihr Prinzip, Beruf und Privatleben zu trennen. Das hatte er schließlich akzeptiert. Bis zum Beginn der Sommerferien, dem Ende seines Referendariats. Da stand er vor ihrer Tür.

»Also gut«, kapitulierte Mathilde. »Ich nehme dich mit nach oben, lege dir eine Decke vor den Ofen und stelle dir ein Schälchen Milch in die Küche. Nur hör auf, mich so weidwund anzusehen.«

Sie trafen sich immer dann, wenn Florian seine Eltern in Hannover besuchte. Das geschah etwa alle zwei Monate und stets ohne Zeugen. Daß Florian heute, ein gutes Jahr danach, an Mathildes Geburtstagstafel sitzen durfte, hatte ihn überrascht.

Jetzt war das Essen vorbei – Sommersalat mit Sprossen, gefüllte Zucchiniblüten, Rochen in Limonensoße, Zabaione.

»Es war köstlich, wie immer«, rief Direktor Ingolf Keusemann nach dem Espresso.

»Ich muß unbedingt das Rezept von diesem Dorsch haben!« verlangte seine Frau.

»Rochen«, korrigierte Mathilde.

»Der ist sicher total kalorienarm!« Brigitte Keusemann trug eines ihrer mehrlagigen Kleider, mit denen sie ein paar Kilo Übergewicht zu kaschieren versuchte.

»Wie du das immer so hinkriegst, du hast bestimmt den ganzen Tag geschuftet«, meinte Leona Kittelmann anerkennend.

»Und trotzdem sieht sie strahlend und erholt aus«, fügte Florian hinzu und küßte Mathilde zart den Handrücken. Bis jetzt war Mathilde mit Florians Auftreten sehr zufrieden. Er spielte die ihm zugedachte Rolle perfekt und ohne daß Mathilde sie ihm zuvor hätte erklären müssen. Hoffentlich, überlegte sie, zog er aus ihrer Einladung keine falschen Schlüsse.

»Es ist alles eine Frage der Organisation«, entgegnete Mathilde.

»Fühlen Sie sich wohl in Dresden?« wandte sich Direktor Keusemann an Florian.

»Ja. Mathe und Physik scheinen die Lieblingsfächer der Dresdener Schüler zu sein«, grinste Florian.

»Passen Sie nur auf, daß Sie nicht erschossen werden«, warf Brigitte Keusemann ein. Ihr Gatte schleuderte ihr einen vernichtenden Blick zu.

»Mathilde, geben Sie meiner Frau bitte keinen Wein mehr«, bat er.

Man trank einen weißen Sancerre – bis auf Ingolf Keusemann, der fragte: »Kann ich noch was von dem Anghelos haben? Rotwein ist besser für meine Pumpe.«

Aber nicht für meine Tischwäsche, dachte Mathilde beim Anblick der Olympischen Ringe, die sein Glas auf dem weißen Leinen hinterlassen hatte.

»Ich war neulich auch beim Kardiologen, zur Generalüberholung«, hörte sie sich sagen, während sie ihrem Gast nachschenkte. »Ich habe mit einem Häftling im Wartezimmer gesessen. Er trug Handschellen und wurde von zwei hünenhaften Männern eskortiert.«

Mathilde hatte nicht davon anfangen wollen, wirklich nicht, und niemand war erstaunter über ihre Worte als sie selbst. Deshalb fügte sie schnell hinzu: »Ich bin noch nie einem Mörder begegnet. Zumindest nicht wissentlich.«

»Einem Mörder?« fragte Florian interessiert. »Woher weißt du das?«

»Weil er es gesagt hat.«

»Wow«, rief Leona beeindruckt aus und kippte ihren Wein auf einen Zug hinunter. Ihre vollen Wangen glühten, und sie roch heute besonders intensiv nach Pudding. Leona benutzte Vanille-Bäder, Vanille-Cremes und Vanille-Shampoos. Für diesen Abend hatte sie ihr Haar zu einem schlampigen Knoten hochgesteckt, aus dem sich allmählich die Locken lösten wie bei einer Schlingpflanze. Mathilde konnte kaum noch hinsehen, so sehr juckte es sie in den Fingern, auf Leonas Kopf für Ordnung zu sorgen.

»Wen hat er ermordet?« fragte Ingolf Keusemann.

»Das hat er mir nicht verraten«, bedauerte Mathilde und versuchte, den Kurs zu korrigieren: »Habt ihr gewußt, daß Häftlinge wie Privatpatienten abgerechnet werden? Auf Staatskosten!«

»Nein! Tatsächlich?« empörte sich Brigitte Keusemann.

»Ja, ich habe nachgefragt. Von wegen Zweiklassengesellschaft«, bemerkte Mathilde, und dachte dabei an Franziska. Sie hatte erwogen, ihre Mutter einzuladen. In Gesellschaft konnte sie recht espritvoll sein. Aber womöglich hätte sie nach dem Dessert einen Joint gebaut, und außerdem war zu befürchten gewesen, daß sie ihren morschen Galan mitbrachte. Mathilde überlegte, ob sie ein einziges Paar kannte, bei dem sie beide mochte. Nein. Eine Hälfte war immer enttäuschend. Dieser Schulpsychologe, den Leona heute zum erstenmal dabeihatte, war auch nicht der Mann, den sich Mathilde idealerweise an ihrer Seite vorstellte. Außer den Begrüßungsworten und einem Lob für das Essen hatte er noch kein Wort gesagt. Vielleicht war er ein stilles, tiefes Wasser. Oder Leona hatte Torschlußpanik – mit vierunddreißig.

»Jeder Mensch kann unter bestimmten Voraussetzungen in eine Situation kommen, in der er einen anderen tötet. Hat George Bernard Shaw gesagt«, warf Florian in die Runde.

»Und ich wette, jeder Richter, der den Kollegen Isenklee kennen würde, würde den Täter begnadigen«, sagte Leona.

»Und er würde obendrein fragen: *Warum erst jetzt?*« ergänzte Mathilde.

»Contenance, meine Damen!« mahnte Direktor Keusemann und grinste dabei.

»Aber es war schon eigenartig. Ohne die Handschellen hätte man ihm gar nichts angesehen«, berichtete Mathilde.

Leona legte die Hände mit den langen, grellorangefarbenen Fingernägeln an den Mund und riß die Augen betont weit auf. »Was denn? Er trug kein Kainsmal auf der Stirn und hatte keine glühenden Augen?«

»Blödsinn.«

»So abwegig ist das nicht«, sagte Jens Ostermann, der Schulpsychologe, und da er bis jetzt geschwiegen hatte, bekamen seine Worte auf einmal übermäßig viel Gewicht. Alle Blicke richteten sich auf sein bleiches Pferdegesicht, als er erklärte: »Hirnforscher haben bei

Psychopathen meßbare Funktionsdefizite des Frontalhirns nachgewiesen. Sie sind sogar erblich.«

»Ach«, bemerkte Mathilde. »Ich dachte immer, die Mütter sind an allem schuld. Jetzt ist es das Frontalhirn.«

»Wenn es an der Hirnstruktur liegt«, fragte Florian, »könnte man es dann operieren?«

»Nein«, antwortete Jens. »Weder operieren noch therapieren. Psychopathen sind und bleiben Psychopathen.«

»Das klingt, als hätten diese Leute gar keinen freien Willen.«

»So ist es. Sie sind determiniert durch ihr Gehirn. Aber das ist bei uns allen so, das behauptet zumindest die Forschung in jüngster Zeit. Es gibt keinen freien Willen. Wir glauben nur, daß wir frei entscheiden. In Wirklichkeit hat unser Gehirn längst für uns entschieden.«

»Auf welcher Grundlage denn?« fragte Mathilde.

»Aufgrund unserer sozialen und biologischen Wurzeln«, antwortete Jens, und Mathilde grübelte: Was ist schiefgelaufen bei meiner Sozialisation, daß ich mich zu einem Mörder hingezogen fühle? Oder gibt es ein schwarzes Schaf in meiner Ahnenkette?

»Was ist denn der Unterschied zwischen einem gewöhnlichen Mörder und einem Psychopathen?« wollte Brigitte Keusemann wissen.

»Grob vereinfacht: Zum Mörder wird man, ein Psychopath ist man«, erklärte Jens und präzisierte sogleich seine Aussage: »Psychopathen kennen von klein auf weder Mitgefühl noch Schuld. Nur Selbstmitleid. Sie lügen und betrügen und nehmen sich, wovon sie glauben, daß es ihnen zusteht. Sie sind beziehungsunfähig. Aber das herausragendste Merkmal ist: Sie sind furchtlos. Weil sie schon als Kinder keine Angst vor Strafen haben, entwickeln sie kein Gewissen. Aufgrund ihrer Furchtlosigkeit rechnen sie auch nie damit, gefaßt zu werden. Und wenn das doch passiert, dann sind sie beim nächstenmal trotzdem davon überzeugt, daß es gutgehen wird.«

Nach dieser langen Rede hatten seine Wangen ein wenig Farbe angenommen.

»Das hört sich eher nach einem Konzernmanager an«, fand Florian.

»Stimmt, es muß nicht immer kriminell enden. Helden und Draufgänger sind aus einem ähnlichen Stoff.«

»Das war mein Stichwort«, sagte Florian. Er stand auf und trug die leere Weinflasche in die Küche, wobei Leona selbstvergessen auf seinen Hintern starrte.

»Wenn man Gewalttätigkeit im Gehirn nachweisen kann, dann könnte man diese Leute doch ... nun ja ... sicher verwahren? Vorsorglich ...«, überlegte Ingolf Keusemann laut.

»Die Idee ist nicht neu. Schon seit über hundert Jahren schneiden Hirnforscher Verbrecherhirne in Scheiben. Aber der biologische Defekt ist nur *eine* Ursache. Erziehung und soziales Umfeld spielen schon auch eine Rolle«, schränkte Jens ein.

Doch Ingolf Keusemann ließ sich nicht so leicht von seinem Gedanken abbringen. »Wenn jemand eine gefährliche Infektionskrankheit hat, wird er in Gewahrsam genommen, das ist Gesetz. Zum Schutz der Allgemeinheit wird die Freiheit des einzelnen beschnitten. Angenommen, irgendwann ist man mit der Diagnostik so weit, daß man einen gefährlichen Psychopathen zweifelsfrei identifizieren kann, ist es dann nicht ebenso angebracht, die Allgemeinheit vor dieser Gefahr zu schützen?«

Jens zuckte die Schultern. »Wer weiß, was in zehn Jahren sein wird?«

»Am besten, man checkt sie alle gleich bei der Einschulung«, meinte Mathilde, und Brigitte Keusemann, taub für Ironie, stimmte ihr lebhaft zu.

»Mama, halt mal kurz meine Schultüte, ich muß noch zum Kernspin«, witzelte Leona und schlug vor: »Dann müßte man nur noch so etwas wie Vorsorgeknäste bauen.«

»Allerdings«, stimmte ihr Jens zu. »Denn wir reden hier von etwa fünf Prozent der männlichen Bevölkerung.«

»Was, so viele verkorkste Kerle laufen herum?« rief Leona entsetzt.

»Mehr oder weniger verkorkst, ja. Bei Frauen ist es übrigens nur ein Prozent.«

»Woher wissen Sie so gut darüber Bescheid?« fragte Mathilde. Jens mußte etwa in ihrem Alter sein, aber sie fand es unangebracht, ihn einfach zu duzen.

»Ich habe mal eine Diplomarbeit darüber geschrieben, seither verfolge ich das Thema«, antwortete er.

Leona fragte: »Woran erkenne ich denn nun einen Psychopathen, falls ich mal einen treffen sollte?«

»Gar nicht«, antwortete Jens. »Im Gegenteil, er wird dein Vertrauen gewinnen und dich in Sicherheit wiegen. Denn wenn sie intelligent sind, tarnen sie ihren Gefühlsmangel perfekt. Es gibt unter ihnen sehr einnehmende Persönlichkeiten, die sogar ihre Therapeuten hinters Licht führen.«

»Man kann demnach keinem Menschen trauen«, folgerte Leona.

Florian trug sechs Champagnergläser auf einem Tablett herein.

»Genau«, sagte er, stellte das Tablett ab und legte seine kühlen Hände von hinten um Mathildes Hals. Mathilde zuckte zusammen. Florian küßte sie übermütig auf die Schulter. Sein Dreitagebart kratzte. Ingolf Keusemann und seine Frau tauschten einen Blick, der sie verriet. Dieser Abend würde die Lästermäuler stopfen, hoffte Mathilde. Und auch Leona würde, obwohl sie loyal war, eine solche Neuigkeit nicht lange für sich behalten können. Ein zwölf Jahre jüngerer Liebhaber – genau dieser Hauch von Unmoral und Verruchtheit hatte ihrem Image noch gefehlt.

Mathilde legte eine neue CD ein. Klaviermusik perlte durch den Raum, den sie ihren »Salon« nannte. Sie hatte die Wand zwischen Wohn- und Eßzimmer herausreißen lassen, so daß eine großzügige Zimmerflucht entstanden war.

Florian reichte die Champagnergläser herum.

»Leute, es ist zwölf Uhr! Trinken wir auf Mathildes Geburtstag!«

Mathilde, die schon einige Gläser intus hatte, war plötzlich so, als würde sie auf die Szene herunterschauen wie eine Zuschauerin vom Balkon eines Theaters. Es war einer dieser Augenblicke, in denen ihr das Leben perfekt vorkam: die Kerzen auf dem Tisch, die Musik, die Gäste, die gegessen, getrunken, ihre Kochkünste gelobt, ihre Wohnung bewundert und ihre Hutsammlung bestaunt hatten, ihr Liebhaber, das frisch bezogene Bett, das nebenan auf sie wartete. Und mitten in diesem Zustand satter Vollkommenheit spürte sie auf einmal, wie ein Gefühl der Kälte herankroch. Es hatte nichts mit der Temperatur im Raum zu tun. Es war die Angst, irgend etwas könnte dieses perfekte Leben zerstören.

2

Es war bereits acht Uhr, als Mathilde leise aufstand. Zuerst machte sie ihre Yogaübungen: zwanzig Sonnengebete, zwei Minuten Kopfstand. Sie unterdrückte den starken Drang, sofort mit den Aufräumarbeiten zu beginnen. Florian könnte davon aufwachen und mit ihr frühstücken wollen. Mathilde haßte Anblick und Geräusche brötchenkauender Menschen, besonders am Morgen. Zu dieser Zeit brauchte sie das Alleinsein unbedingt und uneingeschränkt. Schon der Anblick des schlafenden Geliebten hatte in ihr die brennende Sehnsucht nach seiner Abwesenheit geweckt. Ich bin eine Frau für die Nacht, bereits das Frühstück danach überfordert mich, erkannte sie. Sie setzte Teewasser auf und ging die Zeitung holen.

Im ersten Stock konnte es passieren, daß man von einem Schwall Maiglöckchenparfum und Geschwätz überfallen wurde, weshalb Mathilde an dieser Stelle ihre Schritte dämpfte. Heute jedoch drangen fremde Stimmen und abgestandene Luft aus der offenen Wohnungstür in den kühlen Hausflur. Mathilde eilte mit angehaltenem Atem weiter. Die Haustür stand sperrangelweit offen, davor parkte ein schwarzer Kombi mit Gardinen in den hinteren Fenstern.

Auf dem Rückweg mußte Mathilde dem Transportsarg ausweichen, der von zwei Männern in dunkler Kleidung hinuntergetragen wurde. Sie rief sich die Landtagsabgeordnetenwitwe im Treppenhaus ins Gedächtnis: ein über den Stufen schwankendes Gesäß in chinablauer Seide, ein von zu viel Kosmetik erschlafftes Gesicht mit aufgemalten Augenbrauen. Schon die ganze Woche, fiel Mathilde nun ein, war es da unten verdächtig ruhig gewesen. Weder an den *Sternstunden der Volksmusik,* noch an den *deutschen Schlagerjuwelen* hatte sie, auf dem Balkon sitzend, akustisch teilhaben dürfen. Wie einsam mußte man sich fühlen, um sich der synthetischen Fröhlichkeit solcher Programme auszuliefern? Hatte die Frau etwa tagelang tot in ihrer Wohnung gelegen? Vielleicht wird mir das auch eines Tages passieren, dachte Mathilde.

Sie goß Tee auf und zog zur Ablenkung eine Tarotkarte. Die drei Stäbe: *Tugend*. Sehr passend an diesem Morgen, dachte sie amüsiert, als das Läuten des Telefons die Stille durchbrach. Mathilde, um den Schlaf ihres Liebhabers besorgt, hastete an den Apparat.

Während der vergangenen Tage hatte sie erwartungsvoller als sonst ihren Briefkasten geöffnet. Mit einem Anruf hatte sie jedoch nicht gerechnet. Sie erkannte die Stimme sofort – diese Stimme, die Phantasien in Gang setzte. Nur der Form halber fragte sie: »Mit wem spreche ich, bitte?«

»Lukas Feller. Sie haben mir ein Buch geschickt. Ich habe mich darüber gefreut und möchte mich bedanken.«

»Hat es Ihnen gefallen?«

»Ja. Und Ihnen?«

»Es ging so.« Für alle Fälle ging Mathilde mit dem Schnurlosen auf den Balkon.

»Jetzt sind Sie draußen.«

Mathilde beugte sich über ihre Küchenkräuter, die in Kästen am Balkongeländer hingen. Der Leichenwagen war fort. »Ja, es ist ein schöner, sonniger Tag.«

Was rede ich für Unsinn? Aus dem Fenster schauen kann er ja wohl auch.

»Ich höre Vögel zwitschern.«

»Spatzen. Sie sitzen hier überall in den Bäumen herum.«

»Gibt es viele Bäume in Ihrer Straße?«

»Ein paar. Aber mehr Autos als Bäume, wie überall. Woher haben Sie meine Nummer?« Mathilde stand nicht im Telefonbuch.

»Ich bin zuerst bei Ihrer Mutter gelandet. Die war so freundlich ...«

Das passierte leider öfter. Der Anschluß war unter M. Degen, was eigentlich Merle Degen hieß, im Telefonbuch verzeichnet. Franziska ließ es nicht ändern, weil das M nun ihrer Meinung nach für ihren Seelen- und Künstlernamen Mara stand.

»O je!« entfuhr es Mathilde. »Ich hoffe nur, sie war einigermaßen höflich und bei Sinnen.« Und nüchtern, fügte sie in Gedanken hinzu.

»Durchaus. Wir haben uns sehr gut unterhalten. Ich habe mich als Kollege von Ihnen ausgegeben.«

»Lebt Ihre Mutter noch?« fragte Mathilde, um das Gespräch in andere Bahnen zu lenken.

»Ja. Aber wir haben keinen Kontakt. Schon lange nicht mehr.«

»Haben Sie sonst Verwandte?«

»Nein.«

Stille. Mathilde betrachtete gedankenverloren einen Klecks Taubenkot auf der Balkonbrüstung. Sie genoß das Gefühl, mit ihm verbunden zu sein. Aber was redete man mit einem Häftling?

»Was haben Sie heute noch vor?« Es klang, als wollte er sie zum Essen einladen.

»Ich werde die Wohnung aufräumen, einkaufen gehen und mir eine Ausstellung im Sprengel-Museum ansehen.« Es kam Mathilde grotesk vor, auf ihrem Balkon zu stehen und mit einem Gefängnisinsassen über ihre Freizeitgestaltung zu reden. »Und was machen Sie heute noch?«

»Ich werde dreimal ums Haus joggen, dann nehme ich ein Bad und lasse mir vom Zimmerservice das Menü bringen.«

»Entschuldigung. Ich wollte nicht ...«

»Nein, nein. Ich verstehe das gut. Sie haben keine Ahnung, wie es im Knast ist.«

»Nein, zum Glück nicht.«

Unvermittelt sagte er: »Ich möchte Ihnen zu Ihrem Geburtstag gratulieren, Mathilde.«

»Danke«, sagte Mathilde verblüfft.

»Ich muß jetzt Schluß machen«, sagte er. Es klang hastig. War telefonieren verboten, gab es Zeitlimits?

»Woher wissen Sie, daß ich ...?«

Aber er hatte schon aufgelegt, und Mathilde fühlte sich, als hätte man sie gerade um etwas Kostbares betrogen. Die Frage nach seiner Grabsteininschrift hatte er auch nicht beantwortet.

Marion Klosa saß an ihrem Platz vor dem Monitor und aß blaue Weintrauben. Es war ruhig auf der Station, samstags hatten viele

Häftlinge Besuch. Kusak war fort. Seinen Haftraum bewohnten nun zwei Marokkaner, Drogenkuriere, angeblich clean. Sie würde ein Auge auf die beiden haben.

Marion Klosa wurde das Gefühl nicht los, daß Feller hinter dem Drogenfund in Kusaks Zelle steckte. Wenn schon. Sie würde sich hüten, da nachzuhaken. Bei Kusak paarte sich eine dunkelbraune Gesinnung mit dem Gehabe eines Mafiabosses aus einem billigen Film. Eine unerträgliche Mischung. Zudem hatte er die Russen um sich geschart. Die Rußlanddeutschen waren eine unzugängliche Problemgruppe, die ausschließlich den Gesetzen ihrer mafiös strukturierten Sippschaft gehorchte. Brach einer aus, konnte es ihn das Leben kosten. Nicht auszudenken, was los wäre, wenn so etwas auf ihrer Station passierte. Sofort würde es hintenherum heißen, daß weibliches Vollzugspersonal eben doch ein Sicherheitsrisiko darstellte. Um solches Gerede zu vermeiden, hatte sie auch Karims fadenscheinige Erklärung akzeptiert, die er für den Bruch zweier seiner Rippen bereitgehalten hatte: Er sei ausgerutscht und auf die Toilettenschüssel geknallt. Ein netter Kerl, aber naiv. Weigerte sich, Lesen und Schreiben zu lernen. Plante eine Karriere als Rapper.

Was Bildung und Intelligenz betraf, hegte Marion Klosa keinerlei Illusionen über ihre Klientel. Bei den meisten zeugten schon ihre Taten von ihren Defiziten: in Panik geratene Bankräuber, besoffene Schläger, eifersüchtige Machos und junge Kerle, die ihre Schwestern ehrenhalber abgestochen hatten. Manche Häftlinge holten im Knast immerhin ihren Hauptschulabschluß nach oder absolvierten eine Berufsausbildung. Einigen half das, danach ein straffreies Leben zu führen, vielen nicht.

Den charismatischen, intelligenten Strafgefangenen gab es natürlich auch. Der saß in der Regel allerdings nicht hier, in der normalen Strafhaft, sondern in der Sozialtherapeutischen Abteilung. Es war absurd, aber die Gefangenen, die sympathisch wirkten und umgänglich waren, kamen oft aus den dunkelsten Ecken: Sexualmörder, Vergewaltiger, Kinderschänder.

Nicht nur Marion selbst, sondern ein jeder vom Personal und auch die meisten Häftlinge waren froh, daß Kusak in die Einweisungsabteilung verlegt worden war. Voraussichtlich zum Jahresanfang würde man ihn in die nagelneue Haftanstalt Sehnde überstellen, die im Dezember öffnete. Bloß weg mit dem Kerl! So lange Lukas Feller unter den Häftlingen ihrer Station das Sagen hatte, lief alles einigermaßen gerade. Feller war klug und kultiviert. Dennoch – wenn Marion Klosa ihn beobachtete oder mit ihm redete, hatte sie immer das Gefühl, daß hinter seiner aufsässig-charmanten Fassade etwas Dunkles, Abgrundböses lauerte.

Auf der anderen Seite der schweren Gittertür zur Station erschien die dicke Erika. Sie hielt einen gepolsterten DIN-A4-Umschlag in der Hand. Man sah, daß der Umschlag auf einer Seite geöffnet worden war.

»Gibt's was Besonderes?« Das war anzunehmen, wenn sich Erika persönlich bis ins dritte Stockwerk bemühte.

»Kann man so sagen«, schnaufte sie und füllte das Stationsbüro mit ihrem Geruch nach Schweiß und einem grellen Deo. »Einen etwas sonderbaren Liebesbeweis.«

Vor Marion Klosas innerem Auge erschienen Bilder von getragenen Dessous und bizarre Aktfotos. Manchmal war sie nahe daran, am weiblichen Teil der Menschheit zu verzweifeln: Die Straftäter konnten noch so tumb und unattraktiv sein, fast jeder von ihnen verfügte über mindestens eine willige Adjutantin. Je krimineller, desto anziehender schienen Männer auf eine gewisse Sorte von Frauen zu wirken. Mörder standen ganz oben auf der Beliebtheitsskala. Ihre ältere Kollegin wußte von einem fünffachen Mörder im Hochsicherheitsgefängnis Celle, der die doppelte Anzahl weiblicher Groupies hatte. Dabei war der Kerl ein unscheinbares Männchen, das kaum einen korrekten Satz herausbrachte.

»Für wen?«

»Lukas Feller.«

Irgendwie hatte Marion es geahnt.

Erika hielt den braunen Umschlag mit der Öffnung nach unten über den Schreibtisch und sagte, während sie den Inhalt herausschüttelte: »Ich meine, es ist ja nichts, was ausdrücklich auf der Verbotsliste steht, aber trotzdem ...«

Aus dem Karton glitt ein langer, blonder Zopf. Marion unterdrückte einen Aufschrei. Oben und unten war das Flechtwerk mit je einem roten Haargummi fixiert, am dünneren Ende fand sich zusätzlich eine Schleife aus weißem Geschenkband. Erika schüttelte den

Umschlag noch einmal, und ein Foto flatterte auf den Schreibtisch. Marion nahm es vorsichtig in die Hand. Eine junge Frau mit raspelkurzem Haarschnitt. Auf der Rückseite des Fotos stand in einer runden, pinkfarbenen Schrift: *Liebster Lukas, hier ist das Geschenk, das Du haben wolltest. In Liebe, Claudine.*

»Da scheint ihm jemand buchstäblich mit Haut und Haar verfallen zu sein«, murmelte Marion.

»Hat dieser Feller das angefordert und genehmigt bekommen?« fragte Erika.

»Bist du verrückt?« entgegnete Marion, um sich gleich darauf zu entschuldigen. »Tut mir leid. Es ist nur ... ungewöhnlich.«

»Tja, dann laß ich das mal hier. Quittierst du mir bitte hier unten den Empfang?«

Verehrte Mathilde,
das Telefongespräch mit Ihnen war sehr wohltuend, mehr als Sie erahnen können. In meiner gegenwärtigen Situation treffe ich so gut wie nie auf Menschen, mit denen man sich austauschen möchte. Daß ich Ihnen begegnet bin, begreife ich als Glücksfall. Auch wenn ich Sie dem Anschein nach kaum kenne, sind Sie für mich keine völlig Fremde, sondern mir ist, als würden Sie eine Erinnerung in mir wachrufen, als hätte ich Sie immer schon gekannt.
Ich will offen sein: Es ist mein brennender Wunsch, Sie wiederzusehen. Ich möchte mich mit Ihnen auf das Abenteuer des Kennenlernens einlassen, möchte das schlummernde Potential unserer Verbindung wecken. Schreiben Sie mir einmal? Vielleicht würden Sie mich sogar besuchen? Es wäre für mich der erste Lichtblick seit vielen Jahren. Seien Sie versichert, daß ich weiß, was ich Ihnen zumute. Und es kommt noch schlimmer: Leider kann ich den Zeitpunkt des Besuchs nicht einmal Ihrer Spontaneität überlassen, denn es muß ein Antrag vom Häftling gestellt werden, mit Tag und Uhrzeit. Ich habe vorsorglich einen Antrag für Mittwoch, den 8. September, 16:00 Uhr gestellt. Er liegt an der Außenpforte bereit. Das läßt sich jederzeit ändern, bitte fühlen Sie sich dadurch nicht bedrängt.
Voller Hoffnung, Ihr Lukas Feller

Mathilde las den Brief auf der Kante des Küchenstuhls sitzend. Ihr war heiß geworden, und das lag nicht daran, daß sie noch Hut und Trenchcoat trug.

... mir ist, als würden Sie eine Erinnerung in mir wachrufen, als hätte ich Sie immer schon gekannt. Der Satz hatte sie berührt. Hatte sie nicht ganz ähnlich empfunden? War da nicht etwas auf unerklärliche Weise Vertrautes zwischen ihnen? Eine Seelenverwandtschaft? Und mußte sie etwa nicht ständig an ihn denken?

Trotzdem, ein Besuch im Gefängnis? Ging das nicht alles ein bißchen zu schnell?

Sie machte sich eine Kanne Tee, setzte sich an den Computer und recherchierte im Internet über Lukas Feller. Sie stieß auf kommerzielle Links zu seinem Buch. *Adrenalin ist die sauberste Droge*, wurde daraus zitiert. Das sagte er angeblich zu seinen Klienten, ehe er sie in die Wildnis jagte. Über seine Seminare hieß es an einer Stelle: *Anhand von Beispielen aus der Natur wird mit alltäglichen »Standardsituationen« experimentiert. Wie geht die Natur mit Streß um, was hält die Natur von Teamarbeit, wie reagiert sie auf Mitbewerber ...*

Womit sich alles Geld verdienen läßt, dachte Mathilde. Über den Mordfall fand sie nichts. Viele Zeitungen und Magazine hatten Mitte der Neunziger noch keine Internetpräsenz gepflegt, und selbst wenn, es gab im World Wide Web keinen Platz, an dem alte Online-Versionen gespeichert wurden. Verärgert schaltete Mathilde den Computer aus. Natürlich mußte es auch noch richtige, altmodische Zeitungsarchive geben. Sie würde morgen, während ihrer Freistunde, bei einigen telefonisch nachfragen.

Unzufrieden über den unfreiwilligen Aufschub des Problems machte sie sich ein Brot mit Hüttenkäse und Tomatenscheiben zurecht. Es läutete an der Wohnungstür. Hoffentlich nicht ihre Flurnachbarin Frau Bolenda. Das Gute-Laune-Monster nahm ab und zu Paketsendungen für sie entgegen.

»Gratuliere! Das hast du fein hingekriegt!«

Wie ein Eisbrecher schob sich ihre Mutter an Mathilde vorbei in den Flur.

»Was machst du hier? Ich meine, warum hast du nicht angerufen?«

»Muß man sich avisieren? Wer bist du, die Garbo? Ist denn kein Mensch mehr spontan heutzutage?«

Franziska ging in die Küche und ließ sich wie Fallobst auf einen Stuhl plumpsen. Ihre Augen waren rot unterlaufen, und es kam Mathilde vor, als habe sie eben eine Alkoholfahne gestreift. Franziskas Haar, früher schwarz glänzend wie Klavierlack, wirkte stumpf. Ein grauer Streifen war an der Stelle zu sehen, die Mathilde ihren »Hippieschlampenmittelscheitel« nannte.

»Was ist los?« Mathilde setzte sich zu ihrer Mutter an den Tisch und schob dabei verstohlen den Brief unter die Zeitung.

»Was los ist? Herbert ist ausgezogen.«

»Herbert? Ach so, der Zeck. Der sollte doch ohnehin nur vorübergehend bei dir wohnen, oder nicht?«

»Er hat mich verlassen.« Franziska schleuderte ihrer Tochter einen anklagenden Blick entgegen.

»Bin ich etwa daran schuld?« fragte Mathilde mokant.

»Ja!«

»Was? Wieso denn ich?«

»Weil du deinen Mund nicht halten konntest! Du hast ihm ja neulich unbedingt erzählen müssen, daß das Haus dir gehört. Hoffentlich bist du jetzt zufrieden.«

»Sei mir nicht böse, aber du kannst von mir nicht erwarten, daß ich deinen Kummer wegen dieses ... Subjekts teile«, sagte Mathilde. Es war ihr unbegreiflich, wen manche Menschen ins Haus ließen, nur um nicht allein zu sein.

»Typisch! Du hast denselben unerklärlichen Dünkel wie deine Großmutter!« Schnaubend blies sich Franziska eine Haarsträhne aus der Stirn und murmelte vor sich hin: »Kam nach dem Krieg hier an, mit nichts als einem Russenkegel im Leib, aber immer die Nase hoch oben.«

Es waren die immer gleichen Stichworte, die wie Katalysatoren wirkten. Schon entbrannte der obligate Streit.

»Sie hatte keinen Dünkel, sie hatte Klasse«, stellte Mathilde klar.

Merle hatte den Krieg überstanden, die Flucht aus Pommern und die Zeugung Franziskas, über die sie nie ein Wort verloren hatte. Vom spätheimkehrenden Gatten wieder an den Herd verbannt, wurde sie zum sprichwörtlichen Hausdrachen. Nachdem sich ihr Mann im Jahr 1960 ihrem Regiment und ihrer verheerenden Kochkunst durch Herztod entzogen hatte, übernahm Merle wieder die Leitung der

Hutfabrik. Wundersamerweise, so wußte ihre Tochter Franziska zu berichten, schmeckten von da an die eilig hingezauberten Mahlzeiten ausgesprochen gut.

Vor gut vier Jahren war Merle gestorben, mit vierundachtzig.

»Sie war ein Drachen. Ich weiß noch gut, wie froh du warst, zu mir zu kommen.«

»Als sich bei dir akute Mutterliebe einstellte, war ich sieben. Wer weiß in dem Alter schon, was gut für einen ist?«

Franziska seufzte und sah sich suchend um. Sie wird doch nicht hoffen, daß ich ihr einen Schnaps anbiete?

»Wie wäre es mit einem Kaffee?«

Franziska nickte, und Mathilde verrichtete die vertrauten Tätigkeiten, während Franziska lamentierte: »Was hätte ich machen sollen? Meinst du, ein Student und eine schwangere Achtzehnjährige hätten zweiundsechzig so ohne weiteres eine Wohnung bekommen? Das einzige, was ich durchsetzen konnte war, Kunstgeschichte zu studieren statt Architektur. Aber ich war sehr glücklich, dich nach dem Studium endlich bei mir zu haben.«

Nach dem Studium und nach ein paar ausgedehnten Indientrips, ergänzte Mathilde im Geist und setzte die elektrische Kaffeemühle in Gang. Ihr Jaulen füllte den Raum. Als der Lärm verstummt war, kehrte Mathilde zum Ausgangspunkt des Gesprächs zurück: »Du kannst froh sein, daß der Zeck weg ist, wenn er nur auf Materielles aus war.«

»Das sagst ausgerechnet du«, höhnte Franziska.

Es war der alte Groll, der immer wieder aufflammte. Merle Degen hatte in ihrem Testament Haus, Hüte und Investmentfonds ihrer Enkelin Mathilde hinterlassen, und damit einen schwärenden Konflikt zwischen Mutter und Tochter geschaffen. Franziska besaß lediglich ein Wohnrecht für das Häuschen in Ricklingen. Natürlich hatte Merle gewußt, was sie tat. Schon den Pflichtteil hatte Franziska in Windeseile verjubelt.

Während Mathilde zusah, wie das Wasser durch den Filter sickerte, überlegte sie: Gehörte es zu ihren Tochterpflichten, ihrer Mutter anzubieten, ein paar Tage hier zu wohnen, bis sie sich wieder gefangen hatte? Bei dieser Vorstellung sträubte sich alles in ihr. Nein, unmöglich. Sie ertrug keinen Menschen andauernd um sich herum und schon gar nicht Franziska. Wo sie hauste, sah es nach kurzer Zeit aus wie in einer Lotter-WG. Es reichte schon, zusehen zu müssen, wie sie das Häuschen vergammeln ließ und mit Krempel vollstopfte.

»Wollen wir heute abend zusammen was unternehmen?« fragte Mathilde mit aufgesetzter Munterkeit und berstend vor Schuldgefühlen. »Ins Kino gehen oder zum Essen. Was ist, hast du Lust?«

Franziska war aufbrausend und streitlustig, aber danach meist wieder rasch versöhnt. Doch nun kam keine Antwort.

»Spiel nicht die Beleidigte, das steht dir nicht«, sagte Mathilde. Sie drehte sich zu ihrer Mutter um und sah, wie Franziska gerade ohne den leisesten Anflug eines Gewissensbisses den Brief auf den Tisch zurücklegte, bevor sie fragte: »Wer ist dieser Lukas Feller?«

Treeske Tiffin starrte auf den abgeschnittenen Zopf, der vor ihr auf dem Schreibtisch lag. Das tat sie nun schon seit einer Minute.

Den Umschlag in der Hand stand Marion Klosa vor Tiffins Schreibtisch. Es roch nach frisch gebrühtem Kaffee. Sie war nicht ganz freiwillig hier. Der Vollzugsabteilungsleiter hatte sie und das Zopfproblem abgeschoben mit dem Argument, Krisenintervention sei Aufgabe des Psychologischen Dienstes.

Endlich löste sich Treeske Tiffin vom Anblick des Zopfes. »Setzen Sie sich doch bitte, Frau Klosa.«

Marion kam der Aufforderung nach.

Die Psychologin sah Marion fragend an. Mit den großen, runden Augen erinnerte ihr schmales Gesicht an das eines kleinen, scheuen Nachttiers.

»Was wissen Sie über den Zopf?«

»Er kam vor drei Tagen, am Samstag, mit der Briefpost. Und weil der Brief übermäßig dick war, hat die Poststelle ihn geöffnet und mich über den Inhalt informiert. Diese Claudine, von der er stammt, besucht ihn seit knapp zwei Jahren und schreibt regelmäßig. Sie ist eines von seinen Groupies«, erklärte Marion Klosa.

»Eines? Wie viele Bräute hat denn unser Blaubart?« Ihr Humor klang bemüht.

»Ach, einige. Das wechselt«, sagte Marion.

»Haben die anderen auch langes Haar?«

»Sie meinen, ob wir mit noch mehr Zöpfen rechnen müssen?« fragte Marion zurück und grinste.

Ein Blick aus den perlgrauen Augen der Tiffin, und Marion wurde wieder ernst. »Ja, zwei oder drei haben auf jeden Fall längeres Haar. Das weiß ich, weil ich bei der Kontrolle der Post die Fotos sehe, die sie ihm schicken. Und gelegentlich habe ich Aufsicht im Besucherraum. Bei Feller sind schon einige heulend rausgelaufen«, setzte sie ungefragt hinzu.

»Weiß er von diesem – Geschenk?«

»Noch nicht. Aber er wartet sicher darauf, er hat es ja bestellt.« Sie nahm das Bild aus dem Umschlag und legte es neben den Zopf.

Treeske Tiffin betrachtete es ohne sichtbare Gemütsregung und drehte es um. »*... das Geschenk, das du haben wolltest*«, las sie vor. »Soso.«

»Das ist wieder eines seiner Machtspielchen«, preschte Marion vor. »Es macht ihm Spaß, mit Menschen zu experimentieren. Früher in seinen Seminaren hat er Leute über Glasscherben und glühende Kohlen gehen lassen.« Verdammt, was redete sie denn da? Hatte sie vergessen, wen sie vor sich hatte? Bestimmt hatte die Tiffin auch schon bei so einem Ringelpietz mitgemacht.

»So etwas kann das Selbstvertrauen immens stärken«, wandte die dann auch prompt ein.

»Wissen Sie, wie er damals diese Frau umgebracht hat?« lenkte Marion ab.

»Sagen Sie es mir«, forderte die Psychologin.

»Mit einem Schaftöter.«

»Einem Schaftöter«, wiederholte Treeske.

»Eine Art Bolzenschußgerät. Es sieht auf den ersten Blick wie eine Fahrradpumpe aus. Man setzt es oben am Kopf an, auf Knopfdruck löst sich eine Feder, und ein Bolzen durchschlägt den Schädel und dringt ins Gehirn.«

Dichtes Schweigen folgte diesen Worten. Die Tiffin, fiel Marion jetzt ein, war erst seit drei Monaten hier. Vielleicht war sie gar nicht richtig im Bild darüber, mit wem sie es zu tun hatte. Doch das war ein Irrtum. Denn Treeske Tiffin war keineswegs so uninformiert, wie sie Marion Klosa gegenüber vorgab. Aber sie hatte im Lauf ihrer sechsunddreißig Lebensjahre die Erfahrung gemacht, daß es manchmal klüger war, sein Wissen für sich zu behalten und die anderen reden zu lassen.

»Eine außergewöhnliche Tatwaffe«, nahm Treeske den Faden wieder auf.

»Er hat das Ding mal in einem Seminar benutzt«, berichtete Marion.

»Ach ja? Wozu?«

»Um ein Schaf zu töten. Vielmehr, eine Teilnehmerin des Seminars mußte es tun, es war eine Art Strafaktion. Die anderen haben das Tier dann schlachten und essen müssen.«

»Interessant.«

»Ich versteh' so was nicht«, empörte sich Marion. »Dient es etwa auch der Stärkung des Selbstvertrauens, jemanden zum Töten einer armen, unschuldigen Heidschnucke anzustiften? Das sind doch erwachsene Menschen, die nein sagen können.«

»Unterschätzen Sie nicht die gruppendynamischen Prozesse, die bei solchen Veranstaltungen in Gang gesetzt werden. Aber so weit mir bekannt ist, ist Feller hier wegen des Mordes an einer Frau, nicht an einer Heidschnucke.«

Marion schüttelte nur den Kopf.

Treeske Tiffin starrte nachdenklich über ihre Brille hinweg ins Leere und pflügte dabei mit beiden Händen durch ihre streichholzkurzen roten Haare. Die Farbe war echt, ihr sehr heller Teint ließ keinen Zweifel daran aufkommen. Schließlich sagte sie: »Ziemlich geschmacklos, das Ganze.«

»Ja, das arme Tier«, stimmte Marion zu.

»Ich dachte jetzt eher an den Zopf.«

»Ich glaube, daß er testen wollte, wie weit er diese Frau bringen kann. Außerdem weiß er, daß er uns damit in Aufregung versetzt.«

»Sie scheinen ausgesprochen gut über Lukas Feller Bescheid zu wissen, Frau Klosa«, stellte Treeske Tiffin fest.

»Als Feller auf meine Station kam, habe ich mir seine Akte genau angesehen.«

Offenbar hatte Klosa nicht nur die Akte studiert, in der keine Silbe von einer gemeuchelten Heidschnucke stand, sondern auch die dazugehörige Presse, dachte Treeske Tiffin und fragte:»»Machen Sie das bei jedem Häftling?«

»Ich weiß eben gerne, mit wem ich es zu tun habe.«

»Die Straftat allein sagt nicht alles über eine Person aus.«

»Aber sie liefert immerhin den Grund, weswegen jemand hier ist«, hielt Marion dagegen.

»Den Anlaß«, korrigierte die Tiffin. »Die Gründe liegen meist ganz woanders.«

»Triebtäter behalten doch bekanntlich gerne Trophäen ein. Das Mordopfer hatte jedenfalls auch lange Haare, dunkle. Und die waren abrasiert.«

Interessante Wortwahl, dachte Treeske: *die arme, unschuldige Heidschnucke – das Mordopfer.*

»Triebtäter? Ich glaube, Frau Klosa, Sie benutzen da einen falschen Terminus. Sagten Sie nicht gerade, Sie hätten sich seine Akte genau angesehen?«

Marion Klosa überhörte den Rüffel und reagierte nicht.

»Nicht alles, was schrecklich und grausam ist, ist auch krank«, fuhr Treeske Tiffin fort. »Manche Menschen sind einfach böse. Aber sie wissen dabei genau, was sie tun.«

Solche Worte aus dem Mund einer Psychologin fand Marion Klosa bemerkenswert. »Wozu dann all diese teuren Therapien?« fragte sie und fügte in Gedanken ketzerisch hinzu: Dann könnte sich der Steuerzahler doch Leute wie Sie sparen.

»Ich sagte, *manche* Menschen. Lukas Feller ist nicht in Therapie.«

Weil es nichts nützen würde, dachte Treeske. Er würde nur alle an der Nase herumführen.

Die Kaffeemaschine gurgelte, was Treeske Tiffin zum Anlaß nahm, das Gespräch zu beenden.

»Danke für Ihre Auskünfte, Frau Klosa. Ich möchte in nächster Zeit über Feller auf dem laufenden gehalten werden: Wer ihn wann besucht sowie sämtliche besonderen Vorkommnisse.« Sie sah auf die Uhr. »Wo ist er jetzt?«

»Feller? Bei der Arbeit. In der Schlosserei.«

Marion war schon an der Tür.

»Bringen Sie ihn bitte nach der Arbeiterfreistunde zu mir.«

Dieses Mal gab es kein Entrinnen.

»Hallöchen, Frau Degen!«

Mathilde hatte den voluminösen Schatten ihrer Flurnachbarin schon auf der Treppe wahrgenommen. Sie schien auf sie zu warten, jedenfalls winkte sie mit einem braunen Umschlag.

»Guten Tag, Frau Bolenda.«

»Na, da haben Sie sich jetzt um ein Härchen verpaßt!«

»Ich habe mich verpaßt?«

»Nein. Sie und Ihre Mutter sich. Aber bevor ich es vergesse: Nachträglich herzlichen Glühstrumpf zum Geburtstag!«

Mathilde kämpfte einen Würgereiz nieder, indem sie mit ihren Händen den Henkel des Einkaufskorbes umklammerte, anstatt sie um Frau Bolendas Hals zu legen, wozu sie große Lust hatte.

»Danke. Wann war meine Mutter denn hier?«

»Vor etwa zehn Minuten. Jetzt ist sie weg.«

»Das sehe ich.«

»Knapp daneben ist auch vorbei. Da kann man nichts machen.«

Mathilde stach der Hafer: »Genau. Tel Aviv, wie der Franzose sagt.«

Frau Bolenda blinzelte irritiert, dann zog sich ein verstehendes Lächeln über ihr Gesicht.

»Tel Aviv«, kicherte sie. »Das ist gut.«

Mathilde richtete ihren Blick nun demonstrativ auf den DIN-A4-Umschlag in Frau Bolendas Händen.

»Ach ja, ich soll Ihnen das da geben von Ihrer Frau Mama.«

»Danke.« Mathilde steckte den Umschlag in den Korb hinter eine Stange Lauch und nahm die Schlüssel aus der Manteltasche.

»Es sei wichtig, hat sie gesagt. Eine flotte Frau, Ihre Mutter, muß man schon sagen.«

Mathilde atmete auf. Anscheinend war Franziska heute gepflegter anzusehen gewesen als gestern. Sie sperrte ihre Tür auf.

»Danke sehr, Frau Bolenda.«

»Alles klärchen!«

»Wiedersehen«, preßte Mathilde hervor und schwor sich: Wenn sie jetzt »Wirsing« sagt, tu ich es.

»Ciao Cescu!« zwitscherte Frau Bolenda und verschwand hinter ihrer Tür, was ihr das Leben rettete.

Treeske Tiffin kam vom Mittagessen zurück und steckte sich eine Zigarette an. Als Diplompsychologin hatte sie die vergangenen sieben Jahre in verschiedenen Justizvollzugsanstalten verbracht. Täglich versuchte sie, Mörder und Totschläger in Einzel- und Gruppengesprächen und beim Sozialen Training davon zu überzeugen, daß es Alternativen zur Gewalt gab. Was nicht immer gelang. Warum sie damals diese Richtung eingeschlagen und es nicht vorgezogen hatte, sich beispielsweise um verirrte Kinderseelen zu kümmern, erschien ihr heute nicht mehr nachvollziehbar. Als vor drei Monaten eine Stelle in der JVA Hannover ausgeschrieben worden war, die Aussicht auf eine baldige Verbeamtung bot, hatte sie zugegriffen. Trotz einiger Bedenken.

Vor dem Gespräch mit der Vollzugsbeamtin Klosa hatte sich Treeske Tiffin Lukas Fellers Akte besorgt. Da er nicht in therapeutischer Behandlung war, und noch lange keine vorzeitige Entlassung oder Vollzugslockerungen zur Debatte standen, hatte ihre Abteilung bisher wenig mit ihm zu tun gehabt. Das Gespräch zur Vollzugsplanung, das vom Gesetzgeber alle sechs Monate vorgeschrieben war, lag vier Monate zurück. Sie schlug die Akte auf.

Lukas Feller, geboren am 9. Mai 1959 in Celle, Niedersachsen ... In der Eingangsdiagnostik stand: *Lukas Feller ist intelligent und manipulativ, aber auch eitel. Er besitzt ein ausgeprägtes Selbstvertrauen, das gelegentlich in Selbstüberschätzung umkippt. Es mangelt ihm deutlich an Empathie, wodurch die Hemmschwelle für Gewalttaten herabgesetzt wird. Der Grund hierfür liegt vermutlich im Aufwachsen in einer deprimierenden Umgebung, in der Verrohung und Gewalt als Konfliktlösung vorgelebt wurden. Inwieweit sich sein zehnjähriger Aufenthalt bei der Fremdenlegion verstärkend darauf auswirkte, kann nur spekulativ beantwortet werden, da Herr Feller über diese Zeit nicht spricht. Aufgrund seiner Unfähigkeit, innere Anteilnahme zu empfinden, lebt er in einer permanenten inneren Isolation. Er ist jedoch in der Lage, aus dem Verhalten seiner Mitmenschen zu lernen, um Gemütsbewegungen vorzutäuschen. Er studiert bevorzugt Menschen in Extremsituationen. Dazu bot ihm vor seiner Haft der Beruf des Kommunikationstrainers die besten Gelegenheiten ...* Ihr Blick schweifte ab, sie kannte den Inhalt. Befunde wie diesen bekam sie hier öfter zu lesen. Aber Männer wie Lukas Feller gab es nicht viele, weder hier drinnen, noch draußen. Man würde diese Klosa im Auge behalten müssen. Es wäre nicht das erstemal, daß sich weibliches Personal in einen Häftling verguckte.

Jemand klopfte.

»Ja, bitte!«

Die Tür wurde geöffnet, draußen standen Marion Klosa und Lukas Feller.

Wieso jetzt schon?

»Ich dachte, ich bringe ihn besser gleich, weil meine Schicht bald zu Ende ist«, entschuldigte Klosa ihre eigenmächtige Planänderung.

Treeske drückte ihre Zigarette aus. »Meinetwegen«, sagte sie mit unterdrückter Wut. Sie hatte sich auf die Begegnung in Ruhe vorbereiten wollen. Beiläufig klappte sie den Ordner zu und legte ihn hinter sich auf die Ablage neben die Kaffeemaschine und den Umschlag mit dem Zopf.

»Lassen Sie Herrn Feller und mich bitte allein.«

Klosa runzelte irritiert die Stirn. »Soll ich nicht lieber ...? Oder wenigstens Handschellen?«

»Nein.«

»Auf Ihre Verantwortung.« Marion Klosa wandte sich um und schloß ohne Gruß die Tür hinter sich.

Lukas Feller setzte sich auf den Besucherstuhl, einen schwarzledernen Freischwinger, faltete die Hände im Nacken und wippte verspielt, während er sich eingehend umschaute.

»Nettes Büro, Treeske.«

Der Umschlag, den Franziska für Mathilde abgegeben hatte, enthielt eine Ausgabe des *Spiegel* vom Oktober 1996.

Bin ich dämlich, durchfuhr es Mathilde. Wozu im Internet forschen, wenn man eine Mutter hat, die nichts wegwerfen kann.

Obwohl Mathilde um diese Zeit nie Alkohol trank, goß sie sich nun ein Glas Chardonnay ein und setzte sich damit an den Küchentisch. Die Seiten des Magazins waren an den oberen Rändern stark vergilbt. Typisch für Papier, das in Raucherwohnungen lagerte.

Sie betrachtete zunächst die Bilder. Eines der schwarzweißen Fotos stammte aus dem Jahr 1963: Im Hintergrund ein schmales Reihenhäuschen aus den Fünfzigern. Davor hatte sich die Familie formiert. Die Mutter hatte ihr blondes Haar zu einer modischen Helmfrisur toupiert. Sie wirkte dünn, ihr Lächeln müde. Ihre rechte Hand ruhte auf dem Griff eines Kinderwagens, mit der anderen hielt sie ein Baby mit einer weißen Mütze über ihre Schulter. Es drängte sich die Frage auf, warum die Mutter ihr Kind nicht mit dem Gesicht in die Kamera hielt, wie es Mütter bei solchen Gelegenheiten normalerweise zu tun pflegen. Sie war einen Kopf kleiner als ihr schnauzbärtiger Mann, der breit grinste. Sein feistes Gesicht wurde von Koteletten eingerahmt. Er hatte die Daumen in den Gürtelschlaufen, war etwas übergewichtig und strotzte vor Selbstbewußtsein. Der blonde Junge am rechten Bildrand war etwa drei. Halb versteckt hinter dem Kinderwagen schaute er gleichgültig in die Kamera.

Manchmal war er mir unheimlich ...
Versuch einer Annäherung an einen verurteilten Mörder

Nein, über die Familie Feller wissen nicht einmal die viel zu sagen, die seit über vierzig Jahren in der Siedlung in Celle wohnen. »Die gingen einem nach Möglichkeit aus dem Weg«, sagt einer der Nachbarn, ein Mann im Rentenalter, und seine Frau nickt dazu.
Der Vater ein Maurer, die Mutter Hausfrau, zwei Söhne. Die damalige Praktikantin des Kindergartens erinnert sich vage an Lukas, den Vierjährigen. »Ein knappes halbes Jahr haben wir es mit ihm versucht. Dann war Schluß. Er kam einfach nicht gut aus mit den anderen«, sagt sie und zuckt hilflos die Schultern. »Er hatte etwas Zerstörerisches.«
Und dann stehen sie doch im Mittelpunkt, die Fellers, sogar in der Zeitung: Im Januar 1968 ertrinkt Frank, der behinderte Sohn der Fellers, im Alter von fünf Jahren in einem nicht vollständig zugefrorenen Teich. Sein Bruder Lukas hätte auf ihn aufpassen sollen. Zu viel verlangt von einem Achtjährigen, urteilt die Staatsanwaltschaft und erhebt Klage gegen die fahrlässigen Eltern. Nach dem Tod des Jüngsten zieht sich die Familie noch mehr zurück.
Lehrer der Realschule und ehemalige Schulkameraden

beschreiben den Jugendlichen Lukas als ruhig und introvertiert. »Wenn man ihn reizte, holte man sich allerdings rasch eine blutige Nase«, erinnert sich ein ehemaliger Mitschüler. Lukas Feller weiß demnach früh, wie man sich Respekt verschafft. Enge Freunde hat er nicht.

Mathilde mußte an ihre eigene Kindheit denken. Auch sie war eine Einzelgängerin gewesen. Doch sie hatte, soweit sie sich erinnerte, nie darunter gelitten, keiner dieser kichernden Mädchencliquen anzugehören. Sie war eine sehr gute Schülerin gewesen. Das hatte ihr Respekt verschafft. Respekt war ihr stets wichtiger gewesen als Zuneigung und brüchige Freundschaften. Sie las weiter:

> Zwei Jahre später ereignet sich erneut ein Todesfall in der Familie Feller. Der Vater verunglückt durch einen Sturz auf der Kellertreppe. Die Restfamilie lebt von da an von der kleinen Rente und den Putzjobs der Mutter. Mit sechzehn beendet Lukas Feller die Realschule mit einem guten Zeugnis und beginnt eine kaufmännische Lehre beim örtlichen Energieversorger. Unterbrochen von achtzehn Monaten Wehrdienst holt er das Abitur in Abendkursen nach. Danach fängt er in Hannover das Studium der Psychologie an. Er bedient in Kneipen und jobbt in den Semesterferien als Animateur. Bis heute weiß niemand, warum der Zweiundzwanzigjährige im Herbst 1981 per Anhalter nach Frankreich reist, die nächstbeste Polizeistation aufsucht und in magerem Französisch sein Anliegen vorträgt. Drei Jahre vergehen, bis seine Mutter eine Karte von ihm aus Beirut erhält. Er ist *Légionnaire de 2e classe*, ein einfacher Legionär der Französischen Fremdenlegion. Erst zehn Jahre später, am Ende des Golfkriegs, scheidet Lukas Feller als Unteroffizier aus der Legion aus.
> Hierauf mietet er einen Seminarraum an, obwohl der Jungunternehmer mit seinen Klienten am liebsten im Freien arbeitet: Er unternimmt Zeltwanderungen im Deister und im Harz, jagt müde Manager über Hochseilgärten und durch Steinbrüche. Das Programm des selbsternannten Motivationstrainers Lukas Feller ähnelt der Grundausbildung der

Legion: Befehl und Gehorsam, Drill und Mutproben, Bestrafungen für Kleinigkeiten. So mancher Büromensch findet darin seine Erfüllung. Bei Frauen kommt das Legionärsgebaren erst recht an. Rasch hat sich Feller einen Namen gemacht. Ansässige Firmen wie Conti, Gilde und Bahlsen schicken ihre Mitarbeiter in seine Seminare. Er stellt eine Sekretärin ein, Psychologiestudenten arbeiten stundenweise als freie Mitarbeiter für ihn. Sein Buch *Lamm oder Wolf – wie man seine Kräfte weckt und einsetzt* hält sich im Frühjahr 1994 etliche Wochen in den Sachbuch-Bestsellerlisten.

»Er testete gern Grenzen aus, seine und die der anderen. Er ließ die Leute abartige Sachen machen, vor allem Frauen«, sagt eine ehemalige Mitarbeiterin, die nicht genannt sein möchte, und fügt hinzu: »Manchmal war er mir unheimlich.«

Unter die Kategorie »abartige Sachen« fällt wohl auch jene illegale Schlachtung eines Schafes, zu der er eine Seminaristin treibt. »Ich weiß nicht, wie ich so etwas tun konnte. Er hatte eine seltsame Macht über mich«, sagt die Frau, eine tierliebende Veganerin, rückblickend. »Ich habe noch heute furchtbare Träume deswegen.« Ein sensibler Klient bringt die Tat zur Anzeige, und Feller erhält eine Geldstrafe.

Feller mietet eine großzügige, repräsentative Altbauwohnung im Stadtteil Hannover-List an und läßt sie von einem Innenarchitekten einrichten. An seinen privaten Wohnraum stellt er hingegen keine Ansprüche. Über einen Strohmann kommt er im Frühjahr 1994 in einem Studentenwohnheim in Herrenhausen unter. Anfang September 1994 verschwindet Johanna Gissel, 23, Studentin der Romanistik. Ihr Apartment liegt auf demselben Stockwerk wie das von Lukas Feller. Im Rahmen der polizeilichen Routine wird er als Nachbar befragt. Natürlich kennt er Johanna Gissel, er habe ihr sogar gelegentlich seinen Staubsauger geliehen. Hin und wieder ein Kaffee und ein Plausch, so sagt er, mehr nicht. Es habe sich lediglich um eine gute nachbarschaftliche Beziehung gehandelt, wie sie das fröhliche Mädchen mit dem langen blonden Haar mit vielen Bewohnern des Wohnheims am

Georgengarten gepflegt hat. Johanna Gissel ist bis heute verschwunden.

Ein Jahr später, am 1. Oktober 1995, macht ein Angler in der Leine bei Hannover-Herrenhausen einen makabren Fang. An seinem Haken hängt die Leiche einer Frau in Sportkleidung und Laufschuhen. Die Obduktion ergibt, daß die junge Frau vor sieben bis zehn Tagen getötet worden ist. Der Täter hat seinem Opfer zuvor einen Bauchschnitt vom Unterleib bis zum Brustbein zugefügt. Die meisten inneren Organe fehlen, man entdeckt Spuren von Fischfraß. Die Ermittlungen gestalteten sich schwierig. Es finden sich kaum brauchbare forensische Spuren, der genaue Todeszeitpunkt läßt sich nicht festlegen. Erst zwei Wochen nach Entdeckung der Leiche wird deren Identität geklärt: Es handelte sich um Ann-Marie Pogge, 28. Sie lebte allein in der Wilhelm-Bluhm-Straße im Stadtteil Hannover-Linden. Die Sozialarbeiterin war nach ihrem Urlaub nicht zur Arbeit gekommen und von Kollegen als vermißt gemeldet worden.

Feller gerät ins Visier der Ermittler als man herausfindet, daß Ann-Marie Pogge im Mai 1995 sein Rhetorikseminar besucht hat. Doch es gibt keine Hinweise darauf, daß Feller mit seiner Klientin nach Abschluß des Seminars noch Kontakt hatte. Weder in Fellers Studentenapartment noch in seinen Seminarräumen finden sich Spuren eines Tötungsdeliktes.

Ann-Marie Pogge ging, wie Nachbarn behaupten, oft nach der Arbeit in den Herrenhäuser Gärten joggen. Auch Lukas Feller geht dort, quasi vor seiner Haustür, regelmäßig laufen. Freizeitsportler, Spaziergänger und Obdachlose werden befragt, ohne daß sich daraus Erkenntnisse für die ermittelnde Behörde ergeben. Niemand hat die beiden zusammen gesehen. Es kann keine Anklage erhoben werden. Aber der Verdacht bleibt.

Obwohl das eine oder andere Gerücht über die Ermittlung gegen Lukas Feller kursiert, sind seine Seminare nach wie vor begehrt. Vor allem bei Frauen. Auch die Marketingassistentin Petra Machowiak, 32, läßt sich im Juni 1995 von dem erfolgreichen Trainer coachen. Zusammen mit einem Kollegen und ihrer Schwester Anja, Inhaberin einer Damenboutique, besucht sie zwei von Fellers Seminaren und nimmt zusätzlich Einzelstunden. Feller leugnet nicht, mit der attraktiven Petra Machowiak eine Affäre gehabt zu haben. »Er hatte öfter was mit Klientinnen«, sagt seine damalige Sekretärin Ruth M.

Am letzten Augustsonntag des Jahres 1995 versucht Anja Machowiak wiederholt, ihre Schwester Petra telefonisch zu erreichen. Nachdem Petra am Montag, dem 30. August, auch nicht in ihrer Firma erscheint, fährt Anja am Abend zu dem unscheinbaren Mietshaus ihrer Schwester in Hannover-List. Sie bittet den Hausmeister, die Tür für sie zu öffnen. Ihre Schwester liegt tot, nur in Unterwäsche, auf dem Bett. Der Leiche wurde das lange Haar dicht über der Kopfhaut abgeschnitten.

Getötet wurde Petra Machowiak mit einem Kopfschuß. Als Tatwaffe kommt laut forensischem Gutachten ein »Schaftöter« in Frage. Die Polizei findet jedoch keinen derartigen Schlachtapparat, weder am Tatort, noch in Fellers Räumen. Lukas Feller hat für die errechnete Tatzeit, den späten Freitagabend, kein Alibi. Eine Hausbewohnerin will ihn gegen Mitternacht im Treppenhaus gesehen haben. Ein Versuch seiner Sekretärin Ruth M., Feller ein Alibi zu verschaffen, scheitert am Geschick der ermittelnden Beamten, die Fellers allzuloyale Angestellte der Lüge überführen. Die Staatsanwaltschaft erläßt Haftbefehl. Als Beweismittel dient unter anderem das Fragment eines Sohlenprofils mit Petra Machowiaks Blut, das vor Fellers Tür im Wohnheim sichergestellt werden konnte. Dieselben blutigen Abdrücke eines *Nike*-Sportschuhs der Größe 44 finden sich in den Räumen der Ermordeten. Die Schuhe selbst werden in einer der Mülltonnen des Studentenwohnheims gefunden. Man entdeckt Spermaspuren im Körper der Toten, die von Lukas Feller stammen. Der räumt ein, Petra Machowiak am Freitagabend noch besucht zu haben. Er sei um acht Uhr gekommen und habe sie gegen halb elf verlassen. Die Laufschuhe habe er bei seiner Freundin deponiert gehabt, aber an diesem Abend nicht getragen.

Die Ermittlungsgruppe um Kriminalhauptkommissar Lars Seehafer arbeitet verbissen. Der Beamte ist überzeugt, es mit einem Serientäter zu tun zu haben. Sämtliche Fälle von verschwundenen jungen Frauen sowie ungeklärte Morde an Frauen im norddeutschen Raum während der letzten zehn Jahre werden überprüft. Plötzlich ist die Rede von vier oder fünf Opfern. Allerdings gibt es keine Beweise.

Die Staatsanwaltschaft gibt ein psychologisches Gutachten in Auftrag, das von Professor Dr. Knut Zihlmann von der Medizinischen Hochschule Hannover erstellt wird.

Im September 1996 findet die Verhandlung vor dem Landgericht Hannover statt. Es droht ein langwieriger Indizienprozeß zu werden. Fellers Verteidiger plädiert auf Freispruch aus Mangel an Beweisen. Professor Zihlmann bescheinigt Lukas Feller eine egozentrische, teilweise soziopathische Persönlichkeit, jedoch die volle Schuldfähigkeit. Am fünften Prozeßtag gesteht der Angeklagte überraschend die Tötung seiner Klientin: »Es gab Streit, ich bin wütend geworden und ausgerastet.« Mehr sagt er nicht. Sein Anwalt muß mitten im Prozeß die Strategie ändern – ein Alptraum für jeden Strafverteidiger. Ihm bleibt nur, auf Totschlag zu plädieren.

Der Staatsanwalt bezweifelt dies aufgrund der Tötungsart und der Tatsache, daß der Toten die Haare abgeschnitten wurden. »Das ist nicht die Sprache eines im Affekt Handelnden, sondern die eines eiskalten Mörders.«

Nach insgesamt neun Verhandlungstagen verkündet Richter Otto Furrer das Urteil: lebenslange Haft wegen Mordes.

Mathilde starrte regungslos aus dem Fenster. Es hatte zu regnen begonnen, Tropfen tanzten auf dem Fensterbrett. Dann zwang sie sich, die restlichen Fotos zu betrachten. Johanna Gissel, ein hübsches Mädchen mit einem frechen Lächeln. Von Ann-Marie-Pogge gab es nur ein Paßbild: dunkles Haar, volle Wangen, ein eher unauffälliger Typ. Ein professionelles Studiofoto von Petra Machowiak: schmales Gesicht, elegante Züge, ein über die nackte Schulter zurückgeworfenes, lasziwes Lächeln. Eine Frau, die wußte, wie sie auf Männer wirkte. Eine Frau, dachte Mathilde, die heute etwa in ihrem Alter wäre, eine Frau, die nie wieder reden, lachen, Musik hören würde, nie wieder einen Sonnenuntergang sehen würde, nicht einmal durch ein Gitter. Gab es überhaupt eine angemessene Strafe für eine solche Tat? War es nicht gerechter zugegangen, als Mörder noch gehängt wurden? Und ist es richtig, daß sie nach einiger Zeit wieder unerkannt unter uns leben, vielleicht beim Bäcker vor einem stehen oder in der Stadtbahn neben einem sitzen?

Drei Frauen, ganz unterschiedlich, zwei tot, eine vermißt. Ob die Studentin inzwischen aufgetaucht war? Tot? Lebendig? Waren tatsächlich alle drei Frauen Opfer von Lukas Feller, wie der Artikel suggerierte? Gab es vielleicht noch mehr?

Es existiert allein, was bewiesen werden kann, meldete sich die Naturwissenschaftlerin in Mathilde. Alles andere waren Vermutungen, Möglichkeiten, Theorien von Journalisten und frustrierten Ermittlern. Ihr Kopf schmerzte. Sie zog sich Sportsachen an, ging raus und rannte durch die Eilenriede, bis ihre Lungen schmerzten.

»Kaffee?«

Lukas nickte. Sie schenkte ihm einen Becher ein. »Noch immer schwarz?«

»Noch immer schwarz und mit einem Glas Wasser.«

Sie stellte das Gewünschte vor ihn auf den Tisch.

»Du siehst so erwachsen aus«, sagte Lukas, der sie ungeniert von oben bis unten betrachtete. »Wo sind deine schönen langen Haare geblieben?«

Sie sah ihm direkt ins Gesicht, antwortete aber nicht.

»Du hast lange gebraucht.«

»Wozu?«

»Um hierherzukommen.«

»Es gab hier eine geeignete Stelle für mich. Das hat nichts mit dir zu tun«, sagte Treeske, die unwillig registrierte, daß es ihm schon nach wenigen Sekunden gelungen war, den Lauf der Unterhaltung zu bestimmen.

Lukas trank von seinem Kaffee.

»Köstlich. Sag bloß, du kaufst nach wie vor meine Lieblingssorte von der kleinen Rösterei in Linden?«

Treeske fühlte ihren Ärger wachsen und antwortete: »Ich trinke ihn, weil er *mir* schmeckt.«

»Warum bin ich hier, Treeske? Ist das nicht leichtsinnig, so ganz ohne Bewachung und Fesseln?«

Sie zog den Zopf aus dem Umschlag und warf ihn auf den Schreibtisch.

»Deswegen.«

Er nahm den Zopf, besah ihn von allen Seiten und legte ihn wieder hin.

»Hübsch.«

»Was soll das?«

»Das war ein Scherz«, erklärte Lukas.

»Ein weiterer Scherz dieser Art wird Konsequenzen haben, das verspreche ich dir.«

Das ironische Lächeln, das während der ganzen Zeit in seinen Mundwinkeln gehockt hatte, verschwand. Seine Augen wurden kalt wie Glas.

»Droh mir nicht.«

Er stand auf.

»Setz dich hin«, befahl Treeske. Ihre Hand tastete nach dem PNG, dem Personennotrufgerät, an ihrer Hüfte.

Lukas ignorierte ihre Anweisung, ging zum Fenster und schaute stumm hinaus. Dann drehte er sich um. »Wissen sie hier eigentlich Bescheid?«

»Nein«, sagte Treeske. »Nach dem Prozeß warst du keine gute Referenz mehr.« Er sieht immer noch verdammt gut aus, registrierte sie.

»Ich denke oft an früher, kleine Marie. Gerade jetzt wieder.«

»Willst du mich erpressen? Das wird nicht klappen, auf die Phantasien eines Frauenmörders gibt hier niemand etwas.«

Lukas spielte scheinbar geistesabwesend an den Jalousien herum. Plötzlich wurde es dämmrig im Büro.

»In diesem Licht siehst du wunderschön aus. Man sollte Frauen überhaupt nur im Zwielicht betrachten.«

»Laß das sein!«

»Hast du Angst vor mir, Treeske?« Er stand nun mit dem Rücken zum Fenster, sein Gesicht lag im Dunkeln. »Du hast doch alle Macht. Ein Wort von dir, und ich leide wie ein Hund. Außerdem kannst du jederzeit den Alarmknopf an deinem PNG drücken.«

Da hatte er recht. In ihrer Position konnte sie ihm allerhand Unannehmlichkeiten bereiten, von der Streichung kleiner Vergünstigungen bis hin zur Unterbringung in der Sicherheitsabteilung. Vielleicht sollte sie eine Verlegung nach Sehnde vorschlagen und befürworten. Aus Sicherheitsgründen.

»Du trägst keinen Ring. Bist du nicht verheiratet? Kein Reihenhäuschen? Keine Kinder?«

»Nein«, antwortete sie, und es klang wie das Eingeständnis einer Niederlage.

»Du hast sicher einen netten Freund, der dich anbetet.«

Nett, harmlos – Peter. Verdammt, wieso traf Lukas immer ins Schwarze? Es reichte. Sie würde jetzt einen Bediensteten rufen, damit man ihn zurückbrachte.

Er stand noch immer am Fenster, sah sie unverändert an und sagte mit seiner leisen, tragenden Stimme: »Aber er gibt dir nicht, was du brauchst, nicht wahr, Marie? Er erscheint nicht in deinen Träumen, er öffnet dir keine Türen zu neuen Erkenntnissen, hat keine Ahnung zu welcher Phantasie und Leidenschaft du fähig bist. Ich bin der einzige, der weiß, wer du wirklich bist.«

Treeske verdrehte die Augen. »Wenigstens hat deine Überheblichkeit nicht gelitten. Und jetzt mach bitte ...«

Es war eine schnelle, knappe Bewegung. Sie wurde zurückgestoßen, taumelte gegen den Schreibtisch und sofort legte sich sein Arm wie ein Schraubstock um ihren Oberkörper. Ihr Kopf wurde nach hinten gerissen, ihr Mund füllte sich mit etwas Haarigem. Er hielt die Enden des Zopfes in ihrem Nacken wie einen Zügel gefaßt, und sein Atem strich über ihre Kehle, als er sagte: »Marie, Marie. Weißt du denn nicht, daß sie hier drinnen aus Menschen Bestien machen?«

3

Der Weg führte an parkenden Autos und einer von Stacheldrahtrollen gekrönten Mauer entlang. Dahinter ragten mehrere hohe, blockartige Sechziger-Jahre-Bauten auf. Nichts, was Mathilde nicht erwartet hätte, aber dennoch beeindruckend. So nah war sie einem solchen Ort noch nie gekommen. Zu ihrer Beklemmung gesellte sich das erregende Gefühl, etwas Verbotenes zu tun. Sie betrat eine Schattenwelt, deren Existenz sie bisher kaum zur Kenntnis genommen hatte.

Der Pförtner, dem sie noch draußen ihr Anliegen vortrug, schickte sie um die Ecke durch eine Tür, wobei er feststellte: »Ich bin die Pforte für Autos, und Sie sind ja keines.«

Mathilde betrat das Pförtnerhäuschen und blieb vor einer Tür stehen, die mit den Worten *Bitte nur einzeln eintreten* beschriftet war. Daß man hier auf Diskretion achtete, beruhigte sie. Hinter der Tür waren Stimmen zu hören, also wartete sie. Sie fuhr sich noch einmal mit der Bürste durchs Haar. Eine Hutfrisur, glatt, gerade, klassisch. Heute trug sie allerdings keinen Hut, denn Hüte zogen Aufmerksamkeit auf sich, und sie wollte lieber nicht erkannt werden. Aber wer sollte sie hier schon erkennen? Nie zuvor war sie mit Angehörigen einer Haftanstalt in Berührung gekommen, weder mit einem der Insassen noch mit dem Personal. Keiner ihrer ehemaligen Schüler, deren Karrieren sie nach Möglichkeit verfolgte, war im Vollzugsdienst gelandet, und soviel sie wußte, saß bis jetzt auch keiner im Gefängnis.

Die Tür ging auf, und eine dünne, kurzhaarige Blondine in einem knappen Rock erschien, begleitet von einem Beamten.

»Ohne Besuchsschein geht hier gar nichts«, erklärte der gerade sehr bestimmt.

Der Mund der jungen Frau kräuselte sich zu einer verzweifelt flehenden Miene. »Können Sie nicht wenigstens auf der Station anrufen?«

»Nein, zum wiederholten Mal, ich werde niemanden anrufen. Der Häftling muß einen Besuchsantrag stellen, und auf dem Antrag steht nicht Ihr Name. Klären Sie das mit dem Gefangenen selbst.« Er nickte Mathilde zu. »Bitte sehr.«

Der Hauch eines Teenager-Parfums streifte Mathilde, als sie an der Frau vorbei durch die Tür ging. Hinter einem Tresen saß eine Beamtin, die auf einen Bildschirm starrte. Ihr Kollege nahm wieder seinen Platz neben ihr ein, wobei er murmelte: »Hält uns wohl für komplett bescheuert.«

Dann schien der Ärger schlagartig von ihm abzufallen, und er wandte sich mit einem freundlichen Lächeln an Mathilde. »Guten Tag, meine Dame. Besuchsschein und Personalausweis, bitte.«

»Der Besuchsschein müßte vorliegen. Lukas Feller«, sagte Mathilde. Die Miene des Beamten verfinsterte sich erneut, aber er sah an Mathilde vorbei und rief: »Jetzt reicht es wirklich! Gehen Sie jetzt bitte, und zwar sofort. Sonst gibt's Hausverbot.«

Mathilde wandte sich um. Die Blonde stand in der Tür. Ein wütender Blick traf Mathilde, als sei sie die Urheberin ihrer Probleme. Dann wurde die Tür zugeschlagen.

»Hartnäckig«, meinte die Beamtin zu ihrem Kollegen. Der behielt Mathildes Ausweis und gab ihr dafür einen Besucherausweis, den sie an ihre Kleidung heften sollte.

Mathilde hatte sich für eine Jeans entschieden, dazu flache Schuhe und eine weiße Bluse. Um diese Wahl zu treffen, hatte sie ihren halben Kleiderschrank durchprobiert. Die Kontrolle durch die Beamtin ähnelte der an einem Flughafen.

»Möchten Sie Bargeld mitnehmen?«

»Kostet es denn Eintritt?«

»Sie können mit fünfzehn Euro Münzgeld für den Inhaftierten einkaufen.« Die Beamtin deutete auf drei Automaten mit Süßigkeiten und Getränken, die in dem angrenzenden Warteraum standen.

»Nein, ich möchte nichts kaufen.«

»Wollen Sie Papiertaschentücher mitnehmen?«

»Ich habe auch nicht vor zu weinen.«

»Gut. Warten Sie bitte hier. Da drüben…«, sie wies durch die offene Tür auf ein flaches Gebäude schräg gegenüber, »ist der Besucherraum. Der Gefangene müßte gleich gebracht werden. Wenn er da ist, rufen wir Sie auf, und Sie gehen rüber.«

»Allein?«

»Ja, allein. Die Tür für die Besucher ist auf der Rückseite, es steht angeschrieben. Sie dürfen den Gefangenen begrüßen, auch mit Körperkontakt, aber keine Gegenstände übergeben.«

Welche denn auch, dachte Mathilde. Ihre Handtasche wurde weggeschlossen. Ein flaues Gefühl machte sich in ihrer Magengegend breit. *Der Gefangene müßte gleich gebracht werden.* Als wäre er ein lebloses Paket. Sie setzte sich auf eine Holzbank. Ihr blieben fünf Minuten, in denen sie das Angebot der Automaten gründlich studieren konnte. Dann wurde sie über Lautsprecher aufgerufen.

Im Besucherraum standen helle Möbel und ein hölzernes Schaukelpferd. Die Wände waren in einem munteren Türkis getüncht, das sich mit dem Grün zweier Yuccapalmen biß. An drei Tischen unterhielten sich Frauen leise mit jungen Männern in Sweatshirts und Sportschuhen. Niemand rauchte. Bestimmt war das verboten. Ein Wachmann saß auf einem Podest hinter Glas und schaute teilnahmslos drein.

Als Mathilde eintrat, stand Lukas Feller auf und kam auf sie zu. Sein Gang war aufrecht und geschmeidig. Er trug Jeans zu schwarzen Ledermokassins und ein sorgfältig gebügeltes, nachtblaues Hemd. Sein Haar war kürzer als beim letztenmal, seine Züge schärfer als in ihrer Erinnerung. Er blieb zwei Schritte vor ihr stehen. Sie sahen sich an. Mathilde hatte auf einmal das Gefühl, im leeren Raum zu schweben. Sie ergriff die Hand, die er ihr entgegenstreckte, wie einen Rettungsring.

Keine Handschellen.

Sein Händedruck war wohldosiert, die Hand warm, trocken und ein wenig rauh. Sie setzten sich einander gegenüber an den kleinen Tisch.

»Ich wußte, daß Sie kommen«, sagte er. »Ich wußte es, noch ehe Sie es selbst wußten.«

»Ich wäre mir feige vorgekommen, wenn ich es nicht getan hätte.«

»Demnach fürchten Sie sich vor mir?«

»Sollte ich?«

»Ihr Verstand sagt Ihnen, daß es ungefährlich ist, mich zu besuchen, weil ich ja eingesperrt bin. Aber ein wenig fürchten Sie sich schon.«

»Es ist jedenfalls eine neue Erfahrung für mich.«

»Eine gute oder eine schlechte?«

»Ich habe es mir anders vorgestellt. Ist es hier immer so ...« Sie machte eine umfassende Handbewegung. Dabei streifte ihr Blick das Paar schräg gegenüber. Die Frau weinte. Mathilde schaute rasch weg und fuhr leise fort: »Ich meine, vielleicht möchte sich jemand mal unter vier Augen unterhalten.«

Feller verzog den Mund. »Willkommen in meiner Welt, Mathilde. Hier geben Sie nicht nur Freiheit und Selbstbestimmung, sondern auch jegliche Intimität an der Pforte ab.«

»Erzählen Sie mir, wie so ein Tag hier verläuft.«

Er lehnte sich zurück: »Ich stehe um sechs auf, frühstücke, um halb acht beginnt die Arbeit. Häftlinge sind zur Arbeit verpflichtet, sofern sie arbeitsfähig sind. Wer sich weigert, wird eingeschlossen und bekommt keine Vergünstigungen.«

»Was für Vergünstigungen?«

»Eigene Kleidung, Fernseher, Radio, Kaffeemaschine, Zeitungen, zum Beispiel. Das alles muß genehmigt werden. Das ist das Zuckerbrot. Nur wer brav ist, bekommt was. Ich arbeite übrigens in der Schlosserei. Um viertel nach drei ist Feierabend. Eine halbe Stunde später beginnt die Arbeiterfreistunde. Also Hofgang. Manchmal spielen wir Fußball. Um fünf gibt es Abendessen. Danach ist Zeit für Sport und Freizeitgruppen. Oder man kann seine Wäsche waschen, duschen, kochen, telefonieren. Wenn man es schafft, ans Telefon zu kommen.«

Mathilde fand, daß sein Tagesablauf dem ihrem gar nicht so unähnlich war, aber natürlich behielt sie das für sich. Statt dessen sagte sie: »Als Sie mich neulich anriefen, war es Morgen.«

Lukas Feller legte zwei Finger an die Lippen. »Der Meister der Schlosserei hat ein Telefon im Büro«, flüsterte er. »Der schaut schon mal für ein paar Minuten weg. Aber das bleibt unser Geheimnis.«

Mathilde nickte.

»Wir werden noch viele Geheimnisse teilen«, prophezeite er, »Mathilde.«

Es hatte ohne jeden Zweifel etwas Anstößiges, wie er ihren Namen aussprach. Ebenso die Art, wie er ihren Blick hypnotisch festhielt.

»Sie haben faszinierende Augen.«

Mathilde mußte unwillkürlich leise auflachen.

»Warum lachen Sie?« fragte er argwöhnisch.

»Meine Mutter sagte früher immer: ›Aber sie hat schöne Augen.‹«

»Das ist Unsinn!« Er klang zornig. »Erlauben Sie niemals Leuten mit Allerweltsgeschmack, über Sie zu urteilen.«

Mathilde hätte schwören können, daß es gerade ein paar Grad kühler im Raum geworden war. Ihr lief ein Schauder über den Rücken. Wie rasch seine Stimmung schwankte.

»Ihr Gesicht ist edel und präziös. Es birgt Schönheit, Leidenschaft und Brutalität.«

»Sie sind sehr direkt.«

»Ja. Denn für Smalltalk ist mir die Zeit mit Ihnen zu schade.«

Mathilde schielte auf ihre Uhr. Es war noch keine Viertelstunde um. Auf ihrem Besuchsschein waren dreißig Minuten vermerkt. Dreißig kostbare Minuten.

»Sie haben eine Frau umgebracht.«

Da war es wieder, dieses unergründliche Lächeln.

Daß die Anziehungskraft, die dieser Mann auf sie ausübte, von einer bis dato nie gekannten Stärke war, erfaßte Mathilde mit dem analytischen Blick der Naturwissenschaftlerin. Das Erschreckende dabei war, daß diese Kraft gerade dann am intensivsten zu sein schien, wenn ihre Gedanken um die dunklen Seiten seines Charakters kreisten.

Sie mußte sich Mühe geben, sich wieder auf das Gespräch zu konzentrieren. Reiß dich zusammen, Mathilde, und laß dir um Himmels Willen nichts anmerken!

»Warum?«

Er tat einen schweren Atemzug. »Weil ich die Möglichkeit hatte.«

»Und das Motiv?«

»Man braucht kein Motiv.«

Mathilde hob zweifelnd die Augenbrauen.

»Sie lesen Kriminalromane?« fragte er.

»Ab und zu.«

»Sehen Sie. Wir genießen den Tod der anderen.«

»In der Fiktion.«

»Nicht nur. Hatten Sie nicht selbst schon mal Lust, jemanden zu töten?«

»Schon öfter. Aber ich habe es nicht getan. Was also muß geschehen, damit man diese Schwelle überwindet?«

»Nicht viel«, meinte er. »Ich habe Männer gesehen, denen das Töten Freude macht.«

»Bei der Fremdenlegion?«

»Ah, Sie haben recherchiert.«

Mathilde biß sich verlegen auf die Unterlippe.

»Glauben Sie mir, Mathilde. Sobald der Mensch keine Strafe zu befürchten hat, oder dies zumindest glaubt, mordet er ohne Skrupel. Ihm genügt die Gewißheit, nicht erwischt zu werden. Oder die Sicherheit eines rechtsfreien Raumes, eines Krieges zum Beispiel.«

»Sie waren aber nicht im Krieg, als Sie diese Frau ermordet haben. Und Sie wurden erwischt.«

Er nickte. »Ich habe Fehler gemacht. Fehler werden bestraft.«

Allerdings, dachte Mathilde. Für ihr Dafürhalten hatte er sich nach der Tat reichlich ungeschickt verhalten. Vielleicht aus Panik? Die Schuhe in die Mülltonne vor dem Haus zu werfen!

»Glauben Sie mir, es ist nicht möglich, eine sinnlose Handlung mit Vernunft nachzuvollziehen.«

Sie antwortete nicht. Fast eine Minute lang belauerten sie sich mit Blicken, wie zwei Duellanten. Schließlich fragte Mathilde: »Werden Sie mir davon erzählen?«

»Ja. Irgendwann.«

Die Spannung wich aus seiner Haltung, ein Lächeln glitt über sein Gesicht. Was für ein schöner, einzigartiger Mann, durchfuhr es Mathilde, und ihr wurde klar, daß sie ihm gerade zugesichert hatte, ihn wieder zu besuchen. War sie so leicht zu manipulieren? Und doch löste die Aussicht, ihn wiedersehen zu dürfen, ein prickelndes Glücksgefühl in ihr aus.

Er sah ihr in die Augen und sagte leise: »Sie sind eine Einzelgängerin, Mathilde, genau wie ich. Die meisten Menschen umgeben sich freiwillig mit Leuten, die ihnen auf die Nerven gehen, nur um nicht allein zu sein. Sie muten anderen ihre Gesellschaft zu, obwohl sie sich nicht einmal selbst ertragen können.«

Mathilde mußte unweigerlich an Franziska denken, während Lukas Feller fortfuhr: »*Willst du die ganze Erbärmlichkeit des Menschen kennenlernen, schau nicht auf den einzelnen, sondern auf das Paar.* Sagt Henri de Montherlant. Aber Sie sind anders. Sie liefern sich nicht um der Gesellschaft willen der Dummheit anderer aus. Sie sind stark und autark. Sie sind wie ich.«

Die Menschen um sie herum hörten auf zu existieren. Seine Worte fielen wie warmer Regen auf einen trockenen Boden, der jeden Tropfen gierig aufsaugte. So etwas hatte ihr noch niemand gesagt. Er schien ihr Wesen besser zu kennen als sie selbst. Was andere eigenbrötlerisch oder altjüngferlich nannten, das war in Wahrheit ihre Stärke. Sie lächelte.

»Darf ich Ihre Hand berühren?« fragte er.

Mathilde legte zögernd die Hand auf den Tisch, als handele es sich um einen von ihr abgetrennten Gegenstand. Er ergriff sie, zart und vorsichtig, wie man einen verletzten Vogel aufhebt.

Er neigte den Kopf, seine Lippen berührten sanft ihre Fingerspitzen und wanderten langsam höher. Sein Atem hinterließ eine glühende Spur. Mathilde durchlief sämtliche Klimazonen. Seine Zunge kreiste um den Knöchel ihres Mittelfingers. Dann umschlossen seine Zähne ihre Haut, ein winziger, elektrisierender Schmerz. Sie erschrak, als sie sich bei dem Wunsch ertappte, er möge fester zubeißen. Gleichzeitig wußte sie, daß sie zu viel zugelassen hatte, daß sie schon vor Ewigkeiten hätte intervenieren müssen.

Bevor die Vernunft sie ganz eingeholt hatte und sie beschließen konnte, ihm die Hand zu entziehen, legte er sie wieder sanft auf den Tisch zurück. Mathilde fühlte seine Zähne noch immer in ihrer Haut wie einen Phantomschmerz. Noch hielt er ihre Fingerspitzen zwischen den seinen, dann ließ er ihre Hand vollständig los. Mathilde war, als würde man ihr etwas entreißen, das sie sofort vermissen würde.

»Gehen Sie jetzt«, sagte er leise. Mathilde stand so geräuschlos wie möglich auf. An der Ausgangstür blieb sie noch einmal stehen und blickte sich um. Er sah sie an, und in diesem Augenblick setzte sich eine Erkenntnis in ihrem Hirn fest, so unumstößlich wie ein Richterspruch: Das ist der Mann, auf den ich mein Leben lang gewartet habe. Dann schlug die Tür hinter ihr zu.

Mathilde war in aufgekratzter Stimmung und gleichzeitig erleichtert, wieder draußen zu sein. Die Sonne auf der Haut, der Himmel, das Flugzeug vor dem Blau, die Gewißheit, hinfahren, hinfliegen zu können, wohin sie wollte ... Die selbstverständlichsten Dinge hatten plötzlich einen zauberischen Wert bekommen. Dabei hatte sie nicht einmal eine halbe Stunde auf der anderen Seite der Mauern verbracht. Sie setzte sich in ihren Wagen und betrachtete sich im Rückspiegel. Ihre Wangen waren tiefrot. Lieber Himmel, habe ich die ganze Zeit ausgesehen wie ein pubertierendes Schulmädchen?

Es war erst halb fünf. Ich könnte Franziska besuchen, dachte Mathilde. Könnte dem Anruf zuvorkommen, mit dem sich diese Ignorantin des Briefgeheimnisses erkundigen würde, weshalb Mathildes obligater Besuch am frühen Mittwochnachmittag ausgefallen war. Sie startete den Wagen und fuhr durch die Nordstadt in Richtung Süden. Hin und wieder sah sie in den Rückspiegel, um ihre Gesichtsfarbe zu überprüfen. Den schwarzen Wagen, der ihr in einigem Abstand folgte, bemerkte sie nicht.

Vor dem Nachbargrundstück stand ein Container mit Bauschutt. Darin erkannte Mathilde die gleichen schlüpferrosafarbenen Badezimmerfliesen, die sie vor drei Jahren aus Franziskas Badezimmer hatte entfernen lassen. Der Fliesenleger hatte sie damals »kultig« genannt. Grillen zirpten, und sie durchquerte eine Wildnis, die den Begriff Garten längst nicht mehr verdiente. Sie fand Franziska im Atelier. Umnebelt von einer Staubwolke, rührte sie mit einem Quirl, der von einer Bohrmaschine angetrieben wurde, eine zähe, graue Masse an. Sie hatte ihr Haar unter eine Schildkappe gepreßt und trug eine Latzhose, in der sie vermutlich schon gegen den Paragraphen 218 demonstriert hatte. Die Abendsonne drang nur mit Mühe durch das staubige Fenster, vor dem eine ganze Reihe verdächtiger Kübelpflanzen stand. Im hinteren Teil des Raums häuften sich alte Möbel, Eisenteile und undefinierbares Gerümpel. Es war glühend heiß, obwohl die Tür offenstand.

»Wenigstens friert man hier nicht«, bemerkte Mathilde zur Begrüßung.

»Der alte Gasofen läßt sich nicht mehr regulieren«, antwortete Franziska.

»Warum machst du ihn dann nicht aus?«

»Die Pflanzen mögen es warm.«

Mathilde hatte keine Lust auf Diskussionen über Marihuanaanbau und über die ihrer Meinung nach kindische Kifferei ihrer Mutter, deshalb fragte sie, auf den Eimer deutend: »Was wird das?«

»Maulwürfe aus Beton.« Ohne aufzublicken rührte Franziska weiter.

»Maulwürfe?« wiederholte Mathilde, während die Maschine sirrte. Mit einem Stück Pappe fächelte sie sich Luft zu.

»Die Gartenzwerge der Zahnärzte und Anwälte. Nachbestellungen vom Gartenfestival Herrenhausen. Von irgendwas muß man ja leben.«

Ganz neue Töne waren das. Sechzig Jahre hatte es gedauert, ehe die Realitäten des Lebens auch ihre Mutter einzuholen schienen.

Endlich stellte Franziska die Maschine ab und bog sich lendenlahm in die Höhe.

»Wo kommst du her?« Argwohn drang aus jeder Pore, während sie nun mit in die Hüfte gestemmten Armen dastand und ihre Tochter musterte.

Franziska hatte Mathilde stets alle Freiheiten gelassen: aus schlechtem Gewissen, als Ausgleich zu Merles konservativ-strenger Erziehung und weil es damals in ihren Kreisen so Usus war. Sie hatte ihrer Tochter eine Freundin sein wollen. Dabei hätte Mathilde lieber eine Mutter gehabt. Nie hatte es Vorschriften oder mütterliche Ratschläge gegeben. Bis heute. Mathilde ließ sich auf eine grobe Holzbank fallen. Mit einemmal löste sich die Anspannung der letzten Stunden, und sie brach in Gelächter aus.

»Bist du betrunken?« Franziska, sonst nicht humorlos, wurde zusehends sauertöpfischer. »Was ist so lustig?«

»Deine Frage.«

»Du warst also dort.«

»Ja.«

»Hast du den Artikel nicht gelesen?«

»Doch, aber ...«

»Wirst du wieder hingehen?«

»Was soll dieses Verhör?«

»Sag schon.«

»Ja, aber ...«

»Ich muß arbeiten«, unterbrach sie Franziska. »Der Beton. Wir können ein andermal darüber reden.«

»Ist gut«, sagte Mathilde, etwas brüskiert über den plötzlichen Hinauswurf.

Immerhin begleitete Franziska sie bis zum Gartentor.

»Soll ich demnächst zum Mähen vorbeikommen?« fragte Mathilde. Dem Gestrüpp würde man allerdings nur noch mit einer Sense beikommen können.

»Nicht nötig«, befand die Hausherrin, und Mathilde beließ es dabei.

»Ist Frau Huber gestorben?« Mathilde deutete auf den Container.

»Nein. Warum sollte sie gestorben sein? Sie renoviert nur ...« Franziska stockte, denn Mathilde war entsetzt stehengeblieben.

Die Kühlerhaube ihres Golf hatte eine riesige Delle. Genau in der Mitte. Der silbermetallicfarbene Lack war abgesplittert, in der Ausbuchtung lagen kleine Steine und rosa Splitter. Die Tatwaffe fand sich neben dem Vorderrad: eine der Huberschen Badezimmerfliesen, an der ein großer Klumpen Mörtel hing.

»Mein Gott«, sagte Franziska, »diese Gegend verkommt auch immer mehr.«

Zu Hause nahm Mathilde die Post aus dem Briefkasten und erkannte sofort einen der Umschläge, in den der Ritter der Kelche die Konzertkarten zu stecken pflegte. Wie immer war keine Briefmarke darauf. Wie kam er eigentlich ins Haus? Er klingelte doch nicht etwa die Nachbarn heraus?

Erst gegen Abend öffnete sie den Umschlag. Schumann, nächsten Donnerstag. Für gewöhnlich zauberte eine solche Karte ein Lächeln auf ihr Gesicht, weckte ein paar Erinnerungen und ein angenehmes Vorgefühl. Heute jedoch dachte sie: Was für eine krampfhaft inszenierte Romantik! Vorausgesetzt, man verstand unter Romantik jenes Ritual, das mit einer Konzertkarte im Briefkasten begann, dem der Genuß von Musik, Wein und launigen Gesprächen bei karger Beleuchtung folgten, und das in jenem flüchtigen Zustand anonymer Raserei gipfelte. War das nicht armselig?

Sie warf die Karte in die Kiste, in der sie das Altpapier sammelte. Schumann konnte sie ohnehin nicht sonderlich leiden.

Der Abend war unerwartet lau. Regen lag in der Luft. Ab und zu wehte vom Zoo ein dumpfer Tiergeruch herüber. Mathilde saß vor einem Glas Wein auf dem Balkon und sah nachdenklich der Sonne zu, die gerade als riesige Orange im Dunst der dösenden Stadt versank. Wie es wohl ist, grübelte sie, wenn man immer dieselbe, vergitterte Aussicht hat? Wartet man auf den ersten Sonnenstrahl, auf den Mond? Sicher weiß man genau, wann er erscheint und verschwindet, und wahrscheinlich zählt man die Sterne in seinem Fenster.

Wind kam auf, und Mathilde begann zu frieren. Sie sehnte sich den letzten Sommer zurück, den Jahrhundertsommer 2003, als sich Hannover wie Havanna angefühlt hatte.

Der nächste Windstoß löschte die Flamme des Windlichts. Flüsternd setzte ein zögerlicher Regen ein, der Mathilde vom Balkon vertrieb. Im Aufstehen blickte sie über die Balkonbrüstung. Ein Mann stand auf dem Gehsteig gegenüber. Er trug ein Sweatshirt mit einer Kapuze und starrte an der Fassade hinauf. Hatte er sie beobachtet? Sie ging in die Hocke. Aus der Deckung des sorgfältig gestutzten Lavendels heraus observierte sie ihn nun ihrerseits. Er befand sich genau zwischen zwei Straßenlaternen, im Schatten der Büsche eines Vorgartens. Plötzlich ließ die windzerrissene Flamme eines Feuerzeuges die Schatten zurückschrecken, und für wenige Sekunden sah sie sein Gesicht. Ein älteres, grobgeschnittenes Männergesicht. Dann erlosch die Flamme, die Schatten dehnten sich wieder aus. Inzwischen war es fast ganz dunkel. Der Mann blieb. Ab und zu glühte seine Zigarette auf.

Die geduckte Haltung wurde Mathilde allmählich zu anstrengend. Sie erhob sich, stützte sich auf das Geländer und schaute demonstrativ zu dem rauchenden Mann hinunter. Wie eine Schnecke, die vor einer Berührung zurückschreckt, wich er nach hinten in die Umarmung der Schatten, mit denen er nun verschmolz. Zigarettenglut spritzte auf das Pflaster und wurde ausgetreten. Der Regen fiel jetzt dichter. Mathilde brachte Weinglas und Windlicht in die Wohnung. Als sie wieder hinuntersah, ging der Mann mit raschen, ausgreifenden Schritten die Straße entlang, die Hände in den Taschen, die Schultern hochgezogen. Einer, der sich davonstiehlt, dachte Mathilde. Unsinn, wahrscheinlich nur einer, dem langweilig gewesen war. Du bist schon genauso paranoid wie die notorischen Türabschließerinnen hier im Haus.

Das Gebäude mit dem Flachdach und den rostigen Fenstergittern, vor dem Mathilde tags darauf nach der Schule anhielt, hatte nichts Repräsentatives. Dennoch nahm sich ihr Golf unter den anderen Wagen, die im Hof der Werkstatt geparkt waren, eher bescheiden aus. Im Umfeld von Laudas Werkstatt hielt man nichts von Understatement. Drei Herren standen um einen Jaguar herum. Einer der Männer löste sich aus der Gruppe und eilte auf Mathilde zu. Lauda war über einsneunzig groß und kräftig gebaut. Mit seinen zerzausten Silberlocken und den saphirblauen Augen im sonnengebräunten Gesicht sah er aus wie der Kapitän der Gorch Fock.

»Mathilde! Wie schön, dich zu sehen!« Dann wies er fragend auf die zerbeulte Kühlerhaube.

»Vandalismus«, erklärte Mathilde. Sie war immer noch wütend.

Lauda inspizierte den Schaden.

»Wird es teuer?«

»Du hast doch Teilkasko, oder?«

»Weißt du, ich dachte, ich wohne in einer sicheren Gegend und kann mir das sparen.«

»Die Lehrer und ihr Geiz. Ich habe lange Zeit geglaubt, das sei ein Klischee, aber es ist immer wieder ...«

»Wieviel?« unterbrach ihn Mathilde.

»Mit Originalteilen alles in allem so zwölfhundert Euro.«

»Ich bin eine arme Lehrerin!«

»Die Alternative wären gebrauchte Teile, die meine Jungs erst besorgen müßten. Das käme etwa auf die Hälfte. Aber das dauert, wie gesagt.«

Bei »Jungs« runzelte Mathilde die Stirn. Laudas Personal umfaßte im Durchschnitt ein halbes Dutzend Männer von respekteinflößendem Körperbau, vorzugsweise aus dem osteuropäischen Raum.

Lauda kümmerte sich seit Jahren um ihre Durchschnittswagen, und zwar ebenso gewissenhaft wie um die Statussymbole der Unternehmerschaft vom Steintor. Obwohl er sicherlich kein Gralshüter von Recht und Gesetz war, würde er sie niemals betrügen. Leute wie er vergaßen nie, wenn man ihnen einmal geholfen hatte. Und Mathilde hatte ihren Banknachbarn bei nahezu jeder Klassenarbeit abschreiben lassen oder mit heimlichen Informationen unterstützt. In der elften Klasse hatte jedoch alles nichts mehr geholfen – Laurenz Weizengras verließ das Gymnasium, machte nach einigen Schlenkern auf der schiefen Bahn eine Mechanikerlehre und avancierte als »Lauda« zum bevorzugten Schrauber des Rotlichtmilieus.

»Muß ich halt so lange mit dem Rad fahren«, meinte Mathilde.

Er sah sie an wie ein Kind, das einen einfältigen Witz erzählt hat.

»Du brauchst ein Auto«, widersprach er. »Wie wäre es mit dem da drüben?«

»Das ist ein Porsche.« Mathilde war seinem Blick gefolgt.

Lauda ging mit ihr zu dem silbergrauen Wagen hinüber. »Ein Targa 911 S. Baujahr 1974, dreißig Jahre alt, hat aber immerhin schon 175 PS. Den richte ich mir gerade her. Das Kunstleder innen ist nicht mehr schön, da muß echtes rein, aber es dauert noch, ehe ich mich darum kümmern kann. So lange kannst du ihn fahren. Umsonst«, fügte er hinzu.

Mathilde war keine Auto-Närrin, aber der alte Porsche hatte was. »Danke. Das ist sehr großzügig von dir.«

»Ich bitte dich, Mathilde. Du gehörst doch zur Familie.« Das betonte Lauda jedesmal, und Mathilde nahm es stets mit einem Stirnrunzeln zur Kenntnis.

Trotz der katastrophalen Unordnung in seinem Büro fand Lauda rasch die Papiere. Er händigte sie Mathilde aus und erklärte ihr die Eigenheiten des Fahrzeugs. Mathilde setzte sich ans Steuer. Lauda sah sie über die Wagentür hinweg an.

»Falls du Probleme hast ...«

»Keine Sorge, ich bin technisch begabt, ich komme schon klar.«

»Das meine ich nicht«, sagte Lauda ernst und wies mit dem Daumen auf den Golf. »Bist du sicher, daß das nichts Persönliches ist?«

»Das waren bestimmt bloß ein paar Jugendliche aus Problemfamilien«, wehrte Mathilde ab.

Er zog die Stirn in Falten. »Wenn du in Schwierigkeiten steckst, Mathilde, dann komm zu mir. Meine Jungs sind vielseitig begabt.«

Den Abend verbrachte Mathilde mit der Korrektur von vierundzwanzig Spanischaufsätzen zum Thema Stierkampf. Allerdings gab es dabei nicht viel zu tun, denn die Abhandlungen glichen einander fast aufs Wort. Immerhin kennen sie sich im Internet aus, dachte Mathilde und seufzte. Diese träge, denkfaule Bande! Sie vermißte bei den Gymnasiasten die intellektuelle Neugierde. Sie wünschte manchmal, die Schüler würden aufmüpfiger sein, sie zum Diskurs herausfordern, anstatt im Schlafmodus den Unterricht über sich ergehen zu lassen, um sich nach einer Dreiviertelstunde endlich wieder die Stöpsel ihres i-Pod in die Ohren stopfen zu können. Die meisten Kollegen akzeptierten dieses Verhalten. Phlegmatische Schüler waren immerhin pflegeleicht. Nicht aber Mathilde. Na, wartet! Morgen würde sie diesem Haufen ... Das Telefon klingelte. Lukas?!
Sie meldete sich, aber es kam keine Antwort.
»Hallo?«
Stille.
»Sprechen Sie doch, bitte!«
Telefonierte er wieder von einem heimlichen Apparat, konnte er gerade nicht reden, weil jemand kam? Sie wartete. Leise Atemzüge waren zu hören. Seine?
Sie preßte den Hörer ans Ohr und lauschte.
»Laß deine dreckigen Finger von Lukas. Du wirst es sonst bereuen.« Dann wurde aufgelegt.
Mathilde hätte nicht sagen können, ob die Stimme männlich oder weiblich gewesen war. Auf jeden Fall war sie verfremdet worden, vielleicht durch ein Rohr geflüstert. Das fängt ja gut an, dachte sie und öffnete eine Flasche *Salice Salentino*. Zur Beruhigung. Es dauerte ein paar Minuten, bis ihre Hände aufhörten zu zittern, und sie sich ein Glas Wein eingießen konnte.

Treeske legte den Hörer auf. Peter hatte ihr die Kopfschmerzen abgenommen. Es war nicht einmal gelogen. Sie legte ihre kalten Hände an die Schläfen, bis das Pochen nachließ.

Es war ihr Fehler gewesen. Und Fehler wurden bestraft. Sie hatte sich überschätzt und die hypnotische Kraft, die nach wie vor von Lukas Feller ausging, unterschätzt. Er gewann leicht Macht über Menschen und benutzte diese, um seine Opfer zu demütigen und zu entblößen. Aber er schaffte es auch, daß man sich schöner und größer als jemals zuvor vorkam.

Niemand durfte davon erfahren. Denn damit würde sie sich selbst mehr schaden als ihm. Adieu Beamtenstelle. Lukas hatte das sofort erkannt und ausgenutzt. Das Seltsame war, daß sie ihn dafür nicht hassen konnte. Schwäche reizte seinen Sadismus, wie hatte sie das vergessen können? *Moral ist nur eine Erfindung, um die Schwachen zu schützen ...*

War es die Schuld des Tigers, wenn sich jemand zu ihm in den Käfig wagte und prompt gefressen wurde?

Sie war müde und fürchtete sich gleichzeitig vor dem Schlaf. Sie träumte von ihm. Träume voller Gewalt und Erotik, ein Kreislauf aus Angst und Lust. Sie fühlte sich wie eine Alkoholikerin, die nach Jahren der Abstinenz wieder zum Glas gegriffen hatte.

Sie rollte sich auf dem Sofa zusammen und zog die Decke über sich. Trotzdem fror sie.

Friert's dich Marie?
Und doch bist du warm.
Was heiße Lippen du hast!

Lukas mochte dieses Stück. Dreimal hatten sie es sich zusammen angesehen. Er hatte sie oft Marie genannt, und ihr in leidenschaftlichen Momenten diese Textstelle ins Ohr geflüstert. Es war die Stelle, kurz bevor Woyzek seine Marie umbringt.

Leona und Mathilde nahmen noch einen Schluck Sekt.
»Willkommen im Kanzlerviertel.«
»Danke für den Tip.«
Leona strahlte. Gerade hatte sie mit dem Eigentümer die Woh-

nung der verstorbenen Landtagsabgeordnetenwitwe besichtigt und war mit ihm einig geworden.

Das Telefon klingelte. Mathilde sprang auf.

»Mathilde Degen.«

»Guten Abend, Mathilde.«

Endlich.

»Entschuldige mich kurz«, flüsterte sie Leona zu und zog sich mit dem Telefon in ihr Arbeitszimmer zurück.

»Seit Sie bei mir waren, muß ich oft an Sie denken.«

Warum rief er dann erst jetzt an? Fünf Tage waren seit ihrem Besuch vergangen. Fünf!

»Ja, es war ...« Ihr fiel kein passendes Wort ein. Sie wünschte sich, er würde weitersprechen, egal was, sie wollte nur seine Stimme hören, diesen samtenen Flügelschlag an ihrem Ohr.

»Ich störe Sie, Sie haben Besuch. Ich rufe lieber ein andermal wieder an.«

»Nein«, protestierte Mathilde eine Spur zu heftig. »Ich meine, ja, ich habe Besuch, aber es ist nur meine Kollegin, Sie stören nicht.«

»Werden Sie mich noch einmal besuchen kommen?« fragte er.

»Ja«, sagte Mathilde, die sich soeben eingestand, daß sie auf genau diese Frage sehnsüchtig gewartet hatte. Daß sie gefürchtet hatte, sie würde womöglich ausbleiben. Sie verabredeten sich für den Mittwoch der folgenden Woche.

»Würden Sie etwas für mich tun?« fragte er.

»Was?«

»Ich hätte gerne ein Foto von Ihnen.«

Mathilde überlegte. Wann war in letzter Zeit, in den letzten Jahren, ein Foto von ihr gemacht worden? Das ist einer der wenigen Nachteile des Alleinlebens, dachte sie. Man ist niemandem wichtig genug für ein Foto.

»Ich weiß gar nicht, ob ich eines habe«, entgegnete Mathilde.

»Bestimmt haben Sie eines. Auf Wiedersehen, Mathilde.« Das Knacken der Leitung war wie ein Messerschnitt.

Nachdenklich ging sie zu Leona in die Küche zurück.

»Hallo Glühwürmchen«, grinste Leona.

Verlegen berührte Mathilde ihre Wangen. »Das kommt vom Sekt. Ist noch was da?«

Leona füllte die Gläser nach. »Du verheimlichst mir doch nichts, oder?« fragte sie und drohte mit dem Finger.

»Nein, aber die Gespräche mit meiner Mutter sind selten erbaulich.«

»Von wegen, Mutter. Ich durchschaue dich. Wie lange läuft das schon?«

»Was?«

»Das mit dir und Florian.«

»Seit letztem Sommer. Es ist nichts Ernstes.«

»Nein?«

»Nein. Wie könnte es? Er ist doch noch ein halbes Kind.«

»Möchten Sie, daß ich Ihnen von einem meiner Morde erzähle?«

Mathilde zuckte zusammen. Sie sah sich im Besucherraum um. Es war ruhig dieses Mal. Zwei Paare flüsterten miteinander, die wachhabende Beamtin hinter der Scheibe sah teilnahmslos drein oder tat wenigstens so.

Ein junger Mann, der auf jemanden zu warten schien, fing Mathildes Blick auf und grinste. Mathilde erschrak. Jemand, der sie erkannt hatte? Strähniges Haar, Pickel, tief in den Höhlen liegende Augen. Sie drehte rasch den Kopf weg und wünschte, sie wären allein.

Heute war der 6. Oktober, es war ihr dritter Besuch. Es schien sich ein zweiwöchiger Rhythmus einzupendeln, ohne daß sie sich darüber verständigt hätten. Er trug Jeans und ein schwarzes T-Shirt. Das Schwarz ließ seine ausgeprägten Züge noch schroffer erscheinen. Ihr war, als hätte er abgenommen in den zwei Wochen, in denen sie ihn nicht gesehen hatte. Schon letztesmal hatte er ein T-Shirt getragen, und sie hatte die Tätowierung an seinem rechten Oberarm bemerkt.

»Es ist das Zeichen der Fremdenlegion«, hatte er erklärt.

»Ein Leuchter?«

»Eine sich öffnende Granate, aus der sieben Flammen züngeln.«

»Aha.«

»Eine Jugendsünde.«

»Sie haben mir noch gar nicht erzählt, warum Sie so lange bei der Fremdenlegion waren.«

»Ich dachte nicht, daß es Sie interessiert, wenn Opa vom Krieg erzählt.«

»Warum sind Sie eingetreten?«

»Warum«, wiederholte er. »Immer brauchen Sie ein Warum. Es gab verschiedene Gründe und dazu ein paar romantische Vorstellungen.«

»War es denn romantisch?«

»Nicht sehr. Aber zumindest macht mir heute das harte Bett nicht viel aus.«

In welchen Kriegen hatte er gekämpft? Hatte er Menschen getötet? Darüber hatte er sich bisher ausgeschwiegen.

Möchten Sie, daß ich Ihnen von einem meiner Morde erzähle?

Sie sah ihn an und begegnete dem ruhigen Blick seiner stählernen Augen, als er sagte: »Ich habe meinen Vater umgebracht.«

»Ah, ja?«

»Sie wollen nicht wissen, warum?« Er schien überrascht.

»Bestimmt ein ödipales Motiv.«

»Mag sein«, lachte er. »Es war einfach immer schlechte Stimmung im Haus, wenn er da war. Er war oft da, besonders im Winter, wenn auf dem Bau wenig los war. Ich habe nie verstanden, wieso meine Mutter bei einem Mann geblieben ist, der keine Achtung vor ihr hatte. Würden Sie das tun?«

»Natürlich nicht«, antwortete Mathilde. »Aber das kann man nicht vergleichen. Ihre Mutter hat vielleicht keine Alternative gesehen. Oder sie wollte die Familie zusammenhalten.«

»Was gab es denn da zusammenzuhalten?«

Mathilde suchte nach einer Gefühlsregung in seinem Gesicht, aber sie fand nur ein sarkastisches Mundwinkelzucken.

»Wie haben Sie Ihren Vater umgebracht?« fragte Mathilde. Sie glaubte ihm nicht. Hatte in dem Artikel nicht etwas von einem Treppensturz gestanden?

Er lehnte sich zurück. Er sprach nicht laut, das tat er ohnehin nie, aber es schien ihn auch nicht zu kümmern, ob ihn außer Mathilde noch jemand hören konnte.

»Jedes verdammte Mal, wenn sie sich nach ihren Krächen und Prügeleien wieder versöhnt hatten und ein bißchen Geld im Haus war, kochte meine Mutter seine Lieblingsgerichte. An diesem Abend war es Szegediner Gulasch. Es gab sogar eine Flasche *Amselfelder* dazu oder auch zwei. Später als ich im Bett lag, hörte ich durch die Wand, wie sie es miteinander trieben.« Er unterbrach sich, seine Augen erforschten Mathildes Gesicht. »Ist es Ihnen unangenehm, wenn ich darüber rede?«

»Vielleicht können wir die Details der Versöhnung überspringen, wenn sie für den Fortgang der Handlung nicht wichtig sind«, schlug Mathilde vor.

»Okay. Ich wußte, daß er hinterher immer aufstand, zum Kühlschrank ging und ein kaltes Bier runterschüttete. Aber diesesmal war kein Bier im Kühlschrank. Es war nur noch welches im Keller.« Er hielt inne, und es schien, als erinnere er sich an etwas Schönes. »Ich hörte, wie er die Kühlschranktür öffnete und fluchte. Dann das Quietschen der Kellertür, gleich darauf seinen Schrei. Ich hatte die Sechzig-Watt-Birne der Treppenbeleuchtung gegen eine Fünfundzwanziger ausgetauscht und eine durchsichtige Plastiktüte auf die Stufen gelegt. Steile Stufen aus Beton. Als ihn meine Mutter fand, lag er unten vor den Bierkästen. Passenderweise. Sein Genick war gebrochen.«

»Sie konnten nicht wissen, daß der Sturz tödlich enden würde«, wandte Mathilde ein.

»Stimmt, ein gebrochenes Bein hätte mir auch schon Vergnügen bereitet.«

»Hätte er dann nicht erst recht mit schlechter Laune zu Hause gesessen?«

»Ich wollte ihn leiden sehen.«

»Was, wenn er die Tüte bemerkt hätte?« fragte Mathilde.

»Sie müssen immer alle Wahrscheinlichkeiten abklopfen, nicht wahr?«

»Das ist vermutlich eine Berufskrankheit.«

»Ich gebe zu, daß es nicht der perfekte Mordplan war«, räumte er ein. »Aber ich war schließlich erst elf.«

Mathilde nickte. Sicher war es ein Unglücksfall gewesen, und er hatte sich im nachhinein eingeredet, ihn verursacht zu haben. So lange, bis er selbst daran glaubte. Kinder reagierten oft in dieser Weise auf Situationen, in denen sie sich ohnmächtig fühlten. Das hatte sie einst an sich selbst beobachtet: In der ersten Klasse hatte ein Schüler

Mathildes Ranzen über einer Pfütze ausgeleert. Mathilde hatte Merle erzählt, sie habe den Jungen dafür windelweich geprügelt. In Wirklichkeit war sie nur wütend und schluchzend nach Hause gelaufen.

»Was ist mit Ihrem Bruder passiert?« fragte Mathilde.

Was war das in seinen Augen? Überraschung? Oder sogar ein Hauch von Schrecken?

Mathilde saß mit dem Rücken zur Tür. Nun hörte sie Schritte hinter sich, nahm einen Luftzug wahr, dann spürte sie, wie ihr jemand mit der Faust auf den Hinterkopf schlug, fühlte Hände, die an ihren Haaren rissen.

»Ist das deine Neue? Diese alte Schlampe da?« kreischte eine Frauenstimme dicht an ihrem Ohr. Mathilde fuhr in die Höhe und bekam den Arm der Angreiferin zu fassen. Gekonnt setzte sie zu einem Fußfeger an, der der Fremden die Hacken vom Boden wegriß. Lukas war aufgesprungen, die Aufsichtsbeamtin spurtete durch den Raum, aber da lag die Angreiferin schon auf dem Rücken wie ein Käfer.

»Zurück! Zurück, Feller. Ich mache das schon!«

Lukas, der drohend über der Frau gestanden hatte, gehorchte. Die Frau rappelte sich auf und wurde von der Aufsicht festgehalten.

»Du Mistkerl! Warum antwortest du nicht auf meine Briefe? Was willst du mit dieser alten Kuh?«

Ein aufdringlicher Parfumgeruch stieg Mathilde in die Nase, und ihr fiel ein, wo sie die Frau schon einmal gesehen hatte – bei ihrem ersten Besuch an der Pforte.

Die Aufseherin hatte Mühe, die Frau zu bändigen. Ein Kollege und eine Beamtin in Zivil eilten von irgendwoher herbei. Eines der beiden Pärchen drückte sich erschrocken an die Wand, das andere blieb gelassen sitzen. Der picklige Häftling war ebenfalls aufgesprungen.

»Claudine!« rief er. »Was soll das?«

Der Beamte ergriff die Frau, die versuchte, Lukas Feller anzuspucken. Der kümmerte sich nicht weiter um den Tumult, sondern wandte sich um nach Mathilde.

Sie stand am Fenster und ordnete ihre Kleidung, während sie von alten Bildern eingeholt wurde. *Sie und Moritz in einem Café, er sitzt ihr gegenüber, hält ihre Hand. Draußen regnet es. Eine Frau kommt herein –*

nasses, lockiges Haar, sprühende Augen, ein verzerrter Mund ... Die Frau ihres Geliebten hatte Mathilde zwar nicht angegriffen, aber mit Schimpfworten überschüttet. Er wird diese hysterische Zicke verlassen, hatte Mathilde damals in ihrer jugendlichen Arroganz gedacht und bereits im stillen triumphiert. Der Professor trennte sich jedoch nicht von seiner Frau, vielmehr trennte sich Mathilde von ihm – drei lange, zermürbende Jahre später.

»Ist Ihnen etwas passiert?« fragte Lukas.

Mathilde schüttelte den Kopf. »Selbstverteidigungskurs«, lächelte sie.

Die Frau wurde aus dem Besucherraum geführt. Ihre Beschimpfungen, mit denen sie abwechselnd Lukas und Mathilde bedachte, verstummten erst, als sich die Tür hinter ihr und den Beamten schloß.

Lukas Feller stand nun dicht vor Mathilde. Sie konnte den Geruch seiner Haut wahrnehmen: metallisch, scharf. Fremd. Er strich Mathilde eine Haarsträhne aus dem Gesicht. Dann traf sein Mund heftig auf den ihren. Eine Schrecksekunde lang versteifte sich Mathilde, bevor sich ihr Körper in eine weiche Substanz verwandelte. Ihre Haut brannte und vereiste, wo seine Hände sie berührten. Seine Zunge spaltete ihre Zähne, und sie spürte die Härte seiner Muskeln, als er sie an sich zog.

Nach einer kleinen Ewigkeit löste sich Lukas von Mathilde. Zuerst gab er ihre Lippen frei. Ihre Oberlippe blutete leicht. Danach nahm er seine Hände von ihr und führte sie zurück zum Tisch, als befänden sie sich beim Tanztee. Mathilde blieb jedoch stehen. Alle im Raum schienen sie anzustarren.

Noch am selben Abend rief er sie an.

»Was passiert ist, tut mir leid.«

»Wer ist sie?«

»Sie hat mich eine Zeitlang besucht, aber sie war nicht ...«, er stockte.

»Was?«

»Nicht wie Sie. Keine war je wie Sie, Mathilde. Deshalb habe ich ihr geschrieben, daß ich sie nicht mehr sehen möchte. Aber wie das heute geschehen konnte, kann ich mir nicht erklären.«

Mathilde erzählte ihm von dem Vorfall an der Pforte. »Sie muß gehört haben, wie ich Ihren Namen nannte. Wahrscheinlich hat sie darauf gezählt, daß ich an einem Mittwoch um dieselbe Zeit wiederkommen würde. Was ja auch stimmte. Menschen sind berechenbar.«

»Und um in den Besucherraum zu kommen, hat sie Kontakt zu einem anderen Häftling aufgenommen«, ergänzte Lukas.

»Wie konnte sie das?« fragte Mathilde.

»Wahrscheinlich über eine Kontaktanzeige in der Knastzeitung. Sie hat sich irgendein armes Schwein ausgesucht, das prompt einen Besuchsantrag für sie gestellt hat.«

Was für Anstrengungen diese Frau unternommen hatte, nur um Lukas diese Szene zu machen. Bestimmt war auch sie es gewesen, die den Stein auf Mathildes Auto geworfen hatte. Sie konnte ihr nachgefahren sein, nach dem ersten Besuch. Aber da sich das nicht beweisen ließ, sagte Mathilde: »Am besten, wir vergessen das Ganze.«

»Ihren Kuß werde ich nicht vergessen«, sagte er. »Der gehört mir, für immer.«

Mathilde antwortete nicht.

»Sind Sie so leicht in die Flucht zu jagen? Dann hätte dieses kleine Biest ja erreicht, was es wollte.«

»Diese Frau ist mir egal. Aber ich fühlte mich bloßgestellt vor diesen Leuten.«

»Finden Sie nicht, daß es uns egal sein kann, was diese Kretins über uns denken?«

»Hm«, machte Mathilde. Intimitäten in der Öffentlichkeit hatte sie schon immer abgelehnt, und es war ihr nicht egal, was andere über sie dachten.

»Irgendwann werden wir uns wieder küssen, allein«, sagte er.

Sie schwieg. Ein Schwall Hitze überflutete sie, und sie erinnerte sich daran, wie sich sein Körper angefühlt hatte.

»Werden Sie wiederkommen?«

»Ah, Frau Klosa, gut, daß ich Sie hier sehe.«

Marion, die gerade auf ihr Auto zuging, blieb stehen. Treeske Tiffin war kurzatmig, sie mußte ihr nachgelaufen sein. Sie trug einen langen, schwarzen Mantel. Ihr Gesicht war blaß und noch schmaler als beim letztenmal, als hätte sie eine Diät hinter sich.

»Was macht der Strafgefangene Feller, gibt es Neuigkeiten?«

»Es sind keine neuen Zöpfe mehr gekommen«, sagte Marion Klosa. Warum rief sie sie nicht während der Dienstzeit an, wenn sie etwas über Feller erfahren wollte?

»Gibt es sonst irgendwelche Vorkommnisse?«

»Gestern gab es einen Zwischenfall. Die Dame, die ihm den Zopf geschickt hat, hat sich in den Besucherraum gemogelt und Fellers Besucherin tätlich angegriffen. Man mußte sie gewaltsam entfernen.«

»Wer ist die Frau, die Feller besucht hat?«

»Keine Ahnung. Anscheinend eine Neue. Ich habe sie noch nicht gesehen. Aber sie soll schon älter sein, so um die Vierzig. Paßt ja nicht so recht ins Beuteschema«, bemerkte Marion Klosa.

»Danke, Frau Klosa«, sagte Treeske Tiffin. »Schönen Feierabend.«

Marion nickte, stieg ins Auto und fuhr rasch davon.

Treeske Tiffin ging zur Besucherpforte.

»Wir speichern aber nur Name und Wohnort«, sagte die Beamtin.

»Das reicht schon.«

Mathilde saß in Ingolf Keusemanns pseudo-antik eingerichtetem Büro. Ihr Vorgesetzter thronte hinter seinem überfüllten Schreibtisch, er hatte die Fingerspitzen aneinandergelegt, was immer auf eine heikle Angelegenheit hindeutete.

»Was ist passiert?« fragte Mathilde.

Keusemann sah sie an und seufzte. »Es fällt mir nicht leicht, mit Ihnen dieses Gespräch zu führen, Mathilde, aber ich muß es tun. Es geht das Gerücht um ...«, er unterbrach sich und rückte seine randlose Brille zurecht. »Also, jemand hat beobachtet, daß Sie vor einigen Tagen in der JVA Hannover einen Häftling besucht haben.«

»Ist das verboten?«

»Nein, natürlich nicht.«

»Schön«, sagte Mathilde nur. Sie ahnte, was kommen würde und war nicht bereit, ihm das Stichwort zu liefern.

»Nun, Sie haben den Mann nicht nur besucht, es soll zu ... ähem ... zu Intimitäten gekommen sein.«

Mathildes Mund verengte sich zu einem Strich, aus dem sie hervorpreßte: »Wer behauptet so etwas?«

Keusemann antwortete nicht, aber das mußte er gar nicht, denn jetzt fiel ihr ein, woher sie den jungen Mann kannte, der sie angegrinst und später »Claudine!« gerufen hatte. Das war der Sohn von Corinna Roth gewesen. Ein ehemaliger Schüler des Lise-Meitner-Gymnasiums, wenn auch nicht aus ihrer Klasse. In der Zehnten abgegangen, angeblich wegen schlechter Noten.

Keusemann blinzelte nervös. »Mathilde, wir sind eine Privatschule, der Ruf unserer Lehrkräfte ist unser Kapital ...«

Mathilde war immer stolz darauf gewesen, sich nicht in eine bequeme A-13-Existenz eines Beamten geflüchtet zu haben. Nun war sie nahe daran, dies zu bereuen.

»Ach«, unterbrach sie Keusemann. »Aber eine Lehrkraft, die als Mutter offenbar so versagt hat, daß ihr Sohn schon mehrfach straffällig geworden ist, die ist weiterhin tragbar für eine solche Schule? Die Roth wird ihren Sprößling doch auch schon mal in der JVA besucht haben, meinen Sie nicht? Mir drängt sich der Eindruck auf, hier wird mit zweierlei Maß gemessen, Herr Direktor Keusemann.«

»Söhne kann man sich nicht aussuchen, Männer schon«, schoß Keusemann zurück. »Frau Roth verläßt die Schule überdies zum Ende des Schuljahres. Aber ich gebe Ihnen völlig recht, Mathilde. Es war und ist eine Belastung für die Reputation unserer Schule. Schon deshalb können wir uns nicht noch einen derartigen Fall leisten.«

»Ich bin also bereits ein *Fall*.«

Ingolf Keusemann erhob sich von seinem Schreibtisch und begann im Zimmer auf und ab zu laufen. Mathilde saß mit verschränkten Armen da und sah ihm mit finsterem Blick dabei zu.

»Verdammt, Mathilde, ich dachte, Sie wären mit dem netten jungen Kollegen zusammen.«

»Und, Herr Direktor, was ist nun die Quintessenz dieser Vorladung?«

Ingolf Keusemann sah sie an. »Also gut: Es geht einfach nicht, daß eine Lehrkraft dieser Schule mit einem Schwerverbrecher liiert ist.«

»Liiert?« wiederholte Mathilde. »Das ist doch lächerlich.«

Aber Keusemann ging nicht darauf ein, sondern kam zum Punkt: »Als geschäftsführender Direktor muß ich Sie auch im Namen der Träger dieser Institution bitten, diese Beziehung umgehend zu beenden.«

»Oder?« fragte Mathilde.

Er rang die Hände. »Oder ich muß Ihnen nahelegen, sich einen anderen Arbeitsplatz zu suchen. Ich bin gezwungen, ich kann nicht anders. Ich hatte bereits gestern einen sehr unangenehmen Anruf vom Vorstand sowie von der Vorsitzenden der Elternvertretung.«

Mathilde war immer schon klar gewesen, daß Dankbarkeit nur eine sehr kurze Halbwertzeit hat. Die zwölf Jahre, in denen sie maßgeblich daran beteiligt war, daß das Lise-Meitner-Gymnasium zu dem wurde, was es heute war, nämlich eines der besten naturwissenschaftlichen Gymnasien Niedersachsens, zählten nichts im Vergleich zu ihrem »Fehltritt«.

»Danke, daß Sie mir die Augen für die Realitäten geöffnet haben, Herr Direktor.«

Keusemann machte ein gequältes Gesicht. »Bitte, Mathilde. Ich möchte nicht, daß wir auf diese Art miteinander reden. Schreiben Sie dem Kerl meinetwegen jeden Tag, aber gehen Sie nicht mehr hin. Oder ist es so ernst?«

Sie stand auf. »Für mich ist diese Unterhaltung beendet.«

»Mathilde, Sie sind mein bestes Pferd im Stall«, rief Keusemann mit echter Verzweiflung. »Ich habe Sie für den Posten der stellvertretenden Direktorin vorgesehen, wenn Schulze in zwei Jahren ausscheidet.«

»Freut mich.«

»Aber ich möchte nicht erleben, daß es eines Tages heißt, wir würden ein Mörder-Groupie auf unsere Schüler loslassen.«

»Ein was?!« Mathilde war schon an der Tür angekommen und fuhr herum.

»Ein Mörder-Groupie. So nennt man diese Frauen.«

Mathilde ließ Keusemann stehen und rauschte aus dem Büro.

»Ich melde mich für den Rest des Tages krank, bitte informieren Sie Ihren Vorgesetzten, damit er sich um eine Vertretung kümmert«, sagte sie beherrscht zu der Sekretärin, die mit gespitzten Ohren im Vorzimmer saß. Es war Mathildes erste Krankmeldung seit zwölf Jahren.

Für den Sonntag versprach das Wetter kühl und trocken zu werden. Mathilde setzte sich in der Morgendämmerung aufs Fahrrad. Es herrschte kaum Verkehr. Durch die Innenstadt benötigte sie eine knappe halbe Stunde bis nach Herrenhausen. Ihr erster Halt war das Studentenwohnheim Jägerstraße/Lodyweg, zwei Gebäude, in Blocks unterteilt. In welchem hatte er gelebt? Er und Johanna Gissel, die blonde Studentin. Mathilde betrachtete den dreistöckigen hell gestrichenen Bau, vor dem sie stand. Lukas Feller mußte fast sein ganzes Erwachsenenleben in solchen tristen Klötzen zugebracht haben. Erst die Kasernen bei der Legion, dann dieses Wohnheim, das einem Gefängnisbau stark ähnelte – einzig die Gitter vor den Fenstern fehlten – und jetzt das Gefängnis selbst. Bevorzugte er diese Art des Wohnens vielleicht unbewußt? Bloß keine Küchenpsychologie, Mathilde, rief sie sich selbst zur Ordnung.

Eine junge Frau schob ein Rennrad aus der Tür. Mathilde bat sie um einen Gefallen. Die junge Frau nickte verwundert, lehnte ihr Rad an die Wand und machte das Foto, ohne Fragen zu stellen. Dann schnurrte sie auf ihren papierdünnen Reifen davon. Mathilde fuhr langsam durch den feuchtkühlen Georgengarten, unter dem Bremer Damm hindurch bis zur Dornröschenbrücke. Die Brücke war nur für Fahrräder und Fußgänger, es war noch nicht viel los. Mathilde hielt zum zweitenmal an. Ihr Atem bildete kleine Wolken, Morgennebel dampfte über dem Fluß. Die Bäume am Ufer hatten ihr Laub noch nicht abgeworfen, schwermütig neigten sich die Äste dem graugrünen Wasser zu, das still dahinglitt. Auf der Lindener Uferseite stachen die drei Schornsteine des Heizkraftwerks in den Himmel, und weiter hinten schimmerte die Kuppel vom alten Rathaus mit seiner Zukkerbäckerarchitektur im Morgenlicht. Viel mehr Markantes hatte die Skyline nicht zu bieten. Hannover war nicht Frankfurt, die niedersächsische Landeshauptstadt schmiegte sich bescheiden und geduckt ins Grün.

Ein Jogger schnaufte an ihr vorbei. War Ann-Marie Pogge ihrem Mörder, wer immer es war, hier begegnet oder auf einem der Wege im Georgengarten? Wo hatte er sie getötet? Sicher nicht hier auf der Brücke, wo es viel zu übersichtlich war. Hatte er mit ihr gesprochen, oder war es ein Überraschungsangriff aus dem Hinterhalt gewesen? Woher kam das Messer? War sie ein Zufallsopfer, oder wurde sie schon länger beobachtet? Vom wem? Warum sie? Was war mit Johanna Gissel geschehen?

Ein älterer Mann näherte sich von Linden her, er führte einen großen, schwarzen Hund an der Leine. Mathilde bat ihn, ein Foto von ihr auf der Brücke zu machen.

»Gern, junge Frau. Bitte lächeln.« Mathilde lächelte. Sie hatte ihre Leica auf Weitwinkel gestellt, so daß viel vom Hintergrund zu sehen wäre. Nach der Brücke bog sie ab und folgte einem Fahrradweg flußabwärts. War dies die Stelle, wo der Angler die Leiche aus dem Wasser gefischt hatte? Was mußte das für ein Gefühl sein, wenn sich die Angelschnur spannt, und man zieht und zieht und ahnt sicher schon, daß es kein Fisch ist, denn die Schnur läßt sich nicht einholen, und der Widerstand ist viel zu groß? Und dann taucht aus dem trüben, grünen Wasser ein weißes, aufgedunsenes Gesicht auf...

Mathilde erschauderte. Sie kehrte um. Die Verlängerung der Dornröschenbrücke führte durch eine Einbahnstraße. Altbauten grenzten an einen kleinen Park, den Mathilde nun durchquerte. Ein Obdachloser schlief auf einer Bank. Linden war der älteste Stadtteil, älter als Hannover selbst. Ein Arbeiterviertel – wenn es Arbeit gegeben hätte. Inzwischen also eher ein Arbeitslosenviertel und Quartier unterschiedlichster Ethnien, dazu kamen Studenten-WGs, Alte und die Boheme. Die Adresse von Ann-Marie Pogge hatte Mathilde auf der elektronischen Ausgabe des Telefonbuchs von 1995 gefunden. Sie hatte sogar die Nummer gewählt. *Kein Anschluß unter dieser Nummer.* Das hatte ihr das gewaltsame Ende dieser Frau seltsamerweise eindringlicher vor Augen geführt als ihr Bild in dem *Spiegel*-Artikel.

Das Haus in der Wilhelm-Bluhm-Straße war ein langer, um die Ecke gezogener, verklinkerter Altbau mit mehreren Eingängen. Nicht so edel wie die klassizistischen Bauten im Zooviertel, aber auch nicht ungepflegt. Zwei schwarz gekleidete Punker näherten sich ihr kettenrasselnd und rauchend. Mathilde wünschte einen guten Morgen und bat einen von ihnen um ein Foto von sich mit dem Hauseingang im Hintergrund. Hoffentlich brennt der jetzt nicht mit der Kamera durch, dachte sie kurz. Aber der junge Mann, dem ein bunter Hahnenkamm aus dem rasierten Schädel wuchs, erledigte seine Aufgabe gewissenhaft. Nach Mathildes Erfahrungen reagierten Leute, von denen man es am wenigsten erwartete, meistens freundlich, wenn man sie um einen Gefallen bat.

Sie beendete den ersten Teil ihrer Sightseeing-Tour und radelte über den Klagesmarkt und die Celler Straße zurück nach Osten, in den Stadtteil List. Es standen noch zwei Adressen auf ihrem Programm. Hätte jemand sie gefragt, was sie da eigentlich tat, hätte sie voller Zynismus geantwortet: Ich bin ein Mörder-Groupie, ich tue, was Groupies nun mal tun. Sie pilgern an die Wirkungsstätten ihrer Helden.

Lukas betrachtete die Fotos. Fünfmal Mathilde: vor seinem alten Wohnheim, auf der Brücke zwischen Herrenhausen und Linden, vor der Tür eines Klinkerbaus, vor der Tür von Petra Machowiaks Haus in der Edenstraße, und schließlich vor dem säulenüberdachten Eingang des Gebäudes in der Podbielskistraße, in dem sein Seminarraum gewesen war.

Eine originelle Provokation. Sie besaß ohne Zweifel Geist.

Auf allen Bildern trug sie blaue Jeans, eine helle Bluse und einen ausgefransten Strohhut, der sie wie eine Farmersgattin aussehen ließ. Nicht gerade die Frau, von der man in schwülen Nächten träumt, dachte Lukas. Aber für seine Zwecke genau richtig.

Ein Blatt Papier war dabei, darauf stand: *Kafka sagt: Man fotografiert Dinge, um sie aus dem Sinn zu verscheuchen. Mal sehen, ob es gelingt.*

4

Mindestens zweimal im Jahr machte Mathilde Ferien auf der Insel Alderney. Während der Sommersaison gab es regelmäßig eine Chartermaschine von Hannover, aber nun, im Herbst, mußte man über London und Guernsey fliegen oder die Fähre von St. Malo nehmen. Das war umständlich, aber zum Lohn dafür war die Insel um diese Jahreszeit weitgehend frei von deutschen Studienräten.

Mathilde hatte einen Stapel Bücher mitgebracht, aber sie las nicht viel. Bei Regen ging sie spazieren, bei trockenem Wetter saß sie auf der weißen Holzveranda des kleinen Hotels nahe der Inselhauptstadt St. Anne, vor sich eine Kanne Tee und Ingwerkekse. Sie schaute über eine Gruppe Palmen hinweg auf das Meer, dessen Geruch der Wind zu ihr herübertrug, und versank in ihre Gedanken.

Wenn sie Lukas Feller weiterhin treffen würde, das spürte sie, würde etwas Größeres, Verbindlicheres daraus werden. Wollte sie das? Oder war es nur ein Flirt mit dem Morbiden gewesen, der nun vorbei war? Noch nie hatte sie ein Mann so fasziniert wie er. Sie hatte Moritz wegen seines Genies bewundert, aber es war nichts Geheimnisvolles an ihm gewesen. Es reizte sie, Lukas Fellers Wesen zu ergründen, das dem ihren ähnlich zu sein schien. Und doch hatte er getötet. War es dieser Gedanke, der sie reizte? Die Seele eines Mörders zu ergründen? Was aber, wenn ihr nicht gefiel, was sie auf diesem Grund fand? Sollte sie ihren Ruf und ihre Stellung gefährden für einen Mann, den sie kaum kannte? Einen Häftling, einen Mörder? Immerhin war sie zweiundvierzig, ein Alter in dem einem nicht mehr jede Tür offenstand. Und sie hatte die Verantwortung für die geistige Erziehung der künftigen Führungsschicht der Gesellschaft, nachdem diese schon zu Hause keinen Schliff erhielt.

Nein, nicht für ihn, dachte Mathilde. Für sich. Um ihrem Leben, das abschnurrte wie ein gut geöltes Uhrwerk, eine neue Wendung zu geben. Denn im Grunde lebte sie nicht wesentlich anders als der Gefangene Lukas Feller. Sogar ihre Liebhaber hatte sie ordentlich eingefügt in ihr genormtes, farbloses Leben. Und überhaupt, wo würde sie hinkommen, wenn sie sich von Keusemann, Roth und Konsorten reglementieren ließe? Was würden sie ihr als nächstes verbieten?

So oft, wie sich der Himmel über der See aufhellte und wieder eintrübte, klärte und verfinsterte sich ihre Stimmung, schwankte Mathilde in ihren Beschlüssen.

Mathilde hatte nie zu jenen Frauen gehört, die sich wegen ihres Alleinseins minderwertig vorkommen. Im Gegenteil, sie betrachtete es als Privileg, nicht jeden ihrer Schritte mit einem Partner absprechen zu müssen. Doch wenn sie in diesen Tagen im Restaurant oder am Strand verliebte Paare sah, versetzte ihr der Anblick einen Stich. Das war neu. Auf einmal fühlte sie sich nicht mehr allein und unabhängig, sondern nur noch einsam. Sie verspürte den Drang, sich jemandem mitzuteilen. Nein, natürlich nicht irgend jemandem – es kam nur ein Mensch in Frage. Alles andere wäre ein fauler Kompromiß. Sie begann ein Urlaubstagebuch für Lukas zu schreiben. Über ihre Nächte schrieb sie nichts.

Am Abend vor der Abreise verbrannte sie die Blätter im Kamin der Hotelhalle, aus Furcht, er könnte zwischen den harmlosen Zeilen ihr heißes Verlangen nach ihm herauslesen.

Als sie nach zehn Tagen die windige Kanalinsel verließ und wieder nach Hause kam, war sie zu keiner Entscheidung gekommen.

Sie fand einen Brief von Lukas vor.

Liebste Mathilde,
ich spüre, daß zwischen uns mehr ist, als sein dürfte. Ich denke an Sie, wenn meine Einsamkeit am dunkelsten ist. Ich empfinde eine nie gekannte spirituelle Leidenschaft für Sie. Aber ich will Ihnen nicht schaden. Entscheiden Sie, was richtig ist. Bitte erlauben Sie mir, mich in meinen Träumen mit Ihnen zu verbinden. Ich umarme Sie, meine Geliebte.
Ihr Lukas

In Situationen wie dieser wünschte sich Mathilde ganz besonders, Merle würde noch leben. Sie hätte gewußt, was zu tun oder zu lassen war. Sie hatte immer die richtigen Entscheidungen getroffen. »Mit dem Niedergang des Bürgertums werden auch die Hüte verschwinden«, hatte Merle in den späten Achtzigern erkannt und ihre Fabrikation eingestellt, genau zum richtigen Zeitpunkt. Zum Thema Moritz hatte sie nur gesagt: »Du mußt abwägen, ob du mit ihm mehr lachst oder weinst. Wenn du mehr weinst, solltest du gehen.« Keine Moralpredigt, keine Vorhaltungen wegen Ehebruchs oder acht verschwendeter Jahre.

Ersatzweise zog Mathilde nun eine Tarotkarte: Der Turm. *Erschütterungen. Sicherheiten der Vergangenheit geraten ins Wanken.*

Allerdings taten sie das. In monumentalem Ausmaß. Sie stand kurz davor, entweder ihren Job zu verlieren oder ihre Selbstachtung. Die Karte traf erstaunlich hellsichtig ihre Situation, aber eine Entscheidungshilfe war sie nicht.

Sie räumte den Koffer aus. Sie fror. Es dauerte, bis die Heizung auf Touren kam. Schon wieder Herbst. Ich werde alt. Alte Leuten klagen immer, wie schnell die Zeit verrinnt. Am Telefon blinkte das rote Lämpchen des Anrufbeantworters, und das Display meldete zwei neue Aufzeichnungen. Lukas?

Hallo Mathilde, ich bin's. Ich bin eingezogen. Wenn du zurück bist, trinken wir ein Glas Sekt!

Es piepte, die nächste Nachricht:

Du häßliche alte Schlampe, du glaubst wohl, du hast gewonnen, was? Zum letztenmal: laß deine Finger von Lukas Feller, oder du wirst es bereuen. Ich warne dich, du Dreckstück! Ich meine es ernst!

Es war weniger der Inhalt der Nachricht, der Mathilde erschreckte, sondern der blanke Haß, der ihr aus den geflüsterten Worten entgegenschlug. Sie hatte diese Claudine im Besucherraum nur brüllen und kreischen hören, daher konnte sie ihr die Stimme nicht eindeutig zuordnen. Aber wer sonst sollte sie auf diese Art bedrohen? Heute klang die Stimme anders als beim ersten Anruf, aber die Worte »zum letztenmal« verrieten, daß es sich um dieselbe Person handeln mußte. Wenn das nicht aufhörte, würde sie zur Polizei gehen müssen. Wie peinlich.

Der Schrecken wich dem Ärger. Sie mußte Franziska bei Gelegenheit wieder einmal ermahnen, nicht jedem ihre Nummer zu geben. Sie beschloß, sich erst einmal eine Kanne Tee aufzubrühen. »Ein Tee und ein heißes Bad helfen gegen die meisten Übel der Welt«, hatte Merle immer gesagt.

Mit einer Decke um die Schultern stand sie am Küchenfenster und wartete, bis das Wasser kochte. Es war sieben Uhr und schon längst dunkel. Das Pflaster der Gehwege schimmerte feucht im wächsernen Licht der Straßenlaternen. Der Mann stand an derselben Stelle wie beim letztenmal. Regungslos starrte er in Richtung ihres Hauses. Mathilde wich einen Schritt zurück. Das Opernglas! Sie fand es im Schrank des Gästezimmers. Nachdem sie das Licht in der Küche gelöscht hatte, schlich sie durch ihren dunklen Salon. Der lange Tisch mit den leeren Stühlen wirkten wie ein Gerippe, das sich im Zimmer breitgemacht hatte. Langsam öffnete sie die Tür zum Balkon und schlüpfte ins Freie. Sie hob das Glas an die Augen. Schatten stürzten auf sie ein, dann sah sie ihn – beängstigend nah. Mit hochgeschlagenem Kragen und hochgezogenen Schultern stand er da. Er schien zu frieren. Ab und zu glomm die Glut seiner Zigarette hell auf wie ein Positionslämpchen. Sein Blick war nun auf den Hauseingang gerichtet. Rechnete er damit, daß sie herauskam, weil das Licht in der Küche ausgegangen war? Die Dämmerungsleistung des Glases war nicht die beste, Mathilde drehte an der Stellschraube, und das Gesicht des Fremden gewann ein wenig an Kontur. Ein älterer Mann, grobe, längliche Züge, kein Bart, aber Augenbrauen wie Schuhbürsten. Feuchtes Haar hing ihm spärlich in die Stirn. Das Gesicht verschwamm, als er sich bewegte. Seine Zigarette war aufgeraucht, er trat die Kippe aus und ging ein paar Schritte weiter. Noch etwa fünf Minuten blieb er scheinbar unschlüssig dort unten stehen, dann entfernte er sich in Richtung Emmichplatz. Vielleicht sah sie Gespenster. Vielleicht war der Mann ja nur der rücksichtsvolle Gatte einer Nichtraucherin, der sein Laster für einen kleinen Spaziergang nutzte und dabei in fremde Fenster spähte.

Sie trank eine Tasse Tee und ließ Badewasser einlaufen. Mit einem wohligen Schauder steckte sie gerade einen Fuß in den knisternden Schaumteppich. Da läutete es an der Wohnungstür.

Der Mann! – Wieso der Mann? – Wieso nicht? Was jetzt? Unschlüssig verharrte sie vor der Badewanne. Draußen hämmerte es gegen die Tür. So, jetzt reichte es! Mathilde schlüpfte in ihren Bademantel und zog den Gürtel fest. Ein Bademantel war fast wie ein

Judoanzug, er verschaffte einem die nötige Bewegungsfreiheit. Sie würde diesem Kerl, wer immer er war, schon beikommen. Um das Überraschungsmoment auf ihrer Seite zu haben, riß sie die Tür auf. Die Sektflasche knallte auf den Boden. Mathilde konnte gerade noch verhindern, daß die Platte mit dem Kuchen denselben Weg nahm.

»Tag, ich bin die Neue vom ersten Stock. Machst du immer so die Tür auf?«

Mathilde hob die Flasche auf, die zum Glück heil geblieben war.

»Was duftet denn hier so nach Orangen?«

»Mandarinen. Ich wollte baden«, erklärte Mathilde.

»Ach, so. Ja, dann geh ich lieber wieder.«

Gute Idee, dachte Mathilde, der im Moment nicht nach Gesellschaft war.

»Oder, weißt du was? Du badest, ich mach den Sekt auf und setz mich zu dir ins Bad auf den Klodeckel.«

»Meinetwegen«, seufzte Mathilde.

Leona ging in die Küche, und Mathilde kippte rasch noch eine gehörige Portion der Badeessenz ins Wasser. Als Leona mit zwei Gläsern zurückkam, war Mathilde in dem weißen Berg kaum noch zu sehen.

Sie stießen auf Leonas Einzug an, und nach einigen Runden um den heißen Brei herum sagte Mathilde: »Die Gerüchte sind sicherlich schon bis zu dir vorgedrungen, trotz der Herbstferien.«

Leona nickte. »Klar. Du kennst ja die lieben Kollegen. Einige haben nur darauf gewartet, daß du mal eine Angriffsfläche bietest. Aber jetzt sag mal ...« Leona beugte sich so weit zu Mathilde hinüber, daß sie vom Klodeckel zu stürzen drohte. »Hast du diesen Mann tatsächlich geküßt?«

Roth junior hatte offenbar kein Detail ausgelassen. Mathilde hielt sich die Nase zu und tauchte unter. Stundenlang, dachte sie, könnte ich so liegen bleiben, wie eine Muschel auf dem Meeresgrund. Leider spielten ihre Lungen dabei nicht mit. Kaum war sie wieder an der Oberfläche, hörte sie durch das Wasser in ihren Ohren Leona: »Jetzt sag schon. Ist er wirklich ein Mörder?«

Der erste Schultag nach den Ferien war unangenehm. Mathilde war, als würden alle über sie tuscheln, und die Schüler schienen aufmüpfiger als sonst. Im Pausenhof meinte sie das Wort *Knastjule* hinter ihrem Rücken zu hören.

Am Abend rief Lukas an.

Mathilde, die seinen Anruf gleichermaßen herbeigesehnt und gefürchtet hatte, schilderte ihm die Lage: »... und der mißratene Sprößling meiner Kollegin Roth hat mich im Besuchsraum erkannt und nichts Besseres zu tun gehabt, als seiner Mama meinen letzten Besuch in den buntesten Farben zu schildern.«

»Das ist ärgerlich«, sagte Lukas wütend und klang auch so. »Ich werde mich um ihn kümmern.«

»Zu spät«, entgegnete Mathilde.

Schweigen trat ein und dehnte sich ins Unerträgliche.

»Ich denke, wir sollten uns eine Weile nicht sehen«, sagte Lukas dann. »Sie sollen meinetwegen keine Schwierigkeiten bekommen.«

Eine kalte Klaue griff nach ihrem Herz. Sie begann zu frösteln. Hätte sie doch nur geschwiegen. Nein, schrie eine Stimme in ihr, nein, nein, nein! Aber sie war außerstande, das Wort über die Lippen zu bringen.

»Ja, das wäre vielleicht das beste«, antwortete sie schließlich.

»Bis irgendwann, Mathilde.«

Sie legte das Telefon aus der Hand. Ohne Vorwarnung quollen ihr die Tränen aus den Augen.

Lukas hängte den Hörer ein. Zornig preßte er die Kiefer aufeinander bis seine Zähne schmerzten.

Ein Häftling strich um ihn herum. »Bist du fertig?« fragte der Mann. »Kann ich auch mal?«

»Verpiß dich«, zischte Lukas, bevor er Platz machte und zurück in seine Zelle ging. Alles war so glatt gelaufen, und jetzt drohte sie ihm zu entgleiten. Hatte er eben richtig gehandelt?

Wenn du schnell ans Ziel kommen willst, mach einen Umweg, lautete ein chinesisches Sprichwort. Hoffentlich wußten die Chinesen, wovon sie redeten.

Mathilde und Leona fuhren neuerdings zusammen zur Schule. Inzwischen hatte Mathilde Lauda den Porsche zurückgebracht und ihren Golf wieder, was Leona bedauerte. Die Uhren waren auf Winterzeit gestellt, und die Fußgängerzone erstrahlte in kommerziellem Lichterglanz. Mathilde graute es, wie jedes Jahr, vor der Weihnachtszeit und dem Winter überhaupt. Gelegentlich schaute sie abends aus dem Fenster hinab auf den Gehweg gegenüber, aber den verdächtigen Mann sah sie nicht mehr. Schade eigentlich, dachte Mathilde, denn sie hatte schon für seinen nächsten Auftritt eine große *Maglite*-Taschenlampe griffbereit auf das Fensterbrett gelegt.

Kein Haß-Anruf folgte mehr, und Lukas rief ebenfalls nicht mehr an. Sie ertappte sich, wie sie minutenlang das Telefon anstarrte und dreimal am Tag in den Briefkasten schaute. Alles nur Einbildung, sagte sie sich. Brünstige Wunschvorstellungen einer angehenden alten Jungfer. Ihm lag nichts an ihr, hätte er sie sonst so rasch ziehen lassen? Ob er ersatzweise die Beziehung zu dieser Claudine reaktiviert hatte, kam es Mathilde in einem Moment kindischer Eifersucht in den Sinn.

Am Wochenende wollte sich Florian bei ihr einladen, doch Mathilde war nicht danach, und sie sagte ihm ohne Begründung ab.

Auch der Ritter der Kelche hatte sich zurückgezogen. Nachdem Mathilde nicht zum Schumann-Konzert erschienen war und in der Folge auch Beethoven verschmäht hatte, fand sie im nächsten Umschlag das Taschentuch, das sie ihm vor zwei Jahren im Konzertsaal gegeben hatte. Es war gebügelt und ein kleiner Zettel lag dabei: *Ich weiß, daß man in der Liebe keine Fragen stellen darf, wenn man Antworten haben will. Ich warte. S.*

Er tat Mathilde leid, aber sie konnte nicht anders. Sie wollte niemanden sehen, schon gar keinen ihrer Liebhaber. Was für ein irreführendes Wort. Mit Liebe hatte all das überhaupt nichts zu tun gehabt, nur mit Sex. Zu lieben hatte sie sich nicht mehr erlaubt nach der Misere mit Moritz. Doch plötzlich war alles wieder präsent: der Sturz ins Bodenlose, wenn beim Erwachen die Realität auf sie niederprasselte, die Tage, die sie wie eine Schlafwandlerin hinter sich brachte, und am Abend das dumpfe, rotweintrunkene Grübeln. *The first cut is the deepest ...* hieß es in einem Song, aber das stimmte gar nicht. Verglichen mit damals war der Schmerz jetzt noch viel schlimmer. Damals waren es Wut und Selbstmitleid, die sie umtrieben, nun versank Mathilde in Verzweiflung und Resignation. Weil sie inzwischen zwölf Jahre älter war und der Zahn der Zeit sichtbare Spuren an ihr hinterlassen hatte? Nein, erkannte Mathilde, weil Lukas Feller einzigartig war. Was machte es schon, daß er im Gefängnis saß? In acht Jahren würde er entlassen werden. Ihre Großmutter Merle hatte sieben Jahre auf ihren Hubert warten müssen und hatte gegen Ende nicht einmal gewußt, ob ihr Ehemann noch am Leben war. Was sind schon ein paar Jahre, fragte sich Mathilde, verglichen mit dem Glück, den Mann, der für mich bestimmt ist, überhaupt gefunden zu haben? Aber nein – ich mußte es ja verderben, mit meinen kleinlichen, jämmerlichen Ängsten!

Mit jedem Tag, der verging, kostete es sie größere Überwindung, überhaupt morgens aufzustehen. Auch von Merle kamen in dieser Sache weder Rat noch Trost. Man begehrt immer das am meisten, was man gerade nicht haben kann, war die einzige Erkenntnis, die Mathilde von ihrem letzen Besuch am Grab mit nach Hause genommen hatte.

Von nun an erschien Mathilde mittwochs wieder zur gewohnten Uhrzeit bei Franziska. Sie bemerkte zufrieden, daß die Dachrinne repariert worden war. Ihre Mutter roch nicht nach Alkohol, ihr Haar war frisch gefärbt in einem neuen Braunton, der ihr gut stand. Sie trug einen langen Wollrock, und über einem schwarzen Pullover baumelte ein Kreuz aus grünen Steinen, ein Schmuckstück, das Mathilde noch nie gesehen hatte. Franziska sah insgesamt ungewohnt züchtig aus – ein Adjektiv, das eigentlich gar nicht mit ihrer Person in Einklang zu bringen war, aber es entsprach exakt Mathildes Eindruck.

»Hast du in letzter Zeit jemandem meine Telefonnummer gegeben?«

»Nein. Das soll ich doch nicht, sagst du immer.«

»Bitte denk noch einmal nach, es ist wichtig!«

»Nur neulich diesem Kollegen von dir«, räumte Franziska ein.

»Aber das ist schon Wochen her. Das war übrigens ein sehr netter Mann, wir haben uns lange unterhalten.«

»Worüber denn?« erkundigte sich Mathilde neugierig.

»Über Gott und die Welt, worüber denn sonst?« kicherte Franziska.

»Häh?«

»Na ja, weil er doch Religionslehrer ist ...«

Die Versuchung war groß, aber Mathilde nickte nur und verschwieg, daß es an ihrer Schule gar keine Religionslehrer gab.

»Hast du mal einer Frau meine Nummer gegeben?«

»Nur dieser bescheuerten Kuh vom Ordnungsamt, die mir wegen deines nicht bezahlten Strafzettels den Gerichtsvollzieher auf den Hals hetzen wollte. Hat sie sich bei dir gemeldet?«

Mathilde stöhnte. »Laß bitte endlich deinen richtigen Namen ins Telefonbuch eintragen.«

Franziska versprach es und wechselte dann rasch das Thema. »Besuchst du deinen Verbrecher nicht mehr?«

»Nein.«

»Warum nicht?«

Mathilde hatte keine Lust, darüber zu sprechen, aber ihre Mutter würde ja doch keine Ruhe geben. »Es gab Probleme an der Schule«, sagte sie.

»Deswegen triffst du ihn nicht mehr?«

»Würdest du wegen eines Mannes das Malen aufgeben?«

Franziska zog die Stirn kraus: »Nein, dann lieber den Mann. Aber daß mir mein Arbeitgeber vorschreibt, wen ich privat treffe, würde ich mir auch nicht gefallen lassen.«

»Verdammt noch mal, kann man es dir eigentlich recht machen?« fuhr Mathilde aus der Haut.

»Fluch nicht«, mahnte Franziska, ausgerechnet. Irgendwie, dachte Mathilde, benimmt sie sich in letzter Zeit recht sonderbar.

Als Mathilde an einem nebligen Novembermorgen die *Hannoversche Allgemeine Zeitung* aus dem Briefkasten zog, fiel ihr Blick sofort auf die Überschrift:

Drogentoter in der JVA Hannover

Noch auf dem Treppenabsatz las sie den Artikel darunter:

> Ein drogenabhängiger Gefangener ist in der Nacht von Sonntag auf Montag in der Justizvollzugsanstalt Hannover unter noch ungeklärten Umständen gestorben. Der Mann (24) sei bei der Kontrolle am Morgen leblos in seiner Zelle gefunden worden, teilte die Anstalt mit. Ein Arzt habe nur noch den Tod feststellen können. Eine Obduktion der Leiche wurde angeordnet. Der Häftling habe vorher weder über gesundheitliche Probleme geklagt noch um ärztliche Hilfe gebeten.
>
> Der vorbestrafte Mann saß wegen Drogenhandels und Fahrens ohne Führerschein seit einigen Monaten im Gefängnis. Er wäre im Juli entlassen worden.

»Mathilde«, zischelte es durchs Treppenhaus. Sie drehte sich um.

Leona war im Bademantel, ihr Haar rankte sich medusenhaft um ihren Kopf.

»Der Sohn von der Roth ist tot«, flüsterte sie.

»Ach.«

»Er ist im Gefängnis an einer Überdosis gestorben, es steht in der Zeitung.«

»Na, dann. Beeil dich, sonst bist du nachher wieder nicht fertig«, mahnte Mathilde und ging weiter. Es brachte sie auf die Palme, wenn Leona nicht Punkt 7:15 vor der Garage stand.

Oben las sie den Artikel noch einmal, und ein absurder Gedanke ging ihr dabei durch den Kopf: Er hat für mich getötet.

Komm wieder auf den Teppich, Mathilde!

Sie blätterte weiter zu den Todesanzeigen. Heute füllten sie eine ganze Seite, aber eine fiel ihr sofort ins Auge.

Warum bist du gegangen?
Claudine Damaschke
14. 4. 1980 – 25. 10. 2004
Untröstlich
Deine Eltern, Renate und August Damaschke
sowie dein Bruder Ronny

Ein Zufall. Es konnte nicht sein, daß *diese* Claudine in derselben Woche starb wie der Sohn der Roth. Wie hieß der überhaupt mit Vornamen? Noch dazu ausgerechnet an dem Tag, an dem sie abends mit Lukas telefoniert hatte.
Warum bist du gegangen?
Also ein Selbstmord.
Hatte Lukas am selben Abend noch diese Claudine angerufen? Was muß man einem Menschen sagen, damit er sich umbringt? So einer hysterischen Gans bestimmt nicht viel, dachte Mathilde. Und Lukas Feller würde sicherlich die richtigen Worte finden.

Aber es konnte auch eine andere Claudine sein. Hießen nicht viele junge Frauen Mitte Zwanzig Claudine? Claudine war bestimmt ein Modename aus den frühen Achtzigern. Mathilde stand auf, ging ins Bad und verscheuchte ihren Verdacht mit viel Föngetöse.

Leona war pünktlich. Diese Woche war sie mit Fahren dran, und als sie in ihrem Fiat saßen, sagte sie: »Meinst du, *er* war es?«

»Wer war was?«

»Dein Häftling. Vielleicht hat er Felix Roth umgebracht.«

»Wie kommst du denn darauf?«

»Vielleicht hat er Rache genommen, weil du durch den Kerl Schwierigkeiten bekommen hast.«

»Leona, red keinen Stuß! Es kommt öfter vor, daß Häftlinge an Drogen sterben.«

Sie schwiegen für den Rest der Fahrt, erst als sie sich dem Gründerzeitgebäude näherten, fragte Mathilde: »Was meinst du, muß ich der Roth kondolieren?«

Am Mittwoch stand in der Zeitung, daß der Häftling Felix R. an einer reichlich bemessenen Dosis ungewöhnlich sauberen Heroins gestorben war. Die Justizministerin sei bestürzt. Eine gründliche Untersuchung des Falles – unabhängig von den Ermittlungen der Staatsanwaltschaft – wurde angeordnet. Der Rest des Artikels behandelte das Problem der Drogen im Vollzug, dem offenbar in keiner JVA nachhaltig beizukommen war.

Na also, dachte Mathilde, die Wahrheit ist doch meistens recht banal.

Was blieb, war eine kleine, uneingestandene Diskrepanz zwischen der offiziellen Wahrheit aus der Zeitung und Mathildes gefühlter Wahrheit.

Aber selbst wenn er es gewesen war, grübelte sie, wäre das so schlimm?

Dieser Felix Roth hatte sich leicht ausrechnen können, daß er Mathilde, wenn er seiner Mutter von ihrem Besuch erzählte, in Schwierigkeiten bringen würde. Klatschsucht und Bosheit waren also seine Motive gewesen. War es um so einen Menschen schade? So sehr sie in ihrem Gewissen auch forschte, sie konnte kein aufrichtiges Mitgefühl für ihn aufbringen. Eher schon Verständnis für Lukas, falls er etwas damit zu tun haben sollte. »Im Knast gelten die Gesetze des Dschungels«, hatte er einmal gesagt.

Seit ihrem letzten Telefonat am Ende der Ferien hatte er nicht mehr angerufen und auch nicht geschrieben. Mathilde hatte einen Brief aufgesetzt, in dem sie ihm ihre Gründe noch einmal darlegte, aber gegen Ende des Schreibens hatte sie das Blatt zerrissen. Franziska hatte recht. Sie war opportunistisch, gesinnungslos, angepaßt, feige.

Zur Weihnachtsdepression gesellte sich in diesem Jahr ein ordentlicher Schuß Selbstverachtung.

Sie schrieb noch einmal an ihn. *Ich habe Sie durch mein Verhalten gekränkt und verloren, aber ich möchte wenigstens, daß Sie wissen, wie schwer ich an diesem Verlust trage ...*

Doch auch dieser Brief landete im Papierkorb. Zu ihrer Bestürzung fing sie nun auch noch an zu weinen. Wo, zum Teufel, war nur ihre Fähigkeit zu emotionaler Distanz geblieben, die sie über die Jahre scheinbar so perfekt kultiviert hatte?

An Heiligabend berichteten alle lokalen Nachrichtensender über die spektakuläre Flucht eines Häftlings aus der JVA Hannover. Der Mann hatte den Hofgang benutzt, um über einen Blitzableiter auf ein Dach zu klettern, dann über das Flachdach zu laufen, sich abzuseilen und auf die Straße zu fliehen. Andere Häftlinge hatten die Aufsichtsbeamten durch einen falschen Alarm abgelenkt.

Mathilde hörte die Meldung auf der Fahrt nach Ricklingen. Sie hielt den Wagen an einer Bushaltestelle an. Ihr Herz schlug bis zum Hals. Sie drückte hektisch auf den Tasten des Radios herum. Auf NDR 1 wurde die Nachricht gerade erst verlesen. Der Sprecher erwähnte, daß es sich bei dem Geflohenen um einen Mörder handelte. Einen Türken.

Mathilde wechselte wieder zum Kultursender, fuhr weiter und bereitete sich auf den traditionellen Heiligabendkrach mit Franziska vor.

»Frau Tiffin, der Gefangene Lukas Feller möchte Sie sprechen.«

Die Knöchel der Hand, mit der sie den Telefonhörer hielt, wurden weiß.

»Was will er?«

»Das wollte er mir nicht sagen«, antwortete der Vollzugsbeamte.

»Soll ich mit ihm vorbeikommen?«

»Nein«, erwiderte Treeske rasch. »Ich komme zu Ihnen. Ich habe sowieso noch was in Haus drei zu erledigen. Wenn es Ihnen recht ist«, fügte sie hinzu.

»Natürlich«, sagte der Bedienstete, der froh war, nicht mit dem Gefangenen auf Tour gehen zu müssen.

»Er soll in zehn Minuten vor dem Stationszimmer warten.«

Sie ließ sich absichtlich Zeit, ging zur Toilette, wusch sich lange die Hände mit kaltem Wasser und legte sie an Wangen und Nacken. Vorsichtig hob sie den Blick. Spiegel waren immer gefährlich. Sie betrachtete ihr Gesicht: bleich wie Ophelia.

Seit dem Treffen in ihrem Büro waren über drei Monate vergangen. Inzwischen behielt sie die meisten Mahlzeiten wieder bei sich, und sicherlich würden auch irgendwann dieses Gefühl des Überdrusses und diese lähmende Mattigkeit wieder verschwinden. So wie Peter aus ihrem Leben verschwunden war.

»Du bist eine völlig andere Person geworden, als hätte man dich ausgetauscht«, hatte er beklagt – an Weihnachten, dem traditionellen Anlaß zur Krisenverschärfung. Sie hatte ihm nicht widersprochen. An Silvester hatte er seine Sachen abgeholt.

Das wird schon wieder. Nur nicht gleich.

Es wurde jede Nacht sehr spät, ehe sie ins Bett ging. Sie fürchtete sich vor dem Schlaf. Der Traum von den Augen war zurückgekehrt. Diese Augen, die glasig waren wie Silberzwiebeln und ins Nichts starrten, bevor eine grünschillernde Fliege aus der viel zu weiten Augenhöhle kroch, sich ihre Flügel putzte und auf demselben Weg wieder im Inneren des haarlosen Kopfs verschwand. Seit ihrem dreizehnten Lebensjahr verfolgte sie dieses Bild, und es würde sie vermutlich bis ans Ende ihres Lebens verfolgen, in Träumen und Tagträumen. Es gab keine Droge, die es verscheuchen konnte. Sie hatte alle ausprobiert.

Treeske kramte in ihrem Schminktäschchen und bemalte ihre Lippen blutrot. Plötzlich war er da. Hinter ihr, sie sah ihn im Spiegel. Er lehnte an der Wand, die Hände in den Hosentaschen, seine James-Dean-Pose. Ihre Müdigkeit war mit einem Schlag weg, jetzt war sie hellwach. Sie widerstand der Versuchung, sich umzudrehen und ihn anzusprechen. Nein, so weit, daß sie mit ihren Trugbildern redete, würde sie es nicht kommen lassen. Intrusionen hießen derlei Erscheinungen im Psychologenjargon. Seelenbilder. Sie hatte gelernt, wie man ihnen begegnete – mit Ignoranz. Doch wie sie sich abstellen ließen, wußte sie nicht.

Sie legte ein wenig Rouge auf und nahm noch eine ihrer Gute-Laune-Pillen. Dann ging sie hinaus, ohne sich umzusehen.

Zwanzig Minuten später betrat sie die Station. Lukas Feller hatte warten müssen. Der Bedienstete öffnete ihnen die Tür zum Stationszimmer, ließ die Tür offen und blieb in Sichtweite stehen. Sie setzten sich einander gegenüber. Treeske faltete die Hände und verknotete ihre Beine unter dem Tisch. Nur für den Fall, daß sie zitterten.

»Was willst du?«

»Meine Mutter ist gestorben.«

»Mein Beileid.«

»Ich möchte zu ihrer Aussegnung und vorher zum Einkaufen.«

»Zum *Einkaufen?*« wiederholte sie, als hätte sie nicht recht verstanden.

»Ich möchte in anständiger Kleidung am Grab meiner Mutter stehen.«

»Regle das bitte mit dem Sozialen Dienst, die sind dafür zuständig, nicht ich.«

»Das weiß ich. Aber du kannst sicher ein gutes Wort für mich einlegen.«

Seine Augen begegneten den ihren. Wenn er wollte, konnte er eine gewisse Wärme in seinem Blick vortäuschen, wie ein künstliches Kaminfeuer. Vorsicht, Treeske, nur nicht in die Erinnerungsfalle treten.

Unvermittelt sagte er: »Was neulich passiert ist, tut mir leid.«

Treeske mißtraute ihren Ohren. So lange sie Lukas Feller kannte, hatte er sich noch nie für etwas entschuldigt. Was bezweckte er damit?

»Du bekommst deinen Ausgang, mach keine Verrenkungen.«

»Es tut mir trotzdem leid«, beharrte er. »Ich habe die Beherrschung verloren.«

Sie schluckte. »Das glaube ich dir nicht. Du weißt immer, was du tust.«

Ein Lächeln stahl sich über sein Gesicht. »Marie mit den Perlmuttaugen«, seufzte er. Er beugte sich über den Tisch und flüsterte: »Es war so leer ohne dich. Du bist so lebendig, und wie warm du mich aufgenommen hast in dir. Ich will dich, und du willst mich, wir werden Wege finden, nicht wahr, Marie?«

Sie sah ihn an. Eine akute Paralyse hatte jeden Nerv ihres Körpers erfaßt und zwang sie, seinen Worten widerspruchslos zuzuhören. Das Erschreckende war: Im innersten Inneren wußte sie, daß er recht hatte. Denn er war nicht zu leugnen, dieser Augenblick in ihrem Büro, als er seinen Griff um ihren Körper gelockert hatte und der Zopf aus ihrem Mund gefallen war. Ein Schrei hätte genügt. Durch die Wände der Büros hörte man schon, wenn auf der anderen Seite jemand kräftig nieste. Aber sie hatte nicht geschrien und auch nicht den Alarmknopf an ihrem PNG gedrückt.

Endlich – sie hätte nicht sagen können, ob Sekunden vergangen waren oder Minuten – löste sich ihre Starre, und sie konzentrierte sich nur noch auf zwei Dinge: darauf, nicht zu hastig aufzustehen und dem kalten Feuer seiner Augen zu entkommen. Sie mußte all ihre Kraft aufbringen, um die Hand zu heben und dem wartenden Bediensteten ein Zeichen zu geben.

»Ach, und Frau Tiffin ...«, sagte Lukas, denn der Bedienstete war schon an der Tür.

Sie wandte sich um.

»Ich möchte auf keinen Fall nach Sehnde verlegt werden. Es gefällt mir hier.«

An einem Abend Ende Januar traf sich Mathilde mit Florian. Er hatte sich ausgerechnet im Plümecke mit ihr verabredet, wo es am Freitag abend vor Lehrern nur so wimmelte. Mathilde war das egal. Geistesabwesend beobachtete sie ein knutschendes Pärchen an der Theke. Der Kellner brachte zwei frische Gläser Pils.

Florian nahm ihre Hand. »Hey, was ist los mir dir? Es war doch immer schön mit uns.«

War es das? Florian pflegte im Bett Jaaaa! zu schreien, obwohl er gar nichts gefragt worden war. Wieso nur hatte sie sich dem wiederholt ausgesetzt?

Sie sah ihn an. »Es ist die Midlife-crisis«, erklärte sie.

Sie tranken ihr Bier aus und gingen, jeder in eine andere Richtung.

Mein Leben bröckelt weg wie ein morscher Felsen, dachte Mathilde, als sie wieder zu Hause war, und gab sich der Melancholie hin. Sie fischte wahllos einen von Merles Liebesromanen aus dem Regal, legte eine alte *Foreigner*-LP auf und öffnete eine Flasche Dolcetto. Mitten in diese Zelebrierung von Weltschmerz platzte ein Anruf.

»Wie geht es Ihnen, Mathilde?«

Es war, als würde jemand eine Fessel durchschneiden. Etwas Warmes, Wohliges durchflutete sie, und sie antwortete: »Es geht.«

»Ich vermisse Sie.«

Ihr Herz machte einen Satz. »Sie fehlen mir auch.«

»Wie kann man etwas vermissen, was einem nie gehört hat?«

»Man kann«, sagte Mathilde. Und wie man das kann!

»Ich fühle mich einsam, obwohl ich nie allein sein kann. Aber es gibt wohl verschiedene Arten von Einsamkeit.«

»Darf ich Sie etwas fragen?«

»Was immer Sie wollen«, antwortete er.

»Wie heißt eigentlich die Frau, die mich im Besuchsraum angegriffen hat?«

»Claudia.«

»Nicht Claudine?«

»Nein, so nennt sie sich nur. Sie heißt Claudia Ammer, das dumme Stück. Warum fragen Sie? Hat sie Sie etwa belästigt?«

»Nein, nein«, versicherte Mathilde rasch. »Ich habe nur so gefragt.«

Ein kurzes Schweigen entstand, dann sagte er: »Meine Mutter ist gestorben.«

»Das tut mir leid.«

»Die Trauerfeier ist am Freitag um drei Uhr im Krematorium Celle.«

»Möchten Sie, daß ich komme?« fragte Mathilde. Ihn ansehen. Ihn vielleicht sogar berühren!

»Ja, das wäre schön. Sehr sogar.«

Das Krematorium war ein markanter Bau aus dem Jahr 1935, dessen gewölbtes Dach an eine gekenterte Arche erinnerte. Am vorderen Giebel ragte ein schlichtes Kreuz in den Himmel, wie ein mahnender Schwurfinger.

Vor dem Eingang zur Kapelle standen schwarz gekleidete alte Frauen und erinnerten an eine kleine Krähenschar. Nur eine wirkte etwas jünger, sie trug einen eleganten Hut auf dem rötlichen Haar. Dem Anschein nach waren die älteren Frauen hauptsächlich gekommen, um den Sohn der Verstorbenen zu beäugen. Klageweiber, Totenvögel dachte Mathilde.

Lukas Feller war in Begleitung zweier Bewacher da. Es waren nicht die aus der Arztpraxis, sondern größere Männer, mit einem Kreuz so breit wie ein Türrahmen. Sein schwarzer Mantel wirkte neu und teuer, die Ärmel verbargen die Handschellen. Mathilde trug zu ihrem Cape einen schwarzen Kapotthut mit einem winzigen Schleier. Sie hatte in der Nähe gewartet und war als letzte zu der Trauergesellschaft gestoßen. Als er sie sah, blieb er reglos zwischen seinen Wächtern stehen. Allein mit einem Lächeln und einem Blick umarmte er sie.

In der Kapelle saß Mathilde schräg hinter Lukas und konnte ihn über einen hexenartigen Altweiberkopf hinweg anschauen. Es war ein neues Gefühl, ihn betrachten zu können, ohne sprechen zu müssen. Wie eingefroren saß er aufrecht da und erduldete die Trauerfeier, die von einer sehr jungen Pastorin geleitet wurde. Sein Blick saugte sich an einer der beiden Kerzenpyramiden fest und blieb dort haften. Es sah aus, als meditierte er, und Mathilde begehrte ihn so heftig, daß sie das Gefühl hatte, als würde etwas in ihrem Inneren auseinandergerissen.

Die schlichte Zeremonie dauerte nur zwanzig Minuten. Zuerst sprach die Pastorin von einem entbehrungsreichen Leben und zahlreichen Prüfungen. Dann erklang Orgelmusik, und die Schar der Totenvögel stimmte in einen kläglichen Gesang ein, der sich fadendünn und zäh durch den hohen Kirchenraum zog. Mit dem Segen stoben sie ins Freie. Wahrscheinlich um dem einzigen Hinterbliebenen nicht kondolieren zu müssen.

Begleitet von seiner Eskorte ging Lukas an Mathilde vorbei. Sie tauschten einen flüchtigen Blick aus. Ob sie noch Gelegenheit haben würde, mit ihm zu sprechen? Oder sollte sie nur für dieses eine Lächeln hergekommen sein?

Mathilde verließ die Kapelle. Die Krähen hatten sich, wie erwartet, sogleich zerstreut, und es versammelte sich bereits die nächste Trauergesellschaft, die deutlich größer war. Die drei Männer standen etwas abseits. Sie sah Lukas einige Worte mit der Pastorin wechseln, die ihm zum Abschied die Hand drückte. Der Stahl der Handschellen blitzte auf. Jetzt diskutierte Lukas mit seinen Bewachern. Mathilde schnappte die Worte »nicht abgesprochen« und »Verantwortung« auf. Am Ende schien sich Lukas jedoch durchgesetzt zu haben. Die drei

Männer wandten sich um, und ein kurzer, auffordernder Blick von Lukas bedeutete Mathilde, ihnen zu folgen. Sie gingen über den Friedhof. Passenderweise nieselte es. Mathilde mochte Friedhöfe, früher hatte sie jeden Sonntag Merles Grab auf dem Ricklinger Friedhof besucht, um mit ihren Knochen zu sprechen. Inzwischen tat sie das nur noch sporadisch.

Sie folgte den dreien in vorsichtiger Distanz. Vor einem grauen Quader mit verblassenden Goldbuchstaben blieben Lukas und die Aufsichtsbeamten stehen. Der Efeu war an den Kanten abrasiert, in der Mitte der Grabstätte stand eine Tonschale mit vertrockneten Chrysanthemen.

Aber Lukas Feller bedachte die letzte Ruhestätte seines Vaters nur mit einem kurzen Blick. Statt dessen wandte er sich sofort um zu Mathilde, die sich ihm langsam näherte, bei jedem Schritt darauf gefaßt, von seinen Bewachern aufgehalten zu werden. Aber nichts geschah, im Gegenteil, die beiden vergrößerten vielmehr ihren Abstand zu dem Gefangenen.

Mathilde blieb zwei Schritte vor Lukas stehen.

»Daß du hier bist ...«, sagte er.

Ihre Blicke verwoben sich.

»Du hast mir noch nicht gesagt, was du auf deinen Grabstein schreiben würdest.«

Wie ein Suchscheinwerfer huschte sein Blick über die Gräber, als müsse er sich dort einen Spruch aussuchen, bevor er kurz an einer Gestalt hängen blieb, die einen Steinwurf entfernt vor einer Zypresse stand und zu ihnen herübersah. Dann schaute er wieder Mathilde an und sagte: »Am liebsten wäre mir, man würde meine Asche im Wald verstreuen.«

»Das ist in Deutschland nicht erlaubt.«

»Komm her«, sagte er leise.

Mathilde trat noch einen Schritt näher an ihn heran. Die beiden Beamten blickten dezent auf ihre Schuhe hinab. Seine Hände wurden sichtbar. »Ich möchte dich etwas fragen.«

Ihr Lächeln ermunterte ihn.

»Möchtest du meine Frau werden, Mathilde?«

Mathilde rang nach Luft, als wäre sie soeben vom Grund eines Sees aufgetaucht. Eine Sekunde lang glaubte sie, in einem bizarren

Traum gefangen zu sein. In seiner Hand hielt Lukas einen silbrigen Ring, den er ihr nun kalt und glatt an den Finger steckte.

Franziska goß einen gehörigen Schluck einer klaren Flüssigkeit in ein Glas und leerte es auf einen Zug. »Das war jetzt rein medizinisch«, sagte sie, als müsse sie sich dafür entschuldigen, und ließ sich zurück auf das Sofa fallen. »Wie stellst du dir das vor?« fragte sie und scheuchte die Perserkatze davon, die sich auf ihren Schoß setzen wollte.

Mathilde zuckte die Schultern. »Ganz einfach. Es kommt ein Standesbeamter in die Anstalt ...«

»Das meine ich nicht!« unterbrach Franziska sie.

»Was meinst du dann?«

»Der Mann ist ein Schwerverbrecher.«

Mathilde kniff die Augen zusammen. »Das sagt ausgerechnet meine Mutter, die früher in jedem Zimmer ein Che-Guevara-Poster hängen hatte und gegen die Einzelhaft der RAF-Terroristen demonstriert hat.«

»Das war etwas anderes.«

»Ja, das war der Zeitgeist, dem du blind hinterhergerannt bist.«

»Selbst wenn wir großzügig und tolerant davon absehen, daß er ein Mörder ist und im Gefängnis sitzt – wie kann man jemanden heiraten, den man kaum kennt?« fragte Franziska.

»Merle und ihr Mann kannten sich auch nur durch Briefe und ein einziges Treffen! Er war bei ihrer Trauung durch einen Stahlhelm vertreten.«

»Hätte er den Drachen besser gekannt, wäre es nie zu dieser Heirat gekommen.«

»Ich weiß, daß dieser Mann der Richtige ist. Ich weiß es einfach«, beharrte Mathilde.

»Ich erkenne dich nicht wieder«, staunte Franziska. »Doch bei allem, was du dir da einredest: Ist dir nie der Gedanke gekommen, daß er dich vielleicht ausnutzt?«

»In welcher Hinsicht denn?«

»Nun, du bist nicht ganz arm ...«

»Bitte nicht schon wieder diese Leier. Mein ganzes Geld steckt in der Wohnung, mein Gehalt verprasse ich, und von dem Haus hier und den paar Aktien weiß er gar nichts. Was soll er denn auch mit Geld?«

»Vielleicht hat er größere Chancen, vorzeitig entlassen zu werden, wenn er verheiratet ist. Familiäre Bindung, gute Sozialprognose, oder wie die das nennen.«

»Warum suchst du krampfhaft nach einem Haar in der Suppe?«

Franziska änderte ihre Taktik und machte ein verzweifeltes Gesicht. »Mußt du dich ausgerechnet in einen Verbrecher verlieben, du arme Unglückstochter?«

»Dein Mitleid brauche ich genausowenig«, wehrte Mathilde ab. »Er macht mich nicht unglücklich, sondern glücklich. Es wäre mir unerträglich, nicht in ihn verliebt zu sein.«

Mathilde mußte sich eingestehen, daß das etwas erratisch klang. Aber so empfand sie nun einmal. Sie hätte auch sagen können: ›Es ist, als würde dieser Mann meine Seele berühren‹, aber es war nicht ihre Art, so etwas auszusprechen, schon gar nicht vor Franziska. Sie hatte sich für ihre Verhältnisse ohnehin schon weit genug aus dem Fenster gelehnt. Warum konnte ihre Mutter nicht einfach akzeptieren, daß Lukas die große Liebe ihres Lebens war?

»Aber was ist mit der körperlichen Seite der Beziehung?«

»Hast du neuerdings Probleme, das Wort ›Sex‹ auszusprechen?«

»Also, was ist damit? Wollt ihr euch in einem schmuddeligen Gefängniskabuff paaren?«

»So etwas ist im niedersächsischen Strafvollzug nicht vorgesehen.«

»Aha. Aber bekanntlich gehört Sex doch auch zu einer Ehe, oder? Manchen ist er sogar ziemlich wichtig.«

Mathilde begriff, daß sie und ihrer Mutter wieder einmal aneinander vorbeiredeten – nur waren diesmal die Rollen vertauscht. Mußte sie, die nüchterne, pragmatische, angeblich sogar herzlose Mathilde, nun wirklich der mit allen esoterischen Wässerchen gewaschenen Franziska erklären, daß es hier absolut nicht um den Austausch von Körperflüssigkeiten ging, sondern um eine geistige Leidenschaft? Eine Verbundenheit, die weit über körperliche Grenzen hinausreichte?

»Sex ist wie Currywurst«, sagte sie. »Man bekommt ihn an jeder Ecke. Soll so was der Gradmesser für die Qualität einer Ehe sein?«

Franziska seufzte. »Ist es nicht möglicherweise auf die Dauer ein wenig lästig, einen Mann zu haben, den man nicht nach Belieben treffen kann?«

»Das kenne ich bereits.«

»Du meinst diesen zwanzig Jahre älteren, verheirateten Mathematikprofessor?«

»Quantenphysik und Nanotechnologie. Und er hieß Moritz.«

»Das war keine Liebe, das war das Ausleben deines Vaterkomplexes.«

Mathilde verdrehte die Augen.

»Wo du allerdings gerade diesen Moritz erwähnst ... jetzt wird mir manches klar!« Franziska schlug sich vor die Stirn. »Natürlich ist dieser Sträfling der ideale Mann für dich! Einen Mann, der jeden Tag bei dir ist, den erträgst du gar nicht, dafür bist du viel zu eigenbrötlerisch. Du erträgst Liebe nur auf Distanz. Das hat ja auch was. Nichts ist so romantisch wie Sehnsucht und unerfülltes Begehren. Schmachtende Briefe, frivole Telefongespräche ...«, sie hielt inne. Es sah aus, als würde sie gerade ein paar einschlägigen Erinnerungen nachhängen, ehe sie fortfuhr: »Ja, so ein Häftling hat durchaus seine Vorteile: Er läßt keine Socken herumliegen, verlangt keinen Sex, mischt sich nicht in die Planung des Alltags ein, und man muß nicht jeden Tag für ihn kochen.«

»Ich koche gern«, widersprach Mathilde.

»Nur, weil du nicht täglich mußt. Aber was ist, wenn er eines Tages entlassen wird, Mathilde?«

»Dann werde ich ihm was kochen«, antwortete diese und ging nun ihrerseits zum Angriff über: »Und was ist mit dir? Warum hast du nicht geheiratet, du begnadete Beziehungsexpertin? Warum mußte ich mich mit all den Gestalten herumschlagen, die du immer wieder angeschleppt hast, jedes Jahr einen anderen? Weil du sie jedesmal zum Teufel geschickt hast, wenn es ernst wurde oder wenn der Alltag die Romantik eingeholt hatte. In Wahrheit bist nämlich du die Bindungsscheue von uns beiden!«

Daraufhin schwiegen sie. Zwei Feldherren, die ihre Truppen neu formierten. Mathilde betrachtete ihren Ring. Seinen Ring. Er war schlicht, aus Silber, aber er hatte ihn selbst gemacht. Wie er das hinbekommen hatte war sein Geheimnis. Wie so vieles andere auch.

»Warte. Ich zeig dir was.« Franziska stand auf.

Mathilde wartete und betrachtete dabei die trödelmarktähnliche Unordnung im Zimmer. In dieser Hinsicht war noch alles beim alten, aber Franziskas Kleidungsstil hatte sich verändert. Keine schrillen Farben, kein Esoterik-Schmuck, keine tiefen Ausschnitte mehr. Heute trug sie ein Baumwollkleid in artigem Engelsblau.

Nach fünf Minuten war ihre Mutter noch immer nicht zurück. Mathilde ging sie suchen. Sie stand im Schlafzimmer und trug ein Brautkleid. Ein langes, tief dekolletiertes, grellweißes Brautkleid aus Tüll und Spitze. Es war ihr zu lang und spannte um den Bauch herum. Auch der Reißverschluß am Rücken ging nicht ganz zu, das sah Mathilde, als sich Franziska umdrehte, bevor sie wühlend im Schrank verschwand.

»Irgendwo muß auch noch ein Hut mit einem Schleier stecken«, hörte sie ihre Mutter dumpf. »Aber die Schuhe habe ich nicht mehr.«

»Komm aus dem Schrank und erklär mir das bitte.«

Franziska drehte sich um. Ihre Augen glitzerten verdächtig. »Wir wollten heiraten, dein Vater und ich. Du warst damals zwei. Vorher konnten wir nicht, weil er im Gefängnis saß, wegen Einbruchdiebstahls. Als er entlassen wurde, planten wir die Hochzeit. Merle war dagegen, aber das war mir egal. Ich liebte ihn eben. Die standesamtliche Trauung sollte um ein Uhr sein. Ein Kumpel wollte uns mit seinem Käfer hinfahren. Da drüben habe ich gewartet ...«, sie zeigte in Richtung Wohnzimmer, »... im Brautkleid, mit Hut und Schleier, und mit meinen zwei Schulfreundinnen in bonbonfarbenen Rüschenkleidchen, die unbedingt Brautjungfern sein wollten. Du trugst ein geblümtes Sommerkleid und weiße Lackschühchen. Aber er kam nicht. Diese verdammte Uhr schlug alle Viertelstunde, und ich saß da, wie eine geputzte Tanne, die man um ihr Weihnachtsfest betrogen hat. Kannst du dir vorstellen, wie demütigend das ist?«

Franziska wischte sich mit der Hand die Nase und blickte Mathilde erwartungsvoll an.

Die entgegnete kühl: »Das wird mir nicht passieren. Er wird warten.«

»Du wirst erleben, wie traurig es ist, wenn du dir dein Brautkleid selbst wieder ausziehen mußt«, fauchte Franziska.

»Nein. Weil ich so etwas gar nicht erst anziehen werde«, versetzte Mathilde und fragte dann: »Warum ist er nicht gekommen?«

»In der Nacht vor der Hochzeit haben sie eine Apotheke überfallen, er und sein Kumpel. Ein Alarm ging los, sie flohen, und dabei hat dein Vater einen Mann überfahren. Mit unserem Hochzeitsauto, die weiße Schleife war schon um die Antenne gebunden. Für Blumenschmuck hatten wir kein Geld. Sie haben den Mann einfach liegenlassen. Er hätte vielleicht überlebt, wenn sie ihm geholfen hätten. So ist er auf der Blumenauer Straße verblutet. Aber es gab Zeugen. Am Morgen wurden dein Vater und sein Freund verhaftet.«

»Warum hat er die Apotheke überfallen?«

»Angeblich hatte er Schulden bei Leuten, bei denen man besser keine hat. Er ist noch einmal aufgetaucht, 1971, als er rauskam. Da betrieb er eine mobile Bettfedernreinigung in der Nordstadt. Ich habe ihn auf Alimente verklagt. Dann war er plötzlich ganz verschwunden.«

Es fiel Mathilde schwer, ihre aufsteigende Wut zu zügeln. Zweiundvierzig Jahre lang hatte Franziska sie in dem Glauben gelassen, ihr Vater hätte es seinerzeit vorgezogen, sich um schwarze Kinder auf fernen Kontinenten zu kümmern, anstatt um sein eigenes. Am meisten schmerzte dabei, daß auch Merle die Lüge mitgetragen hatte.

»Also stimmt das gar nicht, daß er sich als Entwicklungshelfer verdrückt hat.«

»Nein. Er hat sieben Jahre gesessen. Und eines sage ich dir«, sagte sie und schüttelte prophetisch die rechte Faust mit dem ausgestreckten Zeigefinger. »Sie sind nicht geläutert, wenn sie aus dem Knast kommen. Ganz im Gegenteil.«

Mathilde ging hinaus und schloß leise die Tür hinter sich, als würde sie ein Krankenzimmer verlassen. Franziska blieb sitzen wie eine Puppe, die jemand vergessen hat.

Sie einigten sich auf den 21. März, den Montag nach Frühlingsanfang. Zufällig war es auch der erste Tag der Osterferien. Es war Lukas' Idee gewesen: »Von diesem Tag an wird es in meinem Leben bergauf gehen«, prognostizierte er. Bis dahin besuchte ihn Mathilde einmal pro Woche für eine halbe Stunde. Und sie schrieben sich:

Liebste Mathilde,
ich denke mir einen Spaziergang im Schnee mit Dir, nachts am Polarkreis, im blauen Licht, das auf den Schnee fällt. Eine Kerze leuchtet im Fenster, drinnen ein Ofen, in dem schwere Scheite brennen, draußen schneit es ohne Unterlaß, am nächsten Morgen laufen wir zum zugefrorenen See, die Wangen rot vor Kälte und von der Nacht. Und an Silvester gibt es ein Feuerwerk auf dem See, alle trinken und wünschen sich Glück, wir sind berauscht und dann wieder allein, nur das Knacken der Scheite im Feuer und das Schlagen unserer Herzen, und draußen fällt lautlos der Schnee. So wünsche ich mir einen Winter mit Dir, so müßte es immer sein, ein Leben lang.
Lukas.

Bei ihrer Korrespondenz handelte es sich weniger um konventionelle Briefe, als um die Beschreibung vom Alltag losgelöster Bilder und Träume, immer voller Sehnsucht nach dem Unerfüllten. Konsequent verleugneten sie ihre Lebensumstände und bauten Luftschlösser.

Natürlich gab es schlimme Nächte, aber am Morgen, wenn die Sinne wieder klar waren, mußte Mathilde – wenn auch nur ungern – zugeben, daß Franziska gar nicht so Unrecht hatte. Es war schön zu wissen, daß es jemanden gab, der für einen da war. Eine ständige physische Präsenz war dafür allerdings nicht notwendig.

Die Kanzlei Nössel & Rübesam lag im ersten Stock eines repräsentativen Gebäudes auf der Lister Seite der Eilenriede. Hugo Nössel hatte gerade den letzten Mandanten dieses Vormittags verabschiedet und freute sich auf einen kleinen Spaziergang im Stadtwald. Sein Kompagnon war bestimmt schon längst beim Mittagessen, aber Hugo Nössel hatte sich vorgenommen, ein wenig abzuspecken.

Die Sekretärin klopfte, öffnete die Tür zu seinem Büro und meldete eine Dame, unangemeldet.

»Soll sich einen Termin geben lassen«, brummte Nössel.

»Sie sagt, wenn sie jetzt nicht drankommt, weiß sie nicht, ob sie sich noch mal herwagt.« Die Sekretärin kommentierte die Worte mit einer Wischbewegung vor ihrem Gesicht. »Es geht um den Fall Lukas Fellheim, soll ich ausrichten.«

»Fellheim? Nie gehört.«

»Lukas *Feller*«, berichtigte eine heisere weibliche Stimme. Die Frau war hinter die Sekretärin getreten.

»O bitte ...«, protestierte die Sekretärin und baute sich in der Tür auf, als gälte es Leib und Leben ihres Chefs zu verteidigen.

»Ist schon gut«, besänftigte Nössel sie. »Kommen Sie herein, Frau ...

»Koch. Anja Koch, geborene Machowiak.«

Anja Machowiak. Wichtigste Zeugin im Mordfall Petra Machowiak – ihrer Schwester – fiel es Hugo Nössel ein. Er hätte sie nicht wiedererkannt. Er hatte sie wohlproportioniert und mit dünnem blonden Haar in Erinnerung, aber die Frau, die nun vor ihm stand und keuchend atmete, hatte wuschelige, rötliche Haare. Gesicht und Hals waren hager, die Haut wie Pergament. Sie mußte um die Vierzig sein, sah aber aus wie ungesunde sechzig. »Ich wollte gerade einen kleinen Spaziergang machen«, sagte er. »Wollen Sie mitkommen und mir dabei erzählen, worum es geht?«

Als Anja Koch fertig war mit dem, was sie zu sagen hatte, waren sie und der Anwalt auf dem Spitzwegweg bis zu dem Abschnitt gekommen, der *Steuerndieb* hieß. Nössel wußte zwar, daß die Eilenriede größer war als der Hyde Park und sogar der Central Park, aber erst kürzlich hatte Nössel von einem Mandanten erfahren, was es mit dem Steuerndieb auf sich hatte.

Die Sonne blinzelte hinter einer Wolke hervor. Frau Koch war außer Atem, und sie setzten sich auf eine Bank.

»Bronchialkarzinom«, keuchte sie und deutete auf ihren Kopf. »Perücke.«

»Verzeihen Sie, warum haben Sie nichts gesagt, wir hätten doch in der Kanzlei ...« Die Situation war Nössel peinlich.

Sie winkte ab. »Geht gleich wieder.«

Um die Zeit, die sie zum Verschnaufen brauchte, nicht schweigend verbringen zu müssen, fragte Nössel: »Wissen Sie eigentlich, woher der Steuerndieb seinen Namen hat?«

Wie erwartet schüttelte sie den Kopf.

»Der Name bezeichnete ab dem vierzehnten Jahrhundert eine Landwehranlage, so etwas wie den Döhrener Turm und den Pferdeturm. Mit solchen Anlagen schützte sich die Stadt Hannover weit vor ihren eigentlichen Mauern gegen Angriffe. Das mittelniederdeutsche Wort ›sturen‹ heißt so viel wie ›wehren‹, ›hemmen‹ oder ›abwenden‹. Ein ›deip‹ oder ›diep‹ bezeichnet einen wassergefüllten Graben, der zu einer solchen Landwehranlage gehörte. Als ab dem siebzehnten Jahrhundert in der Eilenriede die Holzdiebstähle enorm zunahmen, bürgerte sich der Name ›Steuer den Dieb‹, also ›Wehre den Dieb‹ ein, und mit dieser kleinen sprachlichen Bedeutungsveränderung erhielt der Ort eine aktuelle Plausibilität.«

»Nett von Ihnen, daß Sie mich nicht dumm sterben lassen.«

Ihre Stimme klang wieder kräftiger, und der Anwalt kam zur Sache. »Darf ich fragen, warum Sie das alles ausgerechnet jetzt zu Protokoll geben wollen? Nach über acht Jahren?«

»Ich möchte reinen Tisch machen. Ich habe nur noch sechs Monate – ungefähr.«

»Das tut mir leid«, sagte Nössel, dessen Mitgefühl sich in Grenzen hielt.

»Wird man mich einsperren?«

»Ich glaube kaum, daß Sie haftfähig sein werden.«

»Wie geht es jetzt weiter?«

»Ich werde die Staatsanwaltschaft informieren und einen Richter auftreiben, der Sie vernimmt. Damit hat Ihre Aussage nämlich auch dann vor Gericht Gültigkeit, wenn Sie bei einem neuen Prozeß selbst nicht anwesend sein sollten. Sind Sie damit einverstanden?«

War das zu direkt? Andererseits sah Nössel keinen Anlaß, ihre Gefühle zu schonen. Leute in ihrer Situation waren sicher dankbar, wenn man sich die Pietät für den Friedhof aufhob.

Sie nickte. »Wann?«

»So bald wie möglich. Ich rufe Sie an. Weiß Ihr Mann Bescheid?«

»Wir leben getrennt.« Sie erhob sich, als hingen Gewichte an ihr.

»Ich rufe Ihnen ein Taxi. Wollen Sie in dem Restaurant da drüben warten?«

»Ja.«

Nössel war froh, daß er den Rückweg alleine antreten konnte. Armes Schwein, dachte er, und meinte damit nicht Anja Koch.

Die Zellentür stand offen, aber Marion Klosa klopfte dennoch deutlich vernehmbar an. Lukas, der auf seinem Bett gelegen hatte, stand auf. Er war allein, Karim probte mit der Knastband den *Scheiß-Knast-Rap*, den inzwischen sogar Lukas auswendig konnte.

»Post, Herr Feller.«

»Danke.«

Marion Klosa schlitzte den Brief mit der Hand auf, untersuchte den Umschlag und übergab ihn Lukas.

»Von Ihrer Verlobten?«

»Was für ein schönes, altmodisches Wort, nicht wahr?«

»Das stimmt«, erwiderte Marion Klosa.

»Ich würde mir für die Trauung gerne einen Anzug kaufen.«

»Ich leite Ihre Bitte an den Sozialen Dienst weiter. Da ist noch was: Morgen Vormittag um zehn möchte Ihr Anwalt mit Ihnen sprechen.«

»Schön«, sagte Lukas und ließ sich seine Verwunderung nicht anmerken.

»Und um drei Uhr haben Sie einen Termin bei Frau Tiffin vom Psychologischen Dienst.«

»Was will sie denn?«

»Keine Ahnung. Es hat sicher etwas mit der Heirat zu tun.«

»Bestimmt«, antwortete Lukas.

Kaum hatte Marion Klosa die Zelle verlassen, lächelte er still vor sich hin. Treeske. Es war interessant, ihren inneren Kampf zu verfolgen. Diese launische Zerrissenheit zwischen Angst, Haß und Gier. Sie war wie eine Katze auf Kokain. Er spielte gern mit ihr.

Später, beim Fernsehen, tauchte eine Erinnerung auf. Er schloß die Augen, um sie festzuhalten und sie zu genießen wie einen Schluck von einem süffigen Wein. *Er steht im Regen, neben einem grinsenden Gartenzwerg, und schaut durch eine kleine schmutzige Fensterscheibe mit halb zugezogenen, rot-weiß karierten Gardinen. Zuerst sieht er sie reden, dann fallen die Kleider. Er betrachtet das Gesicht des Mädchens, als der Mann ihre Gliedmaßen in Position bringt, so, wie man sich einen Liegestuhl zurechtbiegt, und dann mit kalkulierter Rücksichtslosigkeit in ihren Körper eindringt. Kaltblütig studiert er die Körperfragmente und ihre Mechanik. Die Geometrie der Leiber könnte harmonischer sein, doch sonst gibt es nichts zu bemängeln, allenfalls die schlechten Lichtverhältnisse. Er ist ein Wissenschaft-*

ler, der ein Experiment verfolgt, das er zuvor sorgfältig arrangiert und choreographiert hat. Er liebt es, Menschen in extremen Situationen zu studieren. In den Augen des Mädchens liest er Angst, Ekel, Schmerz, Resignation und Trotz. Er protokolliert seine Beobachtungen, schreibt sie in sein Gedächtnis ein. Als sich das Rückgrat des Mannes ein letztes Mal heftig krümmt und der Körper mit einem erlösten Schnaufen zusammensackt, zieht er sich zurück in ein Gebüsch und wartet geduldig ... Er sieht dem Mädchen nach, das steifbeinig und wie in Trance über den Rasen geht und hinter dem Zaun verschwindet. Erst jetzt, als er aus der Deckung tritt und durch die Tür geht, beschleunigt sich sein Puls. Er registriert den animalischen Geruch in der Hütte und das erschrockene Gesicht des Mannes, während er sein Messer aus dem Holster zieht. Lautlos bohrt sich der geschliffene Edelstahl in die Materie aus Haut, Fleisch und Muskulatur, fährt exakt zwischen zwei Rippen hindurch in den Herzmuskel und durchstößt erst die rechte, dann die linke Herzkammer. Beim Herausziehen der Klinge entsteht ein leises Schmatzen. Sofort drängt das Blut in den Stichkanal und tritt aus dem Körper, der in Agonie zuckt. Ein Schrei endet in Schnappatmung. Dann spiegelt sich sein Lächeln auf der Netzhaut der geweiteten Augen.

Eine Woche vor dem Trauungstermin traf sich Mathilde mit Direktor Keusemann und Franz Sarstedt, einem Vertreter des dreiköpfigen Vorstandes der Stiftung, aus deren Mittel sich das Lise-Meitner-Gymnasium finanzierte. Die anderen beiden Vorstände hatten sich entschuldigen lassen.

Mathilde hatte um das Gespräch gebeten. Lukas hatte ihr dazu geraten und sie in Fragen der Taktik instruiert. Sie saß auf der Stirnseite des rechteckigen Tisches in dem nüchternen Besprechungsraum. Eine Kanne Kaffee und drei Tassen standen unberührt in der Tischmitte, dazu eine Schale mit Gummibärchen. Mit sachlichen Worten setzte Mathilde die Herren über ihre bevorstehende Heirat in Kenntnis. Danach entstand eine Pause, in der Keusemann sein Kinn knetete und Sarstedt zwei rote Gummibärchen aus der Schale nahm. Während er kaute, schaute er bekümmert aus dem Fenster in den Winterhimmel, der so weiß war wie sein Haar. Seine rot-weiß gestreifte Krawatte verursachte beim Hinsehen Schwindel, außerdem paßte sie nicht wirklich gut zu seinem marineblauen Goldknopfjackett.

»Es gibt drei Möglichkeiten ...«, erläuterte Mathilde. Sie war nach außen hin ruhig, ihre Stimme klang fest, nur ihr Puls ging etwas schneller als sonst. »Die erste lautet: Alles bleibt, wie es ist. Es wird ein bißchen Gerede geben, aber letztendlich werden alle merken, daß ich keine schlechtere Lehrerin bin als vorher und auch keinen schlechten Einfluß auf die Schüler ausübe. Ich kann den Gedanken, daß mein Privatleben dem Ruf der Schule schaden könnte, nämlich nicht nachvollziehen«, bemerkte sie in Richtung Keusemann.

Keiner der beiden sagte etwas. Sarstedt fischte noch drei rote Gummibärchen aus der Schale. Abartig, dachte Mathilde. Wo doch nur die weißen und vielleicht noch die gelben richtig gut sind. Sie fuhr fort: »Lösung zwei: Sollte der Vorstand mit der Tatsache, daß ich einen Strafgefangenen heiraten werde, überhaupt nicht leben können, werde ich gegen eine Abfindung von zwei Jahresgehältern einem Auflösungsvertrag zustimmen.«

Bei diesen Worte schnappte Franz Sarstedt hörbar nach Luft, wobei ihm ein Gummibärchen in die Luftröhre geriet. Er hustete ausgiebig. Dabei schien er zu rechnen. »Das ist sehr viel Geld«, bemerkte er, als er wieder sprechen konnte.

»Und es ist nicht verhandelbar«, bestätigte Mathilde. »Sollten nämlich weder Lösung eins noch Lösung zwei zustande kommen und der Vorstand mir kündigen, werde ich einen Arbeitsgerichtsprozeß anstrengen. Mit Presse und Talkshows und allem Pipapo. *Das* wird dem Ruf der Schule ganz gewiß schaden.«

»Das ist Erpressung«, schnaubte Ingolf Keusemann.

»Es muß ja nicht so weit kommen«, antwortete Mathilde.

Sarstedt schob die Schale von sich. Es waren keine roten Bären mehr darin. Er stand auf, die anderen ebenfalls. »Wir werden uns beraten, und Sie hören von mir«, sagte er knapp.

Als Mathilde an diesem Tag nach Hause kam, ritt sie der Teufel. Sie setzte sich an den Computer, rief die gemeinsame Anzeigenseite der *HAZ* und der *Neuen Presse* auf und gab via Internet eine dreispaltige Vermählungsanzeige für die Wochenendausgabe auf. Damit seine Groupies Bescheid wissen, dachte sie. Und der Rest der Welt auch.

Die Frau mit dem Porzellangesicht und den kurzen roten Haaren rührte in ihrem Milchkaffe, ohne davon zu trinken. Sie hatte vor der Schule auf Mathilde gewartet und sich vorgestellt: »Mein Name ist Tiffin, ich arbeite im Psychologischen Dienst der JVA Hannover. Ich würde gerne mit Ihnen reden.«

Mathilde hatte das Café vorgeschlagen, in dem sie hin und wieder eine Freistunde verbrachte, um der Atmosphäre des Lehrerzimmers zu entrinnen.

»Worum geht es«, fragte sie nun.

»Sie werden in Kürze Lukas Feller heiraten.«

Mathilde nickte.

»Wie Sie vielleicht wissen, hat Lukas Feller acht Jahre seiner Haftstrafe verbüßt. Er kann frühestens nach fünfzehn Jahren entlassen werden. Aber da nun über die Hälfte seiner Haftzeit um ist, kann über Vollzugslockerungen entschieden werden. Das bedeutet Ausgänge, zuerst begleitet, später allein.«

»Ich weiß, was Vollzugslockerungen sind.«

»Gut. Um darüber entscheiden zu können, ob solche Lockerungen vertretbar und sinnvoll sind, nehmen wir, die Verantwortlichen, unter anderem auch Kontakt zu den nächsten Angehörigen des Häftlings auf.« Die hellgrauen Augen fixierten Mathilde ununterbrochen, wobei ihre Pupillen unruhig hin- und herglitten. »Normalerweise bitten wir die Angehörigen in die JVA, aber ich persönlich finde es besser, sich auf neutralem Boden zu begegnen. Sonst fühlen sich die Leute so vorgeladen, als wären wir die Polizei oder so etwas.«

»Eine vertrauensbildende Maßnahme, sozusagen.«

Sie nickte. »Seit wann kennen Sie und Herr Feller sich?«

»Seit dem 18. August 2004.«

»Und Sie besuchen ihn jede Woche für dreißig Minuten.«

»Mehr geht leider nicht.«

»Das macht in einem halben Jahr etwa dreizehn Stunden.«

»Sie sind gut im Kopfrechnen. Aber wir schreiben uns auch und telefonieren.«

»Ein Häftling ist ein Mann, der mit viel Aufmerksamkeit bedacht wird«, sagte die blasse Dame. »Der Aufwand, wenn man ihn besuchen möchte, die Bewacher, die ihn außerhalb der Anstalt wie eine Leibgarde umgeben – das kann ihn in den Augen einer Frau bedeutend aussehen lassen. Dazu kommt diese zweifellos erotisierende Aura der Gefahr und des Ruchlosen ...«

»Worauf wollen Sie hinaus?« unterbrach sie Mathilde ungeduldig.

Die Psychologin trank von ihrem Milchkaffee, ehe sie herausplatzte: »Ich möchte Ihnen den dringenden Rat geben, Ihre Heiratspläne aufzugeben. Kehren Sie um, so lange noch Zeit ist.«

»Und warum raten Sie mir das?« fragte Mathilde.

»Glauben Sie mir, ich hatte mehr Gelegenheit als Sie, Lukas Feller kennenzulernen. Sie können von ihm keine Liebe und Treue erwarten. Er kann dies vorspielen, sogar sehr gut. Aber er ist ein Egoist reinsten Wassers. Doch das ist es nicht allein. In seinem Wesen liegt etwas Teuflisches.«

Sie hört sich an wie eine Exorzistin, nicht wie eine Psychologin, dachte Mathilde.

Die Augen der Frau glänzten fiebrig, als sie fortfuhr: »Ich weiß, Lukas Feller ist ein attraktiver, charismatischer Mann. Aber er besitzt kein Gefühl, außer für sich selbst. Wenn Sie sich an ihn binden, wird er Sie ausnutzen.«

Sie klingt wie Franziska, dachte Mathilde verärgert. »Und mit welchem Ziel?«

»Ich weiß es nicht. Vielleicht braucht er ein Nest, in dem er sich niederlassen kann, wenn er entlassen wird. Vielleicht geht es um Geld. So viel ich weiß, hat er seines vor seiner Inhaftierung in Aktien angelegt. Neuer Markt. Die dürften inzwischen nur noch Erinnerungswert haben.«

»Ich bin nicht reich«, erklärte Mathilde.

»Sie vergessen seine beschränkten Möglichkeiten. Momentan verdient er zehn Euro zwanzig am Tag. Davon werden vier Siebtel zurückgelegt für die Zeit nach der Haft. Für einen Knacki sind Sie ein ganz respektabler Fang. Angenommen, er kommt in sieben, acht Jahren raus – was ja nicht automatisch geschieht, wie Sie vermutlich wissen – dann werden Sie beide schon recht lange verheiratet sein. Lange genug jedenfalls, daß Sie bei einer Scheidung die Hälfte Ihres Vermögens abtreten müssen.«

Was phantasierte diese Frau da? Ein Häftling als Heiratsschwindler? Wie lächerlich. Gut, vielleicht sehnte er sich tatsächlich nach Sicherheit, sowohl emotional als auch finanziell. Das taten die meisten Menschen. War das verwerflich?

Die Rothaarige knetete ihre schmalen Finger, deren Nagelhäute in Fetzen hingen. Mathilde unterdrückte ihren Unmut über die Einmischung in ihre Privatsphäre. Sie nutzte lieber die Gelegenheit, sich mit jemandem, der Lukas Feller kannte, unterhalten zu können.

»Wissen Sie etwas über die beiden anderen Frauen, Ann-Marie Pogge und Johanna Gissel, die ermordet wurden beziehungsweise verschwanden?« fragte Mathilde.

»Ja.«

»Hat er etwas damit zu tun?«

»Darüber darf ich nicht sprechen.«

»Ich verstehe.«

»Wenn Sie Lukas Feller von diesem Gespräch erzählen, gefährden Sie mein Leben«, behauptete die Frau, und Mathilde dachte: Diese Psychologen haben doch tatsächlich alle selbst einen Vogel.

»Ich denke, das ist Ihr Job«, entgegnete sie.

»Das ist ihm doch egal.«

»Ich bitte Sie. Was soll er Ihnen antun? Er sitzt im Gefängnis.«

»Ich auch. Und Sie haben keine Ahnung, wozu er fähig ist, selbst vom Gefängnis aus. Er hat es noch nie geduldet, daß jemand seine Kreise stört.«

Mathilde mußte an den toten Felix Roth denken. Wenn Lukas Feller wirklich so gefährlich war, warum riskierte diese Frau dann ihre Sicherheit, um sie, eine Fremde, zu warnen? Aus Menschenfreundlichkeit? Pflichtgefühl? Schwer zu glauben. »Ich werde ihm nichts von unserem Gespräch sagen«, versprach sie.

»Hat er Ihnen von seinem Bruder erzählt?« fragte die Psychologin unvermittelt.

»Nein. Ich habe gelesen, daß er bei einem Unglück ums Leben kam.«

»Er hat ihn auf dem Gewissen – wenn er eines hätte.«

»Wie meinen Sie das?«

»Er ließ ihn absichtlich an einer Stelle spielen, wo das Eis zu dünn war. Und er hat nichts zu seiner Rettung unternommen.«

»Hat er mit Ihnen darüber gesprochen?« Mathilde dachte an die Schilderung des Treppensturzes seines Vaters. Benutzte Lukas die beiden Unfälle, um sich in eine Aura des Verbrechens zu hüllen, weshalb auch immer?

»Dann dürfte ich es Ihnen nicht erzählen«, sagte sie. »Nein, ich habe das aus anderer Quelle. Zeugen sahen, wie er am Ufer stand und auf eine Stelle in der Nähe des Zulaufs schaute. Als man ihn fragte, was los sei, antwortete er seelenruhig, sein Bruder sei gerade ersoffen. Er sagte wirklich ›ersoffen‹.«

Mathilde schluckte.

»Später meinte er zu einer seiner Lehrerinnen, es sei gut, daß sein Bruder tot ist. Seine Mutter hätte sonst nur sinnlos Zeit und Geld an ihn verschwendet. Sein Bruder war behindert. Down-Syndrom.«

»Ist es nicht häufig so, daß sich Geschwister behinderter Kinder vernachlässigt fühlen, vielleicht sogar zu Recht, und das Geschwisterkind deswegen hassen?«

»Schon. Aber sie bringen es normalerweise nicht um. Zumindest gelingt es den wenigsten«, antwortete Treeske.

»Frau Tiffin, ich bin es gewohnt mit Beweisen zu arbeiten. Fest steht doch nur, daß er nicht richtig aufgepaßt hat und sich hinterher nicht erwartungsgemäß traurig über den Tod seines Bruders geäußert hat. Was will man von einem Neunjährigen erwarten, der noch keine Vorstellung vom Tod hat? Und warum hat die Mutter nicht auf ihr Kind geachtet, wo war die denn?«

»Das weiß ich nicht. Ich habe das nur erwähnt, damit Sie sich ein paar Gedanken über seinen Charakter machen.«

»Aber er war erst ein Kind.«

»Es gibt auch böse Kinder. Kinder sind ja nichts anderes als Erwachsene in der Warteschleife.«

»Zweifellos«, räumte Mathilde ein.

»Erwachsene können ihr Wesen nur besser verbergen«, ergänzte die Psychologin.

So etwas Ähnliches hatte sie doch neulich schon gehört, von diesem Jens, Leonas Freund. Auch so ein Psychologe.

»Der Hut stand Ihnen übrigens ausgezeichnet«, sagte Mathilde.
»Welcher Hut?« fragte Treeske verwirrt.
»Den Sie bei der Trauerfeier seiner Mutter getragen haben.«
Ein verunsichertes Lächeln glitt über Treeskes Gesicht. »Ich wollte sicherstellen, daß alles glattgeht. Wenn er flieht, trifft der Vorwurf zuerst diejenigen, die seinem Ausgang zugestimmt haben.«

Mathilde behielt ihre Zweifel an dieser Erklärung für sich. Sie hatte eine andere: Es wäre nicht das erste Mal, daß sich eine Therapeutin in einen Häftling verliebte. Nun sah sie in ihr die Rivalin. Sie war wie diese Claudine, erkannte Mathilde, nur raffinierter.

Mathilde trank ihren Kaffee aus und winkte der Bedienung. »Ich muß jetzt gehen. Sie brauchen sich keine Sorgen um mich zu machen. Sie kennen vielleicht Lukas Feller. Aber Sie kennen nicht mich. Ich bin weder naiv noch zerbrechlich.«

Ihr Gegenüber nickte. »Ich weiß. Sie fühlen sich stark und selbstbewußt. Es reizt Sie, es mit einem Mann aufzunehmen, der anders ist als die anderen. Im Grunde Ihres Herzens wissen Sie, daß er böse ist. Aber gleichzeitig verspüren Sie diese unwiderstehliche Gewißheit, daß sich ein dunkler Teil Ihres Wesens in seinem spiegelt. Und Sie lassen sich darauf ein, obwohl Sie wissen, daß er Ihnen schaden wird.«

Mathilde hatte den Blick in ihre leere Tasse gesenkt. Es war, als würde die fremde Frau ihre eigenen Empfindungen aussprechen. Sie wünschte, sie würde schweigen und gehen, aber sie redete weiter: »Er wird Sie belügen, betrügen und demütigen, er wird Ihnen das nehmen, was Ihnen wichtig ist. Doch das ist nicht das Schlimmste, das tun andere auch. Er wird Sie verändern. Lukas Feller ist nicht nur der schlechteste Mensch, den ich kenne, er holt auch aus seinen Mitmenschen das Schlechteste heraus.« Die Frau stand auf und legte ein paar Münzen für den Kaffee auf den Tisch. »Es ist eine alte Weisheit, daß, wer sich mit dem Teufel einläßt, nicht den Teufel verändert, sondern sich selbst«, sagte sie und ging hinaus. Ihr langer, schwarzer Mantel schlackerte um ihre dünne Gestalt.

Was für eine bedauernswerte Kassandra, dachte Mathilde.

Die Trauung fand in der Gefängniskirche statt. Trauzeugen, so hatte man ihr gesagt, waren heutzutage nicht mehr notwendig, aber Leona Kittelmann bettelte geradezu um den Job, und schließlich tat ihr Mathilde den Gefallen. Man hatte den Eindruck, daß sie aufgeregter war als die Braut selbst. Sie erschien in modischem Maigrün und hatte Glitzersteinchen an den Fingernägeln. Verlegen überreichte sie Mathilde einen Brautstrauß aus roten und cremefarbenen Rosen.

»Normalerweise besorgt den ja der Bräutigam, aber ...«

Mathilde nahm ihn dankbar entgegen. Sie trug ein knielanges Etuikleid aus schwerer, schwarzer Seide und einen hellen Hut mit schwarzem Band und breiter Krempe. »Du bist wunderschön«, sagte Lukas andächtig. Mit seinem armanigrauen Anzug, dem um eine Nuance helleren Hemd und der Fliege sah er umwerfend aus. Was für ein schöner Mann, dachte Mathilde. Mein schöner Mann! Außer dem Brautpaar und Leona waren zwei uniformierte Herren anwesend, eine Dame vom Sozialen Dienst und Karim, der Trauzeuge von Lukas. Er steckte in einem steif gebügelten, viel zu großen Hemd. Wahrscheinlich gehörte es Lukas.

Während der kurzen Ansprache des Standesbeamten hielt Lukas ihre Hand, als wollte er sie am Weglaufen hindern. Am Ende der Rede antworteten beide mit einem klaren »Ja« und steckten sich die Trauringe an. Die hatte Mathilde besorgt. Platin. Es hatte sie überrascht, daß Schlichtheit so teuer sein konnte.

Der Kuß fiel manierlich aus. Sie setzten ihre Unterschriften auf diverse Dokumente – beide behielten ihre Nachnamen – dann war es vorbei. Leona und Karim wischten sich vor Rührung die Augen.

Die Beamtin vom Sozialen Dienst schenkte *Mumm*-Sekt in Plastikbecher und gratulierte dem Paar.

»Ich kann dich verstehen – was für ein *Kerl*«, sagte Leona zu Mathilde, als sie sich zuprosteten.

Als der Sekt ausgetrunken war, umarmte Lukas Mathilde und flüsterte ihr ins Ohr: »Jetzt gehörst du mir.«

»Ja«, sagte Mathilde.

Dann brachte man ihn auf seine Station zurück und Braut und Trauzeugin nach draußen. Es war ein surrealer Anblick, als Mathilde und Leona in ihren schönen Kleidern vor der Außenpforte standen.

Die Natur hatte den kalendarischen Frühlingsanfang ignoriert, und ein Graupelschauer drohte Mathildes Hut vom Kopf zu wehen. Mit klammen Händen hielt sie den Brautstrauß. Das Gewicht des Rings wog schwer an ihrem Finger.

»Und was machen wir jetzt, aufgebrezelt wie wir sind?« fragte Leona.

Mathilde antwortete nicht. Sie starrte den Mann an, der den Gehweg entlang auf sie zukam. Es gab überhaupt keinen Zweifel: Er war es. Sein Gang, seine Haltung, dasselbe Kapuzenshirt, das er am ersten Abend, an dem sie ihn vor ihrem Haus entdeckt hatte, getragen hatte. Sein Blick unter den buschigen Augenbrauen streifte sie, als er an ihnen vorbei zur Pforte ging. War er ein wenig erschrocken, oder bildete sie sich das nur ein? Sollte sie ihn ansprechen? Zu spät, er verschwand gerade im Inneren des Pförtnerhäuschens.

Ein Rippenstoß von Leona holte Mathilde aus ihren Gedanken zurück.

»He, träumst du?«

»Was ist?«

»Wie geht es jetzt weiter?«

»Ich weiß es nicht«, sagte Mathilde.

»Bitte, Mathilde, versteh das doch. Es gibt Frauen, die einem Häftling erzählen und schreiben, wie einsam sie seien, dabei haben sie Mann und Familie zu Hause, und der arme Trottel ist nur ein Ventil für ihre unerfüllten romantischen Bedürfnisse.«

»Für so eine hast du mich also gehalten?«

»Nein.«

»Aber du hast mir nicht vertraut?«

»Ich kannte dich doch kaum. Ich sitze hier fest und bin darauf angewiesen, alles zu glauben, was man mir erzählt.«

»Und? Was hat dir dein Spitzel berichtet? Daß es sich bei mir lohnt?« Sie mußte unweigerlich an die Worte der Psychologin im Café denken.

Lukas seufzte schwer.

»Wer ist der Kerl?«

»Snick. Er hat gelegentlich Ausgang. Er sitzt auf meiner Station ein wegen Scheckbetrugs. Ein netter Kerl, er kommt bald raus.«

»Dann kann er mich ja noch besser beschatten«, zischte Mathilde. Zu ihrer Überraschung lachte Lukas leise.

»Was ist daran so lustig?«

»Kann es sein, daß wir gerade unseren ersten Ehekrach haben? Einen Tag nach der Hochzeit?«

»Ja, durchaus!«

»Ich verstehe dich ja. Es tut mir leid, wenn ich dich erschreckt und gekränkt habe. Ich habe das veranlaßt, weil es mir ernst mit dir ist. Ich habe so etwas nie vorher gemacht, es war mir egal, was die anderen mir erzählt haben. Aber du warst von Anfang an etwas Besonderes. Ich hätte selbst nicht gedacht, daß ich einmal so tief sinke. Im normalen Leben hätte ich dir bestimmt nicht nachspioniert. Du kannst dir nicht vorstellen, wie hilflos man sich hier drin fühlt. Dieser Knast verändert einen. Bitte verzeih mir. Ich liebe dich.«

Mathilde schwieg.

»Wann fliegst du?« fragte er.

»Morgen früh.«

»Genieß die Zeit. Schließlich ist es deine Hochzeitsreise.«

»Ich werde dir schreiben.«

»Ja, mach das.«

»Ich liebe dich auch«, rief Mathilde, aber er hatte bereits aufgelegt.

Dann stand sie im Schlafzimmer und überlegte, welche Hüte sie mitnehmen sollte.

Sie schrieb ihm fast jeden Tag, manchmal lange Briefe, manchmal nur wenige Zeilen:

> *Du bist wie ein Buch voller Geheimnisse, ich möchte Dich aufblättern, Seite für Seite.*

Sie selbst bekam nur einen Brief, und auch den erst nach über einer Woche. Das sind nun also die Fortschritte, die uns die EU gebracht hat, dachte Mathilde verärgert. Hoffentlich brauchten ihre Briefe nicht ebenso lange, bis sie ihn erreichten. Sie hatte ihr Handy immer bei sich, aber er rief nicht an. Vielleicht war er doch gekränkt, weil sie nach Alderney gereist war. Dabei hatte er selbst ihr dazu geraten: »Du sollst so leben wie sonst auch. Es reicht schon, daß einer von uns beiden eingesperrt ist.«

Dafür meldete sich am dritten Tag ihres Inselaufenthalts Franz Sarstedt. Mathilde und er einigten sich auf achtzehn Monatsgehälter Abfindung, dafür sollte sie bis zum Schuljahresende bleiben. Sie verkniff sich die Frage, ob man nicht befürchte, sie werde die zarten Kinderseelen in der Zeit von April bis Juli ins Verderben stürzen.

Mathilde wurde immer unruhiger. Was würde Lukas denken, wenn er ebensolange keinen Brief von ihr empfing?

Wenn sie im Restaurant oder am Strand verliebte Paare sah, versetzte ihr das einen Stich. Das war neu. Ebenso die Intensität, mit der sie ihn in manchen Stunden vermißte. Insbesondere in jenen, die sie zwischen den mächtigen, mit filigranen Schnitzereien verzierten Bettladen aus dunklem Holz verbrachte. Da überschritt ihr Verlangen zuweilen die Grenze des Erträglichen.

Zu Hause war das alles einfacher zu erdulden, fand Mathilde. Oder hatte es etwas damit zu tun, daß er jetzt ihr Mann war? Mein Mann. Ein Terminus, an den sie sich nur schwer gewöhnte. Allerdings hatte sie ihn noch nie öffentlich benutzt. Sie war froh, als es Zeit wurde für die Rückreise.

Am späten Nachmittag des 2. April hielt das Taxi vor ihrer Haustür. Der Fahrer trug den Koffer nach oben. Mathilde machte sich sofort ans Ausräumen, als gälte es jede Spur ihrer Reise zu tilgen. Der Anrufbeantworter blinkte. Sie würde sich später darum kümmern. Zuerst eine Dusche. Der Kühlschrank war leer, sie mußte einkaufen. Sie war im Begriff zu gehen, als es an der Tür klingelte. Bloß nicht schon wieder Leona.

Mathilde öffnete. Vor ihr stand Lukas Feller. Ihr Mann.

Mathilde starrte ihn an.

»Bist du geflohen?« flüsterte sie.

»Nein.«

Er warf seinen Rucksack in den Flur, zog sie an sich und vergrub sein Gesicht in ihrem Haar. So hielt er sie eine ganze Weile. Zumindest kam es Mathilde wie eine ganze Weile vor. Seine Bartstoppeln kratzten, und auch in olfaktorischer Hinsicht war die Umarmung kein Genuß. Dann ließ er sie los.

Oft hatte sie sich vorgestellt, wie es sein würde, wenn er – eines Tages – entlassen würde. In den wildesten Farben der Leidenschaft hatte sie sich diese Szene ausgemalt. Noch letzte Nacht, als sie in das Hotelkopfkissen gebissen hatte, hätte sie Gottweißwas darum gegeben, sich in seine Arme zu werfen. Aber nun ... Er sah aus wie ein Landstreicher und roch auch so.

»Weißt du, was ich jetzt ganz dringend brauche?«

Das konnte sich Mathilde denken.

»Ein Bad«, sagte er. »Ich hoffe, du hast eine Badewanne.«

Zweiter Teil

I

Seit einer Dreiviertelstunde hielt sich Lukas im Bad auf. Mathilde klopfte an die Tür.

»Lukas?«

»Warum kommst du nicht rein?«

Sie spähte durch den Türschlitz. Der Raum stand unter Dampf, und es duftete nach Mandarinen. »Ich will einkaufen ...«

Es plätscherte, und durch den Dunst hörte sie ihn sagen: »Kannst du mir vernünftiges Rasierzeug mitbringen?«

Mathilde raffte Handtasche, Korb und Schlüssel zusammen und eilte hinaus, als sei sie auf der Flucht.

Ratlos schob sie den Einkaufswagen durch die Regalreihen der Kaufhof-Lebensmittelabteilung. Sie wollte ihm etwas Besonderes bieten. Aber was? Nach seinem Lieblingsgericht hatte sie ihn nie gefragt. Sie strandete vor der Fleischtheke. Argentinisches Rind, Strauß, Känguruh, Krokodil. Dekadenz ist schon dem römischen Imperium zum Verhängnis geworden, dachte Mathilde. Er ist doch kein Vegetarier? Nein, wer Schafe schlachtet, ißt wohl auch Fleisch. Sie häufte planlos Lebensmittel in den Wagen. Man konnte später immer noch improvisieren. Champagner war auf keinen Fall verkehrt. Aber vielleicht mochte er lieber Bier? Nur, welches?

Sie bezahlte hundertachtzig Euro und mußte flüchtig daran denken, daß der Verpflegungssatz pro Häftling und Tag zwei Euro elf betrug für alle drei Mahlzeiten.

Als sie mit dem Wagen aus der Tiefgarage auftauchte, stellte sie sich vor, wie er jetzt vermutlich gerade in ihrer Wohnung herumging und alles betrachtete. Welches Bild würde er dabei von ihr bekommen? Von einer Frau mit fünfundneunzig Hüten?

Sie passierte das Rotlichtviertel, in dem am frühen Abend noch kein Betrieb herrschte. Es war die falsche Richtung, sie hätte vorhin rechts abbiegen müssen. Sie nahm es als ein Zeichen, setzte den Blinker und fuhr in Richtung Ricklingen.

Lukas stieg aus der Wanne und trocknete sich mit einem flauschigen Handtuch ab. Das Bad war ganz in Weiß gehalten, und obwohl es einer Frau gehörte, stand bemerkenswert wenig herum. Er ging in den Flur, nahm eine Tüte aus seinem Rucksack und entfernte die Schildchen von den neuen Textilien. Die Sachen, die er im Gefängnis getragen hatte, wollte er nie mehr anziehen. Er betrachtete die goldene Rolex, die sie ihm nach achteinhalb Jahren wiedergegeben hatten. Damals waren solche Uhren angesagt gewesen, und er mochte sie immer noch, auch wenn sie ihm heute etwas protzig erschien.

Die Jeans war noch steif und das T-Shirt zu weit, dennoch fühlte er sich wohl in den neuen Sachen. Barfuß, denn an Socken hatte er nicht gedacht, ging er von Zimmer zu Zimmer. Neben dem Bad befand sich ein kleiner Raum, der wohl als Gästezimmer und Abstellkammer für Sperriges diente. Ein Korb mit zerknitterter Wäsche stand auf dem Bett.

Als nächstes entdeckte er einen leeren Raum mit einem großen Spiegel an der langen Wand. Vier blaue Matten, wie er sie aus Turnhallen kannte, lagen auf dem Boden, daneben Hanteln in unterschiedlichen Größen. An einem Haken hingen Gummibänder und ein Springseil. Sehr nützlich, dieser Raum, befand Lukas zufrieden. Die Küche war klein, aber gut ausgestattet. Kühl blitzte die Edelstahlspüle, kein Krümel war auf der Ablage zu finden. Auf einem Tisch, der exakt in die Fensternische eingepaßt war, lag wie ein einsamer Farbtupfer eine rote, bauchige Teekanne umgedreht auf einem Tuch. Daneben fand sich ein Häufchen ungelesener Post und ein Stapel Tageszeitungen der letzten vierzehn Tage. Er sah die Post durch: Reklame, Rechnungen. Von der Küche gelangte man in das große Zimmer mit dem langen Tisch und der Tür zum Balkon. Viel freier Raum, wenig Möbel, klare, gerade Linien. Es gab wenig Bilder, nur ein paar Radierungen: menschenleere Landschaften und Abbruchhäuser. Das einzig Verschnörkelte waren die beiden silbernen Kerzenleuchter auf der Anrichte. Das Ambiente ließ sich sicherlich am treffendsten mit dem Wort »edel« beschreiben. Die Wohnungen anderer Frauen, die er bisher gesehen hatte, waren schlampig gewesen und vollgestopft mit unnützen, billigen Dingen.

Dann trat er ins Schlafzimmer: helles Fischgrätparkett, ein schlichtes, französisches Bett aus Kirschholz, eine Kommode, ein weiß lakkierter Einbauschrank, ein mannshoher Kippspiegel und eine ganze Regalwand mit Schachteln. Nirgends lag ein Kleidungsstück herum. In einer Schmuckschatulle auf der Kommode ruhten auf rotem Samt drei altertümliche Granatbroschen, eine Perlenkette, ein Ring aus Gold mit einem winzigen Brillanten und zwei Hutnadeln mit Bernsteinköpfen. In der Schublade des Nachtschränkchens fand er eine Packung Kondome. Angebrochen, zwei fehlten. Er schaute in einige der Schachteln im Regal. Hüte. Alles unterschiedliche Modelle: Strohhüte, Filzhüte, Kappen aus Stoff, Hüte mit breiten und schmalen Krempen, flache und hohe Hüte, Hüte in schwarz, rot, beige, strohfarben ... Es mußten an die Hundert sein!

Er wandte sich kopfschüttelnd ab, strich über die makellos weiße Bettwäsche und ließ sich auf die weiche, duftende Materie fallen. Ein paar Minuten blieb er so liegen und schaute an die Decke. Sie war hoch und hatte einen Rahmen aus Stuck. Er widerstand der Versuchung, an Ort und Stelle die Augen zu schließen, erhob sich, kramte eine Packung Zigaretten aus seinem Rucksack, setzte sich auf den Balkon und rauchte. Die benachbarten Häuser waren allesamt renovierte Altbauten, die meisten von ihnen herrschaftlich klassizistisch. Es war ruhig. Nur ab und zu hörte man ein Auto. Weit weg schnurrte ein Rasenmäher. Zweifellos war dies eines der besten Viertel der Stadt, wenn nicht gar das beste.

Er drückte die Zigarette im Blumenkasten neben dem Lavendel aus und durchquerte den Raum mit den wandhohen Bücherregalen. Was für eine Masse an Büchern. Darunter auch einiges an Kitsch. Hinter der Bibliothek lag ein kleinerer Raum, in dem ein großer Bildschirm auf einem alten Schreibtisch stand. Hier herrschte eine Atmosphäre von Konzentration und Arbeit. In Büchern klebten gelbe Zettel als Einmerker. Fünf Füller lagen aufgereiht neben einem monströsen Taschenrechner und einem antiquiert wirkenden Zirkel. Aufmerksam studierte er die Notizen auf dem Wandkalender. Eine leicht abgegriffene Aktenmappe stand vor einem Regal mit dicken Ordnern, die beschriftet waren. *Finanzamt, Schule, Versicherungen, Haus Ricklingen, Wohnung, Bank.* Er sah sich genauer um.

Im Garten stand ein fremder Mann, der mit einer elektrischen Heckenschere gegen die Thujenhecke ankämpfte.

»Es kann nur einen geben«, entfuhr es Mathilde bei seinem Anblick. Der angegraute Held legte seine Waffe beiseite und kam auf sie zu.

»Sie sind sicher Mathilde.«

»Jawohl.«

»Und Sie schauen gern Highlander-Filme.«

»Nur wegen der Landschaftsaufnahmen«, grinste Mathilde.

Er lächelte und schüttelte ihr übertrieben herzlich die Hand. »Erich Kunze.«

»Haben Sie die Dachrinne repariert?«

»Ja, ich bin, Gott sei's gedankt, ein wenig handwerklich begabt.«

Endlich einer, der sich nützlich machte. Die Heckenschere mußte er mitgebracht haben.

»Ihre Mutter ist drinnen, sie kocht. Wir würden uns freuen, wenn Sie mit uns Abendbrot essen.«

Es war halb sieben. Sonst wurde bei Franziska selten vor acht gegessen. Wie sehr sie sich doch immer wieder auf die Marotten ihrer Liebhaber einließ.

»Danke, ich habe leider wenig Zeit.«

»Sie möchten sicher ein paar vertrauliche Worte mit Ihrer Mutter sprechen. Ich messe meine Kräfte inzwischen noch ein wenig mit der Natur.«

Was hatte Franziska ihm erzählt? Wahrscheinlich alles.

»Das ist gut«, sagte Mathilde. »Meine Mutter hat keinen grünen Daumen.« Lediglich die Marihuanapflanzen gediehen unter ihrer Fürsorge.

»Vielleicht möchte sie dem lieben Gott nicht ins Handwerk pfuschen.« Er fuhr fort, die Zypressenhecke zu bearbeiten, die seit Merles Tod ungehindert ins Kraut geschossen war.

»Die Hecke hat meine Großmutter gepflanzt«, stellte Mathilde richtig und ging ins Haus.

Franziska saß am Küchentisch, der rustikal, aber liebevoll gedeckt war. Sie war gerade dabei, zwei gelbe Papierservietten zu Schmetterlingen zu falten. Franziska faltete Servietten! Was passierte mit der Welt? Prompt fielen die Schmetterlinge wieder auseinander. Mathilde erwartete einen saftigen Fluch, aber Franziska legte sie nur mit einem Seufzer beiseite.

Nachdem sich ihre Mutter nach ihrer Reise erkundigt hatte, fragte sie: »Was ist nun eigentlich mit der Schule?«

»Wahrscheinlich werde ich zum Jahresende gehen.«

»Weißt du, Mathilde, ich glaube wirklich, daß du eine gute Lehrerin bist.«

»Danke«, antwortete Mathilde mißtrauisch.

»Aber ich bin auch der Meinung, daß du dein Talent an dieses elitäre Gesocks verschwendest. Diese Schüler sind doch keine echte Herausforderung.«

Hatte sie eine Ahnung, wie anstrengend wohlstandsverwahrloste Jugendliche sein konnten.

»Du solltest da unterrichten, wo Leute wie du wirklich gebraucht werden.«

»Am besten an einer Gesamtschule in einem sozialen Brennpunkt«, spottete Mathilde und fügte hinzu: »Da kann ich ja gleich im Gefängnis unterrichten.«

Mit dieser Steilvorlage hoffte sie auf eine entsprechende Reaktion, um ihre sensationelle Neuigkeit elegant plazieren zu können. Aber Franziska ging nicht darauf ein, und Mathilde wußte nicht, warum sie nicht einfach sagte: »Lukas ist draußen.«

»Ich meine das ernst«, beharrte Franziska. »Es ist wichtig, daß wir eine sinnvolle Aufgabe im Leben erfüllen. Nur das zählt, wenn wir eines Tages vor dem Herrn stehen.«

Mathilde sackte der Unterkiefer weg. »Wenn wir vor wem stehen?!«

»Vor Gott, dem Herrn.«

Mathilde sah ihre Mutter mit einem langen, sezierenden Blick an, dann fragte sie: »Was ist der da draußen? Ein Zeuge Jehovas?«

»Quatsch!«

Doch Franziskas kardinalsrote Wangen sagten Mathilde, daß sie auf der richtigen Spur war.

»Ist er Guru einer Designersekte? Oder gehört er zu einer dieser Weltuntergangsreligionen ...«

»Also, so kann man das jetzt nicht ausdrücken«, protestierte Franziska.

Mathilde schloß für Sekunden die Augen. Typisch Franziska. Ein Blatt im Wind des Zeitgeistes. Wenn sich schon Mathildes Schülerinnen neuerdings mit Kreuzen und Rosenkränzen behängten, durfte Franziska natürlich nicht fehlen.

»Weiß er, daß du schon alle Religionen durch hast?«

Franziska wandte sich ab, zündete sich einen Zigarillo an und sagte todernst: »Über den Glauben macht man keine Witze.«

»Och, bitte, Franziska! Werde wieder Buddhistin oder so was. Mit den geschnitzten Götterfigürchen und den Räucherstäbchen hast du mir viel besser gefallen.«

»Bleib zum Essen, dann kannst du Erich besser kennenlernen«, antwortete ihre Mutter.

»Was gibt es?« fragte Mathilde in der Hoffnung auf eine brauchbare Anregung.

»Gemüseeintopf.«

»Ich muß nach Hause.«

»Dein Mann wartet bestimmt schon auf sein Abendessen.«

»Ganz genau«, bestätigte Mathilde.

»Sag ich doch«, meinte Franziska gelassen und fügte hämisch hinzu: »Gibt's Currywurst?«

Mathilde ließ sich auf einen Stuhl sinken. »Woher weißt du es?«

»Das weiß doch jeder, daß der seit einer Woche draußen ist. Es stand doch in allen Zeitungen.«

Auf dem Rückweg hatte Mathilde Tränen in den Augen. Seit einer Woche. Warum hatte er sie nicht angerufen? Warum war er nicht nachgekommen? Während sie mit überhöhter Geschwindigkeit über die Göttinger Chaussee preschte, konnte sie nicht verhindern, daß sich Bilder der abgeschmacktesten Sorte zwischen ihre Wut schlichen: Sie sah sich einsam an der Küste entlangspazieren, eine Gestalt nähert sich von ferne, sie traut ihren Augen nicht, er kommt auf sie zu, sie sehen sich an, fallen sich in die Arme ...

Ärgerlich verscheuchte sie die Pilcher-Phantasien. Nein, dachte sie, statt dessen steht er verlottert wie ein Clochard vor der Tür und verlangt nach einem Bad! Wo war er die letzte Woche gewesen? Bei dieser Claudine? In einem Hotel? Einem Bordell?

Mathilde, beruhige dich. Das Wichtigste ist doch jetzt: Er ist draußen. Aber wieso überhaupt? Eine lebenslange Freiheitsstrafe kann frühestens nach fünfzehn Jahren zur Bewährung ausgesetzt werden, Paragraph siebenundfünfzig Strafgesetzbuch, sie hatte es nachgelesen. *Frühestens* fünfzehn Jahre, da gab es ihres Wissens keine Ausnahmen. War denn auf nichts mehr Verlaß?

Sie fand einen Parkplatz vor dem Haus und schleppte den Korb und die beiden Tüten nach oben. Wann hatte sie zum letztenmal so viel eingekauft? Beim Aufschließen hörte sie Stimmen. Eine Männerstimme. Ein Frauenlachen. Im schlecht beleuchteten Flur wikkelte sich etwas um ihre Beine, sie stolperte und konnte sich gerade noch an der Garderobe festhalten. Der Korb kippte um, die Einkäufe kullerten über den Teppich. Ihre Füße hatten sich in den Gurten seines Rucksacks verfangen. Sie hob ihn auf und schleuderte ihn ins Gästezimmer. Leise fluchend sammelte sie die Sachen ein und trug sie in die Küche. Ein Joghurt war geplatzt, ausgerechnet Himbeer auf dem hellen Teppichboden.

Im Wohnzimmer hörte sie Lukas' sonore Stimme – »... hat befürchtet, bei Selbstmord werde die Lebensversicherung nicht bezahlen. Sie war nicht die Begünstigte, deshalb geriet sie nie in Verdacht.«

»Wer hat dann das Geld bekommen?« fragte die Stimme des Schulpsychologen Jens gerade.

»Eine Tante der beiden. Die Eltern lebten nicht mehr. Anja hatte vor, der Tante das Geld abzuschwatzen, was ihr dann auch gelungen ist.«

»Wieviel war es?«

»Achtzigtausend Mark.«

Leona, Jens und Lukas saßen an dem großen Tisch in Mathildes Salon. Lukas trug ein zerknittertes aber anscheinend frisches Hemd, er war rasiert, sein Haar hing ihm feucht in die Stirn. Es roch nach Zigarettenrauch. Zwei Kippen lagen auf einer Untertasse.

»Wo warst du so lange?« Lukas streckte den Arm nach ihr aus, aber Mathilde blieb stehen, wo sie war. Das würde ich dich gern fragen, dachte sie.

»Tag, Leona. Tag, Jens.«

Die beiden winkten ihr zu. Eine Sektflasche stand auf dem Tisch, eine zweite steckte im Silberkübel.

Leona strahlte Mathilde an. Sie hatte heute hellblaue Fingernägel, und ihre Frisur erinnerte mehr denn je an ein Medusenhaupt.

»Ich räume nur rasch die Einkäufe weg. Und Lukas ...«

»Ja?«

»Geraucht wird auf dem Balkon.«

»Gewiß doch.«

In der Küche griff Mathilde als erstes nach dem Stapel Zeitungen, den Frau Bolenda artig vor der Tür aufgetürmt hatte. In der letzten Wochenendausgabe wurde sie fündig:

Mordfall Petra Machowiak:
Neue Beweise nach acht Jahren
Saß Feller jahrelang unschuldig im Gefängnis?

Sie überflog den Anfang, in dem die Umstände von Petra Machowiaks Tod im August 1995 geschildert wurden, und verschlang die untere Hälfte des Artikels.

... wie ein Sprecher des Landgerichts mitteilt, hat die Schwester der Toten, die seinerzeit die Leiche zusammen mit dem Hausmeister gefunden hatte, ihre damalige Aussage widerrufen bzw. eine Falschaussage zugegeben. Anja Machowiak, die heute nach ihrem geschiedenen Mann Koch heißt, gibt an, sie habe die Wohnung schon zwei Tage früher mit einem Wohnungsschlüssel betreten und ihre Schwester tot aufgefunden. Auf dem Schreibtisch lag ein Abschiedsbrief und am Boden die Tatwaffe, der besagte »Schaftöter«. Sie habe das Schreiben und die Waffe entfernt und die Indizien so manipuliert, daß der Verdacht auf Lukas Feller fiel.

> Über ihre Gründe für dieses Vorgehen wurde bislang nichts bekannt. Anja Koch (42) legte der Staatsanwaltschaft nun unter anderem den Abschiedsbrief vor. Fellers Anwalt Hugo Nössel beantragte ein Wiederaufnahmeverfahren nach §§ 359 StPO, dem das Gericht stattgegeben hat. Eine Unterbrechung der Vollstreckung bis zum Verhandlungstermin wurde angeordnet. Anja Koch muß mit einer Anklage wegen vorsätzlicher falscher uneidlicher Aussage rechnen. Sie ist krebskrank und befindet sich in einer Klinik. Fellers Verteidiger Hugo Nössel vertritt die Meinung, man habe die Ermittlungen damals nicht sorgfältig genug geführt. Polizei und Staatsanwaltschaft hätten sich von vornherein auf Feller als Täter »eingeschossen«. Der damals mit den Ermittlungen betraute Kriminalhauptkommissar Lars Seehofer weist diese Vorwürfe energisch zurück. Feller war für eine Stellungnahme nicht zu erreichen, ebensowenig seine Frau, eine Lehrerin, die er erst vor wenigen Wochen in der Haft geheiratet hat.

Sie legte die Zeitung hin. Sie hatte die Türen offengelassen und konnte das Gespräch nebenan verfolgen, während sie die Einkäufe in den Kühlschrank stopfte.

»... hatte ihn natürlich mitgenommen. Keine Tatwaffe, kein Selbstmord. Um obendrein einen Mörder zu haben und mich zu belasten, kam sie auf die Idee mit den Schuhen.«

»Welche Schuhe?« fragte Leona.

»Ich war damals ein fanatischer Jogger und hatte bei Petra ein Paar Laufschuhe deponiert. Anja hat mit dem Sohlenprofil und ein wenig Blut aus der Kopfwunde eine Spur gelegt – sozusagen bis vor meine Tür. Die Schuhe hat sie in der Nähe meiner Wohnung in eine Mülltonne geworfen, wo die Polizei sie auch prompt fand.«

»Und wie kam diese Petra an den Schaftöter?« Das war Jens.

»Ich hatte ihn ihr geschenkt, ich brauchte ihn nicht mehr. Sie war fasziniert davon.«

»Warum hast du mitten im Prozeß dieses Geständnis abgelegt?« wollte jetzt Leona wissen.

Hatten sie sich schon bei der Trauung geduzt? fragte sich Mathilde, während sie versuchte, sechs Flaschen Pils im Türfach des Kühlschranks unterzubringen.

»Nachdem der Staatsanwalt ein Indiz nach dem anderen präsentierte, erschien mir die Möglichkeit eines Freispruchs aus Mangel an Beweisen plötzlich sehr unwahrscheinlich. Alles klang so plausibel. Dazu kam dieser Professor, der sehr überzeugend wirkte und mich als eiskaltes Monstrum beschrieb. Da habe ich die Nerven verloren. Ich dachte, ich käme mit einem Geständnis und mit einer Verurteilung wegen Totschlags besser weg. Leider war das ein Irrtum.«

»Du mußt doch furchtbar wütend auf diese Frau sein.«

»Ja, schon. Die erste Zeit im Knast hat mich die Wut fast aufgefressen. Aber was nützen mir Rachegefühle? Sie stirbt ohnehin bald«, antwortete Lukas. »Ich kann Anja sogar verstehen. Sie brauchte Geld, sie hatte Schulden. Außerdem wollte sie sich dafür rächen, daß ich ihrer Schwester den Vorzug gegeben hatte.«

»Verschmähte Frauen sind zu allem fähig«, bekräftigte Jens.

Sieh an, so einen Spruch hätte ich ihm gar nicht zugetraut, dachte Mathilde. Sie ging ins Wohnzimmer, setzte sich an die Stirnseite des Tisches und ließ sich von Leona ein Glas Sekt reichen.

»Erstaunlich, wie pragmatisch Sie das sehen können«, sagte Jens zu Lukas.

»Ich muß ja froh sein, daß sie überhaupt mit der Wahrheit rausgerückt ist.«

»Sonst hättest du noch sieben Jahre unschuldig gesessen«, ergänzte Leona.

»Oder noch länger«, sagte Lukas. »Es herrscht der Irrglaube, daß Lebenslängliche nach fünfzehn Jahren automatisch aus dem Gefängnis kommen. Das ist aber nicht der Fall. Nur wer sich gut benimmt und eine gute Prognose hat, wird entlassen. Dann ist man auf Bewährung draußen und bei der kleinsten Kleinigkeit wieder drin.«

Daraufhin schwiegen alle nachdenklich, bis Mathilde in die Stille hinein fragte: »Aus welchem Grund sollte Anja Machowiak ihrer toten Schwester das Haar abgeschnitten haben?«

»Hat sie das?« fragte Leona und sah verwirrt von einem zum anderen.

»Sie oder der Mörder«, sagte Mathilde.

Lukas betrachtete seine Frau mit einem unergründlichen Blick und antwortete: »Salopp formuliert: Wenn ein Körper in acht Teilen daliegt, ist ein Selbstmord recht unwahrscheinlich. Also galt es, die Leiche irgendwie zu verstümmeln. Aber die wenigsten Menschen bringen das fertig. So hat Anja ihrer Schwester nur das Haar abgeschnitten.«

»Aber das beweist keinen Mord«, wandte Jens ein. »Diese Petra könnte es vor ihrem Suizid selbst getan haben.«

Lukas schüttelte den Kopf. »Man fand Haare in der Kopfwunde und ein paar neben der Leiche. Die Haare wurden definitiv erst nach ihrem Tod abgeschnitten, und zwar mit einer gewöhnlichen Schere dicht am Kopf, das konnten die Forensiker feststellen. Aber es ist richtig, das abgeschnittene Haar allein beweist nichts. Doch im Gesamtbild sieht es nach der Trophäe eines Perversen aus. Das Haar wurde nie gefunden, die Schere auch nicht.«

»Vielleicht wollte diese Anja nicht, daß ihre Schwester eine schöne Leiche abgibt«, meinte Leona.

»Das kann durchaus sein«, stimmte Lukas zu. »Anja hat Petra immer um ihr Aussehen beneidet.«

»Bestimmt wurde die hübschere Schwester von allen bevorzugt. Oh, wie ich das kenne«, stöhnte Leona. »Ich hätte meine jüngere Schwester manchmal auch gerne gekillt.«

»Hast du es nie versucht?« fragte Lukas.

»Doch, ich habe ihr Vogelbeeren zu essen gegeben. Aber sie hat sie ausgespuckt.«

»Wie alt warst du da?« wollte Lukas wissen.

»Sechs. Sie war vier, das kleine Miststück.«

»*Jeder Mensch ein Abgrund, es schaudert, wenn man hineinsieht*«, zitierte Mathilde. Die Theater-AG ihrer Schule hatte erst kürzlich Woyzek aufgeführt, deshalb waren ihr noch ein paar Worte geläufig.

Lukas warf ihr einen aufmerksamen Blick zu.

Jens stand auf. »Komm, Leona, wir sollten jetzt verschwinden.«

Leona war beschwipst und wollte noch nicht gehen. Sie wandte sich an Mathilde: »Was sagt denn deine Mutter zu Lukas' Entlassung?«

»Die hat genug mit sich selbst zu tun. Ihr neuer Freund gehört zu einer dieser Freikirchen, die den Weltuntergang predigen. Darauf bereitet sie sich jetzt vor.«

Leona runzelte skeptisch die Stirn. »Hoffentlich läßt sie sich nicht Haus und Hof abschwatzen. Darauf legen es diese Typen doch häufig an.«

Mathilde verzichtete darauf, sie zu informieren, daß das zum Glück nicht möglich war. Sie fragte sich allerdings, ob dieser Erich Kunze darüber im Bilde war.

Jens war hinter Leona getreten und rüttelte an ihrer Stuhllehne. »Leona. Wir sollten jetzt wirklich gehen.« Sie stand auf und ließ sich von Jens zur Tür führen.

Mathilde und Lukas folgten den beiden.

»Vorsicht, da liegt Joghurt am Boden«, warnte Mathilde.

»Es war schön, mit euch zu reden«, sagte Lukas. »Wie sehr ich das vermißt habe: ein ganz normales Gespräch unter zivilisierten Menschen. Und Sekt aus richtigen Gläsern.«

»Siehst du!« trumpfte Leona trotzig auf und boxte Jens in die Seite.

Lukas legte den Arm um Mathilde. So standen sie in der Tür: ein Ehepaar, das seine Gäste verabschiedet.

»Ich wäre gern auf deine Insel gekommen«, sagte Lukas, als Mathilde ins Wohnzimmer trat. Um die plötzlich entstandene Leere zu füllen, die nach Abzug des Besuchs entstanden war, hatte sie in der Küche die Gläser gespült – von Hand. Es waren Erbstücke von Merle, zu empfindlich für die Spülmaschine. Im Grunde fast zu kostbar, um sie überhaupt zu benutzen.

»Warum hast du es nicht getan?«

»Ich darf bis zum Prozeß nicht ins Ausland und muß mich einmal in der Woche bei der Polizei melden.«

»Ach so«, sagte Mathilde ein wenig beschämt.

»Komm her.«

Steif setzte sie sich neben ihn auf die Kante des Sofas. Hinter dem Mandarinenduft witterte sie etwas Ledriges, Scharfes. Sie betrachtete sein Profil, das sich gegen die Helligkeit des Fensters abzeichnete. *Mein Mann*, dachte sie. *Mann und Frau. Und sie werden ein Fleisch ...*

Warum ihr gerade dieser religiöse Begriff in den Sinn kam, wußte sie nicht. Aber es war nicht der Moment, darüber nachzugrübeln.

»Ich war die letzten acht Tage draußen«, erklärte Lukas.

»Was heißt ›draußen‹?«

»Im Wald. Deister, Weserbergland. Ich mußte endlich wieder einmal ganz allein sein und unter freiem Himmel schlafen. Ich bin gewandert. Das habe ich früher oft gemacht. Ich lag jede Nacht da, habe mir die Sterne angeschaut und mich auf dich gefreut.«

Der einsame Wolf. Diese Rolle liebten wohl alle Männer. »Du hättest mir Bescheid sagen können. Ich hätte es verstanden.«

»Wenn ich mit dir geredet hätte, hätte ich dich gebeten, sofort zurückzukommen.«

Sie lächelte und wünschte sich, er würde ab jetzt schweigen und sie nur noch berühren.

»Endlich lächelst du.« Er strich ihr über die Wange, was bei Mathilde an völlig anderer Stelle Wirkung zeigte. Sie war drauf und dran, sich zu erlauben, glücklich zu sein. Glücklich und geil. Das Telefon klingelte.

»Ich geh jetzt nicht ran«, flüsterte sie, aber Lukas stand auf, nahm den Hörer vom Eßtisch und meldete sich mit seinem Namen. Sie hörte ihn wiederholt ja und nein sagen, dann murmelte er ein paar Zahlen und notierte sie auf einem Zettel.

»Am besten, Sie faxen mir den ... Augenblick bitte. Mathilde? Wie ist unsere Faxnummer?«

Mathilde nannte sie ihm.

»Wozu?« fragte sie, als er aufgelegt hatte.

»Für die Presse. Die sollen mir ihre Konditionen unterbreiten, damit ich entscheiden kann, wem ich die Rechte an meiner Story gebe.«

Es kamen noch zwei solcher Anrufe an diesem Abend.

Lukas saß auf dem Sofa und sah fern. Mathilde deckte den Frühstückstisch.

»Was für ein Zirkus um die Leiche eines alten Mannes«, kommentierte sie die Bilder von den Menschenmassen auf dem Petersplatz.

»Sie werden ihn drei Tage lang im Dom aufbahren.«

»Wie unappetitlich.« Mathilde kräuselte die Nase.

»Sie präparieren ihn, damit er nicht riecht.«

»Drei Tage. Wie Jesus«, spottete Mathilde.

»Man sollte die Toten einfach im Wald ablegen, das wäre am Natürlichsten«, sagte Lukas. »Ein Körper verschwindet am schnellsten im Freien, sogar schneller als im Wasser. Wenn man ihn vergräbt, hält er sich jahrelang.«

»Ich bin trotzdem für Friedhöfe. Wie würden die Wälder sonst aussehen? Komm frühstücken.«

Er schaltete den Fernseher aus und setzte sich an den Tisch.

»Seit wann wußtest du, daß du entlassen wirst?«

»Als die Schließerin letzten Freitag kam und sagte, ich solle meine Sachen packen.«

»Wie bitte?«

Er bestrich eine Scheibe Toast mit Butter. »Anfang des Jahres hat mir mein Anwalt Hugo Nössel erzählt, daß Anja Koch bei ihm war. Zu dem Zeitpunkt war aber noch völlig offen, ob die Koch tatsächlich die Wahrheit sagt, und ob die Wiederaufnahme zugelassen wird. In den allermeisten Fällen werden Revisionsanträge abgelehnt oder ziehen sich ewig hin. Gerichte schätzen es nicht sonderlich, wenn ihre Irrtümer ans Licht kommen. Es hätte gut sein können, daß der graphometrische Gutachter vom LKA den Brief für nicht echt befindet oder der Richter die jetzige Aussage der Koch für unglaubwürdig hält. Deshalb wollte ich abwarten, um dir keine falsche Hoffnungen zu machen. Daß dann innerhalb weniger Wochen über den Antrag entschieden wird und sie mich sogar bis zur Verhandlung rauslassen, das hätte ich nicht zu träumen gewagt.«

»Warum hast du mir nicht gesagt, daß du unschuldig bist?«

»Hättest du mir denn geglaubt?« fragte er zurück.

Mathilde blieb die Antwort schuldig. Hinter ihrer Teetasse verschanzt sah sie zu, wie er mit dem Perlmuttlöffel sacht gegen die Eierschale klopfte und das Ei sorgsam und ohne Hast pellte. Auch wenn sie sich nicht gerne mit einem Frühstücksei maß, so drängte sich der Vergleich dennoch auf: Auf ganz ähnliche Weise hatte er sie letzte Nacht geliebt – mit Sorgfalt.

»Wann wird die Verhandlung sein?«

»Voraussichtlich im Oktober.«

»Es wird doch gutgehen?«

»Bestimmt. Sonst hätten sie mich nicht entlassen.«

»Mein Gott, wie mußt du dich gefühlt haben, all die Jahre ...«

»Ich habe versucht, den Tag zu überstehen und dann den nächsten und wieder den nächsten ... Manchmal war es nur der Haß, der mich am Leben erhalten hat. Aber daran denke ich jetzt nicht mehr.« Er seufzte. »Es ist, als wäre ich ein zweites Mal geboren worden, alles ist neu und das erste Mal. Zum Beispiel das hier: Mein erstes Frühstücksei seit Jahren.«

»Ist es nicht zu hart?«

»Es ist wachsweich – genau richtig.«

Mit Erleichterung bemerkte Mathilde, daß sie gerne mit Lukas beim Frühstück saß.

»Was hast du nun vor?« fragte sie.

»Ich werde versuchen, wieder Seminare zu geben wie früher. Was meinst du, ob ich mir im Gästezimmer ein Büro einrichten kann?«

»Sicher.« Sie hatte während der vier Jahre, die sie hier wohnte, nicht einen Übernachtungsgast beherbergt. Zumindest keinen, der im Gästezimmer geschlafen hätte.

»Und dieser Raum mit der verspiegelten Wand, der wäre geradezu ideal als Seminarraum.«

Mathilde schluckte.

»Es wäre ja nur für den Anfang, bis die Sache läuft und ich mir eigene Räume leisten kann.«

Wie einfach er sich das vorstellte. Die Zeiten, in denen Personalchefs Chaka-Chaka-Kurse spendierten, waren ihrer Meinung nach vorbei. Und ob Privatpersonen heute noch Geld für solche Extravaganzen übrig hatten, war zu bezweifeln. Doch sie behielt ihre Bedenken für sich.

»Mußt du morgen zur Schule?« fragte er.

»Ja, leider. Ich habe zugesagt, bis zum Schuljahresende zu bleiben, dafür bekomme ich achtzehn Gehälter Abfindung. Das sind fast neunzigtausend Euro.«

»Nicht schlecht«, meinte Lukas.

»Ich wäre lieber an der Schule geblieben. Hätte ich das mit deinem Revisionsantrag früher gewußt, hätte ich darauf verzichtet, meinen Arbeitgeber zu erpressen. So angenehm war das nämlich nicht.«

»Aber es hat sich doch gelohnt. Du bekommst sicher leicht eine neue Stelle.«

»Ich weiß es nicht«, sagte Mathilde. »Die Zeiten haben sich geändert.«

»Allerdings.« Lukas grinste. »Da draußen ...«, er deutete vage in Richtung Stadtwald, »... laufen Leute mit Skistöcken herum, und sie sind angezogen wie Joghurtbecher.«

Mathilde mußte lachen. Eine Weile philosophierten sie über die Zeiterscheinungen der letzten acht Jahre, dann wurde Mathilde wieder ernst.

»Was ich eigentlich sagen wollte ist, daß sich die Zeiten geändert haben, seit ich mich das letzte Mal auf eine Stelle beworben habe. Ich bin keine dreißig mehr.«

»Gute Leute werden immer gesucht. Wir sind doch flexibel. Was hält dich hier?«

»Ich bin hier zu Hause. Ich mag diese Stadt und meine Wohnung.«

»Deine Wohnung«, wiederholte er.

»Ich meine, unsere Wohnung. Diese eben.« Wie verräterisch Sprache sein konnte.

Er nahm ihre Hand und küßte ihre Fingerspitzen. »Es kommt alles ein wenig plötzlich für dich, hm?«

Mathilde nickte.

»Ich werde versuchen, dir nicht auf die Nerven zu fallen. Ich werde das Häuschen meiner Mutter in Celle verkaufen. Zusammen mit deiner Abfindung könnten wir doch überlegen, ob wir aufs Land ziehen.«

Mathilde stellte ihre Tasse abrupt hin und sah ihn an. »Welches Land?«

»Wir könnten uns irgendwo einen alten Hof herrichten, mit vielen Gebäuden und viel Land drum herum. Dann hätten wir genug Platz, du für deinen Sport und die Bücher und die Hüte, und ich hätte meine Seminarräume und ein Freigelände dazu.«

»Aber ich möchte nicht in einem alten Bauernhaus wohnen. Ich mag Parkett und Stuck und hohe Fenster und vernünftige Geschäfte in der Nähe.«

»Ich dachte, du würdest auch vom Landleben träumen wie die meisten Städter.«

»Nein. Ich laufe nicht gerne in lehmverschmierten Gummistiefeln herum«, erklärte Mathilde. »Und wenn die Sonne hinter den Türmen des Lindener Heizkraftwerks versinkt, ist mir das Naturerlebnis genug.« Sie goß sich Tee nach und schob den Teller mit dem angebissenen Marmeladentoast von sich. Sie war nicht mehr hungrig.

»Es war doch nur eine Idee«, beschwichtigte Lukas. »Ich hatte den Gedanken an einen gemeinsamen Neuanfang auf neutralem Boden. Hier fühle ich mich wie ein Eindringling.«

Dem widersprach Mathilde nicht.

Für Lukas schien die Sache erledigt zu sein, er beobachtete voller Andacht, wie der Akazienhonig vom Löffel auf die Brötchenhälfte floß. Es rührte Mathilde, wie er sich über kleine Dinge freuen konnte.

»Müssen wir nicht bald mal deine Mutter besuchen?« wechselte Lukas das Thema.

»Ich weiß nicht«, sagte Mathilde. »Sie war nicht sehr glücklich über unsere Heirat.«

»Das wäre wohl keine Mutter gewesen. Ich bin nicht gerade der Traum-Schwiegersohn. Am besten, wir gehen einfach mal hin, ohne große Voranmeldung. Am Telefon war sie sehr entgegenkommend.«

»Als du den Religionslehrer gespielt hast.«

»Genau.«

»Du hast recht, wir überraschen sie heute abend. Sie ist ja sonst auch immer fürs Spontane.«

»Warum hast du so weit hinten geparkt, hier ist doch alles frei«, wunderte sich Lukas, als sie vor Franziskas Gartentor standen. Die Sonne tauchte gerade orange hinter einer Reihe Pappeln weg.

»Ich wollte unter die Laterne. Kürzlich hat man mir hier eine rosa Badezimmerfliese auf die Kühlerhaube geworfen.«

»Hast du das der Polizei gemeldet?«

»Nein. Ehrlich gesagt, ich vermute, daß es diese Claudine war, oder wie immer die Dame sich nennt. Sie hat auch zweimal angerufen und mich bedroht.«

»Bedroht?«

»Ich solle dich in Ruhe lassen, sonst würde es mir leid tun. Derartigen Unsinn eben. Aber ich kann nicht beweisen, daß sie es war. Den Schaden am Auto nicht und die Anrufe auch nicht. Es ist nur ein Verdacht. Seit der Trauung ist aber Ruhe«, beeilte sich Mathilde hinzuzufügen.

»Das will ich ihr auch geraten haben«, sagte Lukas scharf. Mathilde öffnete das Gartentor. Es hing nicht mehr schief in den Angeln und quietschte auch nicht mehr.

»Hast du deshalb die Vermählungsanzeige aufgegeben?« fragte Lukas.

»Ja. Um dem Rudel anzuzeigen, daß der Platzhirsch vergeben ist.« Er lachte herzhaft und legte den Arm um sie.

»Du bist köstlich«, sagte er. »Ich liebe dich.«

Sie küßten sich und gingen, die Arme umeinander gelegt den Gartenweg entlang, was nur möglich war, weil Franziskas neuer Verehrer den Rasen frisch gemäht hatte. Ich bin noch nie mit einem Mann in dieses Haus gekommen, kam es Mathilde in den Sinn. In den unteren Fenstern brannte Licht, und eine trübe Funzel beleuchtete den Eingang, obwohl es noch nicht ganz dunkel war.

»Putzig, diese Nachkriegshäuschen«, fand Lukas.

»Ja, sie sind nun wieder recht begehrt, weil die Gegend ruhig und stadtnah ist und die Häuser zudem große Grundstücke haben.«

»Was ist das für ein Schuppen da hinten?«

»Ihr Atelier«, seufzte Mathilde. »Es ist ein Saustall, unter uns gesagt. Und obendrein eine Rauschgiftplantage.«

Lukas grinste. »Hier sieht es fast so aus wie bei uns früher in der Siedlung. Allerdings hatten wir bloß ein Reihenhaus.«

»Ich weiß. Mit steiler Kellertreppe.«

»Statt eines Ateliers hatten wir Kaninchenställe. Hat deine Großmutter auch Kaninchen gezüchtet?« fragte er.

»Nein, zum Glück nicht.«

»Ein Kaninchentöter funktioniert übrigens wie ein Schaftöter, er ist nur kleiner. Mein Vater hatte einen.«

»Taten dir die Kaninchen nicht leid?«

Lukas kam zu keiner Antwort mehr, denn Franziska öffnete bereits die Tür.

»Ich habe mir schon gedacht, daß ihr heute noch auftaucht«, sagte sie ohne Umschweife. Sie trug ein hochgeschlossenes, weinrotes Kleid und keinen Schmuck. Mit dem Haar, das sie heute straff zu einem Knoten gebunden hatte, erinnerte sie an eine spanische Tänzerin. Etwas ungewohnt Stolzes war in ihrer Haltung, und zum erstenmal bemerkte Mathilde die Ähnlichkeit zwischen Merle und Franziska.

Mathilde stellte Lukas und ihre Mutter vor.

»Wieso hast du gedacht, daß wir heute kommen?« fragte sie dann.

»Mütter haben einen siebten Sinn für so was«, antwortete Lukas an ihrer Stelle.

»So ist es«, bestätigte Franziska. »Kommt rein.«

Sie folgten ihr ins Wohnzimmer, das für Franziskas Verhältnisse sehr aufgeräumt war. Drei bauchige Gläser und eine Karaffe mit dunklem Rotwein warteten auf dem Tisch, den eine tadellos weiße Tischdecke zierte. Franziska zündete zwei Kerzen an. Sie hatte die silbernen Leuchter sogar poliert. Mathilde hätte sie am liebsten an sich gedrückt und ihr gedankt, daß sie sich endlich einmal wie eine normale Mutter benahm. Aber derlei Gefühlsausbrüche waren nicht ihre Sache, schon gar nicht vor Lukas.

»Wo ist denn Herr Kunze?« fragte sie statt dessen und fügte, um Franziska auf diese Weise zu erfreuen, hinzu: »Ich fand ihn ganz sympathisch.«

»Er leitet die Gemeindeversammlung«, erklärte Franziska. Sie füllte die Gläser, ohne etwas zu verschütten, was mit dieser bauchigen Karaffe gar nicht so einfach war. Im Licht der Kerzen sah sie Merle gespenstisch ähnlich. Mathilde fragte sich, ob sie erst sechzig Jahre alt hatte werden müssen, um die Pose der ewigen Rebellin abzuschütteln, ehe ihre Klasse zum Vorschein kam. Franziska hatte bis jetzt nicht gelächelt, und als sie nun ihr Glas hob, war Mathilde nicht sicher, ob sie gleich einen Toast oder einen Fluch ausbringen würde.

»Auf eure Zukunft«, sagte sie schlicht. Sie stießen an und tranken den ersten Schluck im Stehen. »Ich kann auch ein Bier aus dem Keller holen«, erklärte Franziska bereitwillig.

»Nein, der Wein ist ausgezeichnet«, lobte Lukas. »Ich darf nur nicht zuviel davon trinken, ich vertrage nichts mehr.«

Es war zum Glück kein Billigwein, erkannte Mathilde, die die Karaffe mit einem gewissen Unbehagen betrachtet hatte.

»Ein interessantes Bild.« Lukas wies auf das Yin-und-Yang-Gemälde über dem Sofa. »Ich habe früher auch gemalt. Aber längst nicht so gut.«

»Tatsächlich?«

»Ja, Aquarelle, ganz konservativ. Sonnenaufgang im Teufelsmoor und solche Sachen. Aber ich bin aus der Übung.«

»Vielleicht läßt sich das ändern. Setzt euch, ich hole noch etwas Käse«, sagte Franziska und ging in die Küche.

Sie nahmen artig auf dem Sofa Platz, wobei Lukas Mathilde zuzwinkerte. »Das wird schon«, flüsterte er und hauchte ihr einen Kuß auf die Stirn. Mathilde erkannte, wie angespannt sie seit Stunden gewesen war. Sie drückte seine Hand und hatte das Gefühl, daß alles gut werden könnte.

Während der folgenden Woche trafen fast täglich Pakete ein. Büromöbel, Computer, Drucker, Flachbildmonitor, alles in exquisiter Qualität. Dazu kam ein Schrank voll neuer Kleidung. Lukas gab bei einer Maßschneiderei zwei neue Anzüge in Auftrag und bestellte zwei Paar maßgefertigte Schuhe. Bald würde seine Rücklage aus der Haftzeit aufgezehrt sein, sorgte sich Mathilde. Aber Lukas meinte, in ein Geschäft müsse man vernünftig investieren, sonst sei es von vornherein zum Scheitern verurteilt. »Außerdem bekomme ich Haftentschädigung, wenn ich freigesprochen werde, und die Story im *Stern* bringt auch einen Batzen.«

Immer öfter waren nun fremde Menschen anwesend, wenn Mathilde von der Schule nach Hause kam. Ein Reporter, ein Fotograf, sein Rechtsanwalt Hugo Nössel, eine Dame, die eine neue Webseite für ihn entwerfen sollte. Einmal saß ein südländisch aussehender Mann am Tisch, mit dem Lukas in einer Mischung aus französisch und russisch redete.

»Eine Knastbekanntschaft?« fragte Mathilde später.

»Legion«, antwortete Lukas nur. Mathilde wollte es gar nicht genauer wissen.

Von nun an machte sie es sich zur Gewohnheit, nach der Schule erst einmal für zwei, drei Stunden in ihrem Arbeitszimmer zu verschwinden. Das einzige Refugium, das ihr geblieben war. Es wird sich alles finden und regeln, beruhigte sie sich selbst. Immerhin hatte er sich von einem Tag, nein, von einer Minute auf die andere das Rauchen abgewöhnt. »Im Knast muß man einfach rauchen, man hat sonst nichts«, hatte er gesagt. »Aber jetzt brauche ich das nicht mehr. Jetzt bist du ja meine Droge.« Daraufhin hatte er die letzte Zigarette ausgedrückt und danach kein Wort mehr über das Rauchen verloren, als hätte es dieses Laster für ihn nie gegeben. Was für ein eiserner Wille! Als sie ihn nach einigen Tagen deswegen lobte, meinte er nur: »Mit Drogen muß man umgehen können, dann kann man sich jede erlauben.«

»Der junge Mann, der mich damals im Besucherraum erkannt hat, konnte wohl nicht damit umgehen.«

»Tja«, machte Lukas und öffnete die Hände zu einer bedauernden Geste. »Drogentote gibt es in Haftanstalten immer wieder.«

»Wie kommen eigentlich die Drogen ins Gefängnis?«

»Früher haben sie das Zeug angeblich über die Mauer geworfen, und die Häftlinge, die im Außengelände beschäftigt waren, haben es aufgesammelt. Das wurde mittlerweile unterbunden.«

»Und heute?«

»Verschiedene Quellen. Lieferanten, Besucher ...«

»Besucher?«

»Wenn ein Häftling seinem Mädchen die Hand unter den Rock schiebt, tut er das häufig nicht nur aus Geilheit, wenn du verstehst, was ich meine.«

»Durchaus. Aber man wird doch durchsucht.«

»Nur oberflächlich. Bei Häftlingen, die vom Ausgang zurückkommen, schauen sie natürlich in jede Körperöffnung. Aber dir ist das doch wohl erspart geblieben, oder?«

»Ja, doch.« Sie sah Lukas prüfend an. »Darf ich dich was fragen?«

»Klar.«

»Hast du mit dem Tod des jungen Roth etwas zu tun?«

Die Frage schien ihn zu amüsieren, er unterdrückte ein Lachen. »Und wenn es so wäre?« fragte er zurück. »Immerhin verdankst du ihm eine Menge Scherereien.«

»Hast du ihn umgebracht?« insistierte Mathilde. Unwillkürlich hatte sie geflüstert, als sei die Wohnung verwanzt.

Lukas umschloß ihr Kinn mit seiner Hand und zwang sie gegen ihren Widerstand, ihm ins Gesicht zu sehen. Dabei lächelte er und sagte: »Denk dir nicht so viele Räuberpistolen aus, Mathilde.« Ehe sie protestieren konnte, hatte er sie auch schon losgelassen. Aber die Druckstellen seiner Finger spürte sie noch eine ganze Weile.

Am Donnerstag um sechzehn Uhr kamen, wie immer pünktlich, Herr Suong und Leona zur Trainingsstunde. Bevor sie anfangen konnten, mußten sie allerdings erst einmal eine Menge Kartons aus dem Übungsraum schaffen. Mathilde riß der Geduldsfaden.

»Du könntest ein klein wenig Rücksicht auf meine Lebensgewohnheiten nehmen«, beschwerte sie sich nach dem Training in gereiztem Ton. Lukas entschuldigte sich und bat sie um den Autoschlüssel. Er wollte die Kartons sofort wegschaffen. Von dieser Aktion kehrte er erst gegen Mitternacht zurück. Sie fragte ihn nicht, wo er gewesen war, und er ließ sie schmollen. In dieser Nacht kehrten sie einander schweigend den Rücken zu bis sie einschliefen.

Am Freitag stand er vor ihr auf. Als Mathilde aus dem Bad kam, hatte er den Tisch gedeckt und die Zeitung geholt. Neben ihrer Tasse lag eine Rose. Sie war dunkelrot, fast schwarz. Woher er dieses außergewöhnliche Exemplar hatte, wollte er nicht verraten.

Ausnahmsweise war es an diesem Morgen Mathilde, die sich mit drei Minuten Verspätung bei den Garagen einfand, was Leona mit einem anzüglichen Lächeln registrierte. Zum wiederholten Mal versuchte sie, Mathilde intime Details zu entlocken. Wahrscheinlich will sie hören, daß wir wie Tiere übereinander herfallen, dachte Mathilde. Zugegeben, auch sie hatte noch vor kurzem Phantasien gehegt, die in diese Richtung tendierten. Von ihrem zwar innigen, aber doch recht zivilisierten Liebesleben war Mathilde – nun, nicht gerade enttäuscht – aber doch einigermaßen überrascht. Doch falls sie sich solche Gedanken überhaupt eingestand, so folgte diesen unmittelbar der Verweis auf einschlägige Erfahrungen mit Moritz. Anscheinend, so schlußfolgerte Mathilde, waren die Männer, die man liebte nicht unbedingt auch die, mit denen man rauschhaften Sex erlebte. Also schwieg sie sich beharrlich aus, während Leonas Acrylfingernägel auf das Lenkrad trommelten. »Scheiß Ampel, Scheiß Baustelle, wir kommen noch zu spät!«

»Hast du mit deinen Krallen noch nie einen Schüler im Sportunterricht verletzt?«

»Bis jetzt nicht. Aber was glaubst du, warum sie sich so anstrengen?«

»Das also ist das Geheimnis deines Erfolges.«

»Ein Nebeneffekt. In der Hauptsache hoffe ich, daß die Fingernägel vom Gesicht ablenken.«

»Wieso das denn?«

Leona zuckte hilflos die Schultern. »Früher sah ich nur langweilig aus, jetzt bin ich langweilig mit Falten.«

»Du spinnst doch.«

»Ich habe Augen im Kopf.«

»Du hast Komplexe im Kopf«, entgegnete Mathilde.

Leona schwieg. Endlich passierten sie die Baustellenampel. Nach einer Weile fragte Mathilde: »Es läuft doch gut mit dir und Jens, oder?«

»Geht so«, antwortete Leona. »Er ist eben so, wie er ist. Ein bißchen wie trocken Brot.«

»Ich habe das Gefühl, Jens mag Lukas nicht besonders«, sagte Mathilde.

»Er meint, man könne ihm nicht trauen«, gestand Leona. »Aber sie müssen sich ja nicht mögen, oder?«

»Nein«, erwiderte Mathilde. Auch daß ihre Nachbarin, Frau Bolenda, die Dummsprech-Expertin, neuerdings nur noch knapp, dafür aber sprachlich korrekt grüßte, konnte ihr nur recht sein.

Nach der Schule fuhr Mathilde mit der Stadtbahn in die Nordstadt.

»Mathilde, was machst du für Sachen?« begrüßte sie Lauda. »Herzlichen Glückwunsch zu deiner Hochzeit. Mensch, das ist ja eine irre Geschichte.«

»Ist der alte Porsche noch zu haben?«

»Ooooh! Ein so großzügiges Geschenk für den Gatten?«

»Wir brauchen zwei Autos«, erklärte Mathilde.

Lauda gab einem seiner Angestellten eine Anweisung in russischer Sprache, woraufhin der den Wagen auf den Hof fuhr.

»Du weißt, daß ich ihn eigentlich selber fahren wollte. Er hat gerade erst neue Ledersitze bekommen, samtweiches Kalbleder, fühl mal.«

Sie einigten sich auf fünfzehntausend Euro.

»Ich muß ein paar Aktien verkaufen, reicht es dir wenn ich nächste Woche bezahle?«

»Normalerweise bevorzuge ich Barzahlung, aber dir vertraue ich.«

»Danke. Kann ich ihn gleich mitnehmen?« fragte Mathilde aufgeregt.

»Nein. Er wird bis morgen geputzt und gewienert, das gehört zum Service, da laß ich mir nichts nachsagen. Vielleicht kann ich ihn sogar heute noch zulassen.«

»Das wäre toll.«

»Mein Mitarbeiter wird dich nach Hause fahren, und ihr holt morgen den Wagen zusammen ab. Bis dahin habe ich die Verträge fertig, und ich lerne deinen Mann kennen.«

»Neugieriges Waschweib.«

»Leute kennen ist mein Kapital«, erwiderte Lauda.

Der schiere Leichtsinn, dachte Mathilde auf dem Heimweg, als sie in einem nagelneuen Phaeton neben einem schweigsamen Russen saß. Ich bin schon genauso verschwenderisch, wie Franziska es früher war. Aber ich bekomme ja im Sommer die Abfindung, tröstete sie sich, und der Russe gab fröhlich Gas.

Am nächsten Vormittag ließ sich Lukas mit stiller Verwunderung in ein Taxi setzen und begleitete Mathilde zu Laudas Werkstatt.

»Lieber Himmel, das sieht ja aus wie ein Hinterhof aus *Fight Club*.« Lukas sah sich verwundert um.

»Laß dich nicht vom Ambiente täuschen.«

Der Wagen stand silbrig glänzend auf dem Hof, seine runden Scheinwerferaugen strahlten, die Felgen sandten kleine Blitze ins Sonnenlicht. Auf der Kühlerhaube prangte eine rote Schleife aus Krepp. Lauda, dieser Kindskopf!

Mathilde stellte die Herren einander vor. Sie taxierten sich kurz und drückten einander die Hand. Dann führte Mathilde Lukas zum Porsche.

»Ich dachte, du brauchst ein eigenes Auto«, sagte sie und beobachtete mit leuchtenden Augen, wie Lukas langsam um den Wagen herumging und vorsichtig über den Lack strich. Auf eine anrührend schüchterne Art wandte er sich um zu Mathilde, die ihm bedeutete, er solle sich hinter das Steuer setzen. Andächtig legte er seine Hände um das Lenkrad, wischte über das Leder des Beifahrersitzes, zeichnete die Linien der Armaturen nach.

»Laß dir Zeit, ich geh kurz mit Lauda ins Büro«, rief ihm Mathilde zu. Er nickte nur.

»Er scheint ihn zu mögen«, stellte Lauda fest, während er sich an seinen röchelnden Computer setzte und den Vertrag ausdrucken ließ.

»Ja«, lächelte Mathilde. »Du hast einen wunderbaren Beruf, Lauda. Wo sonst sieht man so viele glückliche Männer?«

»Beim Fußball«, entgegnete Lauda. »Aber nur manchmal.«

Mathilde unterschrieb diverse Papiere, und Lauda jammerte dazu: »Fünfzehntausend für diesen Wagen. Meine Gutmütigkeit ruiniert mich noch.«

»Stimmt. Du kannst dir offensichtlich nicht mal eine Putzfrau leisten«, bemerkte Mathilde. In Laudas Büro war alles mit Staub und öligen Fingerabdrücken bedeckt, zwischen überquellenden Aktenordnern standen aufgerissene Kartons und benutzte Kaffeetassen. Schief an der Wand, auf einem alten Pirelli-Kalender, hing Miss Juli und wölbte ihre Silikonersatzteile in die Kamera.

»Eine Putzfrau ist ein Sicherheitsrisiko, sie sieht und weiß zuviel«, antwortete Lauda. Er reichte Mathilde den Fahrzeugbrief. Dann stellte er sich vor eine Regalwand mit vergilbten Aktenordnern und brummte nachdenklich: »Lukas Feller. Ich meine, der Name ist mir schon mal untergekommen.«

»Sicher in der Zeitung.«

»Nein, nicht in der Zeitung, hier. Ich bilde mir ein, ich hätte mal ein Auto für ihn verkauft.«

Er griff nach einem Ordner und blätterte darin. »Einen Jeep«, murmelte er. »Damals, als ich noch Autos nach Marokko und Algier verkauft habe.«

»Wann war das genau?«

Lauda überlegte, während er weiterblätterte: »Es muß irgendwann im Herbst gewesen sein. Genau, einen oder zwei Monate nachdem hier die große Randale in der Nordstadt war.«

»Welche Randale?«

»Na, die Chaostage. Die waren immer Anfang August. In dem einen Jahr haben sie mir das Tor angesprüht und im Jahr darauf, fünfundneunzig, als es zum letztenmal ganz schlimm wurde, da haben die mir zwei Autos angezündet.«

Mathilde erinnerte sich. Mehr als zweitausend Punks, Autonome und rechte Hooligans aus ganz Deutschland hatten sich stundenlange Straßenschlachten mit der Polizei geliefert. Danach hatte der Polizeipräsident, der die Gewaltbereitschaft und die Anzahl der Randalierer unterschätzt hatte, seinen Hut nehmen müssen.

»Es muß also im September vierundneunzig gewesen sein«, kombinierte Lauda und stellte den Ordner wieder ins Regal. »Da waren noch die Graffitis am Tor. Ich habe fast zwei Monate auf die Firma gewartet, die dem Tor einen Spezialanstrich verpaßt hat. Ah, hier habe ich es.« Er zog einen anderen Ordner heraus. »Ein Jeep Cherokee 4.0, Baujahr 1989, der stammte noch aus den Staaten, von AMC ... Auf dem Kaufvertrag steht der 18. September 1994. Dann wird's wohl auch so gewesen sein.«

Mathilde war hinter ihn getreten und betrachtete das Datum auf dem Papier, während ihr allerhand Gedanken durch den Kopf gingen. Ein metallisches Geräusch ließ sie herumfahren.

Lukas stand in der Tür und klapperte mit den Autoschlüsseln in seiner Hand. »Bist du so weit, Mathilde?«

Sie fuhren mit offenem Verdeck in Richtung Innenstadt. Lukas saß am Steuer. Seine rechte Hand streichelte Mathildes Nacken – wenn er nicht gerade schalten mußte. An jeder roten Ampel küßten sie sich wie zwei Teenager. Mathilde hatte ihren Hut abgesetzt und genoß die Berührung seiner Hand und den Wind im Haar. Im Radio spielte *Calexico*. Ein leiser Schmerz bohrte sich in ihre Brust. Das ist ein absolut perfekter, unwiederbringlicher Augenblick, dachte Mathilde, randvoll vor Glück, und der Fahrtwind machte sich über die Träne her, die ihr aus dem Augenwinkel drang.

Am Thielenplatz parkte er den Wagen. »Ich muß da drüben ein paar Sachen besorgen.« Er deutete auf einen Laden, in dessen Schaufenster Rucksäcke und Windjacken ausgestellt waren.

»Was hast du vor?«

»Laß mich dich doch auch mal überraschen.«

»Das ist dir neulich schon gelungen«, meinte Mathilde.

»Ich habe meine EC-Karte noch immer nicht bekommen, die Banken sind nicht gerade schneller geworden. Kann ich deine haben?«

»Natürlich. Ich warte hier, wir stehen nämlich im Halteverbot.«

»Danke«, sagte er und küßte sie. »Für das tolle Auto und dafür, daß es dich gibt.«

Er verschwand in dem Geschäft. Mathilde lehnte den Kopf zurück und schloß die Augen. Die Sonne war herausgekommen, und die Strahlen wärmten ihr Gesicht. Doch unweigerlich geriet sie ins Grübeln. Wann war die Studentin Johanna Gissel verschwunden? Sie war sich sicher, daß es September '94 gewesen sein mußte. Und kurz darauf hatte er sein Auto verkauft. Ins Ausland.

Was zerbrichst du dir den Kopf, Mathilde, was bringt das? Hör auf damit. Aber natürlich war das nicht möglich. Lukas hatte offensichtlich ein Auto an Lauda verkauft. Aber Lukas hatte die Werkstatt anscheinend nicht gekannt, sonst hätte er anders reagiert. Es sei denn, er hätte ihr etwas vorgespielt. Sie würde Lauda nochmals …

»Gnädige Frau, wie lange wollen Sie hier noch stehenbleiben?« fragte eine Dame in Dunkelblau.

»Bin sofort weg«, beeilte sich Mathilde zu antworten.

»Das hoffe ich«, antwortete die Asphaltheldin ungnädig. »Hier ist Halteverbot.«

Zum Glück kam Lukas gerade aus der Tür, gefolgt von einem älteren Herrn. Beide waren schwer bepackt. Sie brauchten eine ganze Weile, bis sie die Einkäufe im winzigen Kofferraum des Porsche untergebracht hatten.

»Das kann auf den Notsitz«, ordnete Lukas an.

»Vorsicht, mein Hut!« rief Mathilde.

Die Politesse strich noch immer in der Nähe herum, wobei sie die

Vorgänge zuerst skeptisch, dann zusehends amüsiert beobachtete. Bei Mathilde verhielt es sich eher umgekehrt.

»Wozu brauchen wir einen Karbidkocher?«

»Du willst doch keine Käfer essen, oder?«

Lukas dankte dem älteren Herrn für seine Hilfe und setzte sich ans Steuer.

Eine steile Falte bohrte sich zwischen Mathildes Augen. »Was hast du vor?«

»Schau nicht so«, lachte er. »Du wirst es lieben!«

»Bestimmt«, seufzte Mathilde.

Sie holte ihre Wanderschuhe aus dem Keller und suchte das Allernötigste an Kleidung aus dem Schrank zusammen.

»Es ist nur für eine Nacht«, sagte er. »Was willst du mit zwei Blusen und vier Pullovern? Ein Jogginganzug und eine Regenjacke reichen aus.«

Er gab sich ritterlich und verstaute ihr Gepäck in seinem großen Rucksack.

»Wozu brauchst du dieses Riesenmesser?« fragte Mathilde.

»Das wirst du sehen.«

Eine Stunde später brachen sie auf. Es ging eine Weile über die A 2. An der Ausfahrt Rehren/Auetal bog Lukas ab, und nun fuhren sie gemächlich über Landstraßen. Die Sonne drängte sich nun immer öfter zwischen den Wolken hindurch, und nach Mathildes Geschmack hätte es ewig so weitergehen können. Aber dann, Mathilde hatte längst jede Orientierung verloren, wurden die Straßen zu Sträßchen, und es folgten Feldwege und schließlich ein Holperweg, der in der Mitte mit hohem Gras bewachsen war. Hinter einer halb zerfallenen Holzhütte parkte Lukas den Wagen.

»Weiter kommen wir damit leider nicht«, stellte er fest. »Da bräuchte man einen Geländewagen.«

»Es tut mir leid«, sagte Mathilde betrübt. »Ich hätte einen Jeep kaufen sollen. Ich habe nicht darüber nachgedacht, der Porsche hat mir einfach gefallen. Aber man kann mit Lauda reden, wenn du lieber ...«

»Nein, der Wagen ist wundervoll«, unterbrach sie Lukas. »Es ist völlig in Ordnung so. Wir wollen ja ein wenig Bewegung haben, nicht wahr?«

»Jaja«, stimmte ihm Mathilde wenig überzeugt zu. »Wo sind wir hier eigentlich?«

Er machte eine ausladende Geste. »Das ist der Süntel.«

»Ah, ja.« Davon hatte Mathilde schon gehört. Kleines Mittelgebirge zwischen Bad Münder und Hessisch Oldendorf, ein Ausläufer des Weserberglands. Lukas lud sich den Rucksack auf die Schultern, machte das Verdeck des Wagens zu und federte los, als hätten weder der Rucksack noch er selbst ein Gewicht. Mathilde mußte nur einen Schlafsack und eine Isomatte tragen.

»Haben wir es eilig?« keuchte sie nach einer Stunde.

»Bin ich zu schnell?«

»Nein, ich frag nur so. Zum Spaß.«

Er drosselte das Tempo. »Was trainierst du eigentlich mit diesem Herrn Suong?«

»Von allem ein bißchen. Selbstverteidigung, Karate, Jiu-Jitsu.«

»Aber kein Ausdauertraining.«

»Ich geh hin und wieder joggen.«

»Das ist noch was anderes.«

»Und woher hast du deine Kondition?«

Er winkte ab. »Mich trägt momentan nur der eiserne Wille. Die erste Woche, als ich allein unterwegs war, dachte ich, ich falle nach einer Stunde um.«

Sie folgten einem feuchten Waldweg, der in Kurven bergauf führte. »Schade, daß es noch keine Pilze gibt«, sagte Lukas.

Sie hatten die Anhöhe erklommen und folgten von hier einem sonnigen Höhenweg am Waldrand entlang. Man konnte weit ins Land schauen. Mathilde liebte es, in die Ferne zu schauen. Deshalb fuhr sie so gerne ans Meer.

Sie waren stehengeblieben, und Lukas deutete nach Westen. »Porta Westfalica. Bei klarer Sicht sieht man bis in den Teutoburger Wald«, erklärte er.

»Du warst schon öfter hier?«

»Ja. Es ist schön, findest du nicht?«

Mathilde nickte. Ja, schön war es hier. Und einsam. Stellenweise wirkte der Wald völlig verwahrlost.

Leichen verschwinden am schnellsten im Freien. Hör auf mit dem Unsinn!

»Was hat er dir vorhin erzählt, dein Freund Lauda?« fragte Lukas unvermittelt.

»Daß ihn seine Gutmütigkeit ruiniert.«

»Ich meine, ich hätte meinen Namen gehört.«

»Er glaubt, daß du ihm vor zehn Jahren mal einen Jeep verkauft hast.«

»Ach ja? Kann sein.«

»Du hast dich nicht an ihn erinnert?«

»Ganz vage. Allerdings hatte ich nicht erwartet, daß er sich erinnert, darum habe ich nichts gesagt. Der Jeep war ein toller Wagen, aber er brauchte einfach viel zuviel Sprit.«

Sie gingen weiter. Er benannte die Bäume und die Vögel, die sie zu sehen bekamen. Am Rand einer Lichtung machten sie auf einem Stoß dicker, aufgeschichteter Buchenstämme Rast. Während sie schweigend und regungslos dasaßen, konnten sie nacheinander zwei sich jagende Hasen und ein Reh beobachten. Mathilde gefiel der Ausflug nun doch.

»Du gehst nicht oft raus in die Natur, oder?« fragte Lukas leise.

»Ich habe eine Dauerkarte für den Zoo.«

Sie liefen weiter, eine Stunde ging es durch die Wildnis, dann ergriff Lukas Mathildes Hand. Sie verließen den Weg und bogen in einen Trampelpfad ein, der kaum als solcher zu erkennen war. Zweige schlugen Mathilde ins Gesicht und Brombeerranken verhakten sich an ihrer Hose. »Herrgott noch mal! Wo gehst du hin? Müssen wir da durch, gibt's keinen ordentlichen Weg?« maulte sie, aber Lukas schien unbeirrt einem unsichtbaren Wegweiser zu folgen. Schließlich standen sie vor einer halbverfallenen Hütte. Sie war aus grauem Holz, das stellenweise eine dicke Moosschicht bedeckte. Das Dach wurde von Fichten überragt und wies auf der linken Seite eine gefährliche Delle auf, ein Wunder, daß noch fast alle Ziegel vorhanden waren. Ringsum war dorniges Beerengestrüpp dabei, das Bauwerk zu erobern.

Die Hütte hatte eine kleine Terrasse, die mit Ästen und Baumnadeln bedeckt war. Dort stellte Lukas den Rucksack ab. Die Tür klemmte, er öffnete sie mit einem kräftigen Tritt. Ein muffiger Geruch drang aus dem dunklen Inneren. Lukas ging hinein und stieß einen Fensterladen auf. Die Fensterscheibe war kaputt, wohl schon lange, denn nirgends lagen Scherben herum.

Vor der Tür entdeckte Mathilde einen ausgehöhlten Betonsockel mit einem verrosteten Gitter darauf. »Ich habe einen Grill gefunden«, rief sie und rupfte das Unkraut rundherum ab.

Lukas schleppte einen Stuhl nach draußen. »Setz dich, ich mach ein wenig Ordnung.«

Aber Mathilde inspizierte lieber die Hütte. Es gab nur wenig Einrichtungsgegenstände: zwei Stühle, einen Tisch, der bereits vom Anschauen zu zerbrechen drohte, ein rostiges Feldbett ohne Matratze. Sollten sie darauf etwa beide schlafen? Ein Regal mit zwei Brettern hing schief an der Wand, darauf befanden sich ein Satz Blechgeschirr, ein schwarzer, angeschlagener Emailletopf, eine rostige Pfanne, und ein kleiner Haufen verbogenen Bestecks. Eine Petroleumlampe zierte den Tisch. Den Steinfußboden bedeckten grobe Holzdielen, die stellenweise locker saßen und bei jedem Schritt knarrten. Es gab noch einen Plastikeimer und ein paar Körbe, die aussahen, als hätten Mäuse sie angefressen.

»Du darfst das Bett haben. Ich lege mich vor die Tür und wehre die wilden Tiere ab.«

»Einverstanden.«

»Wünscht die Dame Kaffee?« fragte Lukas und packte den Kocher aus.

»Gerne.«

»Es gibt aber nur Pulverkaffee.«

Mit einem Emaillebecher Kaffee in der Hand sah Mathilde wenig später zu, wie Lukas die Hütte mit einem Büschel Zweige ausfegte, mit seinem Buschmesser das Gestrüpp zurückschnitt, Holz sammelte und ein kleines Feuer im Betongrill entfachte.

Auf dem Tisch, den sie nach draußen gebracht hatten, lag eine Alufolie, auf der sechs Lammkoteletts auftauten. Mathilde lächelte. Lukas schien in seinem Element zu sein. Sie dagegen kam sich vor wie bei den Pfadfindern.

»Siehst du, ich habe gewußt, daß du es magst«, sagte Lukas.

Als es dämmerte, aßen sie die gegrillten Koteletts und dazu eine Dose Bohnen, die Lukas auf dem Kocher erhitzt hatte. Neben dem

Grill brannte ein Lagerfeuer, an dem Mathilde abwechselnd ihre rechte und linke Körperseite wärmte. Es wurde dunkel, Sterne tauchten aus dem Meer des Himmels auf. Ab und zu kam Wind auf und trieb ihr beißenden Rauch in die Augen. Sie würde morgen fürchterlich riechen.

»Und solche Ausflüge hast du mit deinen Seminaristen gemacht?«

»Ja, aber die habe ich ordentlich schuften lassen. Da gab es keine Hütte. Jede Gruppe hatte eine eigene Aufgabe: einen Unterstand für die Nacht bauen, für Essen sorgen, Feuer machen ... Einmal habe ich sie sogar ein Floß bauen lassen, mit dem wir die Weser überquert haben. Ohne Schwimmwesten. Glaub mir, für manche Leute ist die Natur die beste Therapie.«

»Warst du eigentlich selbst mal in einer Therapie? Im Gefängnis, meine ich.«

»Wozu?«

»Was weiß ich. Muß man denn keine machen?«

»Nur, wenn das Gericht eine angeordnet hat. Sittiche ... also Sexualstraftäter *müssen* in Therapie, sonst können sie sich die vorzeitige Entlassung gleich abschminken. Selbst für die Entscheidung, ob einer Ausgang bekommt, sind zwei Gutachten notwendig. Eines muß von einem neutralen Experten stammen, also von einem, der nicht in der Anstalt arbeitet. Ist aber auch egal, die legen sich sowieso nie fest.«

Verständlich, dachte Mathilde.

Hatte diese Psychologin im Café nicht den Eindruck entstehen lassen, sie sei Lukas' Therapeutin? Oder hatte Mathilde da etwas mißverstanden? »Der Psychologische Dienst ist also nur für Sexualstraftäter zuständig?« fragte sie daraufhin und bemerkte, wie Lukas ihr einen argwöhnischen Seitenblick zuwarf.

Dann beantwortete er ihre Frage: »Nein, die haben noch mehr zu tun. Sie machen bei jedem eine Eingangsdiagnostik, es gibt die Suchtberatung oder das Antiaggressionstraining. Viele absolvieren das freiwillig, das macht sich immer gut. Außerdem steht jedem Häftling alle sechs Monate ein Gespräch über die sogenannte Vollzugsplanung zu.« Er grinste und fügte ironisch hinzu: »Der Strafvollzug soll ja nicht nur sicher, sondern auch *sinnvoll* gestaltet werden. Also berät man alle sechs Monate über Dinge wie Ausbildung, berufliche Weiterbildung, Lockerungen und Vergünstigungen. Danach wird entschieden, wie es weitergeht. Dabei spielen die Psychologen natürlich eine Rolle. Warum fragst du, willst du dich etwa bewerben?«

Mathilde verschluckte eine zynische Antwort und fragte statt dessen: »Was meinst du, hätten sie dir in nächster Zeit Ausgang gewährt?«

»Nein, bestimmt nicht. Die Beerdigung meiner Mutter war eine Ausnahme. Bei den Lebenslänglichen denken sie erst nach zehn Jahren mal so langsam über Ausgang nach.«

»Nach zehn Jahren?«

»Frühestens.«

Hatte diese Tiffin nicht von möglichen Vollzugslockerungen nach der *Hälfte* der Zeit, bis hin zu einer möglichen vorzeitigen Entlassung gesprochen? Demnach hatte sie gelogen, und noch dazu sehr riskant, denn sie lief Gefahr, daß Mathilde von der Zehn-Jahres-Regelung wußte. Wozu diese Verrenkungen?

Hatte sie aus diesem Grund – weil sie Mathilde falsch informiert hatte – gewollt, daß Mathilde Lukas von der Unterhaltung im Café nichts berichtete? Wenn dem so war, dachte Mathilde verärgert, dann mußte sie sich nicht an ihr Versprechen gebunden fühlen. Sie überlegte, ob sie Lukas nach der Tiffin fragen sollte, aber dann schwieg sie doch. Vielleicht, dachte sie, sollte ich erst diese Dame zur Rede stellen.

Sie saßen einander gegenüber und lauschten in die Stille. Hin und wieder knackte ein Ast im Feuer. Ein Nachtvogel schrie. Lukas hatte die zweite Flasche Rotwein entkorkt. Er reichte Mathilde den Becher.

»Trink.«

Sie nahm einen großen Schluck.

»Woher hast du den Ausdruck?« fragte er mit harter Stimme.

»Welchen Ausdruck?« fragte Mathilde verwirrt.

»*Psychologischer Dienst*?«

»Keine Ahnung«, erwiderte sie wenig schlagfertig. »Vielleicht von dir. Oder von der Internetseite der JVA«, fiel ihr noch ein.

»Ah, so«, sagte Lukas gedehnt. Die Flammen zauberten Schatten auf sein Gesicht. Er tauchte seinen Daumen in den Wein und fuhr damit über ihre Lippen.

Erneut sah er sie durchdringend an, jedoch hatte sich sein Blick verändert. Mathilde kannte diesen Ausdruck. Genau so betrachtete der schwarze Kater ihrer Mutter eine Maus, die er gerade in eine Ecke getrieben hatte.

Der Brief kam am Mittwoch per Einschreiben. Lukas hatte den Empfang quittiert. Das Schreiben kam von der Schule. Darin stand, daß der Vorstand des Lise-Meitner-Gymnasiums Mathildes Kündigung zum 31. Juli 2005 akzeptierte. So weit war das abgesprochen worden. Beunruhigend war, daß kein Wort von einer Abfindung in dem Brief stand. Nun, vielleicht regelten sie das lieber unter der Hand. Aber als sich das ungute Gefühl immer breiter in ihr machte, beschloß Mathilde, Ingolf Keusemann zu Hause anzurufen.

»Der Grund für das von Ihnen verlangte Schweigegeld ist ja nun weggefallen«, ließ Keusemann sie wissen, und fügte mit einer Prise Häme hinzu: »Sie können getrost in Talkshows auftreten und Interviews geben. Ihr Mann ist ein tragischer Held. Das läßt sich sicher gut vermarkten.«

Mathilde schluckte ihren Zorn und die scharfe Antwort, die ihr in den Sinn kam, hinunter. Zumal Keusemann einen wunden Punkt getroffen hatte: Sie hatte sich schon die ganze Zeit im stillen über ihren Erpressungsversuch geschämt.

»Damit fällt aber auch der ursprüngliche Kündigungsgrund weg«, hielt ihm Mathilde vor Augen.

»Im Prinzip ja«, räumte Keusemann ein. »Aber *Sie* haben ja gekündigt.«

»Weil Sarstedt mich darum gebeten hat.«

»Nun, wir haben natürlich über die neue Lage der Dinge nachgedacht ...«, faselte Keusemann.

»Und?« fragte Mathilde, nichts Gutes ahnend.

»Der Vorstand läßt sich nun mal nicht gerne erpressen. Und ich fand Ihr Verhalten auch ... wie soll ich sagen ... unangemessen. Es tut mir leid, daß es so gekommen ist. Sie haben sich sehr verändert während der letzten Monate, Mathilde.«

Mathilde scherte sich nicht um Konventionen und legte grußlos auf.

Selbstgefällige Arschlöcher, alle miteinander! Hätte sie nur nichts überstürzt! Was für ein Irrsinn, eine gut bezahlte Stelle zu kündigen, wenn alle Welt um ihren Arbeitsplatz fürchtet. Hätte sie nur nicht auf Lukas gehört! – Nein, er konnte nichts dafür. Sein Vorschlag war damals der richtige gewesen. Außerdem hatte niemand sie gezwungen, auf seinen Rat zu hören. Es war allein ihre Schuld.

Sie würde schon eine andere Stelle finden, schließlich mußte man ihr ein hervorragendes Zeugnis ausstellen. Aber es wäre ein schierer Glücksfall, wenn sie in Hannover oder an einem der Gymnasien in der Umgebung unterkäme. Sie würde in eine andere Stadt ziehen müssen, würde ihre geliebte Wohnung verlieren.

Wäre der Brief doch bloß eine Woche früher gekommen! Dann hätte sie wenigstens den Porsche nicht gekauft.

Bei diesen Überlegungen fiel ihr ein, daß sie Lauda noch etwas fragen wollte. Der Zeitpunkt war günstig, Lukas war nach Celle gefahren, zu einem Treffen mit dem Makler und einem Interessenten für das Reihenhäuschen seiner Mutter. Hoffentlich klappte wenigstens das.

Sie rief in der Werkstatt an.

»Das Geld ist angekommen, falls du das wissen wolltest«, sagte Lauda, und fragte unvermittelt: »Sag, wie geht es dir, Mathilde?«

Es war keine Floskel, das wußte Mathilde. Seltsam, daß er sie das fragte.

Wie geht es mir? Diese Frage stellte sie sich seit Tagen selbst. Inzwischen besser, hätte die ehrliche Antwort lauten müssen. Die Schmerzen in Rücken und Unterleib ließen allmählich nach, sie konnte wieder schmerzfrei sitzen. Auch die Kratzer an ihrer Schulter brannten nicht mehr und die blauen Flecken an ihren Hüften begannen nun, nach vier Tagen, zu verblassen. Die vertraute Abgeschiedenheit der Waldhütte und das Übermaß an Alkohol, den er nicht mehr gewohnt war, hatten Lukas dazu veranlaßt, mehr als bisher aus sich herauszugehen. Deutlich mehr. Mathilde hatte seine aggressive, rücksichtslose Seite kennengelernt. Sie dachte mit gemischten Gefühlen an die Exzesse dieser Nacht. Die Romantikerin in ihr nannte es »Leidenschaft«. Die Realistin fand dafür andere Begriffe.

»Ich wollte dich noch etwas zu dem Auto fragen, das du damals für

Lukas verkauft hast«, überging Mathilde die Frage ihres alten Freundes.

»Was denn?«

»Wenn er dir ein Auto verkauft hat, warum habt ihr euch dann nicht wiedererkannt?«

»Ich bitte dich, Mathilde. Ich erinnere mich doch nach zehn Jahren nicht mehr an jedes Gesicht. Mathilde, es ist gerade viel los hier ...«

»Hat vielleicht jemand anderer den Wagen damals abgegeben?«

»Kann sein, ich erinnere mich nicht mehr.«

»Wer war es, Lauda. Es ist wichtig.«

»Ich sag' doch, ich weiß es nicht mehr.«

»Das glaube ich dir nicht. Du hast dich am Samstag genau daran erinnert, daß zu dieser Zeit dein Tor mit Graffiti besprüht war, aber du willst dich plötzlich nicht mehr daran erinnern, wer dir den Wagen gebracht hat?«

»So ist es. Mathilde, ich habe hier viel zu tun.«

»Einen Moment noch«, bat sie. »Kannst du mir eine Kopie ...«

»Laß doch die Vergangenheit ruhen«, sagte Lauda, ehe er sich verabschiedete und auflegte.

Mathilde starrte verdutzt den Hörer an. Entweder, Lauda hatte heute einen extrem schlechten Tag, oder sie war gerade nach Strich und Faden abgebügelt worden. Sie ballte die Fäuste und verspürte das archaische Bedürfnis, auf irgend etwas einzuschlagen. Ersatzweise schleuderte sie das schnurlose Telefon auf das Sofa. Dann ging sie in die Küche und setzte Tee auf.

Vielleicht hatte Lauda recht. Was nützte es ihr, in der Vergangenheit zu stochern? Gesetzt den Fall, es stellte sich heraus, daß Lukas schuld am Tod der anderen beiden Frauen war – würde sie ihn deshalb weniger lieben oder ihn verlassen? Sie hatte ihn als Mörder kennengelernt, in diesem Bewußtsein hatte sie sich auf ihn eingelassen. Es hatte sie offenbar niemals gestört. Weshalb schnüffelte sie ihm nun hinterher? Weil ich es einfach wissen will, antwortete sie sich selber trotzig. So ist die menschliche Natur nun einmal.

Verdammt, wo war das Teesieb? Alles war durcheinandergeraten, ihre Schubladen, die Küche, die Wohnung, ihre Finanzen, ihr ganzes Leben.

Reiß dich zusammen, Mathilde. Selbstmitleid hast du doch immer verabscheut.

Sie fand das Teesieb in der Schublade, in der die Tarotkarten lagen. Seit Lukas hier lebte, hatte sie keine Karte mehr gezogen. Zuerst hatte sie es vergessen, dann hatte sie befürchtet, er könne sie dabei überraschen, was ihr peinlich gewesen wäre. Aber jetzt war Gelegenheit, dem alten Laster zu frönen. Sie mischte die Karten, nahm eine und lachte laut auf. Eine gefesselte Frau. Die *Acht der Schwerter*. Die stand für: *schlechte Neuigkeiten, Krise, Bedrängnis, Schicksalsschlag*. Schöne Aussichten! Sie warf den Stapel zurück in die Schublade, zog sich um und ging in den Stadtwald, um sich die Wut aus dem Leib zu rennen.

Das Bredero-Hochhaus an der Hamburger Allee war ein abgrundhäßliches, graubraunes Betonrelikt aus den siebziger Jahren. Es stand zwischen dem Raschplatz und dem Beginn der Lister Meile, und das war nicht gerade die beste Gegend der Stadt. Die unteren fünfzehn Etagen beherbergten Büroräume, die meisten davon waren gespenstisch leer. Zu den Fahrstühlen mußte man durch eine Passage mit viel Dunkelbraun und grünen Teppichen. Die Wohnung von Treeske Tiffin war eine von achtundachtzig und lag im einundzwanzigsten Stock.

Treeske schloß die Tür auf, ließ den Mantel von den Schultern gleiten, lief ins Zimmer und stellte den Fernseher an. Das Programm war ihr egal, sie brauchte nur die Geräuschkulisse. Dann absolvierte sie ihren Kontrollgang. Die Wohnung war klein, das war beabsichtigt. Sie mußte überschaubar sein. Ein großer Raum mit einer Küchennische, ein Bad, der Flur, fertig. Sie schaute in den Kleiderschrank, unter das Bett, hinter die Vorhänge, in den Putzschrank, in die Dusche. Alles in Ordnung, der schwarze Schatten war nicht da. Sie zog die Sachen aus, die sie zur Arbeit getragen hatte und schlüpfte in ein überlanges, schwarzes T-Shirt, in dem sie auch schlief.

Erst einmal ein Glas Wein und eine Zigarette. Sie stellte sich ans Fenster. Das war ihr Lieblingsplatz, hier lag einem die Stadt zu Füßen: Im Vordergrund waren der Bahnhof und das grüne Dach des Busbahnhofs zu sehen, weiter hinten das verschnörkelte Rathaus, das

Stadion, der markante verschachtelte Glasbau der Nord/LB und der schwere Turm der mittelalterlichen Marktkirche.

Im Fernsehen lief ein Quiz. Du mußt was essen! Sie rauchte auf, ging in die Küche und schmierte sich ein Brot, das sie wahrscheinlich morgen früh angebissen wegschmeißen würde. Am Ende würde es doch wieder bei den Pillen bleiben – den Pillen und einer Flasche Wein.

Es klingelte.

Sie erstarrte und biß sich in die linke Faust. Die rechte umklammerte das Messer, mit dem sie gerade die Butter auf das Brot gestrichen hatte.

Es klingelte nochmals. Nachdrücklicher diesmal, wie ihr schien.

Sie ging in den Flur. Durch das geriffelte Glas sah sie einen Schatten, dessen Konturen verschwammen. Sie erkannte ihn dennoch. Weil sie seine Anwesenheit spürte.

Sie dachte an ihr letztes Zusammentreffen, im Gefängnis. Zuvor hatte sie ein paar Pillen genommen, die sie mutig machten. Dann hatte sie ihn in ihr Büro bringen lassen und ihm eine kleine Szene gemacht.

»Was soll das? Mußtest du dich vor meinen Augen mit ihr verloben?« hatte sie ihn ohne Rücksicht auf eventuelle Lauscher angebrüllt.

Er war ganz ruhig geblieben. »Das hat nichts mit dir zu tun.«

Eine typische Männerantwort.

»Sag, was willst du von dieser Frau? Warum mußt du sie *heiraten*?«

»Ich weiß schon, was ich tu.«

Mehr hatte sie nicht aus ihm herausbekommen. In einem Anfall rasender Wut und Eifersucht hatte sie sämtliche ihr zur Verfügung stehenden Mittel eingesetzt, um ihn umzustimmen. Natürlich vergeblich. Zum Abschied hatte er seine Hände wie einen Schraubstock um ihr gerötetes Gesicht gelegt und leise gesagt: »Wage es nicht, mir da was zu vermasseln.«

Dennoch hatte Treeske mit dieser Frau geredet. Die Zeiten, in denen sie Lukas Feller bedingungslos gehorchte, waren vorbei. Hätte sie allerdings geahnt, daß er wenige Wochen später frei sein würde, hätte sie es nicht getan.

Was, wenn die Lehrerin ihren Mund nicht gehalten hatte? War er deshalb hier? Um sie zu bestrafen?

Jedenfalls war es sinnlos, hier tatenlos und wie gelähmt vor Schreck stehenzubleiben. Wenn er zu ihr wollte, würde ihn dieses bißchen Holz und Glas zwischen ihnen nicht aufhalten.

Sie öffnete die Tür und trat einen Schritt zurück. Sie blickten einander lauernd an.

»Abendessen?« bemerkte er endlich und deutete auf das Küchenmesser.

Treeske schaute verwundert darauf hinab, als wäre es ihr eben aus der Hand gewachsen. Sie wollte etwas erwidern, aber es war, als hätte sie die Sprache verloren.

»Sag mir, daß ich gehen soll, dann verschwinde ich für immer aus deinem Leben«, sagte er. »Du hast drei Sekunden Zeit.«

Nach ihrem Lauf und einer Putzorgie fühlte sich Mathilde ein wenig besser. Sie dachte an ihre Großmutter Merle. Die hatte mehr verloren als nur einen Job und eine Abfindung, und sie war immer wieder aufgestanden, hatte es immer wieder geschafft. Mathilde war aus ähnlichem Holz geschnitzt, das hatte ihr Franziska oft genug vorgehalten. Nein, sie würde sich nicht unterkriegen lassen. Da mußte das Leben schon andere Geschütze auffahren.

Es war einer der ersten warmen Abende, sie hatte den Tisch für das Abendessen auf dem Balkon gedeckt. Vom Parterre aus kroch ein Geruch nach angesengtem Schweinefleisch an der Fassade hinauf. Lukas war noch immer nicht zurück. Hoffentlich war ihm nichts passiert. Der Porsche hat weder ABS noch Airbag, überlegte sie besorgt. Und Lukas' Fahrstil war nicht gerade der vorsichtigste.

Langsam wurde es dunkel. Mathilde zündete ein Windlicht an.

Das Telefon klingelte. *Frau Degen, wir müssen Ihnen leider mitteilen* ... Unsinn, solche Nachrichten werden persönlich überbracht. Aber das ist der Nachteil, wenn man jemanden liebt, dachte sie: Man lebt ständig in Sorge. Aus diesem Grund hatte Mathilde nie Kinder oder Haustiere haben wollen.

»Mathilde Degen.«

Schweigen.

»Wer ist am Apparat?«

»Ich möchte bitte Lukas Feller sprechen«, verlangte eine Frauenstimme.

»Wer sind Sie?«

»Eine Bekannte. Ich möchte ihn bitte sprechen, er wohnt doch bei Ihnen, oder?«

»Sie sind die Frau, die mich im Besuchsraum der JVA angegriffen hat«, sagte Mathilde. Sie war sich ziemlich sicher, daß es dieselbe Stimme war. Die Reaktion gab ihr recht.

»Ich werde so lange anrufen, bis ich ihn gesprochen habe.«

So, wie Mathildes Tag verlaufen war, brauchte es nicht viel, um sie in Wallung zu bringen. »Sie werden den Teufel tun«, schrie sie in den Hörer. »Ich kann Sie immer noch wegen Körperverletzung und Beleidigung belangen, und das werde ich, wenn Sie hier noch ein einziges Mal anrufen, ist das klar?«

»Das wirst du bereuen, du alte Schlampe«, kam es dumpf zurück, und jetzt, fand Mathilde, klang die Stimme genau so, wie beim ersten Drohanruf auf dem Anrufbeantworter.

Ein Geräusch lenkte sie ab. Ein Schlüssel drehte sich im Türschloß. Lukas.

Sie knallte den Hörer auf.

»Was ist denn hier los?« fragte er erstaunt.

Mathilde schnaubte. »Diese Claudine, oder wie sie sich nennt, hat eben angerufen.«

Ein Schatten glitt über sein Gesicht.

»Aber das ist noch nicht das Schlimmste. Die Schule hat mir die Abfindung gestrichen.«

Er streckte er die Arme aus. »Komm her, laß dich trösten«, sagte er, als wäre sie ein kleines Kind. »Es ist doch nur Geld.«

2

Lukas verbrachte viele Stunden in der City oder im Internet, und fast jedesmal wurde er fündig. »Dieses ebay ist eine geniale Erfindung«, begeisterte er sich, während sich Mathilde allmählich Sorgen um die Finanzen machte. Wie würde das werden, wenn ab August ihr Gehalt ausbliebe? Sie überlegte, ob sie nicht den einen oder anderen Hut bei ebay versteigern sollte. Ein Tropfen auf den heißen Stein, sagte sie sich und ließ es sein.

Der Hausverkauf in Celle gestaltete sich schleppend, da Lukas über den Preis nicht mit sich reden ließ. »Man muß nur einen langen Atem haben«, meinte er.

»Aber uns geht bald die Luft aus«, prophezeite Mathilde. Sie hatte sein Elternhaus noch immer nicht gesehen. Wenn sie danach fragte, antwortete er: »Was soll es da zu sehen geben? Es ist ein winziges, vergammeltes Reihenhäuschen aus den Fünfzigern.«

Vielleicht schämt er sich dafür, dachte Mathilde irgendwann und bestand nicht länger auf einer Besichtigung.

Er schleppte vier volle Umzugskartons von dort an. Tagelang verstopften sie den Flur, bis Mathilde sich darüber beschwerte. Daraufhin schaffte er sie in sein Arbeitszimmer, das inzwischen eher einem Hehlerlager glich. Überhaupt – in dem Maße, in dem sich ihr Konto leerte, füllte sich die Wohnung mit Dingen, die Mathilde für entbehrlich hielt: Einem Rudergerät. Einer Luxus-Designer-Kaffeemaschine. Einem schmiedeeisernen Weinflaschenregal. Einer riesigen Phönixpalme. Als ein lederner Fernsehsessel mit Massagefunktion geliefert wurde, stöhnte Mathilde nur: »O mein Gott!«

»So einen wollte ich schon immer haben«, erklärte Lukas.

»Was kommt als nächstes? Ein Gummibaum? Eine Kuckucksuhr?«

»Verzeih, wenn ich deinen großbürgerlichen Geschmack beleidige und mir den einen oder anderen Spießertraum verwirkliche. Ich stamme, wie du weißt, aus kleinen Verhältnissen.«

»Aber muß man das der Wohnung sofort ansehen?«

Es folgte ein Streit, an dessen Ende Lukas einlenkte und versprach, sein Konsumverhalten zu überdenken. Tatsächlich vergingen die nächsten Tage ohne Warenlieferungen und Rechnungen in der Post.

Hin und wieder hörte sie Lukas in anderen Sprachen telefonieren: auf englisch, häufiger auf russisch, zumindest klang es für Mathilde so, und einmal sprach er französisch. Sie hoffte, daß es bei den Telefonaten bleiben würde, denn sie verspürte wenig Lust, seine Kriegskameraden in ihrer Wohnung zu empfangen.

Ingolf Keusemann stellte ihr ein Zeugnis aus, an dem es nichts auszusetzen gab. Einige Schüler und Eltern äußerten Bedauern über ihren Weggang. Mathilde war gerührt. Und traurig. Sie schrieb innerhalb der folgenden Tage zwanzig Bewerbungen, danach fühlte sie sich besser.

Auch wenn Lukas gerne groß einkaufte, war die Beschaffung schnöder Dinge des täglichen Bedarfs nach wie vor Mathildes Aufgabe. Und wieviel man auf einmal brauchte!

Als sie am Freitag mit Lebensmitteln bepackt nach Hause kam, quoll die Garderobe über von fremden Jacken. Sein erstes Seminar, fiel Mathilde ein. Ein Wochenend-Rhetorik-Kurs. Ein ganzes Wochenende lang wildfremde Leute in der Wohnung. Eine bedrohliche Vorstellung. Was waren das wohl für Menschen? Sie inspizierte die Jacken. Bei einer Jeansjacke war sie nicht sicher, aber ansonsten schienen es allesamt Damenjacken zu sein. Insgesamt neun. Manche rochen nach Parfum, manche nach Rauch. Mathilde rümpfte die Nase und brachte die Tüten in die Küche. Die Tür donnerte gegen einen Kasten mit Wasserflaschen. Am Tisch saßen zwei Frauen und rauchten. Sie nickten Mathilde beiläufig zu, ganz in ihr Gespräch vertieft.

»... aber wenn ich dann dastehe, dann fällt eine Klappe runter, und ich kann ...«

»Bitte«, unterbrach sie Mathilde, »würden Sie draußen rauchen?«

Verwunderte Blicke. »Wo draußen?«

»Auf dem Balkon. Oder noch besser – Sie gehen runter auf die Straße.«

Die jüngere, eine grazile Brünette, rollte mit den Augen und drückte ihre Zigarette auf einer Untertasse aus.

»Komm schon, Brigitte«, sagte sie zu ihrer Bekannten, wobei der Rauch stoßweise zwischen ihren Lippen hervorquoll.

Brigitte, die sich die Zigarette gerade angesteckt hatte, durchquerte qualmend Mathildes Salon. Die Absätze ihrer Stöckelschuhe hackten ins Parkett wie Eispickel. Am großen Eßtisch saß eine Vierergruppe, ein Mann mit einem breiten Schnäuzer im Gesicht und drei Frauen, alle ungefähr Ende Dreißig. Mathilde wäre jede Wette eingegangen, daß der Schnäuzer und die füllige Dame mit dem rigorosen Kurzhaarschnitt Lehrer waren. Sie beschrifteten gerade bunte Kärtchen mit dickem Filzschreiber. Keiner beachtete Mathilde.

Sie eilte zum Yogaraum, der jetzt Seminarraum war. Dort hielten sich Lukas und drei weitere Frauen auf. Lukas trug den schwarzen Maßanzug. Er wirkte so overdressed wie ein antiquierter Ober. Aber sehr attraktiv. Zu attraktiv, dachte Mathilde mit einem mißtrauischen Blick auf seine Klientinnen. Offenbar hatten die Damen gerade ein Rollenspiel absolviert. »Sie waren nicht absolut konzentriert«, hörte sie Lukas sagen. »Die Kunst der Verhandlungsführung verlangt vollkommene Geistesgegenwärtigkeit. Ihr müßt euch ganz dem Augenblick hingeben. Konzentriert und offen. Hört auf eure Intuition. Die intuitive Intelligenz ist nicht korrumpierbar.«

Die drei hingen an seinen Lippen, als verkünde er das Evangelium.

»Lukas!«

»Ja, gleich.«

»Ich muß dringend mit dir sprechen!«

»Ich sagte, gleich.« Er klang gereizt, sehr sogar.

Wortlos zog sich Mathilde zurück.

»Äh, Entschuldigung ...«, hörte sie eine Stimme hinter sich.

»Ja?«

»Könnten wir noch eine Flasche Wasser bekommen? Und vielleicht eine Kanne Kaffee?«

»Selbstverständlich«, sagte Mathilde beherrscht. Sie drückte der Frau eine Flasche Volvic in die Hand. »Die Gläser bringe ich gleich.«

»Gläser haben wir schon.«

Böses ahnend schaute Mathilde in den Salon. Tatsächlich, sie hatten sich erfrecht, Merles Bleikristall aus der Vitrine zu holen.

Wutschnaubend machte sie sich daran, Kaffee zu kochen. Mit der Maschine. Etwas Besseres verdienten die nicht. Auf dem Küchentisch entdeckte sie die Post: drei DIN-A4-Umschläge. Immerhin nur drei von zwanzig. Und daß Absagen schneller erteilt wurden als Zusagen, war ohnehin klar.

»Was ist?« fragte Lukas, der die Küche betrat.

»Was ist?« Mathilde atmete heftig aus. »Sie bevölkern die *ganze* Wohnung, sie rauchen, sie nehmen sich einfach Geschirr aus dem Schrank, und sie ruinieren das Parkett mit ihren Stöckelschuhen!« Ohne es zu wollen, war Mathilde laut geworden.

»Bitte, nimm dich zusammen«, sagte Lukas kalt. »Man kann dich hören.«

»Das ist mir egal.«

»Aber mir nicht. Das sind zahlende Klienten, sie haben Respekt verdient.«

»Und wo bleibt dein Respekt für mich? Ich wohne hier.«

»Mathilde.« Er preßte ihren Namen aus zusammengepreßten Kiefern hervor. »Ruiniere mir bitte nicht meinen Berufsstart. Laß uns heute abend darüber reden, ja?«

»Wie lange geht das noch?«

»Bis acht.«

»Lieber Himmel!«

»Ich werde in Zukunft versuchen, so viel wie möglich nach draußen zu verlegen«, versprach Lukas. »Wenn es gut läuft, kann ich mir auch wieder eine Hilfskraft leisten. Hab ein wenig Geduld.«

Mathilde nickte. »Geduld, Geduld«, murmelte sie, als sei das Wort ab sofort ihr Mantra.

»Geduld lernt man im Knast«, meinte Lukas.

»Bedauerlicherweise kann ich diese Erfahrung nicht teilen.« Wieder war es dieser neue, messerscharfe Ton, der sich nun immer öfter einschlich. »Hier, nimm den Kaffee mit. Ich bin nicht die Bedienung.«

Abends, als Ruhe und Ordnung wiederhergestellt waren, wurde Mathilde von Reue und Zweifeln gepackt. Hatten Isenklee und Roth seinerzeit Recht gehabt, war sie mit den Jahren eigenbrötlerisch geworden? Anstatt Lukas zu unterstützen, hatte sie sich zickig benommen. Schließlich mußte man froh sein, daß noch immer Leute existierten, die zweihundertfünfzig Euro für ein Wochenendseminar bezahlten.

Sie gab sich besondere Mühe mit dem Abendessen: Käse, Rucolasalat, kleine, salzige Kartoffeln mit Avocadocreme. Sie einigten sich darauf, daß sich die Seminarteilnehmer künftig nur im Seminarraum aufzuhalten hatten. Mathilde würde im Gegenzug für Getränke und Erfrischungen sorgen. Zudem herrschte Rauchverbot in allen Räumen, auch auf dem Klo. Nachdem das geklärt war, fragte Mathilde vorsichtig: »Was du den Leuten da so erzählst … sei mir nicht böse, aber das könnten die doch billiger haben. Die Buchhandlungen sind voll von Ratgebern für alle Lebenslagen.«

»Das mag stimmen«, gab Lukas zu. »Aber sie *wollen* doch dafür bezahlen. Je teurer sie sich eine Erkenntnis erkaufen, desto wertvoller ist sie für sie. Und ich rede hier nicht nur von Geld. Was glaubst du, warum ich sie bei den anderen Seminaren in Hochseilgärten jage oder durch den Dreck kriechen lasse?«

»Ich verstehe«, nickte Mathilde. »Eine Erfahrung, für die sie Geld ausgegeben und Schweiß und Tränen vergossen haben, setzt sich fest.«

»Genau. Und die Leute brauchen eine Autorität«, fuhr Lukas fort, »jemanden, der ihnen zwar dasselbe sagt, wie ihre Mutter, den sie aber für kompetenter halten. Das ist das ganze Geheimnis.«

»Ist das nicht irgendwie Betrug?«

»Nein. Ich verarsche die Leute ja nicht. Ich glaube an das, was ich tue, mit Zynismus allein kommt man nicht weit. Den meisten hilft so ein Seminar wirklich, weil meine Methoden sie überzeugen«, sagte Lukas. Dann schwenkte er den Chianti in seinem Glas, ehe er es genüßlich leerte.

Mathilde dachte sich ihren Teil und schwieg.

»Hast du eigentlich mal was über ihn gelesen, ich meine, über seine Vergangenheit?« fragte Leona. Sie und Mathilde verbrachten gerade eine Freistunde in dem Café, in dem Mathilde die Psychologin getroffen hatte.

»Du spielst auf die beiden anderen Frauen an, die ermordet wurden oder verschwunden sind?« fragte Mathilde zurück.

Leona nickte.

»Natürlich habe ich das. Aber woher weißt du davon?«

»Jens hat mir ein paar alte Zeitungsberichte zu lesen gegeben.«

»Dann weißt du ja, daß nichts bewiesen werden konnte. Also ist es müßig, sich darüber den Kopf zu zerbrechen.«

Leona sah sie zweifelnd an, während sie in ihrem Milchkaffee rührte. »Keine Beweise bedeuten ja nicht, daß er auch wirklich unschuldig ist«, meinte sie.

»Stimmt«, räumte Mathilde ein. »Aber du wirst lachen – es stört mich nicht allzusehr, mit einem Mann zu leben, der vielleicht ein Mörder ist. Was mich stört, sind die Haare in der Dusche, die Brötchenkrümel in der Küche, sein Krempel überall, sein Konsumwahn, sein Seminaristinnen-Harem und seine Anwesenheit, wenn ich lieber alleine wäre«, brach es aus Mathilde heraus. Sie mußte sich eingestehen, daß aus ihren leidenschaftlichen Gefühlen für Lukas etwas Lauwarmes geworden war. So lange er unerreichbar gewesen war, war er ein Held gewesen, nach dem man sich in Sehnsucht verzehren konnte. Aber Helden schrumpfen aus der Nähe betrachtet ganz rasch zu gewöhnlichen Menschen. Schon störten sie Dinge, die sie am Anfang nicht wahrgenommen hatte. Lappalien nur, aber davon täglich mehr. Die Kulisse stimmt nicht mehr, dachte sie. Es häuften sich die Gelegenheiten, bei denen sie sich wünschte, die Zeit zurückdrehen zu können.

»Es sind immer die Kleinigkeiten, die einen wahnsinnig machen«, sagte Leona.

»Kleinigkeiten nennst du das?«

»Im Vergleich zu seiner Vorgeschichte.« Mathilde zuckte die Schultern, und Leona seufzte: »Mörder hin oder her – ich wäre froh, wenn Jens halb soviel Charisma hätte wie Lukas.«

»Warum bist du dann noch mit ihm zusammen?«

»Die alte Geschichte vom Spatz in der Hand ...«

»Wie romantisch«, bemerkte Mathilde.

»Das nennt man erwachsen werden«, versetzte Leona und leckte den Milchschaum von ihrem Löffel. »Es ist doch normal, daß das Ganze nach einer Weile etwas abkühlt.«

Als ob »normal« ein Trost wäre, dachte Mathilde und sagte: »Ich habe zur Zeit ganz andere Sorgen.«

»Noch keine neue Stelle in Aussicht?«

Mathilde schüttelte müde den Kopf.

Es war inzwischen Juni, und sie war noch zu keinem einzigen Vorstellungsgespräch eingeladen worden. Von den staatlichen Gymnasien hatte sie schon sechs Absagen erhalten, alle mit dem Hinweis, man würde ja sehr gerne neue Lehrkräfte einstellen, aber man habe keine zusätzliche Stelle bewilligt bekommen.

»Nein, nichts. Mit zweiundvierzig bist du in diesem Land weg vom Fenster.« Sie sah auf die Uhr und trank ihren Kaffee aus. »Ich habe übrigens Herrn Suong gekündigt. Ich muß jetzt sparen, wo es geht. Es tut mir leid.«

»Das macht doch nichts.«

»Doch, es macht was. Aber es muß sein.« Mathilde winkte der Bedienung. »Zahlen, bitte.«

»Laß mich das übernehmen«, sagte Leona.

»Siehst du, so weit ist es schon gekommen.«

Am Abend brachte er ein Bild mit nach Hause. Es war eine Landschaft, vielleicht ein Moor. Himmel und Erde flossen rot ineinander, im Vordergrund streckte ein schwarzer Baum flehend seine verstümmelten Äste in den Himmel.

»Mein erstes Produkt unter der Anleitung deiner Mutter.«

Mathilde lächelte tapfer bei dem Gedanken, daß er das Werk bestimmt irgendwo aufhängen wollte. Womöglich neben ihre Franz-Politzer-Radierungen.

»Mir wollte sie auch immer das Malen und Bildhauern beibringen. Aber ich war völlig untalentiert, zumindest in ihren Augen. Wie ist denn der Unterricht bei ihr?«

»Sie macht das toll«, sagte Lukas. »Sie ermutigt und motiviert mich, obwohl ihr klar sein muß, daß es bestenfalls mittelmäßig ist, was ich da fabriziere.«

»Aber nein, es gefällt mir«, log Mathilde.

»Vielleicht sollte ich sie in meine Seminare einbinden.«

»Franziska? Nein. Auf keinen Fall! Nicht hier! Sie verbreitet in einer Stunde mehr Chaos als dein ganzer Hühnerhaufen an einem Wochenende.«

»Das war ein Scherz«, grinste er. »Inzwischen weiß ich genug von euren Animositäten.«

Mathilde mochte sich lieber gar nicht erst vorstellen, was Franziska so alles vom Stapel ließ, wenn sie und Lukas zusammen im Atelier herumkünstlerten. »Du darfst ihr kein Wort glauben von dem, was sie über mich sagt, versprich mir das!«

Seit Mathildes letztem Besuch bei ihrer Mutter waren über zwei Wochen vergangen. Regelmäßige Kontrollbesuche zur Abwendung schlimmster Schäden erschienen ihr nun nicht mehr notwendig. Haus und Garten wurden von Erich Kunze in Ordnung gehalten, und auch Franziska selbst machte in letzter Zeit einen aufgeräumten Eindruck. Leider ging mit Franziskas neuer Religiosität eine gewisse Humorlosigkeit einher. Neulich hatte Mathilde gefragt, ob ihre neue Haarfarbe »Assisi-braun« hieße, und schon war sie eingeschnappt gewesen.

Außerdem war ja Lukas, ihr Meisterschüler, zweimal die Woche zum Malunterricht bei ihr und konnte dabei ein wenig nach dem Rechten sehen. Franziska schien inzwischen völlig hingerissen zu sein von ihrem Schwiegersohn. Das wunderte Mathilde nicht. Es war noch nie eine große Kunst gewesen, Franziska zu beeinflussen.

»Deine Mutter hat angedeutet, daß es sie kränkt, daß du dich nicht für deinen Vater interessierst«, berichtete Lukas.

»Also, das ist doch die Höhe!«

Sie erzählte Lukas von Franziskas peinlichem Auftritt im Brautkleid und fügte ärgerlich hinzu: »Da erfährt man nach zweiundvierzig Jahren endlich die Wahrheit und soll in Begeisterungsstürme ausbrechen?«

»Ich mische mich da nicht ein«, sagte Lukas. »Aber davon einmal abgesehen: Bist du nicht neugierig auf den Mann? Immerhin sind das deine Gene.«

»Verbrechergene«, entfuhr es Mathilde, und um den Fauxpas zu überspielen, fügte sie rasch hinzu: »Er hat sich nie für mich interessiert, also interessiert er mich auch nicht.«

Lukas stellte das Bild beiseite und nahm eine Flasche Salice Salentino aus dem neuen Weinregal, das Mathilde noch immer ein Dorn im Auge war. Er öffnete die Flasche und setzte sich auf das Sofa, Mathilde in den Sessel.

»Ich denke öfter an meinen Vater«, gestand Lukas. »Der Anblick, wie er mit gebrochenem Genick auf der Kellertreppe lag, gehört zu meinen schönsten Kindheitserinnerungen.«

»Und was ist mit der Zeit davor?« fragte Mathilde.

»Verdrängt.« Er verzog den Mund zu einem Grinsen.

»War es so schlimm?«

Lukas trank einen großen Schluck Wein.

»Manchmal träume ich von den Nächten im Keller. Es waren endlose Nächte, denn dort unten ist es immer Nacht.« Seine Augen wurden schmal. »Der Scheißkerl hat nämlich extra das kleine Fenster zugemauert. Manchmal dauerte mein ›Arrest‹, wie er es nannte, zwei volle Tage. Und das für irgendwelche lächerlichen Vergehen – weil ich mein Fahrrad nicht weggeräumt oder irgendeine Lampe nicht ausgemacht hatte. Zur Verpflegung stellte er mir eine Schale Katzenfutter auf die oberste Treppe.«

»O Gott«, flüsterte Mathilde entsetzt und griff nach seiner Hand. Sie war, wie immer, warm, aber nicht mehr so rauh wie zu Zeiten seiner Inhaftierung. Sein Händedruck, mit dem er den ihren erwiderte, war so kräftig, daß es schmerzte. Dann ließ er ihre Hand los und sagte: »Ja, ich denke oft an meinen Vater. Ich bekomme immer noch Würgereiz, wenn mir der Geruch von Katzenfutter in die Nase steigt, und beim Klirren einer Gürtelschnalle zucke ich noch heute zusammen.«

»Was hat denn deine Mutter dazu gesagt?«

»Nichts. Die hatte doch selbst Angst vor ihm.«

»Konntest du mit niemandem reden?«

»Nein. Und selbst wenn, ich hätte nicht darüber geredet. Ich dachte ja, das wäre normal.«

Mathilde strich ihm über die Wange, als wäre er noch immer der kleine Junge. Lukas schwang die Beine hoch und legte den Kopf auf die Sofalehne.

»Ich hatte keine Freunde«, fuhr er fort, »woher auch? Schulkameraden mit nach Hause zu bringen, daran war gar nicht zu denken, und ich bin auch nie von anderen eingeladen worden. Ich war ein Einzelgänger. Aber natürlich bekam ich mit der Zeit aus den Gesprächen meiner Klassenkameraden mit, daß deren Väter sie anders behandelten. Auch in materieller Hinsicht: Sie hatten ständig neue Fahrräder und batteriebetriebene Rennautos und fuhren in den Ferien ins Ausland. Irgendwann habe ich gedacht: Mein Leben muß nicht zwangsläufig so verlaufen, wie es bisher verlaufen ist.« Lukas hielt inne und lächelte. »Also nahm ich mein Geschick, wie es so schön heißt, selbst in die Hand.«

»Hattest du keine Angst, daß man es rausfindet?«

»Nein. Niemand kam seinerzeit auf die Idee, daß der Tod meines Vaters kein Unfall gewesen sein könnte, und ich selbst habe mir darüber auch nicht allzu viele Gedanken gemacht.«

»Wie hast du dich gefühlt?« fragte Mathilde und kam sich dabei vor wie ein Psychiater, der einen Patienten vor sich auf der Couch hat.

»Es war für mich ein ganz neues Gefühl, ein Gefühl des ... Triumphs. Ich hatte damals keine Worte dafür, aber ich ahnte, daß mich meine Tat aus der Masse heraushob. Ich hatte etwas getan, was die wenigsten Menschen zu tun wagten, obwohl es viele gab, die sich den Tod eines anderen wünschten. Zum Beispiel sehnte die ganze Klasse das grausame Ende des Deutschlehrers herbei. Auf dem Schulhof haben sie haßerfüllte Szenarien entworfen.« Lukas stieß ein kurzes, schnaubendes Lachen aus. »Und meine Mutter ... Wie sollte sie diesen Mann ertragen haben, ohne sich seinen Tod zu wünschen?«

Mathilde antwortete nicht.

»Keiner von ihnen war in der Lage, etwas zu ändern«, murmelte Lukas und leerte sein Glas in einem Zug.

Mathilde dachte über seine Worte nach. Alle, bis auf seinen tyrannischen Vater, waren damals in Lukas' Augen schwach gewesen. Nur er hatte das scheinbar Notwendige getan. Er war der Rolle des Opfers entkommen, indem er konsequent auf die Seite der Täter übergewechselt war.

»Er hat seinen Tod doch verdient, oder?« insistierte Lukas. Er wandte den Kopf und sah Mathilde erwartungsvoll an.

»Ja«, hörte sich Mathilde sagen.

Und womit haben Johanna Gissel und Ann-Marie Pogge ihren Tod verdient? Sie wagte es nicht, diese Frage auszusprechen. Vielleicht würde er irgendwann von selbst darüber reden. Vielleicht wollte sie es auch gar nicht wissen.

Mathilde bemerkte am Tag darauf, daß einer der vier Kartons in Lukas' Arbeitszimmer ausgepackt war. An der Wand über dem Schreibtisch hingen vier in Holz gerahmte Fotos, zwei oben, zwei unten.

»Darf ich?« Nie betrat sie unaufgefordert sein Arbeitszimmer, und auch in seiner Abwesenheit scheute sie sich, den Raum zu betreten oder gar in seinen Sachen herumzuschnüffeln. Ohne es angesprochen zu haben, erwartete sie dasselbe auch von ihm.

»Natürlich, komm rein.«

Neugierig trat sie näher.

»Hast du schon meine Webseite angesehen? Sie ist jetzt fertig.«

»Mach ich noch«, antwortete Mathilde. Die Bilder an der Wand interessierten sie mehr.

Auf dem Bild links oben sah Lukas noch sehr jung aus, aber sie erkannte ihn sofort unter den fünf Männern in staubigen Uniformen, die einander die Arme auf die Schultern gelegt hatten und in die Kamera grinsten. Lukas löste sich vom Bildschirm und stellte sich neben sie.

»Wo war das?«

»In Beirut, während des libanesischen Bürgerkriegs. Das war 1983, mein erster Auslandseinsatz.«

»Was hast du da gemacht?«

»Wir sollten den Abzug des PLO-Chefs Arafat und seiner Anhänger nach Tunis sichern. Dabei wurden wir immer wieder in Feuergefechte zwischen den Bürgerkriegsparteien verwickelt.«

»Hattest du Angst?«

»Todesangst. Wenn wir durch die Stadt patrouillierten, konnten wir jederzeit in einen Hinterhalt geraten. Wir wurden einige Male beschossen. Das hat fünf Kameraden das Leben gekostet. Einer, der mit mir die Ausbildung begonnen hatte, starb zwei Meter neben mir.

Der Schütze war ein Bengel von vielleicht fünfzehn. Den hat's dann auch erwischt.«

»Hast du ihn getötet?«

Er zuckte die Schultern. »Manchmal ist es schwer zu sagen, welche Kugel wen trifft. Man will es auch nicht so genau wissen.«

»Und wo war das?« Das rechte obere Bild zeigte Lukas und zwei seiner Kameraden vor einem Hubschrauber.

»Im Tschad. Eine ehemalige französische Kolonie. Wir haben die Invasionstruppen Libyens aus dem Land vertrieben, und es wurde ein Friedensvertrag ausgehandelt. Einige Legionäre blieben als Beobachter zurück, darunter auch Teile meiner Einheit. Im Februar 1986 brach Gadhafi die Abmachung und schickte seine Truppen erneut in den Tschad, um die dortigen Rebellen zu unterstützen. Wieder mußten französische Truppen eingreifen, darunter auch die Legion. Dieses Mal operierten wir hauptsächlich mit Hubschraubern. Zusammen mit den französischen Truppen drängten wir die Libyer unter schweren Menschen- und Materialverlusten immer mehr zurück. Auf seiten der Legion gab es bei diesem Einsatz zum Glück keine Verluste.«

»Menschenverluste«, wiederholte Mathilde und schüttelte den Kopf. »Warum sagt man nicht Tote?«

»Ich glaube, es ist egal, wie man es nennt. Aber du machst dir ein falsches Bild. Wir haben viel mehr Zeit damit verbracht, Straßen und Brücken zu reparieren. Es wurden Brunnen gebohrt und Schulen gebaut. Aber es muß eben auch dafür gesorgt werden, daß die Kinder zur Schule gehen können, ohne unterwegs erschossen zu werden, verstehst du?«

Mathilde nickte.

»Die Kämpfe waren manchmal nur eine Sache von Tagen. Zum Beispiel die berühmte Operation *Desert Storm* im ersten Golfkrieg, erinnerst du dich?«

»Nur an grünliche Bilder im Fernsehen«, antwortete Mathilde.

»Unser Ziel war das irakische Fort As Salaman. Durch dessen Zerstörung sollte der irakische Nachschub und die Verstärkung für die in Kuwait stehenden irakischen Truppen unterbunden werden. Hier...« Er zeigte auf das linke untere Bild. Ein Dutzend Männer mit weißen zylindrischen Käppchen auf den Köpfen stand neben einer Gruppe amerikanischer Soldaten, erkennbar an den kleinen

Amerika-Flaggen, die jeder von ihnen hochhielt. Im Hintergrund ein Panzer.

»Wir unterstanden zum erstenmal den Amerikanern. Blutjunge Bürschchen in neuen Abrams Kampfpanzern. Am 24. Februar um sechs Uhr begann die Bodenoffensive. Am Morgen des 25. Februar hatten die Franzosen As Salaman umzingelt. Zwei Legionäre der Spezialeinheit CRAP – das waren die Fernspäher – wurden durch eine Sprengfalle getötet, als sie ein Haus durchsuchten. Am Abend hatten die Franzosen die 45. irakische Division vernichtet und bei eigenen Verlusten von zwei Spähern und fünfundzwanzig Verwundeten knapp 3000 Kriegsgefangene gemacht. Am 28. März war schon alles zu Ende.«

»CNN hat uns den Eindruck vermitteln wollen, daß es sich um eine Art endoskopisch geführten Krieg handle«, sagte Mathilde.

»Dem war nicht ganz so«, gestand er. Seine Augen leuchteten lebhaft.

Es gab ein letztes Bild: Er allein in einer Uniform. Wieder trug er das helle Käppchen.

»Schicker Hut«, lästerte Mathilde.

»Das *képi blanc*. Gehört zur offiziellen Uniform, wird aber im Kampf nicht getragen«, erklärte Lukas. »Das war meine Unteroffiziersuniform. Sie muß noch in einem der anderen Kartons liegen.«

»Du wirst sie aber nicht wieder anziehen, oder?«

»Ich wollte damit eigentlich vor der Kanzlerwohnung auf und ab flanieren und schauen, was passiert.«

»Da mußt du dich beeilen. Wie es aussieht, sind wir hier bald nur noch Altkanzler.« Dann fragte sie: »Was verbindet dich so sehr mit Frankreich, daß du die Interessen dieses Landes mit deinem Leben verteidigt hast?«

»Mit Frankreich verbindet mich nichts. Die Legion war zehn Jahre lang mein Zuhause. So einfach war das.«

»Also war es eine Art Zuflucht. Wovor?«

Er zuckte die Schultern. »Vor der Tristesse des banalen Lebens.«

»Würdest du es wieder tun?«

»Sie würden mich nicht mehr nehmen, ich bin über vierzig.«

»Wenn du mit deinem heutigen Wissen noch mal vor dieser Entscheidung stündest, meine ich.«

»Es bringt nichts, darüber nachzudenken«, befand Lukas. »Aber ich möchte die Zeit nicht missen.«

»Wenn du darüber sprichst, klingt es nach Abenteuerurlaub. Gab es denn keine schrecklichen Erlebnisse?«

»Doch. Es war insgesamt sehr lehrreich.«

Mathilde schwieg und wurde nachdenklich. So langsam wurde ihr klar, warum Lukas ihren Alltagssorgen nicht viel Gewicht beimaß. Was bedeutete ein überzogenes Konto für einen, der in die Abgründe des Lebens gesehen hatte? Was war eine Schramme im Parkett gegen einen Schützengraben? Sie mußte mehr Geduld mit ihm haben, ihm mehr Verständnis entgegenbringen. Dafür war er ja auch etwas Besonderes. Als könne er ihre Gedanken lesen, legte er die Arme um sie und küßte sanft die Stelle zwischen Hals und Schulter. Sie spürte, wie der alte Zauber wieder wirkte. Trotz aller Reibereien fand sie Lukas immer noch ungemein attraktiv und begehrenswert. Vor allem in Momenten wie diesem.

Später lümmelten sie auf dem Sofa herum, Mathilde hatte sich in eine Decke gewickelt. Nach den ersten warmen Frühsommertagen war es an diesem Tag noch einmal kalt geworden. Der Wetterbericht warnte vor Nachtfrost.

»Die Schafskälte«, bemerkte Lukas. Er hatte schon die zweite Flasche dieses schweren, satten Burgunders geöffnet, nun war auch die fast leer.

»Ein Kamin fehlt hier noch«, meinte er. »Es ist wunderbar, abends ins Feuer zu schauen.«

»Irgendwann, wenn wir wieder Geld haben«, wehrte Mathilde träge ab. Sie war zu müde für einen Vortrag über Einnahmen und Ausgaben.

»Warum versuchst du es nicht im Ausland?«

»Im *Ausland*?«

»Deutsche Schulen gibt es auf der ganzen Welt. Du mußt einfach mal über den niedersächsischen Tellerrand schauen, Mathilde.«

»Ja, vielleicht«, gähnte Mathilde und fühlte sich auf eine wohlige Art bleischwer und müde. Sie hatte wahrscheinlich zuviel vom Wein erwischt. Dennoch dachte sie über seine Worte nach – zumindest in den zwei Minuten, die vergingen, bevor sie auf dem Sofa einschlief.

Es war zehn Uhr, aber noch immer lag der Morgendunst über der Stadt wie ein schlechter Traum. Franziska fröstelte, als sie mit einer Tasse dampfendem Kaffee in der Hand über das feuchte Gras ging, aus dem allmählich tatsächlich ein Rasen zu werden schien. Sie hatte die Heizung im Haus zu früh auf Sommerbetrieb gestellt und die halbe Nacht gefroren. Die Schafskälte. Aber im Atelier würde ihr gleich warm werden, denn sie hatte den Ofen über Nacht laufen lassen. In erster Linie wegen der Hanfpflanzen. »Ich kann sie doch nicht einfach sterben lassen, nachdem ich sie schon durch den Winter gebracht habe«, hatte sie Erich gegenüber argumentiert.

In letzter Zeit war sie künstlerisch sehr produktiv. Das macht die Liebe, dachte sie in einem Anflug von Albernheit. Außerdem mußte sie ihrem neuen Malschüler mit gutem Beispiel vorangehen. Heute würde sie Lukas anrufen und fragen, wie Mathilde das Bild gefallen hatte.

Lukas hatte ihr berichtet, Mathilde sei zur Zeit in keiner guten Stimmung. Die Sorge um ihren Job mache ihr zu schaffen. Franziska kannte das Gefühl, das sich einstellte, wenn das letzte Geld ausgegeben und kein neuer Auftrag in Sicht war. Sie hatte jedoch gelernt, mit solchen Situationen gelassen umzugehen. Es war immer irgendwie weitergegangen. Aber diese Erfahrung war Mathilde schwer zu vermitteln. Sie und ihre Tochter waren wie die Grille und die Ameise. Was fand ein Mann wie Lukas nur an ihrer drögen Tochter?

Franziska schloß die Tür auf. Es roch nach Farbe und Lösungsmitteln. Sie liebte diesen Geruch, er stand für Arbeit und Kreativität. Im Atelier war es wider Erwarten kühl. Obwohl das Stellrädchen am Ofen auf Stufe zwei stand, war der Heizkörper kalt. Vielleicht war die Gasflasche schon wieder leer. Franziska tröstete sich mit dem Gedanken, daß es nun bald Sommer werden würde und stellte den Kaffee auf dem verkleckstem Arbeitstisch ab. Gleich würde sie sich um den Ofen kümmern. Erst mal eine Tasse Kaffee und einen Zigarillo. Sie nahm die Schachtel aus der Tischschublade. Es waren nur noch zwei Zigarillos darin.

Sie bemühte sich wirklich, ihrer Süchte Herr zu werden. Ein soliderer Lebenswandel tat ihr gut, das merkte sie. Von Tag zu Tag fühlte sie sich frischer und schaffte viel mehr als früher. Das Trinken beschränkte sich inzwischen auf eine Flasche Weißwein über den Tag verteilt. Kein Schnaps mehr. Höchstens mal ein kleiner, nach dem Essen. Im Atelier genehmigte sie sich ab und an einen Zigarillo. Ohne den konnte sie nicht arbeiten. Er gehörte zum Ritual wie das Ordnen der Pinsel und Farbtuben. Schließlich bin ich immer noch eine Künstlerin, dachte sie trotzig, und für Künstler galten schon immer besondere Regeln. Das mußten auch Erich und sein Herrgott einsehen. Erich. – Sie verbot sich, Erich mit Lukas zu vergleichen. Und doch ...

Sie zog das Laken von dem Bild, an dem sie gerade arbeitete. Lukas hatte ihr viel vom Gefängnis erzählt, und nun malte sie die Eindrücke, die seine Worte bei ihr hinterlassen hatten. Bin gespannt, was er dazu sagen wird, dachte sie.

Sie setzte sich hin, wärmte die klammen Hände an der Tasse, ließ ihr Werk auf sich wirken, bekrittelte es und notierte sich in Gedanken, was sie gleich ändern und hinzufügen würde. Der heiße Kaffee rann ihr wärmend die Kehle hinunter. Sie schüttelte einen Zigarillo aus der Packung. Dann riß sie ein Streichholz an.

Mathilde war mit der 11b im Physiksaal, als Ingolf Keusemann an die Tür klopfte und sie herauswinkte.

»Da sind zwei Polizisten, die Sie sprechen wollen. Sie wollten mir nicht sagen, worum es geht.« Sein Gesichtsausdruck sprach dagegen für sich: *So weit mußte es ja kommen ...*

Mathilde ging schweigend neben ihm her. Als sie die beiden Uniformierten sah, wurde ihr flau.

Später erinnerte sie sich nicht mehr an die Fahrt im Streifenwagen. Nur noch an die Ankunft, an jene surreale Szene. Zwei Löschfahrzeuge der Berufsfeuerwehr Hannover parkten vor dem Grundstück, außerdem ein Notarztwagen, eine Ambulanz und zwei Streifenwagen, deren Blaulichter durch den fahlen Morgen zuckten. Weiter hinten stand ein ziviles Polizeifahrzeug, erkennbar an der kleinen runden Lampe, die kokett wie ein Hütchen auf dem Dach des Audi klemmte.

Wo das Atelier gestanden hatte, waren Trümmer zu sehen, aus denen Rauch aufstieg. Der angrenzende Gartenschuppen der alten

Frau Huber war eine Ruine aus verkohltem Holz. Es stank. Glassplitter, zerborstene Balken und Möbel lagen verstreut auf dem frisch gemähten Rasen. Als hätte eine Bombe eingeschlagen, dachte Mathilde. Ein Bombe? Ein Anschlag? In einer verschlafenen Wohnsiedlung in Ricklingen?

An die dreißig Feuerwehrleute in Orange bevölkerten das Grundstück. Einige hielten Zangen und Plastiktüten in den Händen und hatten die Augen auf den Boden gerichtet. Was, um Himmels Willen, sammelten die da auf? Mathilde merkte, wie ihr übel wurde. Sie wandte sich ab. Hinter den rotweißen Absperrbändern standen ein paar Nachbarn herum wie Pilze.

Ein Paar in ziviler Kleidung kam auf Mathilde zu. »Oberkommissarin Karin Ullrich vom Kriminaldauerdienst. Das ist mein Kollege, Kommissar Jan Römer. Sind Sie die Tochter von Franziska Degen?«

»Ja. Mathilde Degen. Was ist passiert? Wo ist meine Mutter?«

»Wir müssen leider annehmen, daß sich Ihre Mutter in dem Gartenhaus dort drüben aufgehalten hat. Aus Gründen, die wir noch nicht kennen, gab es um kurz vor zehn eine Explosion.«

»Eine Explosion«, wiederholte Mathilde und stierte verständnislos auf die qualmenden Reste des Ateliers. »Sind Sie sicher, daß ...«

»Wollen wir uns ins Haus setzen«, fragte die junge Frau und griff behutsam nach Mathildes Ellbogen.

Mathilde, die tatsächlich spürte, daß ihre Knie nachzugeben drohten, nickte. »Ich habe einen Schlüssel.«

»Die Tür ist nicht abgeschlossen«, sagte die Polizistin. Offenbar waren sie schon drinnen gewesen.

Im Haus war es kalt. Sie gingen ins Wohnzimmer, und Mathilde betrachtete das Interieur auf einmal mit fremdem Blick: schäbige Tapeten, billige Möbel, die mit allerlei Kitsch beladen waren, und sonderbare Bilder an den Wänden. Was mußten diese Polizisten von einer Frau denken, die so lebte? Mathilde nahm ihren Stammplatz im Sessel ein. Die Polizistin setzte sich auf das Sofa. Franziskas Platz, kam es Mathilde in den Sinn.

»Es wurde ein menschlicher Körper gefunden. Natürlich kann man erst nach einer genauen Analyse völlig sicher sein, aber ...«

»Ja«, sagte Mathilde und hörte ihrer eigenen Stimme verwundert zu. »Wer sollte es sonst sein – in ihrem Atelier? Sonst wäre sie ja hier.«

Sie deutete in einer hilflosen Geste auf das Sofa. Dann schluckte sie und griff sich an die Kehle, die sich plötzlich anfühlte, als hätte sie Sand gegessen. Der Beamte ging in die Küche und brachte Mathilde ein Glas Wasser. Draußen trugen zwei Männer eine Blechwanne an die Brandstelle.

Mathilde leerte das Glas in einem Zug aus.

»Hatte das Gartenhäuschen eine Gasleitung?« fragte Jan Römer.

»Nein. Es gab einen Gasofen. Mit einer Flasche, wie in einem Wohnwagen. War es eine Gasexplosion?«

»Die Experten werden das prüfen, aber es sieht danach aus. Sie war bestimmt sofort tot«, meinte die Polizistin.

»Ja?« fragte Mathilde. Sie fror entsetzlich, und mit einemmal setzten sich die Schnecken auf dem Yin-und-Yang-Bild über dem Sofa kreisend in Bewegung.

»Die Katzen«, fiel Mathilde ein, »Frau Huber muß sich um die Katzen kümmern.«

Die Antwort der Polizistin hörte sie nicht mehr, denn etwas Großes, Schwarzes kam auf sie zu, hüllte sie ein und riß sie mit sich.

Nach Merles Tod hatte Mathilde geglaubt, es könne für sie keinen schlimmeren Verlust geben. Tatsächlich dachte sie in den Monaten danach, als die Streitereien mit Franziska ihrem Höhepunkt zustrebten, manchmal insgeheim, es hätte doch besser Franziska treffen sollen. Dafür schämte sie sich jetzt.

Seit ihrer Jugend war es Mathilde gewesen, die die Beschützerrolle übernommen hatte. Doch nun wurde ihr bewußt, daß sie selbst niemanden mehr hatte, bei dem sie im Notfall unterkriechen konnte. Trotz aller Querelen und trotz Franziskas Unzulänglichkeiten war diese Gewißheit immer vorhanden gewesen, unausgesprochen zwar, und nicht einmal in Gedanken erwogen, aber dennoch in einem tiefen, instinkthaften Wissen verankert. Zudem führte ihr Franziskas Tod erneut den Verlust von Merle vor Augen, als würde eine gerade verschorfte Wunde wieder aufgerissen.

Nun war sie allein auf der Welt. Mutterseelenallein. Lukas war eine Hilfe, was die organisatorischen Dinge betraf, aber Mathilde hatte das Gefühl, daß er ihre Empfindungen nicht nachvollziehen konnte. Für Lukas schien der Tod ein Verwaltungsakt zu sein, etwas, das sich organisieren ließ. Mathilde mußte an die Trauerfeier im Celler Krematorium denken. Hatte ihn der Tod seiner eigenen Mutter nicht ebenso kaltgelassen? Bis jetzt hatte sie nie darüber nachgedacht, weil der anschließende Heiratsantrag sämtliche Gedanken an den Anlaß ihres Treffens verdrängt hatte.

Sie ließ Franziska im Familiengrab bestatten, neben Merle und deren vor über vierzig Jahren verstorbenem Ehemann Hubert. Zu Lebzeiten hätten vermutlich weder Merle noch Franziska Gefallen an diesem Arrangement gefunden. Ob sich die drei genug zu sagen hatten für die Ewigkeit? Wahrscheinlich würden sich Franziska und Merle während des ersten Jahrhunderts gründlich streiten. Aber danach?

Bisher war Mathilde der Überzeugung gewesen, daß nach dem Tod nichts zu erwarten sei. Theorien vom Weiterleben der unsterblichen Seele in anderer Daseinsform hielt sie für Augenwischerei – ein Trost für naive Gemüter. Ihr war der Gedanke an ein mögliches Danach eher unheimlich. Nein, am Ende menschlichen Lebens stand ein großes, tröstliches Nichts. Wer sind wir schon, um etwas anderes erwarten zu können? Zugegeben, sie hatte an Merles Grab mit ihrer Großmutter geredet, aber aus rein therapeutischen Gründen, das hatte sie tief in ihrem Inneren immer gewußt. In diesen Tagen machte Mathilde die Erfahrung, daß der Tod den Blickwinkel auf viele Dinge ändert.

Nicht die sichtbare und vergängliche Materie ist das Reale, Wirkliche, Wahre, denn die Materie bestünde ohne den Geist überhaupt nicht, sondern der unsichtbare, unsterbliche Geist ist das Wahre. Das hatte auf einer der Beileidskarten gestanden, und angeblich stammte das Zitat von Max Planck – immerhin.

Die Beerdigung fand am 17. Juni statt, an einem strahlenden Sommertag. Da Franziska schon in den sechziger Jahren aus der Kirche ausgetreten war, lauschte die Trauergemeinde nun einem frömmelnden Laienprediger, den der verzweifelte Erich Kunze empfohlen hatte. Mathilde war überrascht, wie viele Leute gekommen waren. An die hundert Ex-Revolutionäre, heute angehende Pensionäre und rüstige Rentner, defilierten am Grab vorbei, drückten

Mathilde die Hand und schielten verstohlen nach Lukas, der hinter ihr stand. Man sah stadtbekannte Gesichter, Rechtsanwälte, Ärzte, Orchestermusiker, Landespolitiker, Stadträte und natürlich auch ein paar Künstler.

»Das ganze alte Sozzenpack, die Reihen dicht geschlossen«, kommentierte Mathilde den Auflauf saturierter Genossen und Genossinnen, die sich umarmend und rückenreibend begrüßten. Sie gab sich Mühe, nicht zu grinsen. Obgleich es durch den Hut mit der breiten, tief ins Gesicht fallenden Krempe womöglich nicht einmal aufgefallen wäre. Diese Pillen, die Lukas ihr besorgt hatte, bewirkten, daß sie die Welt wie gefiltert erlebte. Eine Art Weichzeichner legte sich über alles, nicht einmal der Schmerz drang in seiner ganzen Schärfe zu ihr durch. Es war beeindruckend, wie einfach man sich einen Panzer zulegen konnte. Ein Hoch auf die Pharmaindustrie, dachte Mathilde, und was wie ein unterdrücktes Schluchzen klang, war in Wirklichkeit ein Kichern. Lukas verstärkte den Druck auf ihre Hand, die er die ganze Zeit über hielt. Schwer zu sagen, ob aus Teilnahme oder um sie zu ermahnen, die Fassung zu wahren. Zu ihrer Linken stand Leona. Auch sie musterte die eine oder andere Gestalt mit einem Schmunzeln.

Mathilde überlegte, ob ihr Erzeuger wohl anwesend war. Vielleicht inkognito, der feige Hund? Sie hoffte, eine Begegnung mit ihm würde ihr erspart bleiben.

Brigitte und Ingolf Keusemann waren unter den ersten Kondolanten. Danach gingen sie eine ganze Weile ziellos zwischen den Gräbern auf und ab, als warteten sie auf etwas. Nachdem sich die Menge zerstreut hatte, und Mathilde, Lukas und Leona den Rückweg antraten, schleuste sich Brigitte Keusemann zwischen den Gräbern zu ihnen hindurch. Erneut versicherte sie Mathilde, wie leid ihr das alles täte. Auch das mit ihrer Kündigung. Dann sagte Brigitte Keusemann zu Mathilde: »Ich weiß, es ist absolut nicht der passende Moment, aber sonst treffen wir uns vielleicht nicht mehr ...«

»Brigitte«, unterbrach Ingolf mahnend, aber ganz offensichtlich war er heute nicht Herr der Lage.

»Nun laß mich doch«, zischte Brigitte, und Ingolf Keusemann machte ein Gesicht, als litte er an akuten Zahnschmerzen.

»Was ist denn?« fragte Mathilde.

»Nun, ich wollte Ihnen nur sagen, also ... falls Sie eine Stelle woanders, ich meine in einer anderen Stadt, annehmen und Ihre Wohnung verkaufen wollen ... Wir, Ingolf und ich, wir hätten da großes Interesse. Das wollte ich Ihnen nur sagen.«

»Brigitte, nun komm!« Ingolf zog seine Frau am Ellbogen, aber die widersetzte sich, indem sie seine Hand abschüttelte. Nun, da sie sich schon so weit vorgewagt hatte, wollte sie auch noch Mathildes Antwort abwarten.

Mathilde hörte Leona hinter sich scharf ausatmen. Als sie gerade dazu ansetzte, dieser Person zu antworten, nahm Lukas sie fest bei der Schulter und drängte sie beinahe grob zur Seite. »Mathilde, geh doch schon mit Leona voraus«, sagte er in einem ruhigen und doch so nachdrücklichen Ton, daß Mathilde nicht widersprach. Als sei sie nur dazu da, seine Befehle zu empfangen, gehorchte auch Leona, hakte Mathilde unter und zog sie mit sich. Doch kaum wähnte sie sich und Mathilde außer Hörweite der Keusemanns, schimpfte sie los: »Das ist doch der Gipfel der Geschmacklosigkeit. Auf der Beerdigung deiner Mutter! Hoffentlich bläst Lukas diesem Dragoner ordentlich die Meinung.«

Mathilde wandte sich um. Lukas unterhielt sich mit den Keusemanns. Es sah nicht nach Streit aus.

»Ach, weißt du«, sagte sie zu Leona, »ich werde die Wohnung sowieso nicht halten können.«

»Aber es müssen doch nicht Keusemanns sein! Der Mann war an deinem Rausschmiß beteiligt. Und sie ... sie ist strunzdumm!«

»Das mag schon sein«, stimmte Mathilde resigniert zu. »Aber so komme ich wenigstens um diese demütigenden Wohnungsbesichtigungen herum.«

»Trotzdem«, maulte Leona. »Ein bißchen Taktgefühl kann man doch verlangen. Was für ein grenzenloser Egoismus! Außerdem will ich die zwei auf keinen Fall als Nachbarn!«

Mathilde zuckte die Schultern. Anscheinend ließ die Wirkung der Pillen nach, sie fühlte sich plötzlich nur noch traurig und unendlich müde.

Mathilde war sich bewußt, daß sie sich früher oder später der Realität ohne Hilfe der Pharmazie stellen mußte. Und bereits am Morgen nach Franziskas Beerdigung holte sie die Wirklichkeit ein. Sie versenkte gerade zwei Scheiben Weißbrot im Toaster, als das Telefon klingelte. Mathilde nahm ab, woraufhin sich ihr ein Mann als der zuständige Ermittler im Fall Franziska Degen vorstellte. Seine Stimme war klar und klang sympathisch, als er seinen Namen nannte: Lars Seehafer. Sie erinnerte sich sofort an den Namen. Ausgerechnet der Kommissar, der im Fall Petra Machowiak gegen Lukas ermittelt hatte, war nun mit den Untersuchungen zu Franziskas Tod betraut? Ein seltsamer Zufall. Wenn überhaupt.

Er wollte sie in seiner Dienststelle sprechen.

»Wann?«

»In einer Stunde?«

»Es ist Samstag«, gab Mathilde zu bedenken.

Das schien ihn nicht zu stören. »Um so besser, dann ist es hier ruhig.«

Mathilde willigte ein, und er beschrieb ihr den Weg zu seiner Dienststelle. Mathilde notierte alles auf einem Zettel, den sie in der Hosentasche verschwinden ließ.

»Wer war das?« fragte Lukas, der gerade aus dem Bad kam.

Sollte sie ihm die Wahrheit sagen? Er würde sofort schlechte Laune bekommen, und wenn er verstimmt war, hatte sie immer das Gefühl, daß die Welt um sie herum in eine Art Kältestarre fiel.

»Ein Polizist. Er möchte mich wegen Franziska sprechen.«

»Gibt's was Neues?«

»Keine Ahnung. Ich werde es erfahren.«

Lustlos zupfte sie an einer trockenen Scheibe Toast herum. Lukas dagegen aß mit gutem Appetit, und die Geräusche, die er beim Kauen machte, erreichten garantiert fünfzig Dezibel. Sie erschrak. O je! Das ist der Anfang vom Ende.

»Tut mir leid, ich habe keinen Hunger«, sagte sie und stand auf.

Lukas lächelte ihr zu, stand ebenfalls auf und zog sie sanft an sich. »Es wird schon wieder«, sagte er tröstend, und prompt bereute Mathilde ihre ketzerischen Gedanken und daß sie ihn wegen Seehafer belogen hatte. Aber jetzt war es zu spät für die Wahrheit. Ich werde es ihm hinterher erzählen, beschloß sie.

Sie wählte einen hellen Sommerhut mit schwarzem Band zu ihrem schwarzen Hosenanzug. Franziska hätte niemals von ihr verlangt, sich ihretwegen in Trauerkleidung zu hüllen. Aber da Mathilde ohnehin viele schwarze Sachen besaß, bereitete es ihr keine Umstände.

»Soll ich mitkommen?« fragte Lukas.

»Nein.«

»Du weißt, daß du ohne Anwalt nichts sagen mußt.«

»Wozu sollte ich einen Anwalt brauchen?«

»Man weiß nie«, sagte er. Das Ganze schien ihm nicht zu gefallen.

Sie fuhr mit dem Rad. In den Straßen staute sich der Verkehr, es war ein strahlender Sommertag, an dem das Volk in die City strebte. Mathilde passierte das Rathaus, überquerte die Leine und bog links in die Waterloostraße. Das Gebäude der Polizeidirektion war imposant und respekteinflößend, fand Mathilde, die es zum erstenmal aufmerksam betrachtete. Man hatte vor zwei Jahren sein hundertstes Jubiläum gefeiert, erinnerte sie sich.

Sie trat durch das Portal. Hinter den dicken Mauern war es kühl, und ihre Schritte hallten durch die leeren Gänge. Ohne Probleme fand sie das Zimmer des Hauptkommissars und klopfte an. Lars Seehafer erhob sich, als sie sein Zimmer betrat. Er war gut einsneunzig groß und um die Fünfzig. Über eine kleine, runde Brille, die fast auf der Spitze seiner schmalen, gebogenen Nase saß, blickten sie graugrüne Augen aufmerksam an – Augen, denen kein Detail entgeht, dachte Mathilde und fand den Gedanken sogleich lächerlich. Nur weil er Polizist war, kamen ihr solche Klischees in den Sinn. Sein Haar sah zerzaust aus, als wäre er gerade erst aus dem Bett gesprungen. Es war ursprünglich wohl dunkelblond gewesen. Leicht versilbert lichtete es sich nun über den Schläfen. Sein Gesicht hätte eine Rasur vertragen. Er trug braune Kordhosen und ein weißes T-Shirt. Eine dunkelbraune Weste kaschierte den Bauchansatz nur unzureichend.

Seehafer bot ihr eine Tasse Kaffee an, aber nach einem Blick auf die Kaffeemaschine lehnte Mathilde dankend ab.

»Eine gute Entscheidung. Er schmeckt verheerend.«

»Warum trinken Sie ihn dann?« Sie zeigte auf die benutzte Tasse, die einen Stapel Akten krönte.

»Sucht und Bequemlichkeit.«

Mathilde setzte sich ihm gegenüber vor den Schreibtisch, auf dem das schiere Chaos herrschte. Hinter Seehafers Kopf hing ein Kalender mit einem Hundefoto und einer Reklame für Tiernahrung.

Nach der unvermeidlichen Beileidsbezeugung kam er zur Sache: »Wie die Kollegen vom Kriminaldauerdienst schon vermutet haben, steht nun fest, daß es sich um eine Gasexplosion handelte. Sie wurde durch bereits ausgetretenes Gas und das Hinzukommen einer offenen Flamme ausgelöst. Die Experten von der Brandermittlung können die Ursache des Gasaustritts allerdings nicht genau feststellen. Die Gasflasche war intakt. Entweder war der Ofen nicht in Ordnung, oder, was wahrscheinlicher ist, die Leitung, die von der Gasflasche zum Heizgerät führte.«

Er schwieg, als wolle er Mathildes Reaktion abwarten.

Hätte ich ihr nur einen neuen Elektro-Ofen besorgt, dachte Mathilde und sagte: »Also war es ein Unfall?«

»Es kann nicht ausgeschlossen werden, daß an der Leitung oder am Ofen manipuliert wurde«, antwortete Seehafer.

»Manipuliert?« Ein Mord also? Wer sollte Franziskas Tod gewollt haben?

»Das Haus gehört Ihnen?«

»Ja.«

Der Polizist hatte gründlich recherchiert. Nun, das war schließlich sein Beruf.

»Ihre Mutter hatte ein lebenslanges Wohnrecht.«

»Ja. Und?«

»Das heißt, Sie können das Haus verkaufen, jetzt, da sie tot ist.«

»Ja, richtig«, antwortete Mathilde verdutzt. »Ist das ein Motiv?«

»Nun, ja. Es kommt ganz darauf an …«, antwortete der Ermittler.

»Natürlich, Sie verdächtigen mich. Und da ich Physik unterrichte, verstehe ich bestimmt auch etwas von Gasleitungen«, kombinierte Mathilde. Glaubte dieser Mensch allen Ernstes, sie habe ihre Mutter wegen einer schäbigen Immobilie getötet?

Der Hauptkommissar ging nicht auf Mathildes Worte ein, sondern sagte: »Es gab zudem eine Lebensversicherung. Die Summe von knapp sechzigtausend Euro ist Anfang des Jahres auf das Girokonto ihrer Mutter ausbezahlt worden …«

Offenbar gelang es Mathilde nicht, ihre Überraschung zu verbergen. Jetzt erinnerte sie sich vage an eine Versicherung, allerdings hatte sie stets angenommen, Franziska hätte den Vertrag längst vorzeitig aufgelöst.

»Wußten Sie das nicht?« fragte Seehafer.

»Doch, doch«, log Mathilde.

»Dann können Sie uns sicherlich sagen, wo das Geld abgeblieben ist.«

»Nein. Warum? Ist es weg?«

»Es wurde am 18. Mai abgehoben und bar ausgezahlt. Drei Wochen vor ihrem Tod.«

»Davon weiß ich nichts«, sagte Mathilde.

»Das glaube ich Ihnen sogar«, antwortete Seehafer. »Aber wo ist das Geld?« sprach er ihre Gedanken aus.

»Vielleicht ...«, begann Mathilde und verstummte wieder.

»Was?«

Sie biß sich auf die Unterlippe.

»Wenn Sie etwas zu sagen haben, ist jetzt der Zeitpunkt dafür«, mahnte Seehafer.

»Ich möchte niemanden falsch verdächtigen.«

»Ob richtig oder falsch, entscheiden dann schon wir. Also, raus damit«, verlangte Seehafer und wirkte plötzlich sehr autoritär.

»Sie hatte einen neuen Freund, seit ein paar Monaten. Er heißt Erich Kunze.«

Seehafer nickte und kritzelte etwas auf einen Notizblock, während Mathilde hinzufügte: »Vielleicht weiß er, wo das Geld sein könnte. Er ist Mitglied einer Freikirche.«

Mathilde fühlte sich elend. Er war der erste Mann gewesen, der einen guten Einfluß auf Franziska ausgeübt hatte, und zum Dank dafür schwärzte sie ihn bei der Polizei an. »Bitte sagen Sie ihm nicht, daß ich ...« Sie unterbrach sich. Mein Gott, Mathilde! Wo Verrat ist, ist Feigheit nicht weit.

Unvermittelt fragte der Kommissar: »Frau Degen, wissen Sie, wo Ihr Mann in der Nacht vor dem Tod Ihrer Mutter war?«

»Ja. Zu Hause, mit mir zusammen. Die ganze Zeit.«

»Wann haben Sie am Morgen die Wohnung verlassen?«

»Um sieben.«

»Und Ihr Mann?«

»Der war noch im Bett.«

Der Abend vor Franziskas Tod war der gewesen, an dem sie frühzeitig auf dem Sofa eingeschlafen war, erinnerte sie sich nun. Dabei war es gar nicht ihre Art, auf dem Sofa einzuschlafen, auch nicht nach ein paar Gläsern Wein. Was, wenn er ...

Seehafer fuhr fort, es klang, als spräche er zu sich selbst: »Die Leitung könnte angebohrt oder angeschnitten worden sein. Oder man hat sie so präpariert, daß sie mit der Zeit porös wurde, mit Chemikalien, die Kunststoff langsam auflösen. Aber so subtil muß es gar nicht gewesen sein. Es genügt, wenn das Gas aufgedreht und die Verbindung zum Ofen gekappt wurde. Leider wissen wir nicht, wann der Ofen vorher zum letztenmal benutzt wurde. Vermutlich längere Zeit nicht, denn vor dem kleinen Kälteeinbruch in der vergangenen Woche war es ja schon recht warm. Außerdem hätte sich das Gas dann verflüchtigt.«

»Worauf wollen Sie hinaus?« fragte Mathilde.

»Ihr Mann hat Ihre Mutter regelmäßig besucht. Das haben Nachbarn bestätigt. Warum?«

»Er nahm Malunterricht.«

»Im Atelier?«

»Dort und im Freien.«

»Wissen Sie, wann er zum letztenmal im Atelier Ihrer Mutter war?«

»Das müssen Sie ihn schon selbst fragen.«

»Ist bereits geschehen«, gab der Kommissar zurück. »Hat er Ihnen nichts davon erzählt?«

Mathilde mußte den Kopf schütteln. Sie war wütend. Was sollte die Heimlichtuerei, warum blamierte er sie so?

Seehafer sah sie an, ernst, aber nicht unfreundlich. »Frau Degen, wir werden womöglich nicht beweisen können, daß dieser Unfall keiner war. Aber ich möchte Sie warnen. Der Mann, den Sie geheiratet haben, ist kein Unschuldslamm, auch wenn uns die Presse das jetzt glauben machen möchte.«

»Das muß ich mir nicht länger anhören, oder?« fragte Mathilde eisig.

»Nein«, erwiderte er.

Mathilde stand auf, reckte das Kinn und schritt energisch zur Tür. Dann blieb sie abrupt stehen und drehte sich um.

Seehafer sah sie freundlich an. »Meinung geändert?« Sein schmaler Mund deutete ein Lächeln an.

Mathilde setzte sich wieder hin. »Vielleicht war es tatsächlich kein Unfall«, überlegte sie laut und erzählte von der Beschädigung ihrer Kühlerhaube, der Szene in der Haftanstalt und den haßerfüllten Anrufen jener Frau, die sich Claudine nannte. »Sie heißt Claudia Ammer. Ihre Anschrift kenne ich nicht.«

»Wenn sie eifersüchtig auf Sie ist, warum sollte sie dann Ihre Mutter umbringen?« fragte er, noch während er sich den Namen notierte.

»Vielleicht eine Verwechslung. Ich bin nach meinem ersten Besuch im Gefängnis zu meiner Mutter gefahren. Sie muß mir damals gefolgt sein und hat so gesehen, wie ich die Tür aufschloß. Nachdem sie mein Auto beschädigt hatte, ist sie bestimmt geflohen und hat gar nicht mitbekommen, daß ich nur zu Besuch da war.«

Seehafer rieb seine Nase, wobei er die Brille anhob. »Woher hatte diese Frau Ammer Ihre Telefonnummer? *Mathilde Degen* steht nicht im Telefonbuch, und man bekommt Ihre Nummer auch nicht über die Auskunft.«

»Von meiner Mutter«, seufzte Mathilde. »Sie steht unter *M. Degen* und der Ricklinger Adresse im Telefonbuch. Sie fällt ... fiel auf jeden Trick herein.«

»Demnach muß Frau Ammer spätestens nach dem Anruf bei Ihrer Mutter gewußt haben, daß Sie nicht dort wohnen.«

»Anzunehmen«, gab Mathilde zu. »Aber bei ihrem letzten Anruf vor ein paar Wochen habe ich mit einer Anzeige gedroht, sollte sie keine Ruhe geben. Daraufhin sagte sie wörtlich, das würde ich noch bereuen.«

»Können Sie beweisen, daß diese Frau hinter der Beschädigung Ihres Wagens und den anonymen Anrufen steckt?«

»Nein.«

Der Kommissar zuckte die Achseln.

»Aber ich weiß, daß sie es war«, beharrte Mathilde.

»Sehen Sie«, sagte Seehafer, »genauso geht es mir mit Ihrem Mann.«

Mathilde stand nun endgültig auf. Dieser Hauptkommissar Seehafer war völlig voreingenommen, da war jedes Wort überflüssig.

Seehafer brachte sie zur Tür und sagte: »Frau Degen, passen Sie bitte auf sich auf.«

Mathilde starrte ihn an.

»Sie verfügen über das Haus Ihrer Mutter. Außerdem besitzen Sie eine Wohnung in begehrter Lage. Falls Sie kein anders lautendes Testament verfaßt haben, wird Ihr Mann Sie beerben, wenn ...«

Mathilde trat aus dem Zimmer und schloß die Tür von außen.

Bis jetzt hatte Mathilde noch nicht viel im Haus verändert. Wann immer sie es betrat, bekam sie sofort Beklemmungen. Wände, Möbel, Gegenstände – alles atmete noch das Leben von Franziska. Lediglich den Kühlschrank hatte sie leergeräumt und Franziskas persönliche Papiere an sich genommen. Die Kontoauszüge bestätigten, was Seehafer gesagt hatte: Eine Summe von 58 945 Euro war am 12. Februar 2005 auf dem Konto eingegangen: die Lebensversicherung. In den Monaten danach waren mehrere Abbuchungen und Barabhebungen vorgenommen worden, was durch Franziskas plötzlichen Wandel in Kleidungsfragen erklärt werden könnte. Am 18. Mai allerdings gab es eine Barauszahlung von 50 000 Euro. Wo war diese Summe geblieben? Warum hatte Franziska ihr nichts davon gesagt? Weil ich sie zu dieser Zeit kaum gesehen habe, beantwortete sich Mathilde die Frage selbst. Dafür war ja Lukas zweimal die Woche bei ihr gewesen.

»Warum hast du mir nicht gesagt, daß die Polizei dich vernommen hat?« hatte sie ihn nach dem Gespräch mit Seehafer vorwurfsvoll gefragt.

»Sie haben mich nicht vernommen, sondern befragt. Warum sollte ich eine große Sache daraus machen?«

»Wer hat dich *befragt?*«

»Ein freundliche, junge Oberkommissarin, deren Namen ich vergessen habe. Warum?«

»Nur so«, antwortete Mathilde. Wenn er ihr Dinge verschwieg – bitte, das konnte sie auch.

Den Rest des Tages verbrachte sie in ihrem Arbeitszimmer und beantwortete die Trauerpost. Lukas verließ am Nachmittag die Wohnung. Wohin er ging, sagte er – wie immer – nicht.

Kaum war er fort, kam ein Anruf von Rechtsanwalt Nössel.

»Mein Mann ist nicht hier. Kann ich ihm etwas ausrichten?«

»Naja, warum nicht, es ist kein Staatsgeheimnis. Anja Koch ist gestern gestorben.«

»Ist das für den Prozeß gut oder schlecht?« wollte Mathilde wissen.

»Eher gut. Sie hat ihre Aussage gemacht, jetzt kann sie kein Staatsanwalt mehr in die Enge treiben. Aber ich wollte Ihrem Mann noch etwas anderes mitteilen, leider etwas Unerfreuliches«, begann der Anwalt eine längere Erklärung: Laut Haftentschädigungsgesetz erhielten unschuldig Einsitzende für jeden Tag im Gefängnis 20 Mark beziehungsweise rund zehn Euro. Lukas hätte also – vorausgesetzt, er würde im Revisionsverfahren freigesprochen – für die achteinhalb Jahre oder ungefähr 3100 Tage mit rund 31 000 Euro Haftentschädigung rechnen können. »Ist ein Mensch aber wegen seines eigenen Verhaltens mitverantwortlich für seine Inhaftierung«, fuhr Nössel fort zu erklären, »kann sein Anspruch auf Entschädigung gekürzt oder ganz gestrichen werden. Und da Ihr Mann ein falsches Geständnis abgelegt hat, könnte dies durchaus der Fall sein. Das wollte ich ihm vorsichtshalber schon mal mitteilen«, schloß der Anwalt. »Es muß nicht so kommen, aber es ist durchaus möglich.«

»Danke«, seufzte Mathilde.

Seehafer ließ dagegen nichts mehr von sich hören. Nachdem eine Woche vergangen war, rief Mathilde ihn an und erkundigte sich nach dem Fortgang der Ermittlungen.

»Erich Kunze wurde überprüft«, sagte Seehafer. »Auch die Konten dieser Kirchengemeinschaft. Bis jetzt gibt es jedoch keinen Hinweis darauf, daß das Geld bei ihm oder seinem Verein gelandet ist.«

Und wenn diese Gemeinde nun ein Nummernkonto in der Schweiz unterhält, grübelte Mathilde im stillen. »Und was ist mit Claudia Ammer?« fragte sie laut.

»Die Telefonrückdatenerfassung hat ergeben, daß sie dreimal bei Ihnen angerufen hat.«

»Ich wußte es!«

»Daß sie Sie bedroht haben soll, leugnet sie allerdings, ebenso wie die Beschädigung Ihres Wagens. Wir können ihr das leider auch nicht nachweisen.«

»Großartig. Da fühlt man sich doch gleich viel sicherer.«

»Machen Sie sich mal keine Gedanken um diese Dame. Es sieht ganz danach aus, als hätte sie das Interesse an Ihrem Mann verloren.«

»Wie kommen Sie darauf?«

»Wie man hört, unterhält sie seit einigen Wochen eine Brieffreundschaft mit einem Doppelmörder aus der JVA Sehnde. Sie soll den Mann dort auch schon besucht haben.«

Die Tage bis zu den Sommerferien verstrichen rasch. Keusemann hatte angeboten, sie wegen des Todes ihrer Mutter für die restliche Zeit freizustellen, aber Mathilde hatte abgelehnt. Noch immer hatte sie keine Einladung zu einem Vorstellungsgespräch erhalten.

»Ich verstehe das nicht«, sagte Leona, als sie am Morgen des letzten Schultages zusammen im Auto durch die Stadt fuhren. »Die Landesregierung hat doch angekündigt, eine stattliche Anzahl neuer Lehrer einzustellen.«

»Aber nicht alle an den Gymnasien«, meinte Mathilde. »Und für Haupt- und Realschulen fehlt mir der Abschluß in Pädagogik.«

»Trotzdem, du hast einen hervorragenden Ruf. Die Schulleiter der staatlichen Gymnasien müßten sich die Finger nach dir ablekken. Du kennst doch bestimmt einige aus Hannover und dem Umland.«

»Schon, aber du weißt ja, daß gewisse Vorbehalte der Beamten gegen die Lehrkräfte privater Schulen existieren.«

»Nicht alle denken so«, widersprach Leona.

»Einige würden mich sicher gerne nehmen, aber die Schulleiter können leider nicht allein über ihr Lehrpersonal bestimmen. Diverse Kollegien aus Lehrern, Eltern- und Schülervertretern haben ein gewichtiges Mitspracherecht. Genug Leute also, die Bedenken dabei haben, die Frau eines Häftlings auf Kinder loszulassen. Zumindest, solange seine Unschuld nicht erwiesen ist.«

»Du hast dich doch bestimmt auch außerhalb Hannovers beworben.«

»So was spricht sich blitzschnell herum. Möchte nicht wissen, was in letzter Zeit auf den Fortbildungen über mich getratscht wurde.«

»Du findest eine neue Stelle, da bin ich ganz sicher«, sagte Leona.

»Aber ja, ich komme schon irgendwo unter«, höhnte Mathilde. »Notfalls da, wo Jugendbanden Ausländer hetzen und alle schlechte Laune haben.«

Sie schlängelten sich schweigend durch den Verkehr.

Dann fragte Leona: »Wann zieht ihr denn nun aus?«

»Am letzten Wochenende im Juli. Ab ersten August gehört die Wohnung Keusemanns, so steht es im Notarvertrag.«

»Mein Gott, so schnell. Und wohin?«

»Vorerst in das Haus meiner Mutter. Das ist die kostengünstigste Lösung.«

»Was sagt Lukas dazu?«

»Was soll er schon sagen? Er ist ja nicht unbeteiligt an der ganzen Misere. Wäre ich an diesem gottverdammten Tag doch nur eine Stunde später zum Kardiologen gegangen!« brach es aus Mathilde heraus.

Leona sah sie verwundert an.

»Schau bitte auf die Straße.«

»Das klingt, als würdest du etwas bereuen.«

»O ja. Und wie ich das tue«, stöhnte Mathilde. »Ohne ihn wäre mein Leben noch in Ordnung.« Und Franziska wäre wahrscheinlich nicht tot, fügte sie in Gedanken hinzu.

Leona hatte einen Abschiedsumtrunk im Lehrerzimmer nach der sechsten Stunde geplant, aber Mathilde sagte ihr in der Pause, daß sie sich das lieber ersparen wollte.

Am Ende der Physikstunde überreichte Lennart Schuster, der Sprecher ihrer Klasse, Mathilde einen riesigen Blumenstrauß, für den die Klasse gesammelt hatte. Auf der Karte, die darin steckte, stand: »Liebe Frau Degen, wir wissen, was wir an Ihnen hatten. Alles Gute.« Mathilde bedankte sich und drückte jedem Schüler einzeln die Hand. Dann zog sie ihren Hut tief ins Gesicht und ging rasch aus dem Klassenzimmer.

Ja, heul nur, sagte sie sich zornig, als sie das Schulgebäude nahezu fluchtartig durch den Hinterausgang verließ. Beweine deine grenzenlose Dummheit.

Den Abend dieses traurigen Tages verbrachte Mathilde vor dem Fernseher. Sie war allein, was sie nicht bedauerte. Lukas war häufig außer Haus. Sie fragte ihn nie, wohin er fuhr oder wo er gewesen war. Bei einer Frau? Gut möglich. Seit einigen Wochen herrschte eine gewisse Monotonie in ihrem Paarungsverhalten. Eine andere Frau würde manches erklären, überlegte Mathilde. Dennoch war sie noch nicht so weit gegangen, in seinem Zimmer herumzuschnüffeln oder seine Taschen zu durchwühlen. Zum einen, weil ihr solche Handlungen zuwider waren, zum anderen, weil ihr klar war, daß man bei Lukas wohl kaum mit den üblichen Nachlässigkeiten rechnen durfte. Dazu war er viel zu abgebrüht.

Sie hatte jetzt keine Angst mehr um ihn, wenn es abends spät wurde. Im Gegenteil. Sie wünschte sich, daß er mit dem Porsche gegen einen Baum fuhr. Da dieses Ereignis nicht eintreten wollte, hoffte Mathilde zusätzlich, daß man ihn nach seinem Prozeß wieder einsperren würde.

In einem Grab, sinnierte sie, wäre er allerdings noch besser aufgehoben als in einer Zelle.

Mathilde sah in letzter Zeit mehr fern als früher. Der Beginn der geistigen Verwahrlosung, Mathilde Degen, tadelte sie sich, aber ganz so war es nicht. Beim Fernsehen ließ sie ihre Gedanken schweifen. Eben hatte sie entsetzt resümiert: Der Liebesrausch ist vorüber, ich lebe mit einem Mann zusammen, dem ich den Mord an meiner Mutter zutraue und dessen Tod ich herbeisehne.

War das die Persönlichkeitsveränderung, von der die Psychologin gesprochen hatte? Unsinn, dachte sie, meine Persönlichkeit ist noch so, wie sie war. Ich bin lediglich am Grund meines selbstgewählten Niederganges angelangt, das ist alles.

Gerade lief ein Interview mit einer Frau ihres Alters. Seit Anfang des Jahres die Hartz-IV-Gesetze in Kraft getreten waren, gab es im Fernsehen häufig Berichte über Empfänger dieser staatlichen Zuwendung. Bislang hatten solche Sendungen Mathilde nicht interessiert, aber jetzt wurde sie hellhörig. Die Frau, die gerade im Bild war, besaß ein angenehmes Auftreten, wußte sich kultiviert auszudrücken und sah gepflegt aus. Sie war neunzehn Jahre lang Chefsekretärin bei einer Versicherung gewesen. Vor zwei Jahren hatte man begonnen, Leute zu entlassen, um Kosten zu sparen. Trotz eines hervorragenden Zeugnisses hatte sie keine Anstellung mehr gefunden. Sie konnte mit Computern umgehen, beherrschte diverse Textprogramme, Excel, Power-Point, zwei Fremdsprachen und mußte nun, da ihre Ersparnisse aufgebraucht waren, von 345 Euro im Monat leben. Immerhin besaß sie eine abbezahlte Eigentumswohnung, die klein genug war, damit der Staat sie ihr nicht wegnahm. Sie war vierundvierzig Jahre alt.

Diese Frau könnte ich sein, durchfuhr es Mathilde. In wenigen Jahren, wenn der Erlös aus dem Verkauf der Wohnung aufgebraucht wäre, dann säße sie in dem Häuschen in Ricklingen... Nein, wo denkst du hin, Mathilde! Vater Staat würde wahrscheinlich verlangen, daß sie das Haus verkaufte und eine winzige, billige Wohnung in einer heruntergekommenen Gegend bezog... Mathildes Hände krampften sich um die Armlehnen des Sessels. Kalter Schweiß brach ihr aus, ihr wurde übel.

An der Seite von Franziska hatte Mathilde erlebt, wie es war, von der Hand in den Mund zu leben. Nur ihrer Großmutter war es zu verdanken gewesen, daß man es ihr nicht angesehen hatte. Sie kaufte für Mathilde Schulbedarf und Kleidung, die Franziska naserümpfend als »spießig« bezeichnete. Als Franziska den Sozialfonds der Schule in Anspruch nahm, damit Mathilde an einer Klassenfahrt teilnehmen konnte, wurde Mathilde krank vor Scham. Der Arzt diagnostizierte eine Grippe, aber sie wußte es besser.

Kein Geld zu haben war das, wovor sich Mathilde am meisten fürchtete. Ein überzogenes Girokonto bereitete ihr schlaflose Nächte, und es hatte sie große Überwindung gekostet, für den Kauf ihrer Wohnung eine Hypothek aufzunehmen. Sie haßte es, Schulden zu haben. Nun, zumindest damit wäre es in kürze vorbei. Die Keusemanns zahlten einen guten Preis für die Wohnung, und nach Abzug des Hypothekendarlehens würde etwa die Hälfte davon übrigbleiben.

Mathilde schaltete den Fernseher aus. Sie tigerte im Zimmer auf und ab und rechnete: Verkaufspreis minus Darlehen, plus Aktienpaket, plus Zinsen... Bei sparsamster Lebensführung und kluger Geldanlage könnte sie möglicherweise ohne staatliche Unterstützung die siebzehn Jahre bis zum Erreichen des Rentenalters durchhalten. Dabei hätte sie dann in etwa einen Betrag zwischen tausend und tausendzweihundert Euro monatlich zur Verfügung. Fast die Hälfte davon würde ihre private Krankenversicherung verschlingen, und natürlich verursachte der Unterhalt eines alten Hauses mehr Kosten als eine Wohnung. Immerhin könnte sie im Garten Gemüse anbauen. Zeit dazu habe ich ja dann, dachte sie voller Sarkasmus und mußte bitter auflachen. Sparsame Lebensführung. Etwa an der Seite von Lukas Feller? Wie sollte das gehen?

Der Schrecken über die Fernsehsendung saß so tief, daß sie tat, was sie bisher noch nie getan hatte: Sie ging zum Schrank und schenkte sich einen ordentlichen Schluck Kognak ein. Er brannte in der Kehle, aber er vertrieb auch die Übelkeit.

Wer Sorgen hat, hat auch Likör, kam ihr ein Wilhelm-Busch-Zitat in den Sinn. Wie wäre es mit einem zweiten? Morgen und in Zukunft wäre ja genug Zeit, um ihren Rausch auszuschlafen. Sie schenkte sich ein, aber kam nicht mehr zum Trinken, denn plötzlich war Lukas im Zimmer. Sie hatte ihn nicht kommen hören.

»Ist etwas passiert?« fragte er.

Aufgebracht fuhr sie herum. »Hah! Ich bin arbeitslos, meine Mutter ist tot – was, bitteschön, soll denn noch passieren?«

Sie hatte das Gefühl, einen Abgrund entlangzuschwanken. Um die Balance wiederzufinden, mußte sie Ballast abwerfen.

»Ich will, daß wir uns scheiden lassen.«

Lukas blieb stehen und sah sie forschend an. »Bist du betrunken?«

»Nein. Ich will, daß wir uns scheiden lassen.«

»Warum?«

Mathilde stellte das Glas hinter sich ab. An die Anrichte gelehnt sagte sie: »Weil ... weil es nicht funktioniert mit uns beiden. Weil du mein Leben ruinieren wirst. Teilweise hast du es ja schon getan.«

Lukas setzte sich auf das Sofa und lehnte sich bequem zurück. »Ich habe dein Leben ruiniert«, wiederholte er ruhig.

»Nein, aber ...« Es war nicht gut, ein solches Gespräch mit einer Schuldzuweisung zu beginnen. Mathilde fühlte sich zwar erleichtert, die entscheidenden Worte endlich ausgesprochen zu haben, allerdings wußte sie nun nicht weiter. Sie hätte sich nicht von der eigenen Courage überrumpeln lassen, sondern sich zuerst einen Plan zurechtlegen sollen.

»Aber?« fragte er. Er schien noch immer völlig gelassen, während ihr Herz so heftig klopfte, daß sie glaubte, er müsse es hören.

»Es ist meine Schuld«, lenkte Mathilde ein, ohne davon überzeugt zu sein. Doch um ihn los zu werden, war sie gerne bereit, die moralische Schuld am Scheitern ihrer Ehe auf sich zu nehmen »Ich hätte mich nie darauf einlassen sollen. Auf eine Ehe, meine ich. Ich hatte mich schon zu sehr ans Alleinsein gewöhnt, an meine Selbständigkeit und meine Freiheit.«

»Du willst sagen, daß ich dir deine Freiheit nehme? Hast du eine Ahnung, was es bedeutet, seine Freiheit *wirklich* zu verlieren?«

Mathilde merkte, wie ihr das Gespräch entglitt. »Nein, so habe ich es nicht gemeint. Es ist nur ... Ich kann mit niemandem zusammenleben. Das konnte ich noch nie. Es liegt nicht an dir. Es tut mir leid«, setzte sie hinzu.

»Es tut dir also leid«, wiederholte er.

Daß er immer nur ihre Worte wiederaufgriff, anstatt etwas zu entgegnen, verschaffte ihr ein ungutes Gefühl.

»Du hast einmal gesagt, daß wir beide Einzelgänger sind«, erinnerte sie sich nun. »Ich glaube, du hattest recht damit.«

Lukas hatte inzwischen die Ellbogen auf die Knie gestützt. Jetzt legte er seinen Kopf in die Hände und wippte mit dem Oberkörper kaum merklich vor und zurück. Diese autistisch wirkende Pose löste bei Mathilde augenblicklich Schuldgefühle aus: Wie kann ich so brutal sein und ihn einfach wegstoßen? Wie muß er sich fühlen? Wen hat er jetzt noch auf der Welt?

»Lukas, ich ...«, begann sie, aber da hob er den Kopf und sah sie an. Echsenaugen, völlig ausdruckslos. Mathilde, die eben noch ganz zerknirscht gewesen war, überlief ein Schauder.

Er erhob sich. Mathilde zuckte zusammen. Unweigerlich dachte sie an die Nacht in der Waldhütte, als der Wolf seinen Schafspelz für ein paar Stunden abgelegt hatte. Damals hatte ihr seine Maßlosigkeit, seine brutale Gier Angst eingeflößt – nun zitterte sie vor seiner Kälte.

Nur wenige Schritte vor ihr blieb er stehen. Sie lieferten sich ein Duell der Blicke, bei dem es keinen Sieger gab. Dann ging er, ohne die Tür hinter sich zu schließen. Mathilde hörte Geräusche aus seinem Arbeitszimmer. Es klang, als würde er Sachen zusammenpacken. Schritte auf dem Flur, dann fiel die Wohnungstür zu.

Er war fort.

Nur langsam machten Angst und Beklommenheit der Erleichterung Platz. Mit dem vollen Kognakglas in der Hand trat sie auf den Balkon und atmete die vertrauten Sommerdüfte ein, die die Stadt und der nahe Wald ausdünsteten. Der Himmel schimmerte rötlich, ein paar blasse Sterne waren zu sehen. Alles kommt wieder in Ordnung, sagte sie sich. Ich werde wieder eine Stelle bekommen, ich werde neu anfangen. Ganz egal wo – Hauptsache allein.

»Auf die Freiheit!« prostete sich Mathilde zu und stürzte den Kognak hinunter. Vom Stadtwald her erklang das Geschnatter einer Ente wie schmutziges Gelächter.

Ein lauer Sommerwind spielte mit der Tür des Gartenhäuschens. Auf, zu, auf, zu. Sie überwand ihren Ekel und ging hinein. Im Dämmerlicht sah sie den Mann auf dem Sofa liegen.

»Da bin ich«, sagte sie leise.

Er antwortete nicht, das tat er nie. Sie kam näher. Die Luft stand. Es roch süßlich. Plötzlich ein leises Summen. Fliegen. Überall waren buntschillernde Fliegen, es summte und brummte, und dann blickte sie in diese Augen, aus deren Höhlen Fliegen krochen, eine nach der anderen, immer mehr Fliegen ...

Sie fuhr in die Höhe. Ihr Rücken war schweißnaß. Sie stand auf, machte Licht und ging in die Küche. Obwohl sie nicht durstig war, trank sie ein Glas Wasser. Dann stand sie am Fenster. Unter ihr glitzerten die Lichter der Stadt. Mit einemmal spürte sie seine Anwesenheit. Wie ein Seismograph. Oder hing es mit ihrem Traum zusammen?

Sie öffnete die Tür, noch ehe er sich bemerkbar machen konnte. Er stand davor mit seinem Rucksack und einer Tasche. Eine Erklärung abzugeben, kam ihm nicht in den Sinn. Wortlos trat sie zurück, er schloß die Tür von innen und ließ sein Gepäck fallen. Sie wußte, daß sie all die Schwüre brechen würde, die sie sich selbst gegeben hatte. Ihr Leben war ein einziger Seiltanz. Nur nicht nach unten sehen. Statt dessen sah sie ihm in die Augen und forschte darin vergeblich nach einem winzigen Zeichen von Demut.

In den folgenden Tagen versuchte Mathilde, den Gedanken »Ich bin arbeitslos« zu verdrängen und sich einzureden: »Ich habe Ferien«. Aber diesmal war es anders. Früher hatte sie die ersten Ferientage immer genutzt, um durch die Geschäfte zu bummeln und sich für den Sommer und die anstehende Urlaubsreise einzukleiden. Dazu bestand nun kein Anlaß mehr, und es fehlten die Mittel. Neue Kleidung war gestrichen, und Lebensmittel wurden ab sofort nicht länger bei Kaufhof, Mövenpick, Schlemmermeyer oder in der Markthalle gekauft sondern in gewöhnlichen Supermärkten.

Zum Glück blieb wenig Zeit, um ihr Selbstmitleid zu pflegen. Im Ricklinger Haus mußte Ordnung gemacht werden, denn schließlich würde sie bald dort einziehen, wenn sie nicht vorher noch eine Stelle in einer anderen Stadt fand. Aber daran glaubte Mathilde immer weniger. Die Weichen für das neue Schuljahr waren überall schon gestellt, der Zug war abgefahren. Ohne sie.

Obwohl sie den Geschmack ihrer Mutter in Sachen Möbel und Dekor nach wie vor nicht teilte, fiel es ihr schwer, den vielen Plunder vom wenigen Erhaltenswerten zu trennen und wegzuwerfen. Ihr war, als wüßten die Dinge um ihr Schicksal und das ihrer früheren Besitzerin. Sei nicht närrisch, sagte sich Mathilde und kam sich dennoch wie eine Schnüfflerin vor, die ihre Nase in Dinge steckte, die nicht für sie bestimmt waren. Sie ließ vor dem Grundstück einen Container aufstellen, in den sie die Trümmer des Ateliers warf.

Es kostete sie große Überwindung, die Unglücksstelle zu betreten. Bei jedem angekohlten Brett, das sie aufhob, befiel sie die Furcht, darunter einen grausigen Fund zu machen. Aber die Ermittler der Staatsanwaltschaft hatten gründlich gearbeitet.

Lukas ließ sich nicht blicken und rief auch nicht an. Sein Mobiltelefon war ausgeschaltet und auch die Mailbox deaktiviert. Wo hielt er sich auf? Etwa im Haus seiner Mutter, das er angeblich noch immer nicht verkauft hatte? Wanderte er wieder in den Wäldern herum, jetzt, da sich der Sommer von seiner besten Seite zeigte? Sein Schweigen beunruhigte Mathilde.

Andererseits kam ihr die Atempause auch gelegen. Zwei Wochen lang war sie damit beschäftigt, das Haus zu entrümpeln, ein paar Reparaturen in die Wege zu leiten, die Wände von den alten Tapeten zu befreien und neu zu streichen. Wehmütig dachte sie daran, wie sie vor fünf Jahren ihre Wohnung im Zooviertel stolz und liebevoll renoviert hatte. Damals war sie voller Enthusiasmus und Ideen gewesen, jetzt arbeitete sie verbissen und uninspiriert drauflos. Als jedoch alles fertig war, als die Zimmer in Weiß aufzuatmen schienen und nach frischer Farbe rochen, überkam sie doch noch ein klein wenig Aufbruchsstimmung. Wenn das alles vorbei ist, tröstete sie sich, dann kann es nur noch aufwärtsgehen. Dann habe ich nichts mehr zu verlieren.

»Hast du schon gehört, wer deine Stelle bekommen wird«, fragte Leona.

»Nein.«

»Florian. Dein Florian.«

»Oh«, erwiderte Mathilde nur und widmete sich intensiv dem Einwickeln einer Champagnerflöte in Zeitungspapier. Die brauchte sie gar nicht wieder auszupacken, realisierte sie.

»Was macht eigentlich Jens, den habe ich schon länger nicht mehr gesehen«, erkundigte sich Mathilde nach einer Weile des konzentrierten Einpackens und Schweigens.

»Wir sind übereingekommen, daß uns eine Beziehungspause nicht schaden würde.«

»Oh«, sagte Mathilde erneut, und Leona schlug vor: »Ich koche uns mal Kaffee, bevor die Kerle ihn wegpacken.«

Mathilde nickte dankbar.

»Hat Lukas sich inzwischen gemeldet?« wollte Leona später wissen, als sie in der Küche standen und Kaffee tranken.

»Nein. Ich weiß nicht mal, wo er ist. Es gefällt ihm offenbar, mich zappeln zu lassen.«

»Oder er drückt sich vor der Arbeit hier.«

»Ja, typisch«, ereiferte sich Mathilde. »Ich kann jetzt sein Zeug mitschleppen und dafür auch noch bezahlen. Aber ich werde ihm bei nächster Gelegenheit alles vor die Tür werfen – wo immer diese auch sein mag!«

»Was ist mit den vielen Hüten?« unterbrach einer der Umzugshelfer.

»Die müssen natürlich mit. Nur das Regal bleibt hier«, antwortete Mathilde.

Einige Dinge überließ sie den Keusemanns gegen Entgelt: Die Hutregale im Schlafzimmer, die Brigitte »kultig« fand, die Regale der Bibliothek, die Spiegel im Yogaraum. Das alles war viel zu groß für das kleine Haus.

Draußen schepperte etwas, und eine Männerstimme fluchte auf polnisch. Die Anrichte aus dem Salon wurde gerade durch den Flur getragen.

Zu sehen, wie sich ihre Wohnung leerte, brach ihr das Herz. Leona bemerkte Mathildes Stimmungstief, ließ die Arbeit ruhen und umarmte Mathilde spontan.

»Es wird schon wieder«, sagte sie und tätschelte ihr den Rücken.

Mathilde, solche Gesten nicht gewohnt, mußte aufschluchzen.

»Entschuldige.«

»Warum? Heul dich ruhig aus. Dazu sind Freundinnen schließlich da«, sagte Leona.

Bis jetzt hatte Mathilde Leona nur als angenehme, hilfsbereite, zuweilen auch ein klein wenig aufdringliche Kollegin gesehen. War Leona ihre Freundin? Etwa, weil Mathilde ihr die Wohnung besorgt hatte? Und war sie, Mathilde, eine Freundin für Leona? Ihr Verhältnis war schwer einzuschätzen für Mathilde, die nie Freundinnen gehabt hatte.

»Man kann auch in Ricklingen leben«, scherzte Leona.

»Ich weiß.«

»Du kannst Rosen pflanzen und im Sommer grillen, ohne daß von oben einer meckert!«

Mathilde, weder ein Fan von Gartenarbeit noch von Grillabenden, nickte.

»Allein meine Hüte werden die Hälfte des Wohnraums einnehmen«, stellte sie fest.

Das Wochenende verging mit Möbel aufbauen, Lampen montieren, Kartons auspacken. Lauda hatte ihr dafür, wie schon zum Umzug, zwei preiswerte Arbeitskräfte vermittelt.

Am Montag nach dem Umzug schminkte sich Mathilde besonders sorgfältig. Ihre Wahl fiel auf das leichte, beige Sommerkostüm und einen schmalkrempigen, flachen Strohhut. So ausgestattet fühlte sie sich einer Aussprache mit Lukas gewachsen. Sie fuhr auf den Schnellweg und dann in Richtung Celle. Dort angekommen, mußte sie zweimal anhalten und auf der Karte nachsehen, bis sie ihr Ziel gefunden hatte. Langsam fuhr sie die Straßen mit den in die Jahre gekommenen Reihenhäuschen ab. Einige waren renoviert, wenn auch nicht immer geschmackvoll. Es waren gerade Straßenarbeiten im Gange. Über die gesamte Straßenlänge war der Asphalt aufgerissen, so daß es heftig staubte. Mathilde wollte ihren Wagen nicht in den Dreck stellen. Sie fand einen Parkplatz um die Ecke und ging zu Fuß zurück.

Das Viertel wirkte wie ausgestorben. An den Gärten und den Fenstern erkannte man, daß hier vorwiegend alte Menschen lebten. Das Haus von Lukas' Mutter war an der Frontseite mit Eternitplatten verkleidet. Alles wirkte grau: das Haus, die Fensterrahmen, die Gardinen hinter den schmutzigen Scheiben und sogar das Unkraut im Vorgarten. Über Waschbetonplatten führte ein Weg zur Haustür: geriffeltes Glas in einem braunen Alurahmen. Mathilde klingelte, doch alles blieb ruhig. Sie hatte es auch nicht läuten hören. Vielleicht war der Strom abgestellt. Auf die Glasscheibe hatte jemand mit blutroter Farbe »Mörderhaus« gesprüht. Warum machte Lukas diese Schweinerei nicht weg? Und wo war er? Sie sah auf die Uhr. Sie war eine Viertelstunde zu früh da. Um zehn Uhr wollte er sich mit ihr hier treffen. Sie sollte ein paar von seinen Sachen mitbringen, vor allen Dingen den Computer. Erleichtert, daß er sich endlich verhandlungsbereit zeigte, hatte sie sich einverstanden erklärt. Auf diese Weise mußte sie ihn wenigstens nicht zu sich bitten.

Das Haus war das letzte einer Fünferreihe. Zwischen einer leeren, rostigen Regentonne und einem Fahrradunterstand aus Wellblech führte ein überwucherter Plattenweg in den Garten. Eine über zwei Meter hohe Zypressenhecke bildete den düsteren Rahmen für ein langes Rechteck, auf dem dürre mannshohe Gräser ungehindert wucherten. Am Ende des Grundstücks stand ein Schuppen mit tiefgezogenem Dach, unter dem sich auf einer Seite ein Verhau aus Brettern und Draht befand. Auf den zweiten Blick erkannte Mathilde acht verfallene Kaninchenställe, und im Geist hörte sie Lukas erzählen: *...als ich es aus dem Stall genommen und auf die Schlachtbank gesetzt habe, konnte ich fühlen, wie es unter meinen Händen zitterte. Als wüßte es genau, was ihm bevorstand. Dann habe ich das Ding angesetzt und abgedrückt. Es hat geknirscht und der Körper hat einmal gezuckt, dann sind die Augen immer glasiger geworden. Und während der ganzen Prozedur hatte mein Vater seine Hand um meinen Nacken gelegt, als wollte er mich erwürgen, sobald ich einen Fehler machte. Es war übrigens mein Lieblingskaninchen, weiß mit schwarzen Flecken, ich hatte es Max genannt. Naja, Kinder machen so was – Stallkaninchen Namen zu geben. Ich war acht Jahre alt. Aber ich habe nicht geheult. Erst später, in meinem Zimmer, wo mein Vater es nicht sehen konnte...* Ein Vogel kreischte und flatterte auf. Mathilde erschrak. Sie hatte plötzlich das Gefühl, beobachtet zu werden. Beklommen schaute sie in die Fenster auf der Rückseite des Hauses. Doch niemand zeigte sich, alles blieb still.

Auf der Terrasse standen zwei ehemals weiße, nun schmutziggraue Plastikstühle. Mathilde spähte durch die Scheibe der Terrassentür, indem sie ihre Augen mit den Händen abschirmte. Unerwartet gab die Tür mit einem Scharren in den Angeln nach, und Mathilde stolperte in die gute Stube der Fellers.

Auf einem erbsengrünen, abgetretenen Teppichboden standen eine gleichfarbige Couch und zwei Sessel vor einer langen Schrankwand aus Eichenfurnier. Die Wände zierte eine Siebziger-Jahre-Tapete mit riesigen braunorangefarbenen Ornamenten. Auf einer mehrstöckigen Blumenbank vergammelten Topfpflanzen. Die Luft roch abgestanden. Was für eine Tristesse. Nein, daß niemand dieses Haus kaufen wollte, wunderte sie nicht. Irgendwo knarrte eine Diele.

»Lukas?«

Stille. Mathilde ging weiter. Anscheinend hatte Lukas damit begonnen, das Haus zu entrümpeln. Die geräumige Küche war leer bis auf die Spüle. Kabel hingen wie Spinnenbeine aus der Wand, die bis auf halbe Höhe blaßgelb gefliest war. Außer einer Abstellkammer und einer Toilette gab es im Erdgeschoß keine weiteren Räume. Mathilde stieg die Treppe hinauf ins Obergeschoß. Ein löchriger Kokosläufer dämpfte ihre Schritte. Das erste Zimmer beherbergte noch einen Schrank aus vergilbtem Schleiflack und ein französisches Eisenbett ohne Matratze. An den Wänden hingen keine Bilder mehr, nur ein paar rechteckige Schmutzränder waren auf der Tapete mit dem ausgeblichenen Blumenmuster zu sehen. Sie dachte an Lukas' Mutter. Er hatte wenig von ihr gesprochen, er schien sie zu verachten. Was Mathilde über die Frau wußte, stammte hauptsächlich aus der Traueransprache der Pastorin und dem Zeitungsartikel. Bei ihrem Tod war sie vierundsiebzig Jahre alt gewesen. Zeitlich war sie zwischen Merle und Franziska geboren. Eine bedauernswerte Frauengeneration, fand Mathilde. Aufgewachsen in düsterster Nazizeit, und als der Geist der Achtundsechziger über das Land wehte, da war Lukas' Mutter schon längst Hausfrau und Mutter, etabliert und angepaßt, verzweifelt darum bemüht, ihr Glück im Schoß der Familie zu finden. Und wenn das nicht gelang, mußte wenigstens der Schein gewahrt werden. Mathilde stellte sich vor, wie Frau Feller heimlich das Geld aus den Rabattmarkenheften gehortet und dabei von ihrer Flucht in ein eigenständiges Leben geträumt hatte. Aber hatten die Hausfrauen der fünfziger und sechziger Jahre überhaupt solche Träume gehabt? Zu Zeiten, in denen eine alleinstehende Frau als minderwertig galt, wohl eher nicht. Nein, sie hatte sich vermutlich etwas vorgelogen, hatte alles Negative unter den Teppich gekehrt, ausgeblendet, verleugnet. Bis der Tod ihres Mannes die Dinge verändert und sie in den ehrbaren Stand einer Witwe versetzt hatte. War sie danach aufgeblüht oder in der Opferrolle geblieben? Hatte es nach Lukas' Vater andere Männer in ihrem Leben gegeben? Lukas hatte nie dergleichen erwähnt. Vermutlich hatte sie für alle Zeiten genug von Männern gehabt. Mathilde würde es nicht mehr erfahren. Sie ging weiter.

Das Zimmer am Ende des Flurs war ein kleiner Raum mit einer Dachgaube. Darin standen ein leerer Kleiderschrank aus Holzimitat, ein Regal mit verstaubten Matchboxautos und ein weiß lackiertes Kinderbett. Ein Metallgitter war nachträglich von innen vor der Gaube angebracht worden. Auf der Tapete hoppelten niedliche Häschen. Was waren das für Eltern, fragte sich Mathilde, die dem einen Kind Hoppelhäschen an die Wände tapezierten und das andere Kind zwangen, die echten Hasen zu schlachten?

Eine Spieluhr in Form eines Harlekins hing an der Querstrebe des Bettgitters. Mathilde zog an der Schnur. *Guten Abend, gute Nacht.* Sie hatte dieses Schlaflied schon immer gruselig gefunden, vor allem die

Textstelle *Morgen früh, wenn Gott will* ... Was, wenn er nicht wollte? Ein Schauder lief ihr den Rücken hinab, und sie verließ rasch den Raum.

Lukas' Zimmer war unschwer an den schwarz gestrichenen Wänden zu erkennen. Chucks Zimmer, dachte sie eingedenk ihrer Wondratschek-Phase in den späten Siebzigern und mußte unwillkürlich lächeln. Sogar den Türstock hatte er schwarz lackiert. Ein paar Reißzwecken mit Fetzen von Postern steckten in der Wand. Der Boden bestand aus braunem Linoleum, das sich an den Nähten aufbog. Darauf stand ein einfaches Bett aus Nußbaumfurnier mit einem Bettkasten. Von der Decke hing ein lederner Sack, wie er beim Boxtraining benutzt wird.

Es sah nicht so aus, als bewohnte Lukas dieses Haus. Warum hatte er sie dann gebeten, seine Sachen hierherzubringen? Weil er vermutlich bei irgendeiner Frau untergekrochen ist und nicht will, daß ich davon erfahre, mutmaßte Mathilde. Als ob mir das inzwischen nicht egal wäre.

Sie inspizierte das Bücherregal. Abenteuerromane, Geschichten von Edgar Alan Poe, Biographien großer Feldherren, Bücher über das alte Rom und das Mittelalter, über Kriege, Schlachten, die Inquisition, *Dr. Jekyll und Mr. Hyde*, *Das Parfum*, *Die hundertzwanzig Tage von Sodom*. Letzteres trug deutliche Gebrauchsspuren. Mathilde nahm es aus dem Regal und blätterte darin. Es war reich an Radierungen, die die Phantasien de Sades illustrierten. Als sie eine weitere Seite umschlug, fiel ihr ein Foto vor die Füße.

Es war farbig und hatte, wie viele alte Farbfotos, einen Stich ins Rötliche. Darauf war ein Mädchen zwischen zwölf und vierzehn Jahren. Ihr Körper erinnerte an die ausgemergelten Frauenakte von Egon Schiele. Vom grellen Sonnenlicht erbarmungslos ausgeleuchtet lag sie mit weit von sich gestreckten Armen und Beinen nackt auf einer roten Unterlage. Nein, das war keine Nacktheit, sondern eine verletzende Blöße. Hier war kein Individuum abgebildet, sondern ein zum Anschauungsobjekt reduziertes Stück Materie. Die Perspektive war so gewählt, daß der erste Blick des Betrachters fast automatisch den Intimbereich fokussierte. Ihr Gesichtsausdruck war schwer zu deuten. War das Angst, Lust? Nein, ihr Blick war einfach nur leer, fand Mathilde, die angestrengt überlegte, wo sie diese Gesichtszüge schon einmal gesehen hatte: diese hohen Wangenknochen, die kleine, kecke Nase, die leicht aufgeworfene Oberlippe. Die Haarfarbe war nicht zu bestimmen, weil das Haar naß war. Dennoch erkannte Mathilde schließlich die Frau auf dem Foto: Es war die Psychologin. Das mußte sie sein, als Jugendliche.

Mathilde war, als hätte sie unten ein Geräusch gehört. Sie steckte das Foto in ihre Handtasche, zwischen die Seiten ihres Notizkalenders, und sah auf die Uhr. Es war fünf nach zehn. Sie stieg die Treppe hinunter. Doch niemand war da. Sie schaute durch das Küchenfenster auf die Straße hinaus. Nichts regte sich. Unschlüssig verharrte sie im Flur. Wo blieb er? Sie kramte in ihrer Tasche nach dem Mobiltelefon und stellte fest, daß sie es im Wagen gelassen haben mußte. Dort lag es meistens, im Handschuhfach. Ich gebe dir noch fünf Minuten, dann gehe ich, beschloß Mathilde verärgert.

Erst jetzt bemerkte sie die Tür neben dem Eingang zur Küche, eine Stahltür, wie sie der Brandschutz für Heizungsräume vorschreibt. Mathilde öffnete sie. Vor ihr lag die Treppe, die sie aus Lukas' Erzählungen kannte. Sie drehte den Lichtschalter um, und es klickte, bevor eine Kellerleuchte ihren matten Schein spendete. Lukas hatte nicht gelogen, die Betontreppe war steil. Mathilde zählte zwanzig Stufen, die sie nun hinabstieg, vorsichtig, denn die rechte Treppenseite war zum Kellerraum hin offen, und es gab kein Geländer. Die Luft war stickig.

Unten angekommen mußte sie ihren Hut abnehmen, um aufrecht stehen zu können. Sie sah sich um, erspähte ein Regal mit Marmeladengläsern und Flaschen, dem Anschein nach Schnaps oder Likör, ein leeres Holzgitter für Kartoffeln, ein Regal mit alten Damenschuhen und Stiefeln. Am Fuß der Treppe waren Bohrlöcher in der Wand, und sie erkannte die abgesägten Stummel einer Leitung, wo vermutlich einmal ein Gasbrenner gehangen hatte. Hatte hier, wo sie nun stand, Lukas' Vater seinen letzten Atemzug getan? Was hatte sie erwartet? Einen Blutflecken? Einen Geist? Was tust du eigentlich hier, fragte sich Mathilde und entfernte angeekelt ein paar Spinnweben, die sich wie ein Schleier über ihr Haar gelegt hatten. Dann ging das Licht aus.

Bestimmt hatte der Lichtschalter eine Zeitautomatik. Im schwachen Schein, der durch die offene Kellertür in den kleinen Raum fiel, suchte Mathilde nach dem unteren Lichtschalter. Sie fand keinen. Am falschen Fleck gespart, dachte sie. Der Lichtschein wurde schwächer, ehe es mit einemmal stockdunkel war. Die Tür mußte zugefallen sein. Zugefallen? Sie hatte keinen Knall gehört. Mit ausgestreckten Armen durchquerte sie den Kellerraum, bis ihr Fuß gegen die Kellertreppe stieß. Mehr kriechend als gehend bewegte sie sich nach oben. Sie war wütend auf sich selbst. Das Kostüm war jetzt sicher ein Fall für die Reinigung. Noch schlimmer: Lukas, wenn er denn endlich auftauchte, würde sofort kombinieren, daß sie im Keller und – so würde er richtig schlußfolgern – im ganzen Haus herumgeschnüffelt hatte.

Endlich fand sie die Tür. Sie richtete sich auf und tastete nach der Klinke. Zum Teufel, sie mußte doch hier sein, auf der linken Seite. Dann eben zuerst den Lichtschalter. Es war ein schwarzer Bakelitschalter, er war auf Augenhöhe an der Wand angebracht, erinnerte sie sich. Endlich fand sie ihn und drehte ihn um, wie sie es vorhin gemacht hatte. Es blieb dunkel. Noch ein Versuch, und noch einer, probeweise in die andere Richtung. Kein Licht. War es vielleicht der falsche Schalter? Nein, es gab nur diesen einen. Hektisch fuhren ihre Hände über die Stahltür und entdeckten etwas, das sich wie ein großes Schlüsselloch anfühlte. Na also, dann mußte sich doch darüber die Klinke befinden. Weitere Sekunden vergingen, ehe Mathilde begriff, daß in dieses Loch die Türklinke gehörte. Doch die Klinke fehlte, die Tür war zu und, soweit sie vorhin die Lage erfaßt hatte, gab es hier auch kein Fenster.

3

Treeske hatte nicht in diese langweilige Siedlung ziehen wollen, aber für ihre Eltern markierte das kleine Reihenhaus einen sozialen Aufstieg. Vom Fenster ihres neuen Zimmers aus sah sie über die Straße, auf Fellers Vorgarten und in Lukas' Zimmer im oberen Stock, das dem ihren fast genau gegenüberlag. Stundenlang konnte sie auf der Fensterbank sitzen und katzengeduldig warten, nur um ihn zu beobachten, wenn er in seinem Zimmer den Boxsack mit den Fäusten bearbeitete. Wenn sie glaubte, daß er zu ihr herüberschaute, winkte sie ihm zu. Er winkte nie zurück, aber sie war sicher, daß er manchmal absichtlich die Gardine offenließ und das Licht einschaltete, damit sie ihn sehen konnte. Wenn er morgens mit dem Rad zum Bahnhof fuhr, radelte sie ihm hinterher. Er hängte sie meistens ab, aber am nächsten Morgen folgte sie ihm wieder, wie ein Straßenköter. Jeden Tag hielt sie ein Stückchen länger mit. Irgendwann gewöhnte er sich daran und fuhr langsamer.

»Wie alt bist du?« fragte er eines Morgens, als sie vor einer roten Ampel standen. Es waren die ersten Worte, die er an sie richtete.

»Vierzehn.«

»Du lügst«, stellte er fest.

Im Februar 1981 kaufte er eine blaue Ente. Treeske fuhr von da an nicht mehr mit dem Rad, denn manchmal, wenn er sie zur Bushaltestelle gehen sah, ließ er sie einsteigen und brachte sie zur Schule. Im Schneidersitz saß sie dann neben ihm und fühlte sich ziemlich erwachsen.

»Du könntest mich mal mit nach Hannover nehmen.«

»Könnte ich. Will ich aber nicht.«

An einem warmen Tag im April fuhr er ohne Vorankündigung an der Schule vorbei und aus der Stadt hinaus. Es ging über Feldwege, und schließlich hielten sie an einem winzigen See. Er breitete eine rote Decke am Ufer aus. Stumm lagen sie nebeneinander in der Sonne, im Kassettenrekorder lief *The Wall*. Treeske zog mit einer, wie sie glaubte, beiläufigen Geste ihr Kleid aus. Lukas schien eingeschlafen zu sein. Treeske piesackte ihn mit einem Grashalm. Er rollte sich auf die Seite, musterte sie, dann wog er ihre Brüste, als gälte es, Obst am Marktstand zu prüfen.

»Naja«, sagte er und ließ sich wieder auf die Decke zurücksinken. Treeske wartete. Lukas starrte in die Wolken. Als weiter nichts geschah, legte sie ihre Hand auf seine Brust, strich über seinen Nabel, öffnete Zentimeter für Zentimeter den Reißverschluß seiner Jeans und ertastete sein Geschlecht. Ein warmer Stein, der sich nach ihrer Hand streckte. Unter der dünnen Haut fühlte sie seinen Puls. Sie fand es abschreckend und unheimlich, aber zugleich auch verlockend. Lukas ließ sie ein paar Minuten lang gewähren. Dann stand er auf, zog sich nackt aus und ging schwimmen, während Treeske am Ufer saß und an ihren Fingernägeln kaute.

Wenn sie die Umdrehungen des kleinen Zeigers auf ihrer Uhr richtig mitgezählt hatte, war jetzt Dienstag mittag. Das bedeutete, daß sie seit sechsundzwanzig Stunden im Dunkeln eingeschlossen war. Das Zeitgefühl war ihr abhanden gekommen. Mit der winzigen Taschenlampe, die an ihrem Schlüsselbund hing, hatte sie ihre Umgebung erforscht. Als der Schein immer schwächer wurde, machte sie sie aus. Nur wenn sie diese absolute Dunkelheit gar nicht mehr aushielt, schaltete sie das Lämpchen an. Ein paar kostbare Sekunden, um auf die Uhr zu sehen und um nach einem Werkzeug zu suchen, mit dem sie die Wand zum Nachbarhaus behauen konnte. Aber in diesem Keller gab es nichts, mit dem man dem Stein nachhaltig zu Leibe rücken konnte, nicht mal einen Nagel. Ihr blieb nur der Haustürschlüssel. Mit dem kratzte sie ein Loch in den Putz. Es gelang ihr, bis auf die Ziegel vorzudringen. Danach ging es bedeutend langsamer voran. Sie hoffte inständig, daß ihr Orientierungssinn sie nicht täuschte, und sie sinnlos an einer der Außenmauern herumscharrte. Ihr Körper brannte vor Durst. Erneut öffnete sie sämtliche Flaschen des Regals und roch daran. Schnaps, nichts als Schnaps. Wer würde auch mit Wasser gefüllte Schnapsflaschen im Keller lagern? Sie aß mit den Fingern aus einem Glas Erdbeermarmelade, aber der Zucker machte den Durst nur schlimmer.

Weitermachen! Du mußt durch diese Wand! Doch ihre Finger waren verkrampft, die Arme schmerzten, sie merkte, wie ihre Kräfte nachließen. Verzweifelt schlug sie einer eckigen Schnapsflasche an der Treppenkante den Hals ab und benutzte diese als Kratzwerkzeug. Damit kam sie besser zurecht. Der Kellerraum roch nun penetrant nach Schnaps, aber es gab Schlimmeres. Irgendwann, in den ersten Stunden, hatte sie unter die Treppe gepinkelt und dabei gedacht: *Das verzeihe ich dir nie im Leben, Lukas Feller!*

Aber wie lange würde ihr Leben noch dauern? Sie versuchte sich daran zu erinnern, ob das Nachbarhaus einen bewohnten Eindruck gemacht hatte. Würde jemand ihre Rufe hören? In den ersten Stunden ihrer Gefangenschaft hatte sie viel wertvolle Kraft mit Hilfegeschrei vertan. Verbissen kratzte sie weiter. Aber irgendwann konnte sie vor Erschöpfung die Arme nicht mehr heben. Entmutigt ließ sie sich auf den Boden sinken und setzte die Schnapsflasche an. Der Fusel brannte schon gar nicht mehr. Sie behielt die Flüssigkeit so lange wie möglich im Mund. Immerhin bestand das Zeug ja zum größten Teil aus Wasser, beruhigte sie sich. Die Flasche war leer. Das konnte unmöglich alles sie getrunken haben. Und immer noch quälte sie ein rasender Durst. Sie knipste die Taschenlampe an. Für einen kostbaren Moment glühte sie schwach auf, um dann endgültig zu erlöschen. Mathilde warf sie wütend in das Dunkel, hörte das Klirren, als sie mit einer der Flaschen im Regal kollidierte und dann zu Boden polterte. Sie verspürte das Bedürfnis zu weinen.

Reiß dich zusammen. Weinen bedeutet unnötigen Flüssigkeitsverlust! Sie rollte sich auf dem Fußboden zusammen und legte den Kopf auf den angewinkelten Arm. Gefangen im Dunkeln. Wie zum Teufel hatte sie nur in diese Lage geraten können? Weil du dich mit einem Verbrecher eingelassen hast, du naive Gans. War das hier seine Rache, weil sie ihn werggeschickt hatte? War sie hier, um zu sterben?

Ihre Chancen standen schlecht. Wer würde nach ihr suchen, wer würde sie vermissen? Kein Mensch. Höchstens Leona. Die hatte bestimmt schon einige Male bei ihr angerufen. Aber es konnten Tage vergehen, ehe Leona etwas unternahm – wenn überhaupt. Sie war Lukas auf Gedeih und Verderb ausgeliefert.

Ihre Verzweiflung wuchs nun mit jeder Minute. Sie begann zu verstehen, was Todesangst ist.

»Lukas, es ist genug, laß mich raus«, rief sie mit flehender Stimme ins Dunkel hinein. Die Antwort war Stille.

Ihr wurde abwechselnd kalt und heiß. Sie hörte ihren Herzschlag, fühlte, wie der Schnaps ihren Stoffwechsel sabotierte. Ihr Organismus, jenes wunderbare, komplizierte System, würde zusammenbrechen, der Alkohol würde ihre Wasserreserven austrocknen, bald würde der Flüssigkeitsmangel ihre Nieren lahmlegen, ihre Leber vergiften, Zelle für Zelle würde sie hier, im Keller dieses Reihenhauses, langsam mumifizieren.

Wenn Lukas als Kind Fleisch aß, kaute er lange darauf herum. Er mochte die Konsistenz und den Geschmack des Saftes auf seiner Zunge. Dann aber, wenn der Brocken zerkaut und trocken war, spuckte er ihn aus und legte ihn angeekelt an den Rand des Tellers. Genauso ging es ihm mit Frauen. Er kannte die Begierde, aber sie hatte nichts zu tun mit dem Objekt, das ihn nach dem Genuß regelmäßig anzuwidern begann. Leider verstanden das die Frauen nicht. Sie wollten Zärtlichkeiten, Liebesschwüre, Versprechen. Dafür erniedrigten sie sich. So wie sich seine Mutter für das bißchen Sicherheit, das sein Vater ihr bot, erniedrigt hatte. Diese Anstrengung und die permanente Selbstverleugnung ließen sie abstumpfen. Nur für seinen Bruder, den Idioten, fand sie noch zärtliche Worte. Daran änderte sich auch nach dessen Tod nichts, und Lukas kam allmählich zu dem Schluß, daß er es aus irgendeinem Grund nicht verdiente, geliebt zu werden. Dagegen wappnete er sich mit Zynismus. Und über seine Gefühle sprach er zu niemandem.

Auch jetzt betrachtete er das Mädchen stumm von der Seite. In einem luftigen Sommerkleid saß sie auf einer Decke. Das rote Haar floß in weichen Kaskaden über ihren gekrümmten Rücken. Sie las in einem Buch, während er sich ausmalte, was man mit diesem grazilen Körper alles anstellen könnte.

»Soll ich dir vorlesen?« fragte sie.

»Wenn es interessant ist.«

Das Buch war in Packpapier eingebunden, wie ein Schulbuch. Allerdings war es definitiv kein Schulbuch. Aber dennoch lehrreich. Sie machte ihre Sache gut. Ihre Stimme war ein ruhiger gleichmäßiger Fluß. Zuweilen traute er seinen Ohren nicht, mochte nicht glauben, daß solche Worte, solche Sätze gedruckt worden waren. Andererseits konnte er sich nicht vorstellen, daß sich eine Dreizehnjährige derart Obszönes und Perverses ausdenken könnte. Und wie selbstverständlich ihr die vulgärsten Worte über die Lippen kamen!

Für Lukas war diese Lektüre eine Offenbarung. Es war also erlaubt, *so etwas* zu denken. Und es war sogar zulässig, es aufzuschreiben.

»Woher hast du das?« unterbrach er sie, als gerade eine besonders grausame Episode ihr letales Ende gefunden hatte.

»Aus der Stadtbücherei.«

»Und das haben sie dir da so einfach gegeben?«

»Natürlich nicht. Ich hab's geklaut. Stand im Regal ›Erotica‹. Soll ich weiterlesen?«

»Wenn du willst.«

Nach einer Stunde klappte sie das Buch zu und sah ihn mit graublauem Unschuldsblick an, nicht ahnend, welche Tür sie soeben geöffnet hatte.

Mathilde richtete sich langsam in Sitzposition auf. Jeder einzelne ihrer Muskeln schmerzte, aber dieses Leiden war vergleichsweise harmlos. Es wurde überlagert von einem glühenden Schmerz in ihrem Kopf. Um sie herum war es dämmrig. Sie blinzelte und sah sich langsam um. Irritiert betrachtete sie die karge Kellereinrichtung. Sie versuchte sich aufzurappeln, doch ihre Beine verweigerten die Befehle ihres Gehirns. Sie torkelte. Ihre Füße stießen gegen ihre Handtasche, und sie bückte sich, um sie aufzuheben. Ein Fehler. Ein Schwindelanfall schleuderte sie gegen die Wand. Sie japste nach Luft und atmete ein paar Mal tief durch. Es roch ekelhaft. Nein, hier durfte sie auf keinen Fall bleiben. Sie machte sich an den Aufstieg, die Treppe hinauf, dorthin, wo das Licht herkam. Sie hörte Stimmen. Eine Frau sagte: »Mit etwas Phantasie kann man sich diese Siedlungshäuschen ganz schnukkelig herrichten. So ... hier also geht es zum Keller. Wenn Sie mal einen Blick hineinwerfen wollen, aber er ist...«

Die Tür wurde geöffnet. Mathilde, geblendet von einer Lichtflut, machte die Silhouetten von drei Menschen aus.

»Wieso geht denn das Licht nicht an?« murmelte die Frau. Dann stieß sie einen Schrei aus und fuhr zurück. Mathilde wankte die letzten Stufen hinauf und blieb, am Türrahmen festgekrallt, stehen. Blinzelnd betrachtete sie die drei Gestalten, die sich schreckensstarr gegen die Wand des engen Flurs drückten. Es handelte sich um eine Dame ihres Alters in einem Hosenanzug, die eine Mappe in der Hand trug, und ein junges Paar in Jeans. Mathilde wollte grüßen, aber ihre Stimme glich der eines Kolkraben. Die drei verstanden sie offenbar nicht. Jedenfalls antwortete keiner.

Sie kümmerte sich nicht länger um die Leute und ging mit großen Schritten an ihnen vorbei, wobei sie sich mit den Händen an der Wand abstützte. Ihr Ziel war die Küche, der Wasserhahn. Sie beugte sich über die Spüle und trank gierig direkt aus dem Hahn. Zwischendurch sah sie sich zu einer kurzen Unterbrechung gezwungen, denn sie hatte sich verschluckt und mußte husten.

»Äh ... Verzeihung. Hilde Romeikat ist mein Name, ich bin die Maklerin ...«

Mathilde richtete sich auf. Wasser, köstliches Wasser rann ihr über Kinn und Hals, sie unterdrückte einen Rülpser und wischte sich mit dem Handrücken über den Mund. Die junge Frau drängte sich verängstigt an ihren Partner.

Mathilde sah an sich hinunter. Ihr einst helles Kostüm besaß nicht mehr viele helle Stellen, ihre Knie waren aufgeschürft, die Schuhe staubig und zerkratzt. Vermutlich war ihr Gesicht ähnlich schwarz wie ihre Hände, und auch ihr Haar dürfte schon gepflegter gewirkt haben. Aber sie hatte noch genug intus, um sich deswegen nicht übermäßig zu genieren. »Ich sehe wahrscheinlich aus wie Kaspar Hauser und rieche wie Mutter Courage«, stellte sie fest und kicherte. »Aber das stimmt gar nicht«, korrigierte sie sich. »Mutter Courage hat nicht gesoffen, sie hat nur Schnaps verkauft. Tolle Frau, nicht wahr?«

»Bit–te?« fragte die Maklerin und bekam einen sehr spitzen Mund.

»Wie ging das noch gleich, das Lied vom Fraternisieren? *Ich haßte ihn am Tage / Und nachts, da liebte ich ihn doch*«, krächzte Mathilde. Ihre Stimme konnte es auf jeden Fall mit der von Mutter Courage aufnehmen.

»Darf ich fragen ...«, setzte die Maklerin erneut an, aber Mathilde war nicht in der Verfassung, Erklärungen abzugeben. Sie ließ die drei stehen und strebte zur Haustür. Das Sonnenlicht löste eine neue Kopfschmerzattacke aus. Die Hand über die Augen gelegt, stakste sie durch den Vorgarten und den Gehweg hinunter. Es war ein Zufall, daß sie in die Richtung ging, in der, gleich hinter der nächsten Ecke, ihr Wagen stand. Erfreut erkannte sie ihn und fand nach einiger Mühe auch den Wagenschlüssel in der Handtasche. Sie versuchte sich gerade an der Aufgabe, den Zündschlüssel ins Schloß zu stecken, als sich eine Pranke schwer auf ihre Schulter legte.

»Mathilde!«

Langsam drehte sie den Kopf. »Lukas«, stellte sie fest, und endlich schaffte sie es, den Schlüssel im Zündschloß zu versenken. »Laß mich in Ruhe, ich fahre jetzt nach Hause.«

Er zog sie aus dem Wagen, führte sie um das Auto herum und drückte sie auf den Beifahrersitz. Dann legte er ihr den Gurt an und fuhr los.

Mathilde machte die Augen zu, preßte die Hände an die Schläfen und ließ ihn fahren, wohin er wollte.

Gerd Hanke sah aus wie ein Metzger, führte jedoch einen Frisörsalon und ging mit Treeskes Vater zum Angeln. Anfangs nahm Treeske seine schmierigen Komplimente gleichgültig hin. Mit fast fünfzig Jahren war der Mann in ihren Augen schon ein Greis. Eines Nachmittags, als Treeske gerade ihr Fahrrad aus der Garage holen wollte, tauchte er wie aus dem Nichts vor ihr auf. Er drückte sie auf die Motorhaube des Kadetts und schob ihr seine Hand, mit der er sonst den Fischen den Haken aus dem Maul riß, zwischen die Beine. Treeke biß, trat und schlug so vehement um sich, daß er von ihr abließ.

»Das erzähle ich meinem Vater!« schrie sie außer sich vor Wut.

Hanke grinste böse. »Tu das. Dann erzähle ich ihm, daß du mit dem jungen Feller rumfickst«, entgegnete er. »Du bist noch lange keine sechzehn, dafür wandert er in den Knast.«

Treeske starrte ihn haßerfüllt an.

Er wandte sich zum Gehen.

»Am Montag um drei Uhr in der Hütte im Schrebergarten«, sagte er zum Abschied.

Am nächsten Morgen berichtete sie Lukas davon. Sein Gesicht wurde zu Stein. Er wird ihn verprügeln wie seinen Boxsack! Die Zähne soll er ihm ausschlagen, diesem Schwein. Um Lukas' Zorn anzufachen, schluchzte sie. »Was soll ich denn jetzt bloß machen?«

»Was schon?« antwortete Lukas. »Willst du, daß ich im Knast lande?«

Ihre Hände strichen über kühlen glatten Stoff. An ihrer Seite nahm sie das Licht einer Nachttischlampe wahr. Das Fenster war ein schwarzes Rechteck. Es mußte Abend sein. Oder Nacht. Wie war sie in dieses Bett gekommen?

»Wie geht's?«

Sie drehte den Kopf in die Richtung, aus der die Stimme gekommen war. Eine heiße Nadel fuhr durch ihren Schädel.

Lukas beugte sich über sie. Er reichte ihr ein Glas Wasser. Es gelang ihr kaum, es ruhig in den Händen zu halten. Doch sie trank alles aus, und das Hämmern in ihrem Kopf ließ nach einer Weile stillen Liegens und Sinnierens nach. Was immer in dem Wasser gewesen war, es sickerte in ihr Hirn, löste den Schmerz auf, zerfraß ihre Ängste. Sie schloß die Augen. Träume und Trugbilder krochen heran wie Amphibien. Lukas lag neben ihr, auf einem Bett, eine pantherhafte Gestalt, die sich im Erwachen lässig räkelte, seine Blicke ließen heiße Spuren auf ihrer Haut zurück, sie spürte eine Welle des Verlangens auf sich zurollen und verlor sich in ekstatischen Bildern.

Als sie die Augen wieder öffnete, war das Fenster hellgrau. Ein Sonnenstrahl fiel flach herein und beleuchtete den mannshohen Stapel Hutschachteln, der sich über die gesamte Länge der Wand erstreckte. Neben dem Bett standen Umzugskartons, ein Korb mit Wäsche, eine Schublade voll mit Papieren. Es waren Fotos und Briefe von Franziska, Mathilde hatte noch nicht die Gelegenheit gefunden, sie durchzusehen. Wie ein Geist erschein Lukas vor ihr.

Mathilde setzte sich auf. Sie fühlte sich schmutzig und bemerkte, daß sie nur ihre Unterwäsche trug. Sie zog die Bettdecke bis unters Kinn. Er hatte eine Tasse in der Hand.

»Kaffee?«

»Wenn er stark ist.«

Sie trank den Kaffee, während er aus dem Fenster sah. »Netter Blick. Hast du gesehen, wieviel Äpfel der Apfelbaum trägt.«

»Sind alle wurmig.«

Lukas ging wieder hinaus. Sie hörte ihn reden und vernahm dann die Stimme eines jungen Mannes. Kurz darauf traten Lukas und ein doch nicht mehr ganz so junger, dicklicher Mann an ihr Bett. Der Fremde stellte eine lederne Tasche ab und reichte ihr die Hand.

»Dr. Jürgen Wiese.«

»Angenehm«, knirschte Mathilde und warf Lukas einen wütenden Blick zu. Wenigstens das hätte er ihr ersparen können.

Der Arzt maß Puls und Blutdruck, leuchtete mit einer Lampe in Mathildes Augen und lauschte durch sein Stethoskop ihrem Herzschlag.

»Und?« fragte Lukas.

»Alkoholvergiftung.«

Mathilde hätte sich am liebsten in Luft aufgelöst.

»Da kann man nicht viel machen, aber sie ist schon über den Berg. Der Rest vergeht von selbst.«

Der Mediziner verschrieb ihr ein Mittel gegen Kopfschmerzen und verabschiedete sich, Lukas brachte ihn zur Tür. Mathilde hörte den Arzt sagen. »Sie hat Glück gehabt.«

»Sie ist zäh«, erwiderte Lukas.

»Kommt das öfter vor?«

»Hin und wieder.«

»Das kann auch mal schiefgehen. Sie könnte eine Atemdepression...« Die Stimmen entfernten sich.

»Warum hast du mich in diesem Keller eingesperrt?« fragte sie, als Lukas zurückkam.

»Was redest du da für wirres Zeug?«

»Und jetzt stellst du mich auch noch als Quartalssäuferin hin.«

»Ich wollte nur sicher sein, daß es dir wieder gutgeht.«

»Wahrscheinlich muß ich dir dankbar sein, daß du mich nicht gleich in der Psychiatrie abgeliefert hast.«

»Mathilde«, seufzte er, als hätte er es mit einer Schwachsinnigen zu tun. »Als ich kam, warst du nicht da. Auch dein Wagen stand nicht vor dem Haus. Ich dachte, du bist schon fort, weil ich mich ein wenig verspätet hatte. Also bin ich auch gleich wieder gefahren.«

»Wie sehr hast du dich verspätet?«

»Fast eine Stunde. Tut mir leid.«

Er lügt, dachte Mathilde, die sich allmählich wieder an alles erinnerte. Sie hatte bestimmt über eine Stunde um Hilfe gerufen. Wäre er da gewesen, hätte er sie gehört.

»Ich habe versucht, dich anzurufen, aber du hast dein Handy ja nie dabei.«

»Praktisch, nicht wahr?«

»Was hast du überhaupt im Keller gemacht, wenn ich fragen darf?«

»Dich gesucht.«

»Im Keller?«

»Na schön, ich war neugierig.«

»Manchmal fällt die Tür von selbst zu«, sagte Lukas. »Ist mir auch schon passiert. Die Türklinke hat mein Vater schon vor vierzig Jahren entfernt.«

»Und die Sicherung hat sich ebenfalls von selbst rausgedreht, ja? Wenn mich diese Maklerin nicht entdeckt hätte, wäre ich da unten verreckt!«

»Die Maklerin habe ich ins Haus bestellt. Denkst du, das hätte ich gemacht, wenn ich dich im Keller eingesperrt hätte? Wie bist du überhaupt ins Haus gekommen?«

»Durch die Terrassentür. Als ich aus Versehen dagegen gedrückt habe, ging sie auf.«

»Vielleicht waren es ja die Jugendlichen, die diesen Unsinn an die Tür gesprüht haben. Sie müssen die hintere Tür aufgebrochen haben. Ich hatte neulich schon das Gefühl, daß jemand im Haus war. Glaub mir, Mathilde, ich weiß, wie es ist, da unten ohne Licht eingeschlossen zu sein. Ich würde das niemandem antun.«

Mathilde glaubte ihm nur bedingt. Doch sie sah ein, daß es zwecklos war zu widersprechen. Sie würde Lukas nichts beweisen können, und er würde nichts zugeben. Falls er es überhaupt gewesen war. Das alles machte ja tatsächlich keinen Sinn, überlegte sie. Es sei denn, er wollte mir eine Lektion erteilen. Hatte er nicht neulich gesagt, sie hätte keine Ahnung, wie es wäre, seine Freiheit zu verlieren?
»Brauchst du noch etwas?« fragte er.
»Nein.«
»Dann gehe ich jetzt wieder.«
»Warte.«
»Was ist?«
»Welchen Tag haben wir heute?«
»Freitag, den fünften August.«

Am Montag, *dem* Montag, regnete es. Mit dem Fahrrad fuhr sie die drei Kilometer langsam durch die Felder. Das ganze Wochenende hatte sie sich in ihrem Zimmer verbarrikadiert, von Weinkrämpfen geschüttelt, bis ihre Eingeweide davon schmerzten. Als sie aufhörte zu heulen, fühlte sie sich so leer wie ein von Hanke ausgenommener Fisch. Lähmende Apathie überfiel sie, sogar das Atmen wurde ihr zu anstrengend, und sie ertappte sich bei dem Versuch, einfach damit aufzuhören. Als das nicht gelang, ging sie alle ihr bekannten Selbstmordmethoden durch und stellte sich Lukas an ihrem Grab vor. Seine Verzweiflung, seine Reue. Ich tu es nur für ihn, redete sie sich schließlich ein. Sie war eine Heldin, die ihre Tugend hingab, um dem Geliebten das Gefängnis zu ersparen.

Nur Hankes grüner Manta stand auf dem Parkplatz der Gartensiedlung. Sie machte ihr Fahrrad an einem Baum fest. Wasser perlte von ihrem Regenumhang, die Cowboystiefel mit den Fransen waren bereits durchnäßt. Über schmale Wege näherte sie sich Hankes Garten. Sie kannte sich aus. Ehe sie in das Haus mit dem Garten gezogen waren, hatten die Tiffins hier ebenfalls eine Parzelle besessen.

Gerd Hankes Hütte war im Schwarzwaldstil gehalten, ein Hirschgeweih krönte die Tür, und die zwei kleinen Fenster hatten Läden mit ausgesägten Herzchen. Hinter den Scheiben hingen geraffte, rotweiß karierte Gardinen und Fliegenfänger, an denen zahlreiche tote Insekten klebten. Die Tür stand offen. Sie wurde bewacht von einem Gartenzwerg, der ihr hämisch zugrinste. Ihr Magen zog sich zusammen. Vielleicht würde Lukas sie nach diesem Opfer endlich wirklich lieben. Ja, bestimmt würde er das, denn wer so etwas von ihr verlangte, der schuldete ihr seine Liebe. An diesen Gedanken wollte sie sich klammern, bis es vorbei war.

Am Montag wurde Mathilde von einer Sachbearbeiterin aus der Zentrale ihrer Bank angerufen. Die Dame fragte, ob sie mit Frau Mathilde Degen persönlich spreche, und wollte zur Sicherheit ihr Geburtsdatum wissen. Dann sagte sie:»Frau Degen, Ihr Girokonto weist derzeit einen Minusbetrag von dreitausend Euro auf, und Ihr Dispokredit beträgt fünftausend.«

»Ja, und?« fragte Mathilde, Böses ahnend. Bestimmt hatten sie erfahren, daß sie arbeitslos war und wollten den Kredit kündigen. Oder gleich das ganze Konto. Und das würde nur das erste Glied in einer langen Kette von Demütigungen sein.

Die Bankangestellte fuhr fort:»Frau Degen, ich habe seit einigen Tagen eine schriftliche Überweisung in Höhe von 220 000 Euro vorliegen und wollte zu Ihrer Sicherheit Rücksprache halten, was es damit auf sich hat. Kann es sein, daß Sie diese Summe in den nächsten Tagen erwarten? Und wenn ja, soll diese dann tatsächlich sogleich auf das Konto der Crédit Municipal in Marseille überwiesen werden?«

»Wie bitte!?«

Die Sachbearbeiterin wiederholte geduldig ihre Worte.

»Auf keinen Fall!« schrie Mathilde. »Verzeihung. Warten Sie, warten Sie, bitte.«

Ihr schwirrte der Kopf. Eine Überweisung von 220 000 Euro auf ein französisches Konto?

»Wer hat auf der Überweisung unterschrieben?« fragte sie.

»Wir haben die Unterschrift mit der uns vorliegenden verglichen. Bei Überweisungen in dieser Größenordnung machen wir das immer. Sie scheint identisch mit Ihrer zu sein.«

»Und wie ist der Name des Empfängers?«

»Gerard Rivalier«, sagte die Frau in gekonntem Französisch.

»Bitte, würden Sie mir die Überweisung zuschicken – oder nein. Ich würde sie gerne selbst abholen.« Immerhin war das ein Beweisstück. »Ich würde auch gerne mein Konto sperren lassen, sicherheitshalber. Und das Aktiendepot. Und ein neues Konto eröffnen.«

Sonst bestellte Lukas am Ende noch einen Ferrari bei ebay und gab ihre Kontonummer an. Die Dame aus der Zentrale sagte zu, die sofortige Sperrung des Kontos zu veranlassen und bat Mathilde, die Neueröffnung bei einer ihrer Bankfilialen vorzunehmen.

»Ich danke Ihnen sehr«, sagte Mathilde am Ende des Gesprächs.

»Dafür nicht«, sagte die Dame auf gut hannöversch.

Wofür dann, dachte Mathilde. Sie hat quasi mein Leben gerettet.

Mathilde lief in der Küche auf und ab wie ein aufgescheuchtes Huhn. Nun war das Maß voll. Sie würde zur Polizei gehen. Urkundenfälschung nannte man das ihres Wissens.

Im Flur blieb sie vor dem Spiegel stehen, den sie erst gestern aufgehängt hatte. Ihr Gesicht war bleich und hager, die Augen rot geädert, die Tränensäcke geschwollen. Riesig stach ihre Nase hervor, und um den Mund hatten sich trockene Falten in die Haut gegraben. Ihr Haar hing herab wie welker Schnittlauch. Am Ansatz war ein grauer Streifen zu erkennen. Sie versuchte ein Lächeln, aber es gerann zur Grimasse. Sieh dich nur an, Mathilde Degen. Hast du wirklich geglaubt, er liebt dich?

Sie mußte an die Briefe denken, die er ihr geschrieben hatte. Konnte sich ein Mensch so verstellen? Natürlich, du dumme Pute! Erst recht auf dem Papier und wenn er ein Ziel vor Augen hat: dein Geld.

Gerard Rivalier. Bestimmt besaß Lukas einen falschen Paß auf diesen Namen. Oder sogar einen echten. Fremdenlegionäre erhielten nach zehn Jahren die französische Staatsbürgerschaft. Und konnte man sich beim Eintritt in die Legion nicht einen neuen Namen zulegen, als Schutz vor einer strafrechtlichen Verfolgung?

»Tja, Lukas«, sagte sie zu ihrem Spiegelbild. »Du bist offensichtlich nicht geübt im Verkaufen von Häusern. Sonst hättest du schon mal von einem Notaranderkonto gehört.« Dort blieb das Geld so lange, bis alle Parteien dem Notar signalisierten, daß das Geschäft abgewikkelt worden war. Das hieß in ihrem Fall, daß Mathilde die Wohnung ordentlich übergab, Keusemanns den vollen Kaufpreis bezahlten und Mathilde die Hypothek bei der Bank tilgte. Letzteres hatte Mathilde noch nicht veranlassen können, weil sie von Montag bis Donnerstag im Keller gesessen und am Freitag ihren Kater auskuriert hatte. Deshalb lag das Geld nach wie vor sicher auf dem Konto des Notars. *Eigentor, Lukas Feller, du windiger Heiratsschwindler!*

Mathilde setzte sich erschöpft auf den Küchenstuhl und schaute in den Garten, wo das Gras höher denn je wucherte. Ihre Gedanken griffen wie Zahnräder ineinander. Um Geld war es ihm also immer gegangen, von Anfang an. Deswegen hatte er noch im Gefängnis seinen Knastkumpel losgeschickt, sie zu beobachten. Der sollte herausfinden, ob es sich lohnte. Jetzt war auch klar, warum Lukas sie im Keller seines Hauses festgehalten hatte. Er hatte auf die Ausführung seiner gefälschten Überweisung gewartet und verhindern wollen, daß sie ihm in die Quere kam und das Geld womöglich vorher abhob oder woandershin überwies. Wäre sein Plan aufgegangen, säße sie jetzt noch in diesem Loch und er wäre über alle Berge. Seine alten Kameraden aus der Legion würden ihm sicher bei einer Flucht weiterhelfen, mit Unterkünften und falschen Papieren. Oder er wäre rotzfrech hiergeblieben, hätte sie vermißt gemeldet und der Polizei ihren Tod als tragischen Unglücksfall verkauft. Kaltblütig genug wäre er, um das durchzuziehen.

Aber nun war er nicht an das Geld gekommen, hatte sie wieder aus dem Keller befreit und sich sogar um sie gekümmert. Hätte er nicht auch einfach abwarten und sie dann beerben können? Warum wohl hatte er sie rausgelassen?

Eine alte Gewohnheit ließ sie zur Küchenschublade gehen und das Kartendeck herausholen. Wochenlang hatte sie es nicht mehr in der Hand gehabt. Sie mischte lange und genoß es, die Karten durch ihre Hände gleiten zu lassen. Dabei mußte sie an Franziska denken. Was hätte sie zu all dem gesagt? Und Merle? Die hätte es ihm schon gezeigt! Nur, wie?

Endlich zog sie eine Karte. *Die Fünf der Kelche – die Schwarze Nacht der Seele, die Trauer um Verlorenes. Sie begegnen den Schattenseiten Ihrer Gefühle.*

Richtig, dachte sie: Ich fange an, den Mann zu hassen. Allerdings hätte Mathilde lieber von den Karten erfahren, was Lukas als nächstes vorhatte.

Der Tag war glühendheiß, die Luft stand. Grillen zirpten, in der Ferne schnurrte ein Rasenmäher. Ein Kleingärtnerpaar döste auf Liegestühlen im Schatten. Treeske fühlte den Schweiß auf ihrer Stirn, als sie sich dem Schwarzwaldhäuschen näherte.

»Ab jetzt immer am Montag«, hatte Hanke nach dem erstenmal verlangt. Sie wagte nicht, sich der Anordnung zu widersetzen.

Die Tür war angelehnt. Sie biß die Zähne zusammen und öffnete sie ganz.

Im dämmrigen Licht, das durch die zugezogenen Vorhänge drang, erkannte sie nur Hankes Umriß. Er lag auf dem Sofa.

»Hi«, sagte Treeske leise.

Die Luft war stickig. Nein, es stank so sehr, daß es ihr fast den Atem nahm. Insekten summten. Sie trat näher an ihn heran. Ein Schwarm Fliegen stob auf, und sie schaute in seine glasigen Augen und den Mund mit der herausquellenden Zunge. Als eine Fliege aus der rechten Augenhöhle kroch, sich putzte, und dann wieder zurückschlüpfte, preßte Treeske die Hand gegen den Mund und rannte davon.

Sie übergab sich am Fuß des Fahnenmastes, der den Eingang der Gartenkolonie markierte. Aus dem Schatten einer hohen Kirschlorbeere trat Lukas. Seine Augen glänzten, er lächelte sie an. Sie schob ihre eiskalte Hand in die seine. Sie war warm und gab ihr Halt. Stumm gingen sie über den Parkplatz und stiegen auf ihre Räder. Und Treeske dachte: Er hat für mich getötet. Kann es eine größere Liebeserklärung geben? Die Frage, warum er dies nicht schon Wochen früher getan hatte, stellte sie sich nicht.

Am nächsten Tag erhielt Mathilde einen dicken Brief von der Kanzlei Nössel. Es war der Entwurf eines Ehevertrags, in dem Lukas seine Forderungen im Fall einer Trennung oder Scheidung manifestiert hatte. Im ersten Punkt ging es um die verkaufte Wohnung im Zooviertel. Nach Abzug der Hypothek würde der Erlös bei rund 220 000 Euro liegen. Davon beanspruchte Lukas zwei Drittel. Zweitens wollte er, daß Mathilde die Hälfte ihrer Aktien auf sein Depot übertrug. Die Aktien und deren Stückzahlen waren penibel aufgeführt, was von einer gründlichen Recherche in Mathildes Unterlagen zeugte. Alles in allem verlangte er damit etwa 190 000 Euro. Zusätzlich umfaßte sein Forderungskatalog etliche Einrichtungsgegenstände, darunter seinen Massagesessel und die neu angeschaffte Büroeinrichtung. In einem Begleitbrief schrieb der Anwalt, sein Mandant erkläre sich im Gegenzug bereit, jetzt und in Zukunft auf Unterhalt zu verzichten sowie auf »seine« Hälfte der Immobilie in Ricklingen. Mathilde wurde gebeten zur Unterzeichnung des Vertrages am Montag, dem 15. August 2005, um zehn Uhr, bei einem Notar in Kirchrode zu erscheinen. Die Adresse stand darunter.

»Na warte, Lukas«, flüsterte Mathilde, als sie zu Ende gelesen hatte. »Du wirst mich kennenlernen.«

Sie adressierte einen Umschlag an die Kanzlei Nössel und klebte eine Briefmarke darauf. In den Umschlag steckte sie den Ehevertrag und das Begleitschreiben, beides mehrmals zerrissen. Vorher hatte sie es noch mit Hilfe des Faxgerätes kopiert. Sie klebte den Umschlag zu und rannte zum nächsten Briefkasten. Als sie den Brief hineinplumpsen hörte, wurde ihr ein klein wenig wohler.

»O nein, mein Lieber. So läuft das nicht. Du mußt verrückt sein! Du glaubst doch nicht, daß du für diese vier Monate Ehe fast mein gesamtes Vermögen verlangen kannst? Eher müßte ich das zurückverlangen, was du Scheißkerl schon ausgegeben hast!«

Eine Frau mit einem Kinderwagen kam ihr entgegen, sah sie finster an und schob ihr Gefährt rasch auf die andere Straßenseite. Mathilde hielt inne. Sie hatte nicht nur laut vor sich hin geredet wie eine anstaltsreife Irre, jetzt bemerkte sie auch, daß sie im Bademantel auf die Straße gelaufen war.

Der Boxsack, an dem Treeske Lukas so oft beobachtet hatte, war wie ein Symbol für ihre Beziehung. Wie zwei Boxer suchten sie abwechselnd Nähe und Distanz. Mit dreizehn hatte Treeske Hankes Tod als

Liebesbeweis verstanden. Inzwischen waren vierundzwanzig Jahre vergangen, und sie wußte längst, daß Lukas nicht aus Liebe tötete. Und doch ähnelte ihre heutige Gefühlslage der von damals. Sie hatte die Verantwortung für sich selbst an Lukas abgegeben. Das war keine Frage von Stolz oder Kapitulation, es war eine Frage des Überlebens. Dabei ging es ihr gut. Die Albträume und Halluzinationen waren verflogen. Vorbei die sinnlosen Fluchtversuche vor ihrem Schicksal. Therapien, Männer, Drogen, wozu das alles? Endlich hatte sie den Mann ihres Lebens wieder, und lieber würde sie mit ihm zusammen untergehen, als ohne ihn zu leben.

Treeske konnte sich kaum erinnern, wie lange es her war, daß sie durch die Innenstadt gegangen war. Menschenmassen verursachten ihr Unbehagen, manchmal sogar Panik. Sie hatte Urlaub, und heute hatte sie die Lust überkommen, unter Menschen zu gehen, Stoffe anzufassen, Kleider anzuprobieren. Sich schön zu machen. Abwechselnd schlenderte sie durch kühle Passagen und durch die heiße Fußgängerzone, und bald baumelten zwei Tüten an ihrem Arm. Hauchdünne, kurze Sommerkleider darin. Sie würde sie nur zu Hause tragen, für ihn. Außer Haus galt es die Indizien seiner Leidenschaft zu verbergen.

Als sie vor dem neuen Eiscafé in der Altstadt die Eisbecher auf den Tischen stehen sah, beschloß sie, sich einen Platz zu suchen und ein großes Eis mit Sahne zu bestellen. Da sah sie Lukas. Er saß an einem Tisch neben dem Eingang, mit dem Rücken zu ihr, aber sie erkannte ihn sofort. Vor ihm stand ein Glas Cola und ihm gegenüber saß eine Frau, etwa Mitte Dreißig. Sie schien ihm etwas zu erklären und gestikulierte dabei lebhaft mit den Händen. Treeske blieb stehen, zog ihre Sonnenbrille aus dem Haar und setzte sie auf. Sie beobachtete die Frau, deren Locken beim Reden auf und nieder wippten, während ihr Lukas mit verschränkten Armen zuhörte, ab und zu nickte und von seiner Cola trank.

Treeske wußte, daß Lukas mit anderen Frauen verkehrte. Sie waren für ihn Spielzeug. Spielzeug, das zuweilen auch kaputtging. Dann half Treeske, die Scherben zu beseitigen, die Spuren zu verwischen und hoffte, daß es das letzte Mal war.

Nur allzugut kannte sie das Gefühl, das sie gerade überwältigte: die Faust, die ihr den Magen zusammenpreßte, dieses dumme Herzflattern, diese Schwere, die sich plötzlich auf sie legte. Zwar wußte sie im Grunde, daß ihm diese Frauen nichts bedeuteten, dennoch befürchtete sie bei jeder neuen Frau in seinem Leben, sie könnte mehr sein als nur ein Objekt.

Unsinn, sagte sie sich. Das wird eine Bekannte sein, vielleicht eine Seminaristin oder eine Fremde, die sich zufällig an seinen Tisch gesetzt hat und ihm nun ein Gespräch aufdrängt. Am besten wäre es, einfach hinzugehen und ihn anzusprechen. Sie setzte ein munteres Lächeln auf und machte einen Schritt auf die beiden zu. Dabei sah sie, wie die Frau von ihrem Milchkaffee trank, Lukas sich über den Tisch beugte, mit dem Finger einen Rest Milchschaum von ihrer Oberlippe wischte und den Finger dann ableckte. Treeske erstarrte, das aufgesetzte Lächeln gefror. Sie hätte es wissen müssen. Hatte er ihr je das geringste Versprechen gegeben, eine Liebeserklärung, einen Treueschwur? Gerade sie, die Psychologin, hätte doch längst zu der Erkenntnis gelangen müssen, daß Lukas gänzlich unfähig war zu lieben. Aber was ihn betraf, hatten ihre analytischen Fähigkeiten schon immer versagt. Zu verführerisch war die Hoffnung, daß es einen verborgenen Gefühlsfunken in ihm gab, und daß sie die Eine war, die diesen entfachen konnte. Natürlich hatte sie in klaren Momenten gewußt, daß das Idyll der vergangenen Tage nicht ewig dauern konnte. Aber sie hatte so sehr gehofft, daß es diesesmal anders wäre.

Mathildes Anwalt las Schreiben und Vertragsentwurf und schüttelte den Kopf.

»Wann haben Sie und Ihr Mann geheiratet?«

»Am 21. März 2005.«

»Offenbar ist der Kollege im Zivilrecht nicht sonderlich bewandert«, urteilte der Jurist und versicherte Mathilde, sie müsse sich keine Sorgen machen. Kein Familienrichter würde nach so kurzer Ehedauer solche Forderungen gelten lassen. »Nur mit dem Unterhalt müssen wir aufpassen. Aber momentan sind Sie ja selbst arbeitslos, nicht wahr?«

Mathilde nickte. So hatte alles auch seine gute Seite.

Sie hätte an diesem Abend gerne mit Leona gesprochen, ihre Wut in Worte gefaßt und sich vielleicht sogar ein klein wenig bei ihr ausgeheult. Aber Leona ging nicht ans Telefon. Seit dem Umzug hatte sie sich nicht wieder gemeldet. Mathilde fiel ein, daß Leona vor einiger Zeit erwähnt hatte, in den Ferien für ein paar Tage zu ihren Eltern nach Lüneburg fahren zu wollen. Aber warum hatte sie sich nicht von ihr verabschiedet? Vermutlich weil Mathilde vier Tage in einem Keller gehockt hatte. Dennoch war es ungewöhnlich. Schließlich gab es auch in Lüneburg Telefone, und sie hätte wenigstens auf dem Anrufbeantworter eine Nachricht hinterlassen können. Auch wenn sie angeblich nicht gerne mit Maschinen redete.

Ob sie Jens anrufen und nach Leonas Verbleib fragen sollte?

Sie verwarf den Gedanken und hing lieber wieder ihren Grübeleien nach.

Hatte sie Lukas wirklich geliebt? Oder war es nur, wie sich diese Treeske Tiffin ausgedrückt hatte, die Aura der Gefahr gewesen, die sie fasziniert hatte. Sicher, er sah überdurchschnittlich gut aus, er war kein Dummkopf und kein Langweiler, und das zusammengenommen war schon mehr, als Mathilde normalerweise von einem Mann erwartete. Und er war der erste Mann, der ihr ebenbürtig war. Einer, der ihr nicht gehorchte. Zwar hatte sich auch Moritz ihrem Wunsch, daß er seine Frau verließ, widersetzt, aber diese Weigerung war seiner Schwäche entsprungen. An Lukas hatte sie nie etwas Schwaches bemerkt. Er war ein Alphatier, so wie sie selbst. Das hatte sie angezogen. Ja, sie hatte sich in ihn verliebt, ganz bestimmt. Nur hatten ihre Gefühle dem Alltag und den Problemen nicht standgehalten, während er ihr von vornherein und die ganze Zeit über etwas vorgemacht hatte.

Selber schuld, sagte sie sich. Wie hatte sie sich auf eine Ehe einlassen können, mit einem Mann, den sie kaum kannte? Sie lachte schnaubend. Fast war ihr, als säße Franziska neben ihr, und wiederholte ihre Worte von damals. Damals? Gerade mal ein halbes Jahr war das her. Kaum zu glauben, was zwischenzeitlich alles geschehen war: geheiratet, Stelle verloren, Wohnung weg, Franziska tot, Ehemann fort, Streit ums Geld. Was für eine Bilanz.

Noch in derselben Nacht zündeten sie Hankes Gartenhütte an. Danach setzten sie sich auf eines der Flachdächer und sahen zu, wie die Flammen das Holz auffraßen, wie Funken aufstoben und dunkler Qualm über die Parzellen hinwegzog. Lukas schilderte ihr detailliert Hankes Erschrecken bei seinem Anblick, seinen läppischen Versuch zu fliehen, sein Angst- und Gnadengewimmer, als er ihn im Clinch hatte. Dann legte er Treeske von hinten den Unterarm um den Hals und richtete die Spitze seines Jagdmessers auf ihr Herz. Er beschrieb ihr das Geräusch der in das Fleisch eindringenden Stahlklinge, das herausschießende Blut, das letzte Zucken von Armen und Beinen, das Erstarren der Pupillen.

Danach fühlte es sich für Treeske an, als hätten sie die Tat gemeinsam begangen. Sie lächelte und fühlte sich zum erstenmal seit Wochen nicht mehr schmutzig.

Das Augustmotiv des Kalenders hinter dem Schreibtisch zeigte einen Wurf niedlicher Golden Retriever, ein rotes Viereck umrahmte die 10. Ein Mittwoch. Lars Seehafer schien erfreut, Mathilde zu sehen.

Er wies auf einen Wasserkocher und einen Handfilter. »Ich kann Ihnen jetzt auch ordentlichen Kaffee anbieten.«

Mathilde war nicht nach Kaffee, sie hatte eine Kanne grünen Tee zum Frühstück getrunken, aber um ihm einen Gefallen zu tun, willigte sie ein. Während er hantierte, erzählte sie ihm alles. Von ihrer Trennung, der Sache im Keller, der Überweisung. Dabei nahm sie den Umschlag aus der Tasche.

Seehafer zog Latexhandschuhe über und öffnete das Kuvert. Auch Mathilde sah die Überweisung zum erstenmal. Seehafer schob sie ihr zur Begutachtung über den Tisch. Nicht nur ihre Unterschrift, auch der Rest sah exakt so aus, als hätte sie den Vordruck selbst ausgefüllt.

»Unglaublich«, flüsterte sie.

»Ihre Schrift?«

»Meine Schrift, ja, aber ich war das nicht. Ich habe die Bankangestellte den Umschlag verschließen lassen. Wenn auf dem Papier seine Fingerabdrücke sind und meine nicht, dann haben wir ihn doch am Wickel, diesen Betrüger, oder nicht?«

»Also«, sagte Seehafer und ließ sich seufzend auf seinen Stuhl fallen, »erstens sind Sie damit bei mir falsch. Das ist ein Fall für die Kollegen vom Betrug. Aber selbst wenn wir ihm das nachweisen können, wird uns das kaum weiterhelfen. Immerhin ist er noch Ihr Mann.«

»Aber verstehen Sie denn nicht, was das bedeutet?« Mathilde beugte sich über die Tischplatte und sah ihm in die Augen. Rote Äderchen zogen sich durch das Weiß seines Augapfels, er schien eine rauhe Nacht hinter sich zu haben. »Wenn er meine Schrift so perfekt fälschen kann, dann hat er vielleicht den Abschiedsbrief von Petra Machowiak ebenfalls gefälscht. Ich finde, man sollte noch einen zweiten Graphologen bemühen.«

»Graphometriker«, berichtigte Seehafer und wuchtete sich aus seinem Stuhl. Der Kaffee war durch den Filter gelaufen, das Büro duftete. »Das sagen sie in den Fernsehkrimis immer falsch. Ein Graphologe sagt Ihnen, daß Ihre G-Schleifen darauf hindeuten, daß Sie zu kurz gestillt worden sind. Entschuldigen Sie meine Klugscheißerei«, setzte er hinzu.

»Schon gut, das kenne ich von mir. Ich bin – ich war – schließlich Lehrerin. Also Graphometrie. Und was halten Sie von dieser Idee?«

»Sie wollen, daß er die Revision verliert«, stellte Seehafer fest.

»Allerdings. Ich möchte, daß dieser Mann wieder dahin geht, wo er hingehört.«

Seehafer stellte zwei dampfende Tassen auf den Tisch und setzte sich wieder hin. »Auch wenn wir ihm die gefälschte Überweisung nachweisen, heißt das noch lange nicht, daß er auch den Abschiedsbrief gefälscht haben muß.«

»Aber es beweist zumindest, daß er Schriften fälschen *kann*.«

»Vielleicht hat er diese Fähigkeit während seiner Haftzeit erworben.«

»Nur nicht so viel Enthusiasmus, Herr Hauptkommissar«, bemerkte Mathilde.

Nun kam Leben in den Beamten. Er kniff die Augen zusammen und sah sie über seine Brille hinweg scharf an. »Liebe Frau Degen, seit Ihr Angetrauter wieder draußen ist, zweifle ich am lieben Gott und am System unserer Gerichtsbarkeit, und eins können Sie mir glauben: Es gibt keinen Menschen auf der Welt, der sich mehr wünscht als ich, daß dieses Ungeheuer wieder hinter Gitter kommt.

Höchstens vielleicht Sie. Aber es ist nicht ganz so einfach, wie Sie sich das vorstellen.«

»Schon gut. Ich wollte ja nur ...«

»Verzeihen Sie«, sagte Seehafer unwirsch.

Schweigen trat ein, was Mathilde nutzte, um den Kaffee zu probieren. Er war zu dünn.

»Was stand denn eigentlich drin?« wollte sie daraufhin wissen.

»Wo?«

»In dem Abschiedsbrief.«

»Das Übliche.«

»Ich habe bis jetzt weder einen gelesen, noch einen verfaßt.«

»Das Leben ist so leer, alles erscheint sinnlos, ich bin unendlich müde, sehne mich nach dem Tod – nichts Konkretes, lediglich Phrasen, die auf eine Depression hindeuten. Nur daß wirklich Depressive meistens keine Briefe hinterlassen.«

»Also glauben Sie auch, daß da was faul ist.«

»Das versuche ich Ihnen schon seit Wochen zu vermitteln«, raunzte Seehafer sie an.

»Wenn dieser Brief, dieses wichtigste Beweisstück seiner Unschuld, vor Gericht in Zweifel gezogen werden kann ...«

»Ich arbeite daran«, sagte Seehafer. »Aber machen Sie sich nicht allzu große Hoffnungen.«

Mißgestimmt ging Mathilde nach Hause. Sie rief bei Leona an. Niemand nahm ab. Auch Lukas war nicht über sein Mobiltelefon erreichbar. Mathilde fiel ein, daß er ja seit kurzem eine Internetseite hatte. Dort gab es sicher eine E-Mail-Adresse. Sie fand die Seite über eine Suchmaschine, klickte auf *Kontakt* und sandte ihm folgende Worte: »Lukas, ich denke, wir sollten dringend vernünftig miteinander reden. Mathilde«.

Das Telefon klingelte. Es war Brigitte Keusemann, die fragte, ob Mathilde ihre Balkonpflanzen absichtlich dagelassen hatte.

»Nein, ehrlich gesagt, habe ich sie vergessen. Aber wenn Sie sie haben möchten ...«

Brigitte druckste herum, faselte etwas von Geranien, und Mathilde sagte schließlich, sie werde ihre Kräuter im Lauf der Woche abholen. Den Lavendel konnte sie in den Vorgarten setzen. Überhaupt wäre ein Kräutergarten eine schöne Sache. Beiläufig fragte sie: »Sind Sie in den letzten Tagen mal Frau Kittelmann begegnet?«

»Da muß ich nachdenken ...«

Dann tu das gefälligst!

»Doch, ja! Am letzten Freitag habe ich sie getroffen. Ja, ich glaube, es war Freitag. Freitag oder Samstag. Man kommt ja ganz durcheinander in den Ferien ...«

»Hat sie erwähnt, daß sie verreisen möchte?«

»Sie sagte nur, daß sie vielleicht ein paar Tage zu ihren Eltern fahren wolle, aber nicht, wann. Wir haben nur kurz miteinander geredet. Warum, ist etwas passiert?«

»Nein, nein. Grüßen Sie Ihren Mann von mir«, sagte Mathilde und legte auf.

Am Freitag. Vor fünf Tagen also.

Sie suchte im Internet nach der Telefonnummer von Leonas Eltern in Lüneburg. Um die Leute nicht zu beunruhigen, gab sie sich als ehemalige Studienkollegin aus, die jetzt in den USA lebte und gerade hier zu Besuch war.

»Ich dachte, sie sei vielleicht zufällig gerade bei Ihnen, weil doch Ferien sind.«

»Bei uns? Nein, leider nicht«, sagte die Mutter. »Meistens kommt sie nur für einen Nachmittag oder eine Nacht.« Sie gab Mathilde bereitwillig die Adresse ihrer Tochter, nach der Mathilde gefragte hatte, um ihre Glaubwürdigkeit zu unterstreichen. Wie leichtgläubig die Leute doch waren. Genau wie Franziska. Ob sie vielleicht wüßte, ob ihre Tochter für die Ferien Reisepläne hatte, fragte Mathilde Leonas Mutter noch, die das verneinte. Sie hatte am Samstag mit ihrer Tochter telefoniert, ließ sie Mathilde wissen, aber Leona habe nichts dergleichen erwähnt.

Mathilde beschloß, die Kräuterkästen noch heute zu holen. Sie wollte sehen, ob Leonas Briefkasten geleert wurde. Notfalls, dachte Mathilde, muß ich zum äußersten Mittel greifen und bei Frau Bolenda nachfragen. Der entging so gut wie nichts.

Zunächst aber studierte sie die Website von Lukas. Die Art, wie er sein *Coaching* anpries, hatte in ihren Augen etwas Arrogantes. Wo er wohl nun seinen Harem bekehrte? Wahrscheinlich nirgends, denn von drei Rhetorikseminaren abgesehen war das Geschäft noch nicht groß angelaufen. Jetzt, während der Ferien, würde sich bestimmt erst recht nicht viel tun. Auf der Seite fand Mathilde auch Fotos aus besseren Tagen: Menschen, die um ein Lagerfeuer saßen, Menschen auf Seilen balancierend und gesichert in der Luft hängend, eine Gruppe, die ein Floß umringte. Die Bildunterschriften beschrieben einzelne Seminare, die Jahreszahlen hatte er klugerweise weggelassen. Dennoch sah man den Fotos an, daß sie schon älter waren, denn während dieser neun, zehn Jahre hatte sich auch die Freizeitmode verändert. Es gab eine Aufnahme, die wie ein Klassenfoto wirkte, wenn man davon absah, daß die Leute auf einer Art Schwebebalken standen. Die Frau neben Lukas erkannte Mathilde sofort: die Gefängnispsychologin. Schon wieder. Sie war auf mehreren Fotos zu sehen, meistens an der Seite von Lukas, oder sie sicherte andere Leute bei irgendwelchen Klettereien. Zuerst also eine Jugendliebe, später, so wie es aussah, seine Mitarbeiterin, und dann arbeitete sie auch noch in dem Gefängnis, in dem er einsaß. War sie seine heimliche Geliebte, seine Komplizin bei dem Versuch, sie, Mathilde, zu schröpfen? Warum hatte die Frau sie dann in dem Café vor Lukas gewarnt?

Sie rief die Suchmaske des örtlichen Telefonbuchs auf und gab den Namen Treeske Tiffin ein. Nichts, weder in der Stadt Hannover noch in der Region. Kein Wunder – in ihrem Beruf war eine Geheimnummer bestimmt unerläßlich. Aufs Geratwohl versuchte sie es in Celle. Dort gab es einen Anschluß auf den Namen Heiner Tiffin, und zwar in derselben Straße, in der Lukas gewohnt hatte. Lukas in der zwölf und sie in der Hausnummer elf. Gegenüber. Nachbarskinder.

So war das also. Sie überlegte gerade, ob ihr dieses Wissen irgendwie von Nutzen sein konnte, als das Telefon schon wieder läutete. Hatte Spatzenhirn Brigitte etwas vergessen, oder war ihr am Ende gar etwas eingefallen, orakelte Mathilde und nahm ab.

Es war Lukas.

»Du wolltest mich sprechen«, sagte er.

Sie bemühte sich, ihre Stimme sachlich klingen zu lassen. »Meinst du nicht, wir sollten über das alles mal in Ruhe reden? Du kannst nicht einfach mein ganzes Geld nehmen. Du hast meine Unterschrift gefälscht, du schickst mir Verträge, die ich unmöglich unterzeichnen kann ...«

»Mathilde«, unterbrach er. »Hast du dieser Tage mal mit Leona gesprochen?«

Was wollte er denn von Leona?

»Nein«, sagte sie zögernd. »Schon länger nicht mehr, wieso?«

»Machst du dir keine Sorgen um sie?«

»Doch, aber ...«

»Ich weiß, wo sie ist.«

»Ja? Wo denn?«

»Verstehst du nicht? Nur *ich* weiß, wo sie ist. Und es geht ihr gerade nicht besonders gut.«

»Was soll das heißen?«

»Du überweist noch heute die zweihundertzwanzigtausend Euro auf mein Konto in Marseille, und ich sage dir, wo Leona ist.«

»Was?«

»Du hast mich schon verstanden. Die Nummer steht auf einem Zettel in deinem Nachttisch. Und geh nicht zur Polizei. Du würdest es bereuen. Und auch keine Mätzchen mit der Bank. Erst wenn das Geld in Sicherheit ist, erfährst du, wo Leona ist.«

»Aber das geht nicht«, rief Mathilde. »Das Geld liegt fest. Es muß erst auf mein Konto überwiesen werden, und das wird heute nicht mehr möglich sein.«

Zeit zu schinden war in solchen Fällen immer eine gute Strategie, das wußte Mathilde aus einschlägigen Filmen.

»Versuchs einfach.«

»Nein«, sagte Mathilde.

»Nein?«

»Nein. Ich möchte zuerst ein Lebenszeichen von ihr haben.«

»Zu viele Krimis geschaut, was?« hörte sie ihn lachen.

»Erst will ich wissen, daß sie lebt und daß du mich nicht anlügst«, sagte Mathilde und legte auf.

Treeske war ein ergiebiges Studienobjekt. Lukas konnte sie mit wenigen Worten in den Himmel heben oder verstört am Boden zurücklassen. Die Mischung aus kindlicher Naivität und weiblicher Raffinesse, die sie an den Tag legte, um ihm zu gefallen, amüsierte ihn – einen Sommer lang.

Dann kam ihr Vater hinter das Verhältnis und drohte Lukas mit einer Anzeige, wenn er nicht sofort die Finger von seiner Tochter ließe. In ihrer Verzweiflung gab Treeske Lukas zu verstehen, daß sie nichts dagegen hätte, sollte ihrem Vater Ähnliches widerfahren wie seinem Angelfreund. Diesem Risiko wollte sich Lukas jedoch nicht aussetzen. Außerdem ließ er sich nicht gerne vorschreiben, was er zu tun hatte. Hinzu kam, daß sie ihm allmählich auf die Nerven ging. Vor ein paar Tagen hatte sie ihm eine Szene gemacht. Anscheinend hatte sie ihn mit einer Studentin im Auto fahren sehen. Richtig hysterisch war sie geworden, als sie sich bei den Kaninchenställen getroffen hatten. Nachdem er sie mehrmals vergeblich dazu aufgefordert hatte, nicht so laut zu sein, mußte er ihr schließlich eine scheuern, damit sie wieder zur Vernunft kam. Danach war sie weggerannt, und jetzt zog sie es vor zu schmollen. Wahrscheinlich würde sie in ein, zwei Tagen hündisch ergeben zurückgekrochen kommen. Und genau so würde er sie dann auch behandeln. Aber das kannte er alles schon, und es langweilte ihn.

Überhaupt herrschte in den Tagen des ausklingenden Sommers plötzlich Ödnis und Leere in seinem Leben. Die Vorlesungen, die bald wieder anfangen würden, fesselten ihn nicht so, wie er erwartet hatte, und die Frauen, die er an der Uni kennenlernte, waren alle gleich: Parasiten, immer nur auf der Suche nach einem Wirtstier. Überdies war er nicht scharf darauf, wegen dieses versauten Görs mit dem Gesetz in Konflikt zu geraten.

Da bekam er ein Buch über die französische Fremdenlegion in die Hände und fand die Idee, daß man sich fürs Töten auch bezahlen lassen konnte, gar nicht so übel.

Mathilde preschte auf den Hof und bremste hart vor Laudas Füßen.

»Hey! Willst du mich auf meinem eigenen Grund und Boden überfahren?«

Sie stieg aus. »Ich muß mit dir reden. Dringend.«

Sie gingen in sein Büro. Lauda stellte eine Flasche Kognak und zwei Gläser auf den Schreibtisch, füllte die Gläser und setzte sich ihr gegenüber.

»Hat er dich verlassen? Bist du pleite? Oder beides?«

Mathilde schob das Glas beiseite. Von Hochprozentigem hatte sie fürs erste genug.

»Beides. Aber das ist noch nicht alles.«

Es fiel ihr nicht leicht, Lauda die Geschichte zu erzählen und dabei ihre Niederlage zuzugeben. Als sie geendet hatte, kippte er den Kognak hinunter, steckte sich eine Zigarette an und fragte: »Was hat er zu deiner Forderung nach einem Lebenszeichen gesagt?«

»Nichts. Ich habe aufgelegt.«

Lauda zog die Brauen in die Höhe.

»Ich wollte ihm nicht die Genugtuung verschaffen, es selbst zu tun. Man darf ihm nicht das Gefühl geben, die totale Kontrolle zu haben.«

Lauda grinste. »Ich wette, der Typ hat keine Ahnung, mit wem er sich eingelassen hat.«

Mathildes Lächeln verrutschte ein wenig. »Leider läßt sich das umgekehrt nicht mehr behaupten«, sagte sie sarkastisch.

»Ein Lebenszeichen zu fordern war genau das richtige«, meinte Lauda. »Erst muß er dir beweisen, daß deine Freundin lebt und daß sie tatsächlich in seiner Gewalt ist.«

Jetzt, als Mathilde Lauda darüber reden hörte, wurde ihr endgültig bewußt, daß das alles kein Gedankenspiel war, sondern wirklich passierte. Aus ihrem Flirt mit dem Verbrechen war Ernst geworden. Bitterer Ernst, wie es so lapidar hieß.

»Es gibt natürlich noch eine Möglichkeit«, sagte Lauda gedehnt.

»Welche denn?«

»Sie stecken unter einer Decke.«

»Nein. Nicht Leona. Ich müßte mich schon sehr in ihr täuschen.«

Laudas Miene verriet, was er über dieses Thema dachte. Ein Mann im Overall steckte den Kopf zur Tür herein und sagte etwas für Mathilde Unverständliches zu Lauda. »Bin gleich wieder da«, entschuldigte sich der und ging nach draußen.

Natürlich war Mathilde der Gedanke an ein Komplott auch schon gekommen. Aber nein, dachte sie, dazu war Leona zu aufrichtig, zu geradlinig. Leona würde vielleicht Lukas' Charme erliegen und mit ihm schlafen, wenn er es darauf anlegte, aber nie würde sie daran mitwirken, eine Freundin auf diese Weise zu täuschen und in den Ruin zu treiben. – Eine Freundin? Stimmte das denn? Wie gut kannten sie einander überhaupt? Was verbindet mich wirklich mit Leona, fragte sich Mathilde, und näherte sich damit dem Kern des Problems: Jenseits aller anderen Überlegungen lautete die einzige Frage, auf die es ankam: War Mathilde bereit, fast ihr gesamtes Vermögen für Leona zu opfern?

Sie ist nicht meine Mutter und nicht meine Tochter. Sie ist eine nette Kollegin und ein paar Monate lang meine Nachbarin gewesen – für sie soll ich mich der staatlichen Wohlfahrt ausliefern?

Schäm dich, Mathilde! Ein Menschenleben steht auf dem Spiel, und du denkst an Geld?

Aber ohne das Geld kann ich mich auch gleich aufhängen. Und wer sagt mir, daß sie mir jemals etwas davon zurückzahlen kann und wird?

Und wenn du nicht zahlst, und er Leona tötet – wie willst du damit leben?

»Verdammt!« schrie Mathilde und schlug mit der Faust auf die Schreibtischplatte. Warum erpreßte Lukas nicht Leonas Eltern? Weil es ihm nicht nur um Geld geht, erkannte sie. Inzwischen nicht mehr. Durch seine Gabe, die Schwächen seiner Mitmenschen wie mit Röntgenaugen zu erkennen, hatte Lukas Mathildes Angst vor der Armut bestimmt längst erspürt und wollte sie nun da treffen, wo es sie am meisten schmerzte.

Ja, er will mich bluten lassen, er will, daß ich mich zwischen zwei Übeln entscheide: ohne Job und nahezu mittellos dazustehen oder ein Menschenleben auf dem Gewissen zu haben. Sie befand sich in der klassischen Zwickmühle: Sie konnte tun, was sie wollte, es würde in jedem Fall fatale Folgen haben.

Mathilde sah sich in Laudas Chaos um, als fände sie dort eine Antwort. Als ihr Blick das Regal mit den Aktenordnern streifte, fiel ihr ein, daß sie mit Lauda noch ein Hühnchen zu rupfen hatte.

»Warum hast du mich neulich abgewimmelt, als ich dich gefragt habe wer den Jeep damals bei dir abgeliefert hat?« überfiel sie ihn, als er zurückkam.

»Weil mir dein Mann auf seine subtile Art zu verstehen gegeben hat, daß es besser ist, über gewisse Dinge zu schweigen.«

»Und das läßt du dir gefallen? Wo du es doch den ganzen Tag lang mit Kriminellen zu tun hast?«

Lauda blies empört die Backen auf. »Das will ich nicht gehört haben.« Danach brauchte er einen Schluck Kognak, ehe er sagte: »Ich bin kein Angsthase, sonst hätte ich es in diesem Geschäft nicht so lange gemacht. Aber ich bin nicht so idiotisch, mich mit einem Psychopathen anzulegen.«

Ein Psychopath. Sie erinnerte sich an Jens' Ausführungen an ihrem Geburtstag vor fast einem Jahr: furchtlos, gewissenlos, voller Selbstmitleid und gut im Vortäuschen von Gefühlen. Alles paßte.

»Ich war so dumm«, stöhnte Mathilde leise.

»Wie bitte?«

»Nichts. Danke«, sagte Mathilde.

»Wofür?«

»Daß du nicht fragst, warum ich mich mit ihm eingelassen habe.«

Lauda winkte mit einer großspurigen Geste ab. »Ach, Mathilde, du wirst nicht glauben, was für Paare ich hier manchmal zu sehen kriege: Ein polnischer Autoschieber und eine Dozentin von der Medizinischen Hochschule, das ist durchaus im Rahmen. Die Aura des Kriminellen beflügelt anscheinend die Phantasie – auch die intelligenter Frauen.«

»Ich wußte gar nicht, was für aufsehenerregende soziologische Studien du hier betreibst«, bemerkte Mathilde süßsauer.

»Vielleicht war es bei dir auch so eine Art späte Rebellion«, spekulierte Lauda.

»Rebellion? Gegen wen denn? Gegen Franziska?«

»Gegen deine Großmutter.«

»Lauda, sie ist seit fünf Jahren tot.«

»Na und? Meinst du, sie wäre mit deiner Wahl einverstanden gewesen?«

»Eher nicht«, gab Mathilde zu.

»Du hast dir zeit deines Lebens ihre Ansichten zu eigen gemacht. Ich nehme an, um deiner Mutter eins auszuwischen. Du bist sogar unter ihre Hüte gekrochen. Es war klar, daß du irgendwann ausbrichst.«

»Willkommen in den Niederungen der Küchenpsychologie«, spöttelte Mathilde.

»Was glaubst du, was Autos verkaufen anderes ist?« entgegnete Lauda. »Außerdem«, fuhr er fort, »bist du jemand, der gerne mit dem Feuer spielt. Ich erinnere mich, wie du mir immer bei den Arbeiten geholfen hast. Manchmal hast du eiskalt das Blatt ausgetauscht und zuerst meine Aufgaben gelöst, sozusagen unter den Augen des Lehrers. Und ich wette, das hat dir auch noch Spaß gemacht.«

Mathilde lächelte wehmütig. Wie lange war das her. Es war schön, daß Lauda es nicht vergessen hatte.

»Was soll ich jetzt machen?« fragte sie.

»Wenn ich alles richtig verstanden habe, war sein ursprünglicher Plan doch der, dich in diesem Keller festzuhalten und in der Zwischenzeit mit gefälschten Unterschriften deine Konten abzuräumen.«

»Ja. Am Montag, dem ersten August, war der Kaufpreis für die Wohnung fällig, das wußte er.«

»Und gegen Ende der Woche muß er realisiert haben, daß sein Plan nicht funktioniert«, kombinierte Lauda. »Also hatte er nicht viel Zeit, Plan B zu entwerfen. Nur ein paar Tage.«

»Es sei denn, Plan B hat immer schon existiert«, meinte Mathilde.

»Da bin ich mir nicht sicher. Als er merkte, daß er nicht an das Geld kommt, hat er dir doch zuerst diesen Ehevertrag geschickt.«

»Ja. Aber er konnte sich denken, daß ich den nicht unterschreibe.«

»Wer weiß, was so einer sich denkt. Vielleicht hoffte er, daß dich die Dunkelhaft mürbe gemacht hat. Für mich sieht diese Entführung nach einer recht improvisierten Aktion aus. Und das verbessert die Chancen, ihn zu kriegen. Ich an deiner Stelle würde zur Polizei gehen.«

»*Du?*«

»Ja, ich. Entführung mit Lösegelderpressung ist eine Nummer zu groß für uns Laien. Bei der Polizei haben sie Spezialisten für so etwas.«

»Und wenn er es merkt und sie umbringt?«

»Das hast dann nicht du zu verantworten«, meinte Lauda.

»Nein, so einfach ist das nicht«, widersprach Mathilde.

»Angenommen, er läßt das Geld abheben oder, was wahrscheinlicher ist, er verschiebt es auf elektronischem Weg auf ein sicheres Konto, und bringt sie dann um?« fragte Lauda zurück. »Was dann?«

»Dann habe ich es wenigstens versucht«, antwortete sie kleinlaut.

Lauda schüttelte langsam den Kopf. »Nein, Mathilde. Der Mann möchte zwar dein Geld, aber es geht ihm nicht nur darum. Du hast dich ihm widersetzt, du hast ihn rausgeworfen, so was verträgt seine Eitelkeit nicht. Er möchte sich an dir rächen, er will deine Integrität untergraben. Denkst du, er läßt dich so davonkommen: mit dem Gefühl, dein Geld für das Leben deiner Freundin gegeben und ihr damit das Leben gerettet zu haben?«

Er sah sie abwartend an.

Sie schwieg.

»Nein, Mathilde, niemals. Wenn du zahlst, wird er dir beweisen, daß die Unmoral stärker ist. Er wird es tun, indem er die Frau tötet, sobald er das Geld in Händen hat. Oder er verschwindet einfach, ohne dir zu sagen, wo sie ist. Damit du dein Leben lang darüber grübeln und verzweifeln kannst.«

Mathilde ließ Laudas Worte auf sich wirken. Sie erinnerte sich daran, daß Lukas einmal voller Verachtung gesagt hatte: *Moral ist etwas, das die Schwachen vor den Starken schützen soll.* Lauda hatte recht, er hatte Lukas' sadistische Ader durchschaut. Mathilde durfte nicht erwarten, daß sich Lukas an Abmachungen hielt.

»Gut. Ich gehe zur Polizei, jetzt gleich«, entschied sie und lächelte. »Danke, Lauda. Ich wußte all die Jahre gar nicht, daß ich einen so klugen Freund habe.«

»Blödsinn«, wehrte Lauda verlegen ab. »Ich treffe nur einfach viele Menschen und lerne von ihnen.«

»Meinst du, einer deiner Mitarbeiter könnte mich zur Polizeidirektion bringen, ohne daß ich gesehen werde – nur für den Fall, daß er mich beobachten läßt.«

Lauda stand auf, öffnete die Tür, die direkt in die Werkstatt führte, und winkte einen seiner Männer heran. Die beiden redeten kurz miteinander, bevor Lauda zu Mathilde sagte: »Drei Minuten. Dann gehst du durch diese Hintertür direkt in die Werkstatt. Da wartet dein Taxi. Dein Wagen wird zu dir nach Hause gebracht.«

»Du bist klasse!«

»Ich weiß«, grinste Lauda und fragte: »Bist du denn gar nicht mehr neugierig, wer damals den Jeep bei mir abgegeben hat?«
»War es eine junge, dünne Frau mit roten Haaren?«
»Na, wenn du es schon weißt ...«
»Hast du damals etwas Verdächtiges an dem Auto bemerkt?«
»Nur, daß der Stoff auf dem Rücksitz an einigen Stellen heller war und aufgerauht, als hätte jemand hartnäckig darauf herumgerieben.«
»Und das hat dich nicht stutzig gemacht?«
»Ich bitte dich! Wer denkt denn gleich an ein Verbrechen? Die Frau sagte, ihr wäre Rotwein ausgelaufen. Aber ich kann dir noch etwas verraten«, verkündete Lauda, »nämlich, wo der Wagen ist.«
»Hast du ihn nicht am Fiskus vorbei nach Marokko verscherbelt?«
»Pscht! Als ob ich je so was gemacht hätte! Nein. Er hat einem meiner damaligen Mitarbeiter gut gefallen, einem Italiener. Inzwischen hat er hier einen Weingroßhandel und ist dicke im Geschäft. Wenn du mal was brauchst – er hat einen grandiosen Sangiovese, sag ich dir ...«
»Lauda!«
»Er hat den Jeep damals mitgenommen, nach Apulien. Und da steht er heute noch, vor seinem Ferienhaus.«

Als er ihr die Handschellen anlegte, so plötzlich, daß sie gar nicht dazu kam, sich zu wehren, glaubte sie noch an ein Spiel. Doch solche Spiele waren nicht abgesprochen, und sie mochte sie nicht, deshalb protestierte sie, und er schlug zu. Ein genau dosierter Schlag, der sie sofort benommen machte. Als sie wieder bei Bewußtsein war, saß sie in seinem Wagen. Oberkörper und Arme waren mit einem Seil an die Sitzlehne gebunden, den Mund bedeckte ein breites Stück Klebeband. Ihre Hände steckten noch immer in den Handschellen.

Sie wußte nicht, in welche Himmelsrichtung sie fuhren. Rote Bremslichter glommen vor ihnen auf. Er fluchte und drosselte das Tempo. Ein Stau. Vielleicht bemerkte jemand ihre Fesselung, den zugeklebten Mund. Aber er reagierte schnell, langte nach hinten und warf eine schwere Lederjacke über sie. Sie roch nach neuem Leder und leicht nach Schweiß.

Im Schrittempo ging es noch ein paar Meter voran, dann standen sie, eine Ewigkeit. Das wiederholte sich einige Male. Zweimal verlas ein Radiosprecher dieselben Nachrichten. Sechzehn Uhr. Gegen zwei war er zu ihr gekommen. Er fuhr an, beschleunigte. Eine Kurve. Vermutlich war die nächste Ausfahrt erreicht. Ihr wurde übel. Nur nicht brechen, dachte sie, sonst erstickst du. Tief atmete sie durch die Nase ein und aus. Sie fror vor Angst.

Jetzt also war es ihr passiert. Das, was immer nur den anderen geschah, wovon man mit einem heimlichen Schaudern in den Nachrichten hörte. Jetzt war sie eine von denen, über die man sprechen würde, einen Tag lang, oder vielleicht zwei. Irgendwie wunderte sie das nicht. Es war die Konsequenz ihres von Anfang an verkorksten Lebens. So also fühlte es sich an. Sie rief sich sein Gesicht in Erinnerung. Ein kantiges, nobles Männergesicht. Einen Irren hatte sie sich immer ganz anders vorgestellt.

Es war ein Feldweg, auf dem sie jetzt fuhren, oder eine kleine, enge Straße mit Schlaglöchern. Ihre Angst wuchs, bis jedes Molekül an ihr nur noch aus Angst bestand. Sie spürte ihr Herz gegen den Brustkorb hämmern, die langen Fingernägel krallten sich in ihre Schenkel, die der kurze Rock kaum bedeckte. Die Luft, die von draußen ins Auto strömte, roch nach feuchtem Laub. Ein Wald. Sie hatte Wälder noch nie gemocht. Jetzt war klar, wieso. Konnte es sein, daß man sein Leben lang eine Vorahnung hatte von den Umständen des eigenen Todes? Hatten manche Leute deshalb Angst vor Wasser, vor Feuer, vor Höhe?

Der Wagen holperte, anscheinend hatten sie die Straße verlassen. Dann hielt er an und stellte den Motor ab. Er zog ihr die Jacke vom Kopf. Fichten standen schwarz im Regen, sie parkten auf einer Wiese, vor ihnen ein alter Schuppen, das Holz dunkelgrau vor Nässe.

Er wird mich töten.

Warum sonst sollte er mich hierherbringen? Lieber Gott, hilf mir. Ich werde mein Leben ändern, ich schwöre es, aber laß mich nicht so sterben.

Sie schielte in seine Richtung.

»Schau nach vorn«, sagte er freundlich. »Sonst muß ich dir die Augen mit dem Korkenzieher rausdrehen.«

Sie gehorchte. Ihr Gesicht spiegelte sich in der Frontscheibe. Ein bleiches Oval mit großen Augenhöhlen und dem Viereck des verklebten Mundes. Sie zitterte, wie sie noch nie gezittert hatte, selbst in kältesten Nächten nicht.

Er langte über sie hinweg und zog etwas aus dem Handschuhfach. Es war ein Multifunktionswerkzeug. Schraubendreher, Schere, Zange, Korkenzieher. Der Gedanke an den Tod war nun nicht mehr das Schlimmste, sondern die Angst vor dem Schmerz. Lieber Gott, bitte, mach, daß es schnell geht. Laß es nicht zu, daß er mich lange quält, laß mich schnell sterben.

Er klappte ein Messer aus und schnitt die Schnüre durch, die sie an die Lehne fesselten. Dann öffnete er die linke Handschelle. Sie wagte nicht, sich zu bewegen. Wieder hantierte er an seinem Werkzeug herum, während sie erstarrt dasaß und nicht sah, welches Instrument er diesmal herausklappte. Seine rechte Hand strich über ihre Beine, als prüfe er die Beschaffenheit ihrer Muskulatur. Sollte sie es wagen, mit der nun freien Hand, das Klebeband vom Mund zu reißen, damit sie mit ihm sprechen konnte? Was sollte sie sagen? Nein, es war sinnlos. Einer wie er würde sich weder durch Argumente noch durch Bitten von seinem Vorhaben abbringen lassen. Dann lieber in Würde sterben, ohne Gejammer und Gebettel. Er ergriff ihre linke Hand und führte sie an seinen Mund. Sie spürte seine Lippen über ihren Handrücken streichen, er schien ihre Finger zu betrachten, jeden einzeln.

Sein Griff quetschte ihre Hand zusammen. Dann durchfuhr sie der Schmerz wie Starkstrom.

4

Hauptkommissar Torsten Kreuder war ein schlecht rasierter Mittdreißiger, dessen Frisur an einen nassen Königspudel erinnerte. An seinem Holzfällerhemd fehlte ein Knopf, durch den Spalt spitzelte weißer Feinripp. Auf der Straße hätte Mathilde den Mann eher für einen Kriminellen als für einen Angehörigen der Ordnungsbehörde gehalten, aber vielleicht war ja gerade das der Trick.

»Überlegen Sie, Frau Degen. Wo könnte er Ihre Freundin festhalten?«

»Mir fällt nur der Keller in seinem Haus in Celle ein. Aber so dumm wird er wohl nicht sein.«

»Das werden wir in Kürze wissen«, sagte Kreuder. »Die Kollegen vor Ort sind dabei, das zu überprüfen.«

»Die gehen doch diskret vor, oder? Nicht, daß er merkt ...«

»Frau Degen, wir haben zwar nicht jeden Tag einen Entführungsfall, aber Sie können davon ausgehen, daß wir wissen, was wir tun.« Die Worte kamen von einem älteren, grauhaarigen Herr in einem eleganten Anzug, der ihr als Friedwald Fischler, Leiter der Dienststelle, vorgestellt worden war. Er lehnte am Fenster von Kreuders Büro und hatte bis jetzt noch nicht viel gesagt. Außer Kreuder und Fischler befanden sich ein weiterer Oberkommissar, Jürgen Hirsch, und Lars Seehafer im Raum.

Kreuders Telefon klingelte. Das tat es andauernd. Er gab Anweisungen, nannte Namen und Zahlen, die wie geheimnisvolle Codes klangen. Eine Menge Leute schienen binnen kurzer Zeit in die Angelegenheit verwickelt worden zu sein, und Mathilde war der Wirbel, den sie verursachte, unangenehm. Jetzt schrieb Kreuder etwas auf und bedankte sich.

»Wir haben die Adresse dieser Frau Tiffin, sie wohnt im Bredero-

Hochhaus am Raschplatz«, sagte er und fügte an Fischlers Adresse hinzu: »Ich schlage vor, diese Frau zu beschatten. Das ist zwar aufwendig, aber Frau Degen sagt, Lukas Feller wisse möglicherweise nicht, daß sie diese Frau kennt. Vielleicht taucht er ja dort auf.«

»Ja, gut. Ich werde die Leute dafür schon irgendwie zusammenkriegen«, seufzte Fischler. »Hirsch, kümmern Sie sich um eine Genehmigung zur telefonischen Überwachung der Dame. Schönen Gruß an den Richter von mir. Und halten Sie mir die Presse vorerst raus.«

Oberkommissar Hirsch, der auf einem der Schreibtische hockte und mit seiner polierten Glatze und dem Kuranji-Bärtchen das exakte Gegenstück zu dem zotteligen Kreuder bildete, nickte.

Der Dienststellenleiter strebte zur Tür. »Ich muß mich leider entschuldigen. Besuch vom Ministerium, ausgerechnet heute. Aber Sie halten mich trotzdem auf dem laufenden, ja?« Er wünschte Mathilde einen guten Tag und verschwand.

Wieder klingelte Kreuders Telefon. Er meldete sich und drückte kurz darauf auf die Lautsprechertaste. Eine männliche Stimme schallte aus dem Apparat: »... Auto steht in der Garage. Im Briefkasten waren fünf Briefsendungen, die älteste vom Samstag. Die Zeitungen von Samstag bis heute liegen aufgestapelt vor der Wohnungstür. Die war zweimal abgeschlossen.«

»Und wie sieht's drinnen aus?« fragte Kreuder.

»Es gibt keine Reiseprospekte, nichts in der Richtung. Auch nichts Ungewöhnliches in der Post. Sie hat keinen Computer. Personalausweis und Adreßbuch haben wir nirgends entdeckt, auch keine Geldbörse. Sie muß ihre Handtasche bei sich haben.«

»Wie sieht's im Bad aus?« fragte Kreuder, und nach einer kurzen Stille antwortete eine Frauenstimme: »Es steht noch ziemlich viel Kosmetik da. Auch eine Zahnbürste. Aber es soll ja Leute geben, die zwei haben. Im Kühlschrank sind kaum verderbliche Sachen, nur ein Stück Käse und ein paar Möhren, die nicht mehr ganz frisch aussehen. Alle Fenster sind geschlossen. Für mich sieht das höchstens nach einem Wochenendtrip aus, wenn überhaupt. Die Wohnung ist nicht so aufgeräumt, wie man sein Zuhause normalerweise vor einer längeren Reise verläßt.«

»Leona ist nicht gerade die Ordentlichste«, warf Mathilde ein.

»Was ist mit dem Telefon?« fragte Kreuder.

»Kein ISDN«, sagte die männliche Stimme. »Es speichert nur drei Rufnummern. Die letzte ist von einem Pizzaservice.«

»Gib mir die anderen zwei«, sagte Kreuder und schrieb sie mit. »Müssen wir halt auf die Telekom warten«, brummte er und sagte zu den Kollegen am Telefon: »Okay, danke. Ihr redet noch mit den Nachbarn, ja?« Er legte auf.

»Die zweite Telefonnummer ist, glaube ich, die von ihren Eltern«, sagte Mathilde. »Und die erste ist meine.«

»Sagten Sie nicht, Ihre Freundin hätte sich seit Ihrem Umzug nicht gemeldet?«

»Analoge Nummern speichert mein Apparat nicht. Offenbar hat sie angerufen, aber nicht auf den Anrufbeantworter gesprochen. Sie hat mal erwähnt, daß sie das nicht gern macht.«

»Was ist mit dem Exfreund?« wollte Lars Seehafer wissen.

»Ist in Arbeit«, sagte Kreuder. »Wir werden natürlich jeden Stein umdrehen.« Er wandte sich an Mathilde: »Kann es sein, daß Frau Kittelmann spontan verreist ist und Ihnen nichts davon sagen wollte? Vielleicht mit einem neuen Liebhaber?«

»Gerade dann hätte sie mir gewiß davon erzählt.«

»Naja, nicht unbedingt ...« Seehafer runzelte vielsagend die Stirn.

»Nein«, entgegnete Mathilde. »So etwas tut Leona nicht.« Wirklich nicht? fragte sich Mathilde im stillen. Was, wenn Lukas seinen ganzen Charme, seine ausgeprägte Gabe zur Manipulation anderer Menschen aufgefahren hatte? Immerhin war ja auch sie selbst auf ihn hereingefallen. Sie versuchte, sich wieder auf das Gespräch zu konzentrieren.

»Es sieht zumindest so aus, als habe sie die Wohnung freiwillig verlassen«, meinte der Glatzkopf gerade. »Vielleicht hat Feller sich unter einem Vorwand mit ihr verabredet.«

Keiner antwortete.

Mathilde schaute die drei Männer der Reihe nach argwöhnisch an. »Denken Sie, ich bin eine dieser rachsüchtigen Ehefrauen, die ihrem Mann was anhängen wollen?«

»Langsam, langsam. Niemand zweifelt an Ihren Angaben, Frau Degen«, behauptete Kreuder. »Aber wir müssen sämtliche Möglichkeiten ins Auge fassen, das verstehen Sie doch?«

»Natürlich verstehe ich das«, versetzte Mathilde und warf dem Zottel einen indignierten Blick zu.

Der griff zum Telefon. »Ein Kollege bringt Sie jetzt nach Hause, damit Sie da sind, falls Feller sich bei Ihnen meldet.«

»Das mache ich«, erbot sich Seehafer, worauf Kreuder den Hörer wieder zurücklegte. »Mit Ihrem Einverständnis überwachen wir Ihr Telefon zu Hause und das Mobiltelefon«, sagte er.

»Muß man dazu irgendwas mit meinem Telefon anstellen? Und muß ich ihn möglichst lange hinhalten, wenn er dran ist?«

»Sie schauen wohl gerne alte Krimis was?« Kreuder grinste breit.

So etwas Ähnliches hatte Mathilde heute schon einmal gehört, und erneut fand sie es weder komisch noch wert, daß sie darauf antwortete.

»Nein, Sie müssen nichts tun«, versicherte der Zottel. »Das läuft alles digital über die Vermittlung. Natürlich überwachen wir auch das Handy Ihres Mannes. Falls er den Fehler macht, es einzuschalten, können wir ihn anhand der Sendemasten ungefähr orten.«

»Ungefähr?« fragte Mathilde.

»Je nach Dichte der Sendemasten«, erklärte Oberkommissar Hirsch und fügte hinzu: »Dasselbe gilt natürlich für Frau Kittelmanns Handy – falls sie es wider Erwarten doch noch einschalten sollte.«

Lars Seehafer stand auf, und Mathilde folgte seinen verbeulten Hosen zur Tür. Die Maschinerie ist angelaufen, dachte sie. Aber das beruhigte sie nicht.

Die Handschelle fiel mit leisem Klirren auf die Fußmatte. Er stand auf, ging um das Auto herum, öffnete die Beifahrertüre und zog sie aus dem Wagen. Dann schleifte er sie über eine holprige Wiese. In ihren hohen Sandaletten stolperte sie andauernd, aber sein eiserner Griff um ihren Oberarm verhinderte, daß sie stürzte. Sie erreichten den Waldrand. Er zog sie durch ein dorniges Dickicht und weiter bis zu einem umgestürzten Baumstamm.

»Setz dich hin«, sagte er mit trügerischer Freundlichkeit.

Sie setzte sich auf die feuchte Rinde. Brombeerranken hatten ihre Beine zerkratzt, an einigen Stellen drangen winzige Blutstropfen aus der Haut. Die Sonne fiel schräg durch die Bäume. Es mußte früher Abend sein. Der Schmerz pochte. Was kam als nächstes? Noch mehr Qualen?

Er umfaßte ihr Haar, bog ihren Kopf nach hinten und zog ihr das Klebeband vom Mund.

»Du redest nur, wenn du gefragt wirst, verstanden?«

Sie hätte ohnehin geschwiegen. Jammern hatte noch nie geholfen, das wußte sie. Mit stumpfen Augen betrachtete sie den Waldboden.

Daß sie nicht winselte und bettelte, überraschte Lukas. Das hatten sie bisher alle getan. Sie dagegen begegnete dem Tod mit stummer Ergebenheit. Das nötigte ihm einen gewissen Respekt ab, und er entdeckte an ihr ein ähnliches Verhalten, wie er es sich damals mit der Zeit seinem Vater gegenüber zu eigen gemacht hatte. Er hatte seine absurden Strafen ohne Proteste und Bitten hingenommen, hatte Demütigungen und Schmerzen nach außen hin so gleichgültig wie möglich ertragen. Aus dieser Haltung war seine Stärke erwachsen.

Es wäre interessant, die Grenzen ihrer Belastbarkeit auszutesten, und der Gedanke, ihr die Kehle durchzuschneiden, während sie schließlich doch um Gnade bettelte, hatte durchaus etwas Verlockendes. Besonders nach dieser langen Zeit der Abstinenz. Der Vorfall mit dem Häftling Roth zählte nicht, da die Umstände eine rasche, dezente Art der Tötung erzwungen hatten. Nichts, das es wert war, in die Sammlung seiner kostbaren Erinnerungen aufgenommen zu werden.

Doch im Unterschied zu Roth und den anderen war diese Frau die erste, die den Tod – zumindest aus seiner Sicht – nicht verdiente.

Er mußte an die »nette« Johanna aus dem Studentenwohnheim denken, die ihn regelmäßig angeschnorrt und seinen Staubsauger geborgt hatte. Das scheinheilige Biest! Während sie ihren antiseptischen Höhere-Tochter-Charme an ihm wetzte, plante sie heimlich, ihn beim Studentenwerk als Schwarzmieter zu verpfeifen, damit ihr Freund in sein Apartment ziehen konnte. Lukas war durch eine Indiskretion seitens der Wohnungsvergabestelle hinter den beabsichtigten Verrat gekommen. Und auf Verrat stand Todesstrafe. Hier, ganz in der Nähe, hatte er das Urteil schließlich vollstreckt – nach einer angemessenen Bestrafung.

Dasselbe galt für Verleumdung. Das hatte diese Sozialarbeiterin lernen müssen. Sie hatte eines seiner Rhetorikseminare besucht, weil sie sich dadurch eine Beförderung erhofft hatte. Als ihre Karriere daraufhin dennoch keine Fortschritte machte, begann sie zu verbreiten, seine Seminare seien teuer und nutzlos. Was hätte er da tun sollen? Einen schlechten Ruf hatte man sich in seiner Branche ganz schnell eingehandelt, deshalb mußte er diesem Geschwätz ein Ende machen, ehe es sich geschäftsschädigend auswirkte.

Praktischerweise joggte sie oft im Herrengarten, quasi vor seiner Haustür. Wie bei Johanna, die als Fuchsfraß endete, ließ er auch dieser moralisch verkommenen Person, ehe sie starb, eine Vorbehandlung zukommen, die ihr Gelegenheit zur Reue gab. Er schlitzte ihren Leib auf wie einem Fisch, den man ausnimmt. Doch im Unterschied zu einem Fisch durfte sie ihre Eingeweide noch einmal betrachten, bevor er sie einzeln in die Leine warf. Der Körper folgte hinterher. Wie erwartet, vernichtete der Fluß alle Spuren.

Diese aber hatte ihm nichts getan. Er kannte nicht einmal ihren Namen. Eine Nutte aus einem Wohnmobil, das zwischen Springe und Bad Münder auf einem Parkplatz stand und mit einem leuchtenden Herz an der Heckscheibe mautflüchtige LKW-Fahrer anlokken sollte. Er erwog, sie laufen zu lassen. Schließlich war er keiner dieser dumpfen Triebtäter, die von ihren perversen Zwängen gelenkt wurden. Wenn er tötete, dann mit kühlem Kopf. Bei ihm führte die Vernunft Regie – und die sagte ihm, daß es nicht ratsam war, ihre Leiche hier liegenzulassen. Für eine sichere, spurlose Beseitigung mangelte es ihm an Zeit, woran dieser verdammte Stau schuld war, der ihn fast zwei Stunden aufgehalten hatte. Was für Kleinigkeiten doch manchmal über Leben oder Tod entscheiden können, dachte er fast amüsiert. Letztendlich waren es praktische Überlegungen, das Abwägen der Risiken, die zu seiner Entscheidung führten.

»Wenn ich dich laufen lasse, wirst du dann schweigen?«

Sie nickte kaum merklich, den Blick noch immer gesenkt.

»Was ist?« fuhr er sie ungeduldig an.

Sie sah ihn an. Er suchte in ihren Augen nach einem Aufglimmen von Hoffnung, aber da war nur Resignation, als würde sie ihm ohnehin nicht glauben. Ein rätselhaftes Geschöpf.

»Ja«, sagte sie.

»Glaub mir, ich finde dich überall. Und dann wird dir das, was du heute erlebt hast, geradezu lächerlich vorkommen.«

Wieder nickte sie.

Sein Sadismus regte sich nun doch: »Ich lasse dich natürlich nicht einfach so gehen. Es wird ein Spiel, verstehst du? Ich mag Spiele.«

Sie hob ihr Kinn, als wolle sie damit sagen, daß sie die Herausforderung annahm.

»Ich gebe dir zehn Minuten Vorsprung. Wenn du mir entkommst – wie gesagt – hast du zu schweigen. Wenn ich dich kriege, wirst du sterben. Zehn Minuten. Das ist fair, oder?«

»Ja«, antwortete sie mechanisch.

Er schaut auf die Uhr. »Steh auf. Die Zeit läuft.«

Die Baumrinde hatte ein unregelmäßiges Muster auf ihren nackten Oberschenkeln hinterlassen, das bemerkte er, als sie auf ihren billigen Hacken davonstolperte. Er wartete, bis sie hinter den Bäumen verschwunden war, dann setzte er sich in Bewegung.

Seehafer ließ Mathilde an der Straßenbahnhaltestelle aussteigen.

»Gehen Sie ganz normal nach Hause.«

»Und Sie?«

»Ich seh' mich vorsichtshalber schon mal bei Ihnen im Haus um. Würden Sie mir den Schlüssel geben?«

Mathilde reichte ihm das Etui.

»Keine Angst, ich schnüffle nicht in Ihren Sachen herum.«

»Glauben Sie, jetzt, wo die ganze Polizeidirektion die Geschichte meiner Ehe kennt, habe ich noch etwas zu verbergen?«

Er fuhr davon.

Mathilde ging langsam durch die Straßen ihrer Kindheit. Die Gegend hatte sich kaum verändert. Es ist, als wäre ich wieder am Anfang angekommen. Beileibe nicht viel, was ich vorzuweisen habe, nach fast vierzig Jahren.

Ihr Golf stand vor der Tür, der Schlüssel lag im Briefkasten. Ebenso ein großer Umschlag. Sie zog ihn heraus, bestimmt die nächste Absage.

Die Haustür war nur angelehnt, und sie fand Seehafer in der Küche, wo er gerade dabei war, Kaffee aufzubrühen.

»Die Milch ist alle«, sagte Mathilde und legte den Umschlag und ihren Strohhut auf einem Umzugskarton neben dem Kühlschrank ab. Seehafer nahm zwei Tassen aus dem Schrank und stellte sie auf den Tisch. Brauchte sie wirklich einen Wachhund? Außerdem war sein Kommissariat doch nur für Todesfälle zuständig, nicht für Entführungen. Er hatte sie nur aus Gefälligkeit zu Kreuder gebracht, oder hatte sie das falsch verstanden?

»Ignorieren Sie einfach die Unordnung«, bat Mathilde. »Es fehlen noch Schränke. Aber ich kann mir keine neuen Möbel leisten, mein Mann kommt mich schon teuer genug.«

»Ein hübsches Häuschen«, bemerkte Seehafer.

»Tatsächlich?« wunderte sich Mathilde.

»Sie sollten sich einen Hund anschaffen, der hätte es hier schön.«

Mathilde dachte an den Hundekalender in seinem Büro. »Haben Sie einen?«

»Nein. Nicht in einer Lister Mietwohnung im dritten Stock. So ein kleines Haus mit einem großen Garten war immer mein heimlicher Traum.«

Noch nie war Mathilde der Gedanke gekommen, daß diese heruntergekommene Behausung für andere Menschen erträumenswert war. Für sie mußte es lichtdurchfluteter Edel-Altbau sein, alles andere zählte nicht. Beschämt gestand sie sich ein, daß sich hinter ihrer Sicht der Dinge eine großbürgerliche Attitüde verbarg, zu der es nie die geringste Veranlassung gegeben hatte. Wenn dieses Haus sogar für Merle gut genug gewesen war, mußte es doch auch für sie ausreichen, oder etwa nicht? Allerdings war es zu Merles Lebzeiten besser in Schuß gewesen.

»Das Haus ist ziemlich verlottert«, gab sie zu bedenken.

»Aber es hat Charme«, entgegnete Seehafer.

So kann man es auch nennen, dachte Mathilde. Eine halb verfallene .... Sie ließ ihre Tasse sinken und starrte ins Leere.

Seehafer fragte sofort alarmiert. »Ist was?«

Sie hob die Hand wie einer ihrer Schüler, der etwas zu sagen hatte. »Mir ist gerade eingefallen, wo sich Lukas eventuell aufhalten könnte, oder wohin er Leona vielleicht gebracht hat.«

»Ja?«

»Er kennt sich gut aus in den Wäldern der Umgebung. Einmal sind wir zusammen gewandert, am Süntel. Dort gibt es eine verlassene Hütte, in der er anscheinend schon öfter übernachtet hat. Sie liegt sehr versteckt.«

»Würden Sie sie wiederfinden?«

»Niemals.« Abgesehen davon, daß ihr Orientierungssinn wirklich nicht der beste war, hatte Mathilde die Erinnerung an diese Hütte und den damit verbundenen demütigenden Zwischenfall eifrig zu verdrängen versucht.

»Haben Sie eine Landkarte?« Mathilde ging aus dem Zimmer und kam mit einem Autoatlas zurück. Seehafer sah ihr über die Schulter, als sie die Karte studierte. »Wir sind hier von der Autobahn runter. Dann Richtung Süden. Glaube ich. Er hat den Wagen an einem Schuppen geparkt, daraufhin sind wir eine Weile einem kurvigen Waldweg gefolgt, zuletzt einem Höhenweg. Man konnte die Porta Westfalica sehen. Seehafer kreiste mit seinem Finger ein Gebiet ein. »Dann müßte es etwa hier sein.«

»Schon möglich.« Mathilde klang nicht sonderlich überzeugt. »Der Waldweg war ein Stückweit befahrbar, aber nicht für einen Porsche. Irgendwann haben wir den Weg verlassen und sind quer durchs Gestrüpp gelaufen.«

Seehafer zückte sein mobiles Telefon, informierte Oberkommissar Kreuder und fragte: »Wie sieht es bei euch aus? ... Schade. ... Ja, gute Idee.« Er steckte das Telefon wieder weg und erklärte: »Sie kontaktieren das Forstamt des Landkreises Schaumburg-Lippe, vielleicht kennt dort jemand die Hütte.«

»Ihre Kollegen wissen aber hoffentlich, daß Lukas zehn Jahre lang bei der Fremdenlegion war?« vergewisserte sich Mathilde. »Er wird merken, wenn sich jemand nähert.«

»Sie machen sich Sorgen um Ihre Freundin, nicht wahr?«

»Natürlich. Möchten Sie schuld am Tod eines Menschen sein?«

Seehafer antwortete mit einer Gegenfrage: »Was meinen Sie, käme man mit einem Geländewagen bis zu dieser Hütte?«

»Nein. Höchstens etwas weiter in den Wald hinein. Wieso?«

»Diese Treeske Tiffin besitzt einen Landrover. Aber der ist nicht auffindbar.«

»Und der Porsche?«

»Auch nicht.«

»Vielleicht sollte man Frau Tiffin doch einmal intensiv befragen«, schlug Mathilde vor.

»Die Kollegen werden entscheiden, wann das sinnvoll sein wird.«

Mathildes Telefon läutete. Sie tauschten einen Blick.

»Gehen Sie ran«, sagte Seehafer. »Und drücken Sie die Aufnahmetaste.«

»Mathilde Degen.«

»Ich bin es«, sagte Lukas.

Mathilde winkte Seehafer aufgeregt zu.

»Ich möchte mit Leona sprechen, sofort«, verlangte sie, während sie den Atem des Kommissars im Nacken spürte.

»Du solltest mal wieder das Grab deiner Mutter besuchen, Mathilde.«

Diesmal war er es, der auflegte.

Mathilde fuhr mit ihrem Wagen langsam zum Friedhof. Die meisten Parkplätze waren leer. Es war Urlaubszeit. Sie parkte neben dem Lieferwagen einer Gärtnerei, stieg aus und ging jenen Weg zum Familiengrab, den sie immer nahm. Es war still, nur ein Amselmännchen saß in einer Baumkrone und flötete seine Sehnsucht in den Abend hinaus. Die Grabsteine glänzten feucht im milchigen Licht. Nachdem es den ganzen Tag regnerisch gewesen war, war die Sonne nun doch noch kurz herausgekommen.

Wenn tatsächlich, wie Seehafer angedeutet hatte, Leute von der Kripo das Gelände beobachteten, dann machten sie ihre Sache sehr gut. Mathilde bemerkte nur zwei ältere Damen. Eine schleppte welke Kränze herum, die andere trug eine frische Schale mit Grünzeug vor sich her. Kripobeamtinnen? Schwer vorstellbar.

Vor dem Grab blickte sich Mathilde um. Niemand war zu sehen. Auf dem Rechteck vor dem polierten Granit wuchs einzig eine kleine Efeupflanze, die Mathilde aus einer Schale vor dem Kompost gerettet und in die Erde gesetzt hatte. Der alte Efeu war der Neubelegung des Grabes durch Franziska zum Opfer gefallen. Die Neugestaltung der Grabstätte wollte sie nach den Sommermonaten angehen. In Zukunft würde sie ja Zeit in Hülle und Fülle für die Grabpflege übrig haben.

Unter den Blättern des Efeus schimmerte es braun. Mathilde ging in die Knie. Es war ein gepolsterter DIN-A5-Briefumschlag. Er war zugeklebt, nichts stand darauf. Sie faßte ihn an der äußersten Ecke an und trug ihn zum Wagen. Dort zog sie die Einweghandschuhe an, die Seehafer ihr gegeben hatte. Sie riß den Umschlag auf. Kein Brief. Er schien leer zu sein. Sie schüttelte ihn. Etwas kleines, rotes fiel ihr in den Schoß. Sie mußte ein paar Sekunden hinsehen, ehe sie es erkannte. Es war ein langer, künstlich verstärkter Fingernagel, an dessen einem Ende ein verschrumpelter, blutverkrusteter Hautfetzen hing.

Treeske stand im Aufzug und hielt ihre Post in der Hand. Beeil dich, du alte Kiste, trieb sie den Aufzug in Gedanken an. Sie haßte den Gang zum Briefkasten. Den ganzen Tag hatte sie es vor sich hergeschoben, nach unten zu gehen. Was, wenn er ausgerechnet in diesen Minuten anrief? Sie quetschte sich durch die Tür, kaum daß der Aufzug hielt. Ihr war, als hätte sie in ihrer Wohnung das Telefon klingeln hören. Hastig sperrte sie auf. Nein, es war nur die übliche Täuschung, der sie immer wieder aufsaß – unter der Dusche, in der Küche. Ständig meinte sie, ein Klingeln zu hören, das es gar nicht gab.

Sie war selbst schuld. Warum hatte sie so ein Theater gemacht wegen dieser Frau im Café? Natürlich hatte er ihr mit keinem Wort erklärt, was es mit der Person auf sich hatte. Erklärungen oder gar Rechtfertigungen waren nicht seine Art.

Er wird sich melden, tröstete sie sich. Er wird zurückkommen. Seine ganzen Sachen sind hier. Und er hat mein Auto. Was natürlich für Lukas keine Bedeutung hatte, so realistisch mußte man sein. Er hatte sich immer genommen, was er wollte.

Beruhige dich, sagte sie sich. Wir werden zusammen ein neues Leben beginnen. Das hatte er gesagt. Du mußt daran glauben, dann passiert es auch.

Sie blätterte die Post durch. Werbung, Rechnungen, ein Brief von einem Internet-Reiseanbieter. Adressiert an einen französischen Namen, der über ihrer Anschrift prangte und den sie noch nie gehört hatte.

Wohl wissend, daß sie etwas tat, was Lukas auf keinen Fall tolerieren würde, schlitzte sie den Brief auf. Sie sah die Papiere durch. Drei Flugtickets: Hannover – Frankfurt, Frankfurt – Buenos Aires, Buenos Aires – Asunción, Paraguay. Abflug am Sonntag, dem 21. August. In vier Tagen also. Ein Eiszapfen fuhr durch Treeskes Herz, als sie sah, daß sämtliche Tickets nur auf eine Person ausgestellt worden waren.

»Leona hatte diesen Tick mit ihren Nägeln. Sie hat sie jede Woche in einer anderen Farbe lackiert«, sagte Mathilde. Sie saß wieder in der Küche und war kurz davor, in Tränen auszubrechen.

»Die Untersuchung der DNA wird ergeben, ob er wirklich von ihr stammt«, entgegnete Seehafer. »Ich habe da so meine Zweifel.«

»So?«

»Warum hat er Sie nicht mit Leona sprechen lassen, am Telefon? Das wäre ein eindeutiges Lebenszeichen gewesen. Oder wenn er ihr einen ganzen Finger abgeschnitten hätte ...«

»Oder den Kopf.«

»Verzeihung. Man stumpft mit der Zeit ab. Sie wissen, was ich meine. Anhand der Fingerabdrücke hätten wir recht schnell sagen können, ob es ihrer ist.«

»Das setzt aber voraus, daß er weiß, daß ich die Polizei informiert habe.«

»Damit muß er rechnen. Aber nun kommt dieser Fingernagel ... er weiß, daß eine DNA-Untersuchung eine Weile dauert. Er will die Identifikation hinausschieben.«

»Warum? Weil sie tot ist?« fragte Mathilde erschrocken.

»Nicht unbedingt.«

Mathilde stand auf. »Ich glaube, ich brauche jetzt was Hochprozentiges. Sie auch?«

»Wenn Sie vielleicht ein Glas Wein hätten?«

Mathilde stellte Kognak, einen Poliziano, Gläser und eine Dose Erdnüsse auf den Tisch und suchte nach einem Korkenzieher. Aber ehe sie ihn fand, hatte der Kommissar schon sein Schweizermesser gezückt und die Flasche geöffnet.

Sie tranken schweigend. Die untergehende Sonne entzündete ein Leuchtfeuer in der Küche. Wieso war er noch immer hier? Zu ihrem Schutz? Aus Sympathie?

Mathilde, was bildest du dir ein? Hast du denn aus den jüngsten Erfahrungen gar nichts gelernt? Vermutlich war er hier, weil er ihr Vertrauen gewinnen und sie über Lukas aushorchen wollte.

Als die Sonne versunken war, sagte Seehafer: »Der Vater von Johanna Gissel ruft alle sechs Monate bei mir an und fragt, ob es neue Erkenntnisse gibt. Er möchte wissen, wo seine tote Tochter ist, damit er sie beerdigen kann. So was geht einem an die Nieren.«

Mathilde nickte. Sie hatte Franziska wenigstens beerdigen können. Doch wie infam war es von Lukas gewesen, den ausgerissenen Fingernagel ausgerechnet auf Franziskas und Merles Grab zu plazieren. Nie mehr würde sie die beiden besuchen können, ohne an diesen grausigen Moment denken zu müssen. Offenbar hatte er vor, ihr Leben auf allen nur möglichen Ebenen zu zerstören. Sogar ihrer Beziehung zu den Toten hatte er nun seinen Stempel aufgedrückt.

Zuerst lief sie einfach nur geradeaus, bis sie nicht mehr konnte. Das dauerte nicht lange, denn sie besaß kaum Kondition, und in diesen Schuhen war das Laufen im unebenen Gelände nahezu unmöglich. Sie blieb stehen. Totenstill lag der dämmrige Wald vor ihr. Ihr keuchender Atem war das einzige Geräusch. Sie preßte die verletzte Hand an die Brust und überlegte.

Selbst wenn er sich an die zehn Minuten hielt, was sie nicht glaubte, standen ihre Chancen schlecht. Er würde ihre Spur aufnehmen wie ein Bluthund und sie aufstöbern. Vielleicht wartete er nur, bis es dunkel wurde und sie sich in Sicherheit wähnte. Vielleicht bereitete es ihm ein besonderes Vergnügen, sie ganz langsam zur Strecke zu bringen. Wenn sie nur wüßte, wie groß der Wald war. Sie mußte ein sicheres Versteck finden. Hastig zog sie ihre Schuhe aus, deren Absätze sich an manchen Stellen tief in den weichen Boden gedrückt hatten. Von nun an durfte sie keine Spuren mehr hinterlassen. Die

Schuhe in der Hand ging sie weiter. Manchmal war es einfach, weil der Boden frei von Ranken war, dann wieder kämpfte sie sich unter Tränen durch Gebüsch und Brennesseln. Sie war barfuß gehen nicht gewohnt. Immer wieder trat sie auf spitze Steine oder Dornen. Ihr T-Shirt war zerrissen, ihre Arme, die sie schützend vor das Gesicht hielt, waren zerkratzt und brannten. Hätte sie nur wenigstens eine lange Hose an! Aber die gehörte leider nicht zu ihrer Berufskleidung. Der Wald lichtete sich ein wenig. Sie war an einem steilen Abhang angekommen. Wohin jetzt? Da hinunter, rechts oder links? Sie durfte nicht riskieren, im Kreis zu gehen, und sie durfte nicht den einfachsten Weg wählen, denn damit rechnete er. Es war nicht zu erkennen, was sie am Fuß dieses Abhangs erwartete, dafür waren die Bäume zu dicht belaubt. Was, wenn sie in eine Falle lief? Dennoch, sie mußte das tun, was er nicht erwartete: den schwierigen Weg nehmen. Sie rutschte und hangelte sich von Baumstamm zu Baumstamm. Die Schuhe in ihrer Hand waren hinderlich, aber sie wagte nicht, sie wegzuwerfen. Wenn sie hier ins Straucheln geriet, würde sie sich gleich das Genick brechen, dachte sie, während sie versuchte, möglichst wenig Schleifspuren zu hinterlassen. Auf diese Weise legte sie etwa hundert Meter zurück. Am tiefsten Punkt der Senke befand sich ein Teich, der auf den ersten Blick kaum als solcher erkennbar war. Schlammige Schlieren bedeckten die Wasseroberfläche, und auf dieser Schicht lagen vereinzelt dürre braune Blätter. Ein Baum war umgefallen, sein verrottender Stamm schwamm auf dem Wasser. Sie hatte Durst. Giftig würde das Wasser wohl nicht sein, höchstens abgestanden. Sie näherte sich dem Tümpel und versuchte, unter der Algenschicht klares Wasser zu schöpfen. Die Wunde an ihrem Mittelfinger begann sofort wieder zu brennen, als sie mit dem Wasser in Berührung kam. Ihre Füße sanken tief im Uferschlamm ein. Sie verbot sich, daran zu denken, was für Getier dieser Sumpf beherbergen mochte. Andererseits – in diesen Breiten gab es keine gefährlichen Tiere in Gewässern. Sie mußte einzig ihren Ekel überwinden. Darin war sie geübt, schließlich verdiente sie damit ihren Lebensunterhalt. Im Grunde war dieser Teich kein schlechtes Versteck. Zumindest war es das einzige.

Gierig umfing der Schlamm ihre Füße und griff nach ihren Beinen. Sie geriet in Panik. Ein unheimlicher Schwamm, der sie nach unten saugte! Aber dann spürte sie so etwas wie festen Boden unter sich. Der Tümpel war nicht tief, und die braune Brühe war angenehm kühl. Denk dir, es wäre eine Fangopackung. Manche bezahlen viel Geld für so was. Sie glitt bis zu den Schultern hinein und nahm eine halbwegs bequeme Stellung ein. Mit einer Handvoll Dreck beschmierte sie ihr Gesicht. Sie tauchte die Haare in den Algenteppich und häufte ein paar nasse Blätter darauf. Es dämmerte bereits. Das war gut. Im Dunkeln würde ihr Kopf nicht so leicht zu sehen sein. Notfalls mußte sie untertauchen. Lieber wollte sie ersaufen, als diesem Mann noch einmal in die Hände zu fallen.

Die Schatten wurden schwärzer. Sie schöpfte ein kleines bißchen Hoffnung. Wenn sie die Nacht durchhielt – ob er dann aufgeben würde? Wie lange konnte ein Körper unter Wasser ausharren, ehe er aufweichte? Sie hatte auf beide Fragen keine Antwort. Sie würde es ausprobieren müssen.

Lukas saß vor dem improvisierten Grill, in dem die Reste eines Feuers glommen und horchte auf die nächtlichen Geräusche des Waldes.

Er war gerne hier. Außerdem blieb ihm im Moment kaum eine andere Wahl. Er dachte an die Szene, die ihm Treeske gemacht hatte, weil er sich mit Leona im Eiscafé unterhalten hatte. Aber er hätte ohnehin für ein paar Tage abtauchen müssen, also ließ er Treeske in dem Glauben, ihr Verhalten wäre der Grund dafür. Wahrscheinlich bereute sie es längst. Sie mußte doch wissen, daß er Szenen nicht ausstehen konnte. Nach der ersten waren immerhin über zehn Jahre vergangen, bis sie ihn wiedergesehen hatte. Das konnte durchaus wieder passieren. Ob sie noch immer glaubte, er würde sie mitnehmen? Gut möglich. Er würde sie vielleicht sogar vermissen. Doch Frauen wie sie konnten rasch zu gefährlichem Ballast werden.

Alles war vorbereitet. Der Paß lag seit Wochen an einem sicheren Ort. Dem Risiko eines zweiten Prozesses hatte er sich nie aussetzen wollen, sein Vertrauen in die Gerichtsbarkeit war naturgemäß gering. Er würde das Land verlassen, sobald hier nichts mehr zu holen war. Im Grunde war das bereits jetzt der Fall, aber im Moment stand er unter Beobachtung, und eine Flucht würde dadurch zwar nicht unmöglich, aber doch schwieriger. Nein, er mußte abwarten, bis der Weg frei war.

Vorhin, am Friedhof, hatte er die idiotisch parkenden Autos sofort bemerkt, gar nicht erst zu reden von den auffälligen Figuren, die sich zwischen den Grabsteinen getummelt hatten. Vielleicht hätte er die Nummer mit dem Fingernagel früher bringen sollen. Aber solche Überlegungen waren nun müßig. Die Sache war gelaufen, einen Versuch war es immerhin wert gewesen. Die Chance, die ihm Leona auf dem Silbertablett serviert hatte, hatte er nicht ungenutzt lassen wollen.

Wenigstens besaß er das Geld der Alten, das sie ihm gegen ein Zertifikat über Anteile an einer russischen Gasgesellschaft anvertraut hatte. Das Geschäft der Zukunft! Der Gedanke, daß dieses Papier und der damit verbundene Schriftverkehr eine Ausgeburt seiner Phantasie und eines leistungsfähigen Druckers waren, war ihr nie gekommen. Lukas mußte nur dafür sorgen, daß Mathilde nichts davon erfuhr. Sie hätte sich von ein paar falschen Hochglanzbroschüren nicht täuschen lassen. Geld war schließlich das einzige, was sie in ihrem öden Leben hatte. Sogar den Tod ihrer Freundin nahm sie dafür in Kauf. Schade, daß sie keine engere Bezugsperson hatte. Mit einem Kind hätte es sicher funktioniert.

Anfangs hatte er Mathilde mit einem gewissen Respekt betrachtet, denn vom Charakter her war sie ihm ähnlich. Er hatte sie dafür geschätzt, daß sie ihr Leben unabhängig von anderen Menschen so führte, wie es sich vorstellte. Auch wenn manches an ihr reichlich schrullig war. Er hatte sich geschmeichelt gefühlt, als er merkte, daß sie wirklich in ihn verliebt war. Und das war sie, oder hätte sie ihm sonst den Porsche geschenkt? Die Liebe einer selbständigen Frau hatte einen anderen Stellenwert als die einer frustrierten Claudine oder einer haltlos zerrissenen Treeske.

Um so enttäuschter war er gewesen, als er merkte, daß Mathilde ihr Geld wichtiger war als er. Damit riß sie eine sehr alte Wunde auf. So etwas hatte er schon einmal durchgemacht. Er dachte an das viele Spielzeug, das seine Mutter angeschleppt hatte, und mit dem der kleine Idiot natürlich rein gar nichts anfangen konnte. Mit vier steckten sie ihn in einen speziellen Kindergarten, der teurer war als andere, während man Lukas die Gebühr für das Boxtraining mit dem

Hinweis auf die knappe Kasse verweigerte. So wäre es ewig weitergegangen, wenn der Idiot nicht selbst aufs Eis gelaufen wäre. Beherrscht und ruhig hatte Lukas abgewartet und zugesehen, wie sich das Problem von alleine löste. Daraus hatte er gelernt, daß der Tod eines Menschen für die Lebenden einen materiellen Vorteil bedeuten konnte. Als er elf war, vertiefte sich diese Erfahrung. Lukas wußte, daß er seinem Vater irgendwann körperlich überlegen sein würde. Auch um diesen Vorgang zu beschleunigen, ging er zum Boxen. Er freute sich schon auf den Tag, an dem er zurückschlagen würde, sah das ungläubige Entsetzen in den Augen seines Feindes, spürte dessen ohnmächtige Wut und die Angst. Ja, eines wunderschönen Tages würde sein Vater Angst vor ihm haben! Doch dazu sollte es nicht kommen. Denn irgendwann fiel Lukas der Mann im grauen Anzug auf, der einmal im Monat an der Tür erschien und dem seine Mutter Geld aushändigte. Dafür reichte er ihr einen Zettel. Auf seine Frage erklärte sie ihm, daß der Mann von der Volksfürsorge kam und den Beitrag für die Lebensversicherung des Vaters kassierte. Lukas wußte, daß es oben im Wohnzimmerschrank einen Ordner gab, in dem alle wichtigen Papiere aufbewahrt wurden. Auch die von der Volksfürsorge. Sie waren nicht schwer zu finden, denn seine Mutter hatte die Quittungen hinter der Police eingeheftet. Lukas verstand zwar längst nicht alles, was in der Police stand, aber das wichtigste war selbsterklärend: *Todesfallsumme DM 50 000.*

Natürlich wußte er nichts von der Hypothek in gleicher Höhe, die auf dem Häuschen lastete. Er sah nur diese riesige Zahl vor sich. Abends, beim Einschlafen, tanzte sie vor seinen Augen: 50 000. Fünf-zig-tau-send-Mark! Nie hätte er gedacht, daß das Leben seines Vaters so viel Geld wert war. Aber nein, nicht das Leben, auch wenn es *Lebensversicherung* hieß. Auf dem Papier hatte gestanden: *Todesfallsumme.* Von Wert war also nur sein Tod.

Ein Nachtvogel schrie. Lukas starrte ins Dickicht. Seine Instinkte waren noch so scharf wie früher. Ihr Stümper, ihr Anfänger! Denkt ihr, ich merke nichts? Wie viele seid ihr, fünf, sechs, ein Dutzend?

Mathilde hatte ihr Geld demnach verteidigt wie ein Drachen seinen Schatz. Aber das hieß noch lange nicht, daß er mit ihr fertig war. Nun würde Variante zwei in Kraft treten. Die brachte zwar kein Geld ein, war aber dafür höchst amüsant.

Seehafer trank einen Schluck Wein und unterdrückte ein Gähnen. Seine Gegenwart war Mathilde inzwischen ganz recht. Sie fühlte sich tatsächlich beschützt. Das lag vermutlich an Seehafer. Er besaß die freundliche, beruhigende Ausstrahlung eines auf Jahre hinaus ausgebuchten Psychiaters. Außerdem wollte sie nicht allein sein, wenn Lukas erneut anrief.

»Wußten Sie, daß Feller zu der Zeit, als Johanna Gissel verschwand, einen Jeep fuhr?« fragte Mathilde.

»Da müßte ich in den Akten nachsehen. Ich weiß nicht, ob man ihn damals schon nach einem Fahrzeug gefragt hat. Er war zunächst nur einer von vielen Befragten, ein Nachbar, der routinemäßig vernommen wurde. Warum?«

»Dieser Wagen ist kurz nach dem Verschwinden des Mädchens bei einem Autohändler zum Verkauf abgegeben worden, und zwar von Frau Tiffin. Sie schien Wert darauf zu legen, daß der Wagen ins Ausland verkauft wird. Der Händler ist ein Bekannter von mir. Er weiß, wo der Wagen abgeblieben ist. Vielleicht finden sich ja noch Spuren in den Polstern. Jemand hatte sich sehr bemüht, Flecken vom Rücksitz zu beseitigen.«

»Nach zehn Jahren?« brummte Seehafer. »Andererseits ... Blutspuren sind hartnäckig. Es ist nicht völlig auszuschließen, daß das LKA noch was findet.«

»Ja? Wie denn?«

»Es gibt da zum Beispiel eine Chemikalie, die sich Leukomalachitgrün nennt. Die leuchtet bei UV-Anregung in Verbindung mit Blut grün. Damit hätte man schon mal das Blut. Nur ist ja in Autositzen auch vieles andere, wie Haare, Hautzellen, Spucke, möglicherweise Sperma ...Das Ergebnis wäre ein Ensemble von DNA-Mustern. So kann man, wenn man weiß, wen man sucht, dessen DNA darin nachweisen.«

»Der Wagen steht allerdings in Apulien.«

»Auch das noch«, seufzte der Kommissar.

Mathilde zog ihr Notizbuch aus der Handtasche, in das sie den Namen des italienischen Weinhändlers und Wagenbesitzers geschrieben hatte. Das Büchlein klappte an der Stelle auf, wo das freizügige Jugendfoto der Psychologin steckte.

»Er heißt Carlo Natale.«

»Natale? Den kenne ich doch«, rief Seehafer. »Bei dem bin ich Stammkunde. Er hat einen phänomenalen Sangiovese. Vielleicht läßt sich das mit dem Wagen ja unbürokratisch regeln.«

Noch während er sprach, legte Mathilde das alte Nacktfoto vor Seehafer auf den Tisch.

»Sind Sie das?«

»Ich muß doch bitten«, erwiderte Mathilde. »Es fiel kürzlich aus einem alten Buch meines Mannes heraus.«

Seehafer rückte seine Brille zurecht und betrachtete das Foto, wobei er den Kopf hin und her drehte wie ein Vogel.

»Ein seltsames Bild, nicht wahr?« meinte Mathilde.

»Ja. Unheimlich. Wer ist das?«

»Die Psychologin, Treeske Tiffin. Glaube ich zumindest ziemlich sicher. Wußten Sie, daß sie und Lukas Nachbarskinder waren?«

»Nein.«

»Später war sie seine Assistentin bei den Seminaren«, sagte Mathilde.

»Ja, ich erinnere mich. Wir haben sie im Rahmen der Ermittlungen befragt. Aber sie war für uns nicht sehr interessant, weil sie zum Zeitpunkt des Mordes an Petra Machowiak nicht mehr für ihn gearbeitet hat.«

»Aber als Ann-Marie Pogge und Johanna Gissel verschwanden, war sie seine Mitarbeiterin.«

»Schon, ja. Aber bei Johanna Gissel wurde Feller, wie gesagt, nicht genauer überprüft. Erst als sein Name im Zusammenhang mit Ann-Marie Pogge erneut auftauchte, hat man ihn sorgfältiger unter die Lupe genommen. Ich weiß nicht, ob die Tiffin damals befragt wurde, aber wenn, dann ist sie uns jedenfalls nicht aufgefallen. Erst nach dem Tod der Machowiak ist dann jeder in die Zange genommen worden, der irgendwie mit Feller zu tun hatte.«

»Auch seine Mutter?« fragte Mathilde.

»Ja, natürlich.«

»Wie war sie?«

Seehafer atmete tief durch. »Wie soll ich sagen ... sie gehört wohl zu jenen Frauen, die vom Schicksal um ihr Leben betrogen worden waren und sich nun an Äußerlichkeiten klammerten: das tadellos aufgeräumte Haus, der geschorene Rasen, all das. Sie machte auf mich keinen sonderlich warmherzigen Eindruck, aber auch keinen gefühllosen. Ich meine, sie schien nicht gerade verroht, sie war allenfalls – verhärtet. Man konnte ahnen, daß sie in ihrem Leben mehr gelitten als gelacht hatte.«

Mathilde nickte. Sie kannte solche Frauen. Eigentlich, dachte sie, hatte ich mit der impulsiven, gefühlsbetonten Franziska doch ziemlich Glück. Eine Welle der Trauer drohte sie fortzureißen, als sie an all die Mißverständnisse und die verpaßten Gelegenheiten dachte. Aus Selbstschutz besann sie sich deshalb lieber auf das vorangegangene Thema.

»Zuletzt hat Treeske Tiffin in demselben Gefängnis gearbeitet, in dem Lukas inhaftiert war. Sie hat sich mir gegenüber als seine Therapeutin ausgegeben. Dabei war Lukas gar nicht in Therapie.«

»Was wollte sie von Ihnen?«

»Wenn ich das wüßte. Angeblich wollte sie mich vor der Ehe mit ihm warnen.«

»Aha.«

»Leider ist es ihr nicht gelungen.«

»Warum haben Sie mir das nicht gleich gesagt?«

»Weil ich gewisse Zusammenhänge selbst erst vor wenigen Tagen erkannt habe.«

Nun kam Leben in den müden Kommissar. Er deutete mit dem Finger auf Mathilde und sagte:»Ich kann Ihnen auch etwas zu dieser Frau Tiffin erzählen. Als Sie heute auf der Dienststelle ihren Namen erwähnten, ist es mir wieder eingefallen: Sie stand beim Prozeß auf der Zeugenliste der Staatsanwaltschaft. Es kam aber nicht mehr zu ihrer Aussage, weil Feller am fünften Tag des Prozesses den Totschlag im Affekt gestanden hat.«

»Sie meinen, er hat gestanden, damit sie nicht aussagen mußte?«

»Das ist möglich«, sagte Seehafer vorsichtig. »Nach dem, was ich nun weiß, sogar wahrscheinlich. Glauben Sie mir, so ein Prozeß hat seine eigene Dynamik. Ich war dabei, als einer der ersten Zeugen. Danach habe ich zugesehen, jeden Tag. Fellers Ausgangsposition war eigentlich gar nicht so schlecht. Aber irgendwie lief alles nicht besonders gut für ihn. Der Staatsanwalt war ein recht scharfer Hund, und dann dieser Gutachter, Dr. Zihlmann – der hat durch sein souveränes Auftreten alle Anwesenden davon überzeugt, daß Feller ein

Psychopath ist. So, wie ich diese Frau Tiffin in Erinnerung habe, ist sie ein nervöser, labiler Typ. Feller mußte befürchten, daß sie unter dem Druck eines Kreuzverhörs einknicken und erzählen würde, was sie wußte.« Seehafer setzte eine rhetorische Pause. »Und das muß eine Menge sein, wenn er dafür lieber einen Totschlag gesteht. Daß ihm der Richter diese Version dann nicht abnehmen würde, konnte er ja nicht vorhersehen.«

»Einen Totschlag, den er womöglich nicht einmal begangen hat«, ergänzte Mathilde.

»Das«, entgegnete der Kommissar grinsend, »wäre nun wirklich eine Ironie des Schicksals.«

Mathilde schaute aus dem Fenster. Die Lichter der Stadt erhellten den Nachthimmel.

»Was geschieht jetzt?« fragte sie.

»Laut Kreuder haben sie die Hütte inzwischen geortet. Sie werden ihn beobachten, falls er sich dort aufhält. Erst wenn tatsächlich eine Geiselsituation vorliegt, wird das große Besteck aufgefahren.«

»Warum nehmen sie ihn nicht gleich fest?«

»Weil er dann sicher nicht sagen wird, wo sich Frau Kittelmann befindet. Wir verfügen lediglich über rechtsstaatliche Mittel, um jemanden zum Reden zu bringen.«

»Fast möchte man sagen: leider«, bemerkte Mathilde zynisch. »Und was bedeutet ›das große Besteck‹, wenn ich fragen darf?«

»Daß ein Sonderkommando vom SEK eingesetzt wird.«

Das Wasser wurde zusehends kälter, aber das lag womöglich daran, daß sie keine Wärmereserven mehr hatte. Ihr Blick wanderte zum Himmel. Es war sternenklar. Sie trug keine Uhr, aber sie schätzte, daß es auf Mitternacht zuging. Auf keinen Fall konnte sie noch länger in diesem Teich ausharren. Ihre Haut fühlte sich an wie ein Schwamm, an manchen Stellen ihres Körpers hatte sie gar kein Gefühl mehr. Sollte sie riskieren, den Wald zu verlassen und zu versuchen, bis zum Morgengrauen die Straße zu erreichen? Aber was, wenn er immer noch im Wald nach ihr suchte? Vielleicht benutzte er ein Nachtsichtgerät, vielleicht wußte er längst, wo sie war und lauerte da oben wie ein geduldiges Raubtier auf sie? Aber selbst wenn sie bis zum Morgen wartete – wer garantierte ihr denn, daß sie ihm dann nicht in die Arme lief? Möglicherweise war das mit dem Spiel nur eine Lüge gewesen. Mit einem Schmatzen gab sie der Modder frei, und sie robbte ans feste Ufer. Eine Schlammschicht haftete an ihrem Körper. Vielleicht eine gute Tarnung. Sie fror, ihre Glieder waren steif, und die Muskeln an Waden und Füßen fingen plötzlich an zu brennen und zu kribbeln. Sie biß die Zähne aufeinander und unterdrückte einen Schmerzenslaut. Es ging vorbei. Sie bewegte die Beine, trat auf der Stelle. Ihre unbrauchbaren Schuhe hatte sie im Tümpel verloren. Der Mond war von hier aus nicht zu sehen, aber es war hell genug, daß sie ihre Umgebung erkennen konnte. Sie bewegte sich langsam und so leise wie möglich. Ihre wund gelaufenen und nun aufgeweichten Fußsohlen machten jeden Schritt zu einer Qual. Aber sie mußte nur an diesen furchtbaren Menschen denken, an das Gefühl, einem perversen Geist hilflos ausgeliefert zu sein, um den Schmerz zu überwinden und voranzukommen. Meter für Meter kämpfte sie sich den steilen Hang hinauf. Immer wieder hielt sie inne, um zu verschnaufen und zu horchen. Der Wald war voller Geräusche, und es war nicht auszumachen, welche Laute von Natur und Tierwelt stammten und welche vielleicht ein Mensch verursachte. Ein Tierschrei gellte durch die Nacht. Ihre Nackenhaare stellten sich auf. Aber dann war wieder alles ruhig, und sie kroch weiter nach oben. Mit den Händen suchte sie nach Wurzeln und Ästen, um nicht abzurutschen. Der verletzte Finger erwies sich dabei als hinderlich. Wann immer sie mit ihm versehentlich gegen etwas stieß, drang ein erstickter Schmerzensschrei aus ihrer Kehle. Der Aufstieg war anstrengend, aber wenigstens war ihr jetzt nicht mehr kalt. Sie spürte, wie allmählich Leben und Kraft in ihre Muskeln zurückkehrten, und mit der Kraft ein verhaltener Optimismus. *Ich kann es schaffen, ich kann es schaffen.* Dieser Gedanke wurde ihr Rettungsring.

Der kritische Augenblick rückte näher, noch wenige Meter war sie von der Kante entfernt. Angst legte sich wie eine kalte Klammer um ihr Herz, und sie hatte das Gefühl, daß dort, im Dunkeln, unsichtbare Augen sie beobachteten. Sie erneuerte ihren Schwur vor sich selbst und vor Gott, an den sie allerdings schon lange nicht mehr so richtig glaubte: Wenn ich das heil überstehe, dann ändere ich mein

Leben. Sie erreichte ebenen Boden, kroch auf allen vieren weiter bis zu einem dicken Baumstamm, in dessen Schatten sie sich aufrichtete. Die Mondsichel schob sich hinter einer Wolke hervor, ein lauer Wind zupfte an den Baumkronen, die silbrigen Blätter flüsterten. Sie versuchte, sich zu orientieren. Am besten, sie verfolgte weiter die Richtung, die sie gekommen war. Gebückt huschte sie zwischen den Bäumen hindurch, stets am Abgrund der Verzweiflung entlang. Dieser Wald schien kein Ende zu nehmen. Wahrscheinlich hatte sie die falsche Richtung eingeschlagen. Sie trat auf einen trockenen Ast, und es knackte erschreckend laut, als er zerbrach. Ein paar endlos lange Minuten blieb sie stehen, lauschte, wagte kaum zu atmen. Wieder beschlich sie dieses Gefühl, daß da *etwas* war, das sie lauernd beobachtete. Vorsichtig bewegte sie sich weiter. Irgendwann schien es, als würde es hinter der nächsten Baumgruppe heller. Sie befahl sich, ihr Tempo zu zügeln, doch ihr Drang, dem Wald endlich zu entkommen, war übermächtig. Vor ihr im Mondlicht glitzerte eine ungemähte Wiese. Sie konnte nicht anders – sie lief die letzten Meter. Jetzt spürte sie keinen Schmerz mehr. Schritte. Da waren Schritte.

»Stehenbleiben!«

Die Stimme kam von hinten. Wie ein gehetztes Reh sprang sie durch das hohe Gras. Dann zerschnitt ein greller Lichtstrahl die Nacht und bohrte sich in ihre Augen. Es war zu Ende.

Hauptkommissar Kreuder massierte sich die Schläfen. Er war aufgekratzt. Eine durchwachte Nacht machte ihm nicht allzuviel aus, er hatte sieben Jahre beim Kriminaldauerdienst hinter sich. Die Nachtschicht hatte er immer am liebsten gemocht. Bei einem Einsatz kam man mit dem Auto ungehindert voran, und nachts geschahen interessantere Dinge als bei Tag. Aber anstatt gegen fünf Uhr in der Früh, nach der Ablösung durch die Frühschicht, ein Bierchen trinken, und sich dann in die Stadtbahn werfen und nach Hause fahren zu können, wo das Bett wartete, würde es hier in den nächsten Stunden wohl erst richtig zur Sache gehen. Er stand auf und warf die Kaffeemaschine an.

Na bitte, schon fing es an: Telefon. Es war der Einsatzleiter des acht Mann starken Sonderkommandos.

Kreuder hörte dem Mann aufmerksam zu. Gemeinsam trafen sie dann die Entscheidung, und die lautete: »Zugriff«.

Seehafer hatte Mathilde gegen Mitternacht verlassen, nicht ohne ihr mindestens dreimal das Versprechen abgenommen zu haben, ihn beim geringsten Anlaß sofort anzurufen. Mathilde war todmüde ins Bett gewankt, aber sie hatte keinen Schlaf gefunden. Zu viele Gedanken kreisten in ihrem Kopf. Erst gegen Morgen schlief sie ein, und nun wunderte sie sich, daß es, als sie aufwachte, schon nach acht Uhr war. Sie tapste in die Küche und setzte Teewasser auf. Ihr Blick fiel auf die zwei Umzugskartons, die mit »Pfannen, Töpfe«, und »blaues Geschirr, Gewürze«, beschriftet waren. Obenauf lag der dicke Umschlag, den sie gestern aus dem Briefkasten geholt hatte.

Die Briefmarken waren ungewöhnlich. Kein Wunder, sie stammten aus Singapur. Sie öffnete den Umschlag. Ein Haufen bunter Prospekte landete auf dem Tisch. Mathilde las das Anschreiben:

Deutsche Europäische Schule Singapur Tel.: (0065) 64691131
German European School Singapore Fax.: (0065) 64690308
72 Bukit Tinggi Rd E-Mail: info@gess.sg
Singapore 289760
SINGAPORE

Sehr geehrte Frau Degen,

bitte verzeihen Sie meine etwas überraschende, schriftliche Kontaktaufnahme. Von meinem Jugendfreund Ingolf Keusemann weiß ich, daß Sie eine hervorragende Lehrkraft in den Fächern Mathematik und Physik sind und bei Ihnen derzeit der Wunsch nach einer beruflichen Veränderung besteht.
Die Deutsche Europäische Schule Singapur ist eine von der Kultusministerkonferenz der Länder in der Bundesrepublik Deutschland (KMK) anerkannte deutschsprachige Privatschule im Ausland mit deutschem Schulziel, die zur Reifeprüfung führt und die Berechtigung hat, Realschul- und Hauptschulzeugnisse auszustellen.

Sie wurde 1971 von der Vereinigung Deutsche Schule Singapur gegründet.
Wir suchen dringend zum September 2005 eine deutschsprachige Lehrkraft in Mathematik und Physik für die gymnasiale Oberstufe (Sekundarstufe II).
Möglich wäre auch, ein Wahlfach Spanisch anzubieten.
Falls Sie sich noch für keine andere neue Stelle entschieden haben und über gute Englischkenntnisse in Wort und Schrift verfügen, würde ich Ihnen gerne ein verbindliches Angebot für einen unbefristeten Vertrag unterbreiten. Wie Sie aus dem beiliegenden Material ersehen und auf unserer Homepage nachprüfen können, sind wir eine moderne Schule, die technisch und personell hervorragend ausgestattet ist. Selbstverständlich bieten wir Ihnen an, unsere Schule vorher zu besichtigen und mit uns ein Vorstellungsgespräch zu führen, für die Reisekosten kommen wir auf. Sollten Sie jedoch bereits anhand der vorliegenden Daten und eines ausführlichen Telefongesprächs, um das ich Sie hiermit bitten möchte, eine positive Entscheidung treffen können, wären wir sehr erfreut. Sie erreichen mich von 8:00 bis 17:00 Uhr Ortszeit, ich rufe Sie auch gern zurück. Bitte beachten Sie die Zeitverschiebung von +8 Stunden.

Mit freundlichen Grüßen

Dr. Martin Wörns

Mathilde überflog die Prospekte, dann eilte sie an den Computer und rief die Homepage der Schule auf. Alles was sie sah, gefiel ihr. Aber Singapur ... Das war verdammt weit weg von Hannover.

Ihr Wissen über diesen Stadtstaat war dürftig. Vor längerer Zeit hatte sie einmal eine Reportage darüber im Fernsehen verfolgt. Im Gedächtnis geblieben waren ihr die hohen Grundstückspreise, die saftigen Strafen für das Ausspucken eines Kaugummis und die protzigen Wolkenkratzer nach amerikanischem Vorbild. Nicht zu vergleichen mit Hannover, der Hauptstadt des Understatement. Aber hatte sie denn eine Wahl? An der Schule gab es zudem nichts auszusetzen und vermutlich auch nicht an der Bezahlung.

Der gute Ingolf Keusemann, dachte Mathilde. Hat ihn also doch das Gewissen geplagt. Sie schaute auf die Uhr. Es war fünf vor neun. Neun plus acht ... Sie mußte sofort anrufen!

Eine Sekretärin meldete sich auf englisch, und Mathilde verlangte ebenfalls auf englisch, Dr. Wörns zu sprechen.

Der sei bereits gegangen, ob sie etwas ausrichten könne?

»Es geht um die Lehrerstelle Mathematik und Physik für die Oberstufe. Herr Dr. Wörns hat mir ein Angebot geschickt.«

»Ah, Sie sind das!« – Was hatte das zu bedeuten? Kannte man ihre Geschichte schon am anderen Ende der Welt?

»Ist die Stelle noch frei?« fragte Mathilde und merkte, wie ihr Herz laut klopfte.

»Ja, sicher.«

»Dann richten Sie Herrn Dr. Wörns doch bitte aus, daß ich interessiert bin und morgen nochmals anrufen werde«, sagte Mathilde.

»Sehr gerne, Frau Degen.«

»Darf ich Sie etwas fragen?«

»Ja, bitte.«

»Wieviel Grad sind es bei Ihnen draußen?«

»Fünfundneunzig. Aber wir haben eine Klimaanlage, ich trage eine Jacke.«

»Danke«, sagte Mathilde und legte auf. Sie gab Celsius-Fahrenheit in das Feld der Internet-Suchmaschine ein und erhielt das Ergebnis: fünfunddreißig Grad.

Torsten Kreuder beugte sich über den Tisch und fixierte sein Gegenüber aus rot geränderten Augen.

»Es ist zwecklos, den Unwissenden zu spielen. Ein Polizeibeamter war zugegen, als Sie mit Ihrer Frau telefoniert haben, um sie auf den Ricklinger Friedhof zu schicken.«

Der Mann hat sich im Griff, dachte Kreuder anerkennend. Kein Zucken im Gesicht, kein Flackern in den Augen, nichts verriet auch nur den Hauch einer Gefühlsregung.

»Wo sie dann den ausgerissenen Fingernagel fand«, setzte Kreuder hinzu.

Schweigen.

Leider hatte das Labor das Ergebnis des DNA-Abgleichs zu dieser frühen Stunde noch nicht geschickt. Unter den zahlreichen Nagellackfläschchen in Leona Kittelmanns Badezimmerschrank hatte man keinen Lack gefunden, der zu dem auf dem bewußten Nagel paßte. Aber möglicherweise hatte sie den Lack bei sich in der Handtasche, für den Fall, daß Ausbesserungsarbeiten nötig waren. Weiß der Geier, wie Frauen solche Dinge handhaben, dachte Kreuder müde. Trotzdem – daß der Nagel von Leona Kittelmann stammte, war inzwischen ziemlich unwahrscheinlich. Dieser Umstand konnte zweierlei bedeuten: Entweder hatte Feller die Lehrerin, seinen Trieben gehorchend, umgebracht und hinterher kaltblütig versucht, Kapital daraus zu schlagen. Oder das ganze war ein übler Bluff, bei dem Leona Kittelmann mitspielte. Kreuder persönlich neigte eher zur zweiten Theorie, was aber in jedem Fall fehlten, waren Beweise.

Es klopfte an die Tür des Vernehmungszimmers. Kreuder stand auf. Der zweite Beamte, ein junger Anwärter, der an der schmalen Seite des Tisches saß, heftete seinen Blick auf Lukas Feller, als wolle er ihn damit an den Stuhl tackern.

Vor der Tür stand Oberkommissar Jürgen Hirsch. Eine Baseballkappe zierte sein kahles Haupt. Kreuder schloß die Tür von außen.

»Sagt er was?«

»Natürlich nicht. Was gibt's?«

»Die Identität der Frau aus dem Wald ist geklärt. Sie heißt Olga Hitzlsperger, ist Jahrgang fünfundsiebzig, deutsche Staatsbürgerin russischer Abstammung.«

»Hitzlsperger?« Kreuder brach sich beinahe die Zunge. »Klingt echt russisch.«

»Sie war sechs Jahre mit einem Alois Hitzlsperger verheiratet. Der war nicht nur ihr Mann, sondern auch ihr Zuhälter. Es gab einige Anzeigen wegen Körperverletzung, die sie dann jedesmal zurückgezogen hat. Der Alte ist vor vier Jahren an Lungenkrebs gestorben.«

»Wo ist sie jetzt?«

»Im Clementinen-Krankenhaus. Wegen Verdacht auf Schock und der Sache mit dem Finger. Die Frau sagt nicht ein Wort darüber, wie sie in den Wald gekommen ist und wer ihr den Fingernagel ausgerissen hat. Voraussichtlich wird sie im Lauf des Tages aus der Klinik entlassen werden. Sie ist ordentlich gemeldet, als Untermieterin bei einem deutschen Paar in Springe, das Wohnmobile an junge Damen vermietet. Wir haben keinen Grund, sie festzuhalten, und das weiß sie auch.«

Kreuder verzog das Gesicht. »Verdammt.«

»Frauen wie sie haben zu niemandem Vertrauen und schon gar nicht zur Polizei«, meinte Hirsch achselzuckend.

»Ruf Petra an«, sagte Kreuder.

»Die Psycho-Tante?«

»Genau die. Und klär vorher mit Fischler ab, ob Zeugenschutz für sie drin ist.«

»Eigentlich habe ich jetzt Feierabend. Schließlich hab ich mir die Nacht mit der saublöden Überwachung dieser Tiffin um die Ohren geschlagen. Komplett umsonst«, sagte Jürgen Hirsch und hob gleichzeitig abwehrend die Hand: »Schon gut, schon gut, du brauchst nichts zu sagen. Ich mach es.«

Kreuder sah ihm nach, wie er o-beinig den Gang hinunterlief. Er stieß einen tiefen Seufzer aus und überlegte, ob er Feller von der aufgegriffenen Russin erzählen sollte, um ihn zu verunsichern. Aber dann kam er zu dem Schluß, daß das keine gute Idee war. Denn solange die Frau schwieg, hatte er nichts gegen Feller in der Hand. Falls man ihn laufen lassen mußte, war es besser wenn der nicht wußte, daß das Opfer seiner Mißhandlung einem SEK-Mann in die Arme gelaufen war. Nein, die Russin war ein Trumpf, der für mehr als ein erstauntes Stirnrunzeln von seiten Fellers gut sein sollte. Man mußte ihn nur zum richtigen Zeitpunkt ausspielen.

Er ging zurück in das kahle Vernehmungszimmer. Dem jungen Kollegen war die Erleichterung darüber anzusehen, nicht mehr mit Feller allein sein zu müssen.

»Holen Sie meine Frau her«, verlangte Lukas.

»Den Teufel werde ich. Sie können Ihren Anwalt haben, das ist alles.«

»Wenn Sie sie herholen, sage ich ihr, wo Leona Kittelmann ist.«

Mathilde verlegte ihr Frühstück, das aus einer Scheibe Toast bestand, an den Computer, wo sie allerhand über Singapur las. Tatsächlich gelang es ihr, für eine Weile nicht an Leona oder Lukas zu denken. Sie hatte einen Job! Als sie gegen zehn Uhr kurz aus dem Fenster schaute, sah sie, wie sich Hauptkommissar Lars Seehafer durch das Unkraut kämpfte.

»Guten Morgen«, grüßte er.

»Guten Morgen. Gibt es etwas Neues?«

»Ich wundere mich, daß Sie das erst jetzt fragen«, meinte Seehafer. Sie bat ihn herein. »Mögen Sie grünen Tee?«

»Bloß nicht. Ihr Mann sitzt bei uns in der Direktion und wird gerade vernommen.«

»War er in der Hütte, haben sie ihn überwältigt?«

»Er war in der Hütte, aber er hat sich nicht zur Wehr gesetzt. Hätte auch keinen Sinn gemacht, gegen sechs schwerbewaffnete SEK-Leute.«

»Und nun?«

»Er verlangt, daß wir Sie zu ihm bringen. Er will nur Ihnen sagen, wo Leona Kittelmann ist. Sie müssen das aber nicht tun, wenn Sie nicht wollen.«

»Warum sollte ich nicht wollen? Das ist doch gut, oder?«

»Kommt darauf an, was er zu erzählen hat«, sagte Seehafer.

»Er wird doch nicht sagen, daß …. daß er sie umgebracht hat?« Das wäre ihm zuzutrauen, war Mathildes erster Gedanke. Aber nein, dachte sie dann. Warum sollte er freiwillig einen Mord gestehen?

»Das glaube ich nicht, aber ich kann es auch nicht völlig ausschließen«, entgegnete Seehafer. »Wer weiß schon, was in diesem Mann vorgeht. Sie müssen auf alles gefaßt sein.«

Mathilde ging ins Bad und fünfzehn Minuten später war sie abfahrbereit. Sie trug keinen Hut. Irgendwie hatte sie das Gefühl, daß die Zeit der Hüte vorüber war.

»Sie können mein Haus mieten«, sagte sie unterwegs zu Seehafer.

»Im Ernst?«

»Ich habe ein Stellenangebot aus Singapur bekommen.«

»Ah, der Umschlag von gestern.«

»Sie haben ihn bemerkt? Warum haben Sie nichts gesagt?«

»Weil mich Ihre Post nichts angeht, es sei denn, der Umschlag wäre von Ihrem Mann gekommen.«

»Sie dürfen auch einen Hund halten.«

Er ließ sich keine Gemütsregung anmerken und sagte: »Singapur. Ist sehr warm da.«

»Allerdings.«

Sie näherten sich in Seehafers Dienstwagen dem vergrauten Gemäuer der Polizeidirektion. Mathilde spürte ein Flattern im Magen.

»Wird noch jemand dabeisein?«

»Selbstverständlich«, knurrte Seehafer. Er führte sie durch die Gänge, und Mathilde hatte Mühe, Schritt zu halten. Vor einer Tür standen zwei Uniformierte.

»Sind Sie bereit?« fragte Seehafer.

Mathilde nickte. Als sie hinter dem Kommissar das Vernehmungszimmer betrat, mußte sie trotz ihrer Nervosität beinahe lächeln. Hauptkommissar Kreuder trug dasselbe Hemd wie gestern und hatte sich offensichtlich seither nicht rasiert. Er und Lukas, in tarnfarbenen Outdoor-Klamotten und mit einem Fünftagebart, sahen aus wie zwei Bergsteiger, die gerade den K 2 bezwungen hatten. So roch es auch. Der einzig Gepflegte in dem kleinen Raum war ein blasser junger Mann.

»Guten Morgen, Mathilde.«

Mathilde schwieg. Lukas' Aufmerksamkeit galt ohnehin hauptsächlich Lars Seehafer. Die beiden Männer hatten kein Wort füreinander übrig und versuchten, sich mit Blicken zu erdolchen.

Kreuder wies den beiden Stühle an. Mathilde setzte sich Lukas schräg gegenüber auf die Stuhlkante.

Lukas lächelte Mathilde zu, die finster zurückblickte. Seehafer preßte die Kiefer aufeinander.

»Ihre Frau ist hier, was haben Sie uns zu sagen?« fuhr ihn Kreuder an.

Lukas wandte sich an Mathilde. »Du hättest es sehen sollen, Mathilde. Sechs SEK-Leute in voller Montur und Bewaffnung haben die Hütte gestürmt, in der ich seelenruhig geschlafen habe. Es war eine dermaßen lächerliche Vorstellung ...«

»Herr Feller, keine Spielchen jetzt. Entweder Sie sagen uns, wo Leona Kittelmann ist, oder wir beenden diese Farce auf der Stelle, und Sie gehen zurück in Ihre Zelle«, knurrte Kreuder.

Zum erstenmal erlebte Mathilde, wie Lukas ohne Respekt als der behandelt wurde, der er in den Augen der anwesenden Polizisten war: ein potentieller Verbrecher. Auch sie konnte in ihm auf einmal nichts anderes mehr sehen. Dieses Halbseidene an ihm – warum hatte sie das früher nie bemerkt? Der Blick, mit dem sie ihn noch immer ansah, hatte sich verändert. Er war nicht mehr wütend, nur noch voller Verachtung.

»Leona«, sagte Lukas aufreizend gedehnt. »Die ist am Bodensee. In einer Klinik bei Meersburg. Sie läßt sich dort liften.«

Mathilde spürte, wie erst Erleichterung, dann Wut von ihr Besitz ergriffen.

Seehafer starrte scheinbar teilnahmslos aus dem Fenster.

»Die Adresse«, schnauzte Kreuder.

»Kenne ich nicht. Die Klinik heißt ›Seeblick‹.«

Kreuder sah seinen jungen Kollegen an und wies mit einer Kopfbewegung zur Tür. Der blasse Junge verließ den Raum, um die Adresse zu überprüfen.

»Sie wird vermutlich morgen entlassen. Daß sie dir das nicht erzählt hat, Mathilde! Ich denke, ihr seid Freundinnen?«

Mathilde setzte zu einer Antwort an, aber Seehafer neben ihr schüttelte kaum merklich den Kopf. Sie schweigt.

Nun richtete Lars Seehafer zum erstenmal das Wort an Lukas: »Herr Feller, Ihnen ist sicher klar, daß die Vortäuschung einer Straftat ebenfalls strafbar ist. Und es bleibt immer noch der Tatbestand der versuchten Erpressung.« Aus seiner Stimme war jede Wärme gewichen.

»Wovon reden Sie?«

»Von der Tatsache, daß Sie eine Entführung fingiert haben, um Geld von Ihrer Frau zu erpressen.«

»Bedaure, Herr Hauptkommissar«, säuselte Lukas hämisch. »Ich weiß, wie gern Sie mich hinter Gittern sehen würden. Aber ich habe nie ein Wort von einer Entführung gesagt, oder, Mathilde? Hast du den Anruf vielleicht zufällig aufgezeichnet?«

Mathilde antwortete nicht. Wie stand sie jetzt da? Wie eine Hysterikerin.

Lukas wandte sich an Kreuder. »Sie müssen wissen, meine Frau trinkt manchmal ein Glas zuviel. Erst neulich mußte ich einen Arzt kommen lassen, der eine Alkoholvergiftung diagnostiziert hat. Offenbar hat ihr Realitätsverlust schon stärkere Ausmaße angenommen, als mir bewußt war.«

»Du unverschämter Mistkerl!«

Lukas schleuderte ihr ein süffisantes Grinsen entgegen, bevor er zu Kreuder sagte:

»Dann kann ich ja wohl gehen.«

»Nein. Erst einmal prüfen wir Ihre Angaben, Herr Feller. Ein bißchen Geduld müssen Sie schon noch aufbringen«, sagte Kreuder zuckersüß. Er stand auf und holte die zwei Uniformierten vor der Tür herein. »Bringt ihn in die Zelle.«

Die zwei legten Lukas Handschellen an und führten ihn ab. Seine grauen Augen begegneten denen von Mathilde. Sie waren stumpf wie Kiesel.

»Glaub ja nicht, daß es damit vorbei ist, Mathilde.«

Die Tür schlug zu. Ein brütendes Schweigen füllte den Raum. Mathilde wäre am liebsten im Boden versunken. Sie konnte sich nicht erinnern, jemals eine so peinliche Situation erlebt zu haben.

»Es tut mir leid«, sagte sie zu Seehafer und Kreuder. »Er hat mich getäuscht. Ich bin auf ihn reingefallen.«

»Wir ebenfalls«, antwortete Kreuder.

»Das war's dann wohl.« Enttäuschung und Zorn schwangen in Seehafers Stimme.

»Abwarten«, sagte Kreuder und fuhr sich durch seine Zotteln. »Ein As habe ich noch.«

Die Frau saß aufrecht im Bett. Sie war so bleich wie der Bettbezug, zu dem ihr langes, dunkles Haar einen krassen Kontrast bildete. Ihre linke Hand war verbunden. Die Besucherin, eine mollige Frau Anfang Vierzig mit einem blonden Pferdeschwanz, hatte sich einen Stuhl an die rechte Seite des Bettes herangezogen.

»Mein Name ist Petra Richter, ich bin Psychologin und arbeite für die Polizei. Sie sind Olga Hitzlsperger?«

Olga nickte.

»Sie verstehen mich?«

»Ja.«

»Es muß schrecklich gewesen sein, was Sie während der letzten Stunden durchgemacht haben.«

Die junge Frau wich Petras Blick aus.

»Der Mann, der Ihnen das angetan hat, wurde festgenommen. Aber wir müssen ihn wieder laufen lassen, wenn Sie nicht reden. Ich nehme an, er hat Ihnen gedroht, Sie umzubringen, wenn Sie ihn verraten.«

Olga schluckte.

»Sie brauchen nicht zu antworten, ich weiß, daß es so war. So ist es immer. Er war im Gefängnis wegen Mordes. Man vermutet, daß er schon mehrere Frauen ermordet hat, nur konnte man ihm das nie nachweisen. Er wird wieder töten, wenn es uns nicht gelingt, ihn zu überführen.«

Olga schwieg.

Petra stand auf, schaute aus dem Fenster in den kleinen Park und fragte dann: »Was ist Ihr Traumberuf, Olga?«

»Lehrerin«, kam es leise.

»Ich wollte immer Tierärztin werden«, sagte Petra und wandte sich wieder der Patientin zu. »Und natürlich Model. Aber ich war immer schon ein Pummel. Und jetzt bin ich halt bei der Polizei gelandet.«

Ihr Lächeln spiegelte sich zart auf Olgas Gesicht wider. Model! – Die Frau hatte eine riesige Nase, ein Kinn wie eine Schublade und abstehende Ohren.

»Lehrerin«, wiederholte Petra. »Als Lehrerin braucht man viel Mut, um jeden Tag vor die Klasse zu treten.«

Der Anflug des Lächelns wich sofort wieder aus Olgas schmalem Gesicht. Die Psychologin setzte sich wieder auf den Stuhl und sah ihrem Gegenüber in die Augen.

»Glauben Sie an Gott, Olga?«

Olga kam ihr Schwur in den Sinn.

»Sicher haben Sie gebetet, als Sie in der Gewalt dieses Mannes waren.«

Wie konnte diese Frau davon wissen?

»Das hätte jeder getan«, sagte Olga und merkte noch während des Sprechens, daß sie schon zuviel gesagt hatte. Aber diese eigenartige Frau ging nicht darauf ein.

»Gott muß Sie gehört haben. Das tut er selten. Oder es muß einen Schutzengel geben, der zur richtigen Zeit am richtigen Ort war, denn irgend etwas hat den Mann – er heißt übrigens Lukas Feller – davon abgehalten Sie zu töten. Das müssen Sie sich klarmachen: Sie sind praktisch ein zweites Mal geboren worden. Finden Sie nicht, daß Sie aus diesem zweiten Leben etwas machen sollten?«

Das bleiche Schneewittchen ließ sich zu einem Achselzucken hinreißen.

»Man bietet Ihnen an, Sie ins Zeugenschutzprogramm aufzunehmen, wenn Sie gegen Lukas Feller aussagen. Wissen Sie, was ein Zeugenschutzprogramm ist?«

Olga nickte, aber Petra erklärte dennoch: »Sie brechen alle Kontakte ab und bekommen eine ganz neue Identität. Neue Papiere auf einen neuen Namen. Sie fangen woanders ganz von vorne an. Man wird Ihnen eine Wohnung und Arbeit besorgen. Wenn Sie keine Ausbildung haben, können Sie eine machen. Olga, das ist Ihre Chance, ein neues Leben anzufangen. Sie brauchen wirklich nichts als ein bißchen Mut. Was hält Sie denn hier? Sie haben keine Verwandten. Wollen Sie wieder zurück ins Wohnmobil, und hundert Euro am Tag an dieses gierige Pack für die Miete abdrücken? Und jede Sekunde darauf warten, daß Lukas Feller auftaucht und Sie vorsichtshalber doch noch tötet?«

Olga sah verlegen zur Decke. Es brachte mit Sicherheit Unglück, Schwüre zu brechen.

Petra fuhr fort: »Olga, im Moment sind Sie das heißeste Eisen, das die Kripo im Feuer hat. Sie sind die einzige Zeugin, die Feller eine Straftat nachweisen kann, nämlich Freiheitsberaubung und schwere Körperverletzung. Das gibt schon ein paar Jahre. Deshalb ist man bereit, Sie ins Zeugenschutzprogramm aufzunehmen. Das bekommt nicht jeder, denn Sie können sich denken, daß so etwas teuer ist. Noch haben Sie selbst die Trümpfe in der Hand. Aber die Kripo ermittelt in verschiedene Richtungen, und wenn es neue Beweise gegen Feller gibt, oder andere Zeugen, dann sinkt Ihr Marktwert, verstehen Sie? Dann kann Ihre Chance auf ein geordnetes Leben rasch Vergangenheit sein.«

Olga sah sie stumm an. *Ein geordnetes Leben.*

Petra stand auf und hängte sich ihre Tasche um die Schulter. »Mehr kann ich nicht für Sie tun.«

Sie ging auf die Tür zu.

»Warten Sie«, sagte Olga. »Was ist das für eine Arbeit?«
»Keine Ahnung.« Petra blieb stehen. »Jedenfalls nicht die, die Sie jetzt machen.«

»Mein Gott, Mathilde. Ein Facelifting ist nicht gerade etwas, das man gern an die große Glocke hängt.«
»Aber mit Lukas hast du darüber gesprochen!«
»Weil ich seine Meinung als Mann hören wollte. Wenn ich gewußt hätte, daß er mir nur zugeredet hat, damit er ...« Sie schüttelte den Kopf, noch immer erschüttert über die Ereignisse, die Mathilde und sie nun schon einige Male in allen Variationen durchgekaut hatten.

»Es war richtig von dir, zur Polizei zu gehen. Ich hätte genauso gehandelt«, hatte ihr Leona versichert, und Mathilde war erleichtert gewesen. Wenigstens die Freundschaft zwischen Leona und ihr hatte Lukas nicht zerstören können.

»Wie bist du nur auf diese saublöde Idee gekommen?« schimpfte Mathilde.

»Siehst du! Jetzt weißt du, warum ich dir im Vorfeld nichts davon gesagt habe.«

»Meinst du, ich hätte es hinterher nicht gemerkt? Du siehst aus, als hätte dich ein Bus überfahren.«

Leona tastete über ihr Gesicht, das noch immer unregelmäßige Schwellungen aufwies. »Es wird sich schon noch glattziehen. Das ist wie bei einer frischen Tapete, wenn der Leim noch nicht trocken ist«, scherzte sie unsicher.

»Wenn du mich wenigstens angelogen hättest! Warum hast du mir nicht erzählt, daß du ein paar Tage an den Bodensee zum ... zum Segeln fährst?«

»Ich kann so schlecht lügen. Und ich konnte ja nicht ahnen, daß dein Ehemann meine Entführung vortäuschen würde, während ich still vor mich hinleide. Ich sage dir, es ist viel, viel schlimmer, als es im Fernsehen aussieht. Tagelang konnte ich kaum sprechen oder essen. Und dann der erste Blick in den Spiegel: Mathilde, das war *der* Schock meines Lebens!«

»Geschieht dir recht«, versetzte Mathilde. »Aber das wird schon wieder. In zwei, drei Wochen hast du die Schmerzen vergessen, und in zwei Jahren läßt du dir die Ohrläppchen liften.«

»O nein!« versicherte Leona. »Nie wieder.«

Sie saßen vor Mathildes Haus und genossen die letzten Sonnenstrahlen.

»Wann geht es los?« fragte Leona.

»Nächste Woche, am Dienstag. Am ersten September ist mein erster Arbeitstag.«

»Ich freue mich für dich. Wenn es nur nicht so verdammt weit weg wäre. Und ich nicht solche Flugangst hätte.«

»Es ist gut so. Ein ganz neuer Anfang. Ehrlich gesagt, ich kann momentan gar nicht weit genug weg sein von Lukas.«

»Aber er ist doch in U-Haft und wird verurteilt, oder etwa nicht? Schon wegen dieser Frau, der er den Fingernagel ...« Leona stockte und betrachtete ihre dunkelgrünen Krallen. »Mir wird schon schlecht, wenn ich nur daran denke. Die arme Frau.«

»Ja, das wird er wohl«, sagte Mathilde und seufzte. »Gott sei Dank.«

»Die ganze Landeshauptstadt liegt Ihnen zu Füßen«, stellte Lars Seehafer fest und wandte sich um.

Treeske nickte. Sie saß auf der Sofalehne, als wolle sie jeden Moment aufspringen und fliehen. »Sie sind aber nicht wegen der Aussicht hier, nehme ich an.«

Er setzte sich unaufgefordert in einen abgewetzten Sessel. Die Wohnung sah ungemütlich aus. Kein Bild hing an der Wand. Überall herrschte Unordnung, allerdings nicht das gemütliche Durcheinander einer intensiv genutzten Wohnung, sondern das Chaos, das ein Mensch verbreitete, dem gerade das Leben aus den Händen glitt.

»Frau Tiffin, Sie haben im Herbst 1994, kurz nach dem Verschwinden von Johanna Gissel, Fellers Auto zu einem Händler gebracht.«

»Kann sein. Ist das verboten?«

»In dem Wagen, der übrigens noch immer existiert, konnten wir

Blutspuren nachweisen, ganz tief im Polster des Rücksitzes. Das Labor des Landeskriminalamtes hat außerdem nachgewiesen, daß das Blut von Johanna Gissel stammt.«

»Ich weiß nichts von Blutflecken.«

Seehafer merkte, daß er eine Sackgasse ansteuerte. »Sie waren jahrelang die Geliebte von Lukas Feller.«

Sie hob die Brauen. »Und?«

Er legte das Foto auf den Tisch und schob es zu ihr hinüber, neben das Glas mit dem Weißweinrest, in dem eine tote Fliege schwamm, und die angebrochene Packung Erdnußflips. Sie starrte auf das Bild und verknotete ihre Hände. Als sie es merkte, schob sie sie rasch unter die Achseln.

»Sie waren Nachbarskinder. Wobei Feller natürlich kein Kind mehr war. Während Ihres Studiums waren Sie seine Assistentin, und später haben Sie in derselben JVA gearbeitet, in der Lukas Feller jahrelang einsaß.«

»Das war Zufall.«

»Und jetzt sitzt er wieder dort, wo Sie arbeiten.«

»Nur zur Untersuchungshaft. Wenn er zu mehr als drei Jahren Haft verurteilt wird, kommt er in die JVA Sehnde oder nach Celle.«

»Wenn Ihr Arbeitgeber von Ihrer Verbindung erfährt, dann wird wohl nichts aus der Beamtenstelle, schätze ich.«

Treeske Tiffin zuckte mit den mageren Schultern. Seehafer kam es vor, als würde sie unter dem Einfluß von Tranquilizern stehen. Vielleicht mußte er stärkere Geschütze auffahren, um sie aus ihrem Dämmerzustand zu reißen.

»Ich sehe schon die BILD-Schlagzeile vor mir: ›Knast-Psychologin war Freundin des Mörders‹.«

»Das kommt öfter vor, als man glaubt«, sagte sie und lächelte müde in den Sonnenuntergang hinein, der die Stadt rosa färbte. Dank der Pillen war ihr im Augenblick alles ziemlich egal.

»Ich möchte Ihnen ein Tauschgeschäft vorschlagen, Frau Tiffin. Sie sagen mir – oder Sie können es mir auch anonym mitteilen –, wo wir nach der Leiche von Johanna Gissel suchen müssen, und ich sorge dafür, daß Ihr Arbeitgeber und vor allen Dingen die Presse nichts von Ihrer Beziehung zu Lukas Feller erfahren.«

»Wie wollen Sie das machen?«

»Wenn wir die Leiche haben, brauchen wir Ihre Aussage nicht.«
Seehafer konnte nicht ausschließen, ihr damit falsche Versprechungen zu machen, aber es war ihm gleichgültig. Manchmal heiligte der Zweck eben doch die Mittel.

Immerhin zeigte sie endlich eine Reaktion: Ihre grauen Pupillen sprangen unruhig hin und her wie Pingpongbälle. »Das glauben Sie doch selbst nicht«, sagte sie.

Seehafer seufzte. Sein Pulver war verschossen. Er wuchtete sich aus dem Sessel.

»Es gibt eine versteckte Hütte am Süntel. Aber ich weiß nicht mehr genau, wo sie ist.«

»Aber wir wissen es«, entgegnete Seehafer innerlich triumphierend.

»Er hat mal gesagt, Leichen verschwinden am schnellsten in der freien Natur. Sie werden nichts finden.«

»Wer weiß. Trotzdem danke, Frau Tiffin.«

Seehafer strebte zur Tür. Er mußte noch heute eine Suchaktion anleiern.

»Herr Seehafer?«

»Ja?«

»Wie geht es der Lehrerin, die Lukas geheiratet hat?«

»Gut. Sie hat die Scheidung eingereicht und eine Stelle im Ausland angenommen.«

»Ich mochte sie, irgendwie.«

»Ach«, bemerkte der Kommissar ungläubig.

»Sie hatte Stil. Aber Lukas ist sehr wütend auf sie. Er glaubt, er verdankt es allein ihr, daß er wieder im Gefängnis ist.«

»Er gibt nicht der Prostituierten die Schuld, die ihn identifiziert hat?«

Sie schüttelte den Kopf. »Das war sein Fehler, dies ist ihm bewußt. Gutmütigkeit rächt sich immer. Sagt er.«

»Wann haben Sie mit ihm gesprochen?«

»Vor drei Tagen.«

»Heiliger Strohsack«, entfuhr es Seehafer.

»Sagen Sie ihr, sie soll vorsichtig sein«, sagte Treeske.

»Wie meinen Sie das?«

»Er findet immer Wege, jemandem zu schaden, auch vom Gefängnis aus. Er kennt Leute auf der ganzen Welt. Er wird sie finden, egal wo sie ist.«

»Danke für den Rat«, sagte Lars Seehafer und verließ die Wohnung. Das gute Gefühl von eben war etwas Schalem gewichen.

Hannoversche Allgemeine Zeitung
Montag, 19. September 2005

Lehrerin aus Hannover wegen Drogenhandels in Singapur verhaftet

Eine erst seit kurzem an der Deutschen Schule in Singapur beschäftigte Lehrerin aus Hannover ist am Freitag von der örtlichen Polizei verhaftet worden. In der Wohnung der Dreiundvierzigjährigen fanden die Polizisten nach einem anonymen Hinweis 50 Gramm Kokain. Die Frau beteuert ihre Unschuld und behauptet, die Drogen seien ihr untergeschoben worden.

In Singapur wird Handel, Herstellung, Einfuhr oder Ausfuhr illegaler Drogen mit dem Tod durch Erhängen bestraft. Bei einem Besitz von mehr als 30 Gramm Kokain wird automatisch von Handel ausgegangen. Die sogenannte »Unschuldsvermutung« der deutschen Rechtssprechung kennt die Justiz dieses Stadtstaates nicht. Was bedeutet, daß die Frau beweisen müßte, daß sie nicht mit Drogen handelt.

Jährlich werden in Singapur etwa 25 Menschen wegen Drogendelikten gehängt. Der letzte Europäer, der Niederländer van Damme, wurde 1994 hingerichtet, nachdem er mit 4,3 Kilogramm Heroin im Koffer erwischt worden war.

Die deutsche Botschaft und das Auswärtige Amt haben sich inzwischen in den Fall der deutschen Lehrerin eingeschaltet.

»Tja, da pfeift ein anderer Wind«, sagte der Bedienstete und legte die Zeitung weg.

»Wo?« fragte sein junger Kollege, die Augen auf den Monitor gerichtet.

»In Singapur. Todesstrafe fürs Dealen.«

Der Jüngere blickte auf. Vor dem Gitter zur Station stand eine Frau in Jeans, die ein Namensschild der JVA über der Brust trug. Sie hatte eine Mappe in der Hand. »Kennst du die?« fragte er seinen älteren Kollegen.

»Ja. Die ist vom Psychologischen Dienst. Was will die denn hier?«

»Ich frag' sie«, sagte der Junge und ging zu ihr. Er versuchte, das

Namensschild zu lesen, ohne daß der Eindruck entstand, er würde ihr auf den Busen starren. Aber viel war da ohnehin nicht zu sehen, weil sie trotz der freundlichen Temperaturen, mit denen der September den naßkalten August abgelöst hatte, einen weiten, roten Pullover trug. Er biß sich mit ihrer Haarfarbe.

»Ich möchte bitte zu Lukas Feller«, sagte sie freundlich.

»Soll ich ihn ins Anwaltszimmer bringen?«

»Nicht nötig. Er muß nur kurz das Protokoll seiner Eingangsdiagnostik unterschreiben.«

Der junge Schließer warf dem Älteren einen unsicheren Blick zu. Der nickte kurz und vertiefte sich wieder in seine Zeitungslektüre.

Treeske folgte dem Schließer. Es war Mittagszeit. Einige Häftlinge standen in den Türrahmen ihrer Zellen und lauerten auf den Küchenwagen. Der Geruch nach Eintopf zog durch das Gebäude. Der Bedienstete blieb vor einer Zelle stehen und klopfte höflich gegen die Tür, die weit offen stand.

»Besuch für Sie, Herr Feller!«

Lukas, der am Tisch saß, wandte sich um. »Hakan, laß uns kurz allein«, sagt er zu dem Häftling, der auf einem der beiden Betten lag und ein Radio ans Ohr hielt. Der Angesprochene stand träge auf und schlurfte aus der Zelle hinaus.

Treeske zog die Tür hinter ihm zu.

»Meine kleine Marie ist gekommen«, flüsterte Lukas lächelnd.

»Ja, sie ist gekommen.«

Treeske lächelte ebenfalls, als sie unter ihren Pullover faßte.

»Was tust du da, Treeske?«

»Einmal muß es aufhören«, antwortete sie.

Der junge Bedienstete war schon fast am Stationszimmer angekommen, als er den Türken aus Fellers Zelle kommen sah. Gleichzeitig bemerkte er, daß die Tür von Fellers Haftraum geschlossen war. Diese leichtsinnige Tussi! Er machte kehrt und ging auf die Zelle zu, als der Schuß fiel. Ohne zu überlegen riß er die Tür auf. Da fiel der zweite Schuß, und Treeske Tiffins Gehirn spritzte gegen die Wand.

Changi-Frauengefängnis, Singapur, 23. Januar 2006

Liebe Leona,

endlich ist mein Prozeß vorüber, und ich darf Dir schreiben.
Es fing alles so wunderbar an. Die Schule ist großartig, sie haben mir ein kleines, aber sehr schönes Apartment zur Verfügung gestellt. Ich war gerade zwei Wochen im Dienst, als eines Abends eine Horde bewaffneter Polizisten die Tür aufbrach, hereinstürmte und alles auf den Kopf stellte. Ich wurde gegen die Wand gedrückt, durchsucht und mit einer Schußwaffe bedroht. Einer von ihnen sprach Englisch. Er hielt mir ein Päckchen unter die Nase und sagte immer wieder: »Drugs, drugs«. Dann legte man mir Handschellen an, und ich wurde auf eine Polizeistation gebracht. Ein Polizist verhörte mich stundenlang in schlechtem Englisch. Er berichtete, man habe in meinem Apartment Drogen gefunden, 50 Gramm Kokain. Immer wieder wurde ich gefragt, woher die Drogen seien, von wem ich sie hätte, wem ich sie verkaufen wollte. Erst am nächsten Tag durfte ich die deutsche Botschaft anrufen, die mir einen Anwalt besorgte.
Ich denke, wir wissen beide, wer dahintersteckt. Aber wie soll ich das beweisen?
Seit vier Monaten befinde ich mich im Changi-Frauengefängnis, im Osten des Landes. Die Haftbedingungen in Singapur haben mit denen in Deutschland wenig gemein. Fernsehen und Radio gibt es nicht, Zeitungen manchmal, aber sie sind stark zensiert. Ich teile mir die Zelle mit drei, zuweilen auch vier Frauen, die oft wechseln. Wir versuchen so gut es geht, miteinander auszukommen. Geschlafen wird auf Bastmatten. An Ventilatoren oder gar Klimaanlagen in den Zellen ist trotz der 30 Grad rund ums Jahr nicht zu denken. Du kannst Dir nicht vorstellen, wie das ist, diese immer gleiche Abfolge von immer gleichen Tagen. Einmal am Tag dürfen wir an die frische Luft. Aber was heißt frisch? Das Klima ist feuchtheiß, entsprechend stickig sind die Zellen. Hygiene? Essen? Nun, ich kann Dir nicht alles beschreiben, die Briefe werden zensiert.
(Bei euch zu Hause ist es sicher wunderbar kalt. Vielleicht liegt sogar Schnee?)
Alle zwei Wochen darf ich eine halbe Stunde Besuch empfangen. Dann

kommt ein anglikanischer Pfarrer, den die deutsche Botschaft schickt, er ist ganz nett.

Nächsten Monat will Lars Seehafer kommen. Wegen einer halben Stunde! Aber ich freue mich trotzdem. Nur, wie ich aussehe! Sie haben mir die Haare ganz kurz geschnitten, und ich trage die beige Anstaltskleidung. Beige hat mir noch nie sonderlich gut gestanden.

Ich habe mit meinem Urteil Glück gehabt, trotz allem. Eine Zellengenossin ist wegen eines ähnlichen Delikts zu zwanzig Jahren Zuchthaus und zwanzig Stockschlägen verurteilt worden. Die britische Kolonialzeit läßt grüßen.

Mein Anwalt hat eine Laboruntersuchung machen lassen, und es stellte sich heraus, daß der Stoff so schlecht war, daß von den 50 Gramm Kokain nur 28 Gramm reine Substanz übriggeblieben sind. Ab 30 Gramm gilt man hierzulande als Dealer. Zwei Gramm, die mich vom Tod trennen! Nun gelte ich nicht mehr als Drogenhändlerin, sondern als Konsumentin. Deshalb sind es »nur« fünf Jahre geworden. Der Anwalt sagt, daß ich bei guter Führung nach drei Jahren begnadigt werden kann.

Erst jetzt erkenne ich, was für ein herrliches Leben ich hatte. Aber ich mußte ja mit dem Feuer spielen ... Wenn ich wieder draußen bin, werde ich etwas Sinnvolles aus meinem Leben machen. Es gibt so viele Möglichkeiten, wenn man ein freier Mensch ist. Du siehst, nun, da mir nicht mehr der Galgen droht, habe ich wieder Mut gefaßt. Zumal ich von Lukas' Tod gehört habe. Es ist gut, daß er tot ist, sonst hätte ich meine Zeit hier drin mit Rachegedanken vergeudet, anstatt nach vorn zu sehen. Es tut mir nur leid um die Psychologin. Sie hat ihn bestimmt sehr geliebt, zu sehr. Wie muß sie unter seiner Kälte gelitten haben.

Ich denke oft an Franziska und Merle. Gut, daß die beiden meinen Niedergang nicht mehr erlebt haben. Ich glaube, meine Großmutter Merle hat – ohne eigenes Verschulden – noch schlimmere Dinge als ich durchgemacht. Aber sie hat sich niemals gehenlassen. Ich folge ihrem Beispiel, sie werden auch mich nicht unterkriegen.

Es grüßt Dich von Herzen, Deine Mathilde.

P.S. Liebe Leona, kannst du mir ein paar Bücher schicken, Bücher darf ich haben. Egal was, Hauptsache eine Ablenkung. Und vielleicht meine Tarotkarten? Ich muß doch sehen, was die Zukunft bringt.

Danke

Etliche Personen und Persönlichkeiten haben beim Schreiben dieses Buches mitgeholfen, ihnen allen möchte ich danken.

Kerstin Müller von der Abteilung Öffentlichkeitsarbeit der JVA Hannover und Matthias Borman, Leiter der JVA Hannover, erteilten mir detaillierte und wertvolle Auskünfte über den Strafvollzug und vermittelten mir unvergeßliche Eindrücke.

Die Leitung der JVA Sehnde hat mir zu 24 Stunden Knast verholfen und mich nicht nur mit Gefängniskost, sondern auch mit zahlreichen Informationen versorgt.

Jörg Aehnlich vom LKA war stets eine zuverlässige Quelle für Auskünfte über ermittlungstechnische Details.

Kriminaloberkommissarin Kathrin Ziegenbein vom Kriminaldauerdienst gewährte mir tiefe nächtliche Einblicke in die Polizeiarbeit.

Mein Mann »durfte« mich, wie immer, in medizinischen Fragen beraten.

Meine Freundin, die Autorin Iris Anna Otto, hat im Vorfeld die ärgsten Schnitzer im Manuskript beseitigt und, wenn nötig, den Kurs korrigiert.

Elke Fleing und Marita Kirschlager waren kritische Testleserinnen, auf deren Urteilsvermögen ich mich verlassen konnte.

Katja Menzel, meine Lektorin bei Piper, verpaßte dem Manuskript die notwendige Politur.

Meine Hunde Bruno und Wilma haben mich regelmäßig vom Computer weggezerrt und mir während zahlloser Spaziergänge geholfen, den Kopf frei zu bekommen und nicht durchzudrehen.

Literatur

Cliffort L. Linedecker, »Prison Groupies«,
Pinnacle Books Windsor Publishing Corp., New York, 1993

Sheila Isenberg, »Women who love men who kill«,
Simon & Schuster, New York, 1991

Der Teufel soll ihn holen, murmelte Sophie ...

Susanne Mischke
Die Eisheilige
Roman

Piper Taschenbuch, 304 Seiten
€ 9,99 [D], € 10,30 [A], sFr 14,90*
ISBN 978-3-492-27198-1

Sophie hat viele Talente. Vor allem aber eine geheimnisvolle Gabe, die ihre neugierigen und selbstsüchtigen Nachbarinnen über alle Maßen fasziniert. Die Gerüchteküche brodelt, doch eines steht ganz sicher fest: Die Sterberate im Viertel ist seit Kurzem dramatisch gestiegen. Und das bereitet vor allem Rudolf, Sophies alles andere als liebenswürdigem Ehemann, allergrößtes Kopfzerbrechen ... Ein äußerst kurzweiliges Lesevergnügen – abgründig und hinreißend boshaft!

Leseproben, E-Books und mehr unter www.piper.de

Es geschah am helllichten Tag ...

Susanne Mischke
Mordskind
Kriminalroman

Piper Taschenbuch, 368 Seiten
€ 9,99 [D], € 10,30 [A], sFr 14,90*
ISBN 978-3-492-25868-5

Als ihr fünfjähriger Sohn Max plötzlich verschwindet, weint Doris dem Satansbraten keine Träne nach. Lieber schnappt sie sich Simon als Ersatzkind, einen echten Musterjungen und Sohn ihrer besten Freundin Paula. In der spießigen Kleinstadt beginnt derweil eine Hexenjagd – schließlich ist Max das zweite verschwundene Kind innerhalb kürzester Zeit ...

Leseproben, E-Books und mehr unter www.piper.de